W0025832

SCIENCE-FICTION

Collection dirigée par Jacques Goimard

DAN SIMMONS

LES CANTOS D'HYPÉRION

HYPÉRION

Tome 2

ROBERT LAFFONT

Publié aux Éditions Doubleday, New York
sous le titre original :

HYPERION

Traduit de l'américain par Guy Abadia

Tous les personnages de ce livre sont fictifs, et toute ressemblance avec des personnes existant ou ayant existé n'est que pure coïncidence

ISBN 2-266-06476-2

DU MÊME AUTEUR

CHEZ POCKET

HYPÉRION
(tome 1)

LA CHUTE D'HYPÉRION
(tomes 1 et 2)

HYPÉRION

4

Le *Bénarès* atteignit la Bordure le lendemain peu après midi. L'une des mantas était morte dans son harnais à vingt kilomètres à peine de notre destination. A. Bettik la laissa s'en aller avec le courant. L'autre résista jusqu'à ce qu'ils fussent amarrés au quai, puis roula sur le côté, totalement épuisée, ses ouïes laissant passer un mince filet de bulles d'air. Bettik la relâcha aussi, en expliquant qu'elle avait une faible chance de survie si elle se laissait porter quelque temps par le courant.

Les pèlerins étaient debout depuis l'aube pour contempler le paysage qui défilait devant eux. Ils échangeaient peu de paroles. Ils ne trouvaient rien à ajouter au récit de Martin Silenus. Le poète ne paraissait pas s'en soucier. Il continuait de boire du vin au petit déjeuner et de chanter des chansons obscènes pour saluer le lever du soleil.

Le fleuve s'était considérablement élargi depuis la veille. Il formait maintenant un ruban d'autoroute de deux kilomètres de large qui s'enfonçait, gris-bleu, à travers les basses collines vertes du sud de la mer des Hautes Herbes. Il n'y avait pas d'arbres si près de l'océan, et les tons roux et chatoyants des buissons de la Crinière s'étaient progressivement éclaircis pour se rapprocher du vert vif des herbes hautes de deux mètres qui tapissaient les plaines du nord. Toute la matinée, les collines n'avaient cessé de s'aplatir pour ne plus former que des talus herbeux bordant le fleuve de chaque côté. Une bande sombre presque indiscernable flottait juste au-dessus de l'horizon au nord et à l'est, et les pèlerins qui avaient déjà vécu sur des mondes océaniques comprirent que la mer n'était plus très loin, même si celle-ci n'était formée que de milliards d'hectares de hautes herbes.

La Bordure n'avait jamais été un lieu très fréquenté. Aujourd'hui, elle était totalement déserte. La vingtaine de bâtisses alignées de chaque côté de la route qui partait du quai offrait un spectacle d'abandon et de désolation. Certains indices pouvaient laisser supposer que la population avait fui à peine quelques semaines plus tôt. *Le Repos du Pèlerin*, une vieille taverne vieille de trois siècles, perchée sur une colline juste en dessous de la crête, avait entièrement brûlé.

A. Bettik les accompagna jusqu'au sommet du talus.

– Que comptez-vous faire, à présent? lui demanda le colonel Kassad.

– D'après les termes du contrat de servage qui nous lie au Temple, nous sommes libres après ce voyage, lui répondit Bettik. Nous vous laissons le *Bénarès* pour effectuer le voyage de retour. En ce qui nous concerne, nous redescendrons le fleuve avec le radeau. Puis nous continuerons notre route.

– Vous vous ferez évacuer avec les autres réfugiés? demanda Brawne Lamia.

– Non, répliqua Bettik en souriant. Nous avons nos propres objectifs et nos propres pèlerinages sur Hypérion.

Le groupe avait atteint la crête arrondie du talus. Vu d'en haut, le *Bénarès* semblait bien petit, amarré à son ponton croulant. Le fleuve coulait dans les lointains bleutés du sud-ouest, au-delà de la ville, puis obliquait vers l'ouest, rétrécissant son cours à l'approche des infranchissables cataractes situées à une douzaine de kilomètres en amont de la Bordure. Au nord et à l'est s'étendait la mer des Hautes Herbes.

– Mon Dieu! murmura Lamia.

L'impression qu'ils avaient était de se trouver sur la dernière colline avant la fin de la création. Au-dessous d'eux, une succession de quais, de pontons et d'entrepôts marquait la limite de la Bordure et le commencement de la mer des Hautes Herbes. À perte de vue, il n'y avait que l'herbe qui ondoyait sensuellement sous la brise légère e qui semblait venir lécher la base de l'escarpement. Ce océan végétal paraissait infini et ininterrompu. De ha teur apparemment uniforme, il se prolongeait jusqu'a quatre horizons. Rien n'indiquait la présence des somm enneigés de la Chaîne Bridée, qui se trouvait, ils savaient, à huit cents kilomètres de là, au nord-est. L'illusion de contempler une vaste mer émeraude était presque parfaite, jusqu'au frémissement des tiges agitées par le vent, qui ressemblaient à des moutons au large.

– C'est merveilleux ! s'extasia Lamia, qui se trouvait pour la première fois devant un tel spectacle.

– C'est surtout au lever et au coucher du soleil qu'il faut le voir, lui dit le consul.

– Fascinant, murmura Sol Weintraub.

Il souleva l'enfant pour qu'elle puisse admirer aussi. Elle gigota de plaisir et se concentra dans la contemplation de ses petits doigts potelés.

– Un écosystème parfaitement bien conservé, fit Het Masteen d'un ton approbateur. Le Muir serait satisfait.

– Merde ! s'exclama Martin Silenus.

Tous les regards se tournèrent vers lui.

– Il devrait y avoir ici un de ces putains de chariots à vent, fit le poète.

Les quatre hommes qui l'entouraient ainsi que la femme et l'androïde se tournèrent vers le quai abandonné, puis vers la plaine vide.

– Il a du retard, c'est tout, suggéra le consul.

Martin Silenus éclata d'un rire rauque.

– Dites plutôt qu'il est reparti ! Nous avions rendez-vous hier.

Le colonel Kassad prit ses jumelles à amplification électronique et balaya l'horizon en disant :

– À mon avis, il est peu probable qu'il soit reparti sans nous. Ce sont les prêtres du Temple gritchtèque qui devaient nous l'envoyer. Ils ont intérêt à ce que nous fassions ce pèlerinage.

– Nous pouvons le faire à pied, proposa Lénar Hoyt. Il était plus pâle que jamais, visiblement dans un état de faiblesse avancé, sous l'empire de la douleur ou de la drogue, ou encore des deux à la fois. Il était à peine en état de se tenir debout, et encore moins de marcher.

– Pas question, fit Kassad. Cela représente plusieurs centaines de kilomètres, et ces herbes sont plus hautes que nous.

– Nous avons des boussoles, insista le prêtre.

– Les boussoles ne servent à rien sur Hypérion, fit Kassad, les jumelles toujours braquées sur un point de l'horizon.

– Un indicateur de direction, alors.

– Nous avons un radiogoniomètre, c'est vrai, lui expliqua le consul, mais ce n'est pas là le problème. L'herbe est coupante. Au bout de cinq cents mètres, nous serions en sang.

– Vous oubliez les serpents, dit Kassad en abaissant ses jumelles. C'est un écosystème bien conservé, c'est vrai, mais cela n'a rien à voir avec un jardin d'agrément.

Le père Hoyt soupira et se laissa tomber sur l'herbe rase de la crête. Il y avait presque du soulagement dans sa voix lorsqu'il murmura :

– D'accord, il ne nous reste plus qu'à rebrousser chemin, dans ce cas.

A. Bettik s'avança.

– L'équipage vous attendra volontiers pour vous reconduire à Keats avec le *Bénarès* si le chariot à vent ne vient pas, dit-il.

– Inutile, répliqua le consul. Prenez le radeau et partez comme prévu.

– Pas si vite ! s'écria Martin Silenus. Je ne me souviens pas qu'on vous ait élu dictateur, *amigo*. Si ce foutu chariot ne se montre pas, il faudra bien trouver un autre moyen de transport. Nous devons absolument arriver là-bas !

Le consul fit volte-face pour aboyer :

– Quel autre moyen de transport ? Un bateau ? Il nous faudrait au moins deux semaines pour remonter la Crinière et contourner la côte nord jusqu'à Otho ou l'un des autres points de rassemblement. De toute manière, il faudrait qu'un bateau soit disponible. Il est probable que tout ce qui est en état de naviguer a été réquisitionné pour être intégré au dispositif d'évacuation.

– Un dirigeable, peut-être, grogna le poète.

Brawne Lamia éclata de rire.

– C'est vrai qu'il en passe sans arrêt, depuis deux jours que nous remontons le fleuve !

Martin Silenus se tourna rageusement vers elle, le poing fermé, comme s'il voulait la frapper. Puis il sourit.

– Très bien, ma petite dame. Qu'est-ce qu'on fait, alors ? Peut-être qu'un sacrifice humain aux serpents des hautes herbes nous attirerait les bonnes grâces du dieu des transports.

Elle lui jeta un regard arctique.

– Une auto-immolation par le feu serait tout à fait dans vos cordes, mon garçon, dit-elle.

Le colonel Kassad s'interposa. D'une voix de commandement, il lança :
– Ça suffit comme ça, vous deux. Le consul a raison. Le mieux est de rester ici jusqu'à ce que le chariot arrive. H. Masteen et H. Lamia, allez superviser le déchargement de nos affaires avec A. Bettik. Pendant ce temps, le père Hoyt et H. Silenus iront chercher du bois pour faire un grand feu.
– Un grand feu? Et pourquoi? demanda le prêtre.
Il trouvait qu'il faisait assez chaud comme ça sur la colline.
– Quand la nuit tombera, il faut que le chariot à vent puisse nous repérer facilement, lui expliqua Kassad. Tout le monde à son poste, maintenant.

En silence, le groupe contemplait le radeau à moteur qui descendait lentement le fleuve dans le crépuscule. Malgré la distance, le consul distinguait la peau bleue des membres de l'équipage. Le long du quai, le *Bénarès* semblait vieux et abandonné, à l'image de la cité déserte. Lorsque le radeau disparut à l'horizon, le groupe se tourna vers la mer des Hautes Herbes. Les ombres des berges du fleuve se profilaient sur ce que le consul ne pouvait s'empêcher d'appeler mentalement des vagues et de la houle. Au large, l'océan d'herbes semblait changer de couleur et miroitait d'un éclat d'aigue-marine avant de s'assombrir comme pour indiquer la présence de grands fonds. Le ciel lapis se fondit en un crépuscule d'ors et de pourpres, illuminant la crête et donnant des reflets liquides à la peau des pèlerins. Les seuls bruits que l'on entendait étaient les murmures du vent dans les herbes.
– C'est un sacré foutu tas de bagages que nous avons là, pour des gens qui ne font qu'un aller simple, fit remarquer Martin Silenus.
Il n'avait pas tort, se disait le consul. Leurs affaires formaient une belle petite montagne sur le talus herbeux.
– Quelque part au milieu de tout ça, déclara Het Masteen d'une voix tranquille, nous attend peut-être notre salut.
– Que voulez-vous dire? demanda Brawne Lamia.
– Le salut, c'est possible, fit Martin Silenus en s'étendant sur l'herbe, les mains croisées sous la tête, pour contempler le ciel. Mais avez-vous pensé à vous munir d'un slip antigritche? Vous pourriez en avoir besoin.

Le Templier secoua lentement la tête. Le crépuscule maintenait son visage dans l'ombre sous le capuchon de son vêtement.

– Il est inutile de nous leurrer ou de minimiser les raisons qui amènent ici chacun d'entre nous, dit-il. Il est temps d'admettre que nous avons tous apporté dans ce pèlerinage quelque chose de particulier avec quoi nous espérons, lorsque le moment sera venu d'affronter le Seigneur de la Douleur, changer le cours inévitable des événements.

Le poète se mit à rire.

– Dire que je n'ai même pas apporté ma putain de patte de lapin porte-bonheur!

Le capuchon du Templier s'inclina légèrement en avant.

– Vous avez votre manuscrit, peut-être?

Le poète ne répondit pas.

Het Masteen fit passer son regard invisible sur son voisin de gauche.

– Et vous, colonel, qu'avez-vous dans ces grosses malles qui portent votre nom? Des armes?

Kassad le regarda sans répondre.

– Évidemment, fit Het Masteen. Il serait ridicule d'aller à la chasse sans être armé.

– Et moi, demanda Brawne Lamia en croisant les bras. Savez-vous quelle arme secrète je transporte clandestinement?

– Nous n'avons pas encore eu l'honneur d'entendre votre récit, H. Lamia, fit remarquer le Templier de sa voix posée aux accents étranges. Il serait prématuré de vouloir spéculer là-dessus.

– Et le consul? demanda Lamia.

– Là, il me semble qu'elle est tout à fait évidente, l'arme que notre ami diplomate tient en réserve.

Le consul s'arracha à la contemplation du coucher de soleil.

– Je n'ai dans mes bagages que quelques vêtements et deux livres à lire, dit-il, sincère.

– Oui, soupira le Templier. Par contre, c'est un bien beau vaisseau que vous avez laissé derrière vous.

Martin Silenus bondit sur ses pieds en entendant ces mots.

– Ce vaisseau de merde! s'écria-t-il. Je suis sûr que vous pouvez l'appeler! Sortez votre putain de sifflet magique, j'en ai marre de poireauter ici!

Le consul arracha un brin d'herbe et le fendit méthodiquement en long. Au bout d'une minute, il déclara :

– Même s'il était en mon pouvoir de le faire venir ici – et vous avez entendu comme moi A. Bettik dire que les satcoms et les stations de répéteurs étaient hors service – nous ne pourrions absolument pas nous poser au nord de la Chaîne Bridée. Cela a toujours inévitablement tourné au désastre, même avant que le gritche commence à écumer la région située au sud des montagnes.

– D'accord, fit Silenus en agitant nerveusement les bras. Mais nous pourrions au moins quitter ce putain de... gazon! Qu'est-ce que vous attendez pour l'appeler?

– Nous en reparlerons demain. Si le chariot à vent n'est toujours pas là, nous envisagerons des solutions de rechange.

– Allez vous faire foutre avec vos...

Mais Silenus fut coupé par Kassad, qui fit un pas en avant en lui tournant le dos, ce qui eut pour effet de le mettre hors du cercle.

– H. Masteen, demanda le colonel, ne nous direz-vous pas quel est votre secret?

Les derniers feux du couchant permettaient à peine de distinguer le sourire qui flottait sur les lèvres fines du Templier. Il désigna la montagne de bagages.

– Comme vous avez pu le constater, la malle qui m'accompagne est la plus lourde et la plus mystérieuse de toutes.

– C'est un cube de Möbius, affirma le père Hoyt. J'ai vu transporter ainsi des artefacts anciens.

– Ou des bombes à fusion, suggéra Kassad.

Het Masteen secoua la tête.

– Rien d'aussi brutal, leur dit-il.

– N'allez-vous pas nous révéler votre secret? demanda Lamia.

– Lorsque viendra mon tour de parler.

– Ce n'est pas votre tour? demanda le consul. Nous pourrions écouter le récit suivant en attendant.

Sol Weintraub se racla la gorge.

– C'est moi qui ai le numéro quatre, dit-il en leur montrant son morceau de papier. Mais je cède volontiers la place à la Voix de l'Arbre Authentique, si tel est son désir.

Il souleva Rachel pour en faire passer le poids d'une épaule à l'autre, tout en lui tapotant affectueusement le derrière.

– Nous avons tout le temps, fit Het Masteen en secouant la tête. Je voulais seulement vous faire comprendre qu'il y a toujours de l'espoir au plus profond du plus sombre désespoir. Nous avons beaucoup appris, jusqu'à présent, en écoutant les récits qui ont été faits. Néanmoins, chacun de nous a le germe d'une promesse enfoui en lui, encore plus loin que nous ne voulons l'admettre.

– Je ne vois vraiment pas en quoi...

Le père Hoyt fut brutalement interrompu par le cri de Martin Silenus :

– Le voilà ! Il a quand même fini par arriver, ce putain de chariot à vent !

Il fallut encore vingt minutes pour que le chariot s'amarre à l'un des pontons. Il venait du nord, et ses voiles formaient des carrés blancs contre la plaine obscure vidée de toutes ses couleurs. Les dernières lueurs du couchant s'étaient éteintes lorsque le gros vaisseau, ayant décrit un large cercle pour se présenter dans l'alignement du talus, ferla ses voiles et s'arrêta progressivement de rouler.

Le consul fut impressionné par ce spectacle. L'engin était en bois, entièrement assemblé à la main, et d'une taille gigantesque. Sa ligne ventrue évoquait celle d'un galion de mer tout droit issu de l'histoire de l'Ancienne Terre. Son unique roue, énorme, placée au centre, devait normalement rester invisible au milieu des herbes de deux mètres. Mais le consul aperçut la partie inférieure de la coque lorsqu'il commença à porter les bagages sur le quai. Il y avait bien six ou sept mètres entre le niveau du sol et le plat-bord, et environ cinq fois cette distance jusqu'au sommet du grand mât. De l'endroit où il se trouvait, haletant sous la charge, il entendait le claquement des bannières, tout en haut, ainsi qu'un bourdonnement continu, presque subsonique, sans doute produit par le volant d'inertie intérieur du vaisseau ou par ses gyroscopes massifs.

Une passerelle sortit de la partie supérieure de la coque et s'inclina jusqu'au quai. Le père Hoyt et Brawne Lamia durent reculer précipitamment pour ne pas se faire écraser.

Le chariot à vent était beaucoup moins bien éclairé que le *Bénarès*. Ses seules sources d'illumination semblaient consister en une série de lanternes suspendues à des vergues. Aucun équipage ne s'était manifesté durant l'approche du vaisseau, et il n'y avait pas la moindre silhouette en vue sur le pont.

– Holà! appela le consul au pied de la passerelle.

Personne ne lui répondit.

– Attendez-moi ici un instant, voulez-vous? fit Kassad.

En cinq enjambées, il se retrouva en haut de la passerelle inclinée. Tandis que les autres le regardaient sans rien dire, il s'immobilisa un instant, toucha sa ceinture à l'endroit où était glissé un petit bâton de la mort, puis disparut à l'intérieur du vaisseau. Quelques minutes plus tard, une lumière s'alluma derrière les larges baies de la poupe, projetant des ombres jaunes trapézoïdales sur l'herbe en contrebas.

– Vous pouvez monter, fit Kassad du haut de la rampe. Il n'y a personne à bord.

Ils durent faire plusieurs voyages pour les bagages. Le consul aida Het Masteen à porter la lourde malle de Möbius et crut sentir dans ses doigts une vibration légère mais soutenue.

– Où est passé ce bordel de Dieu d'équipage? demanda Martin Silenus quand ils se rassemblèrent sur le pont principal.

Ils avaient fait, en file indienne, le tour des coursives étroites et des cabines, et descendu des escaliers qui étaient plutôt de simples échelles. Les logements prévus pour les passagers étaient à peine plus spacieux que les couchettes qu'ils contenaient. Seule la cabine de poupe, celle du capitaine, si toutefois l'on pouvait se fier aux apparences, était à peu près comparable en volume et en confort aux installations du *Bénarès*.

– Il est automatique, de toute évidence, fit Kassad.

L'officier de la Force leur montra des drisses qui disparaissaient dans des rainures du pont, des manipulateurs presque invisibles parmi les espars et le gréement, ainsi que tout un mécanisme subtil que l'on devinait à mi-hauteur du mât d'artimon gréé d'une voile latine.

– Je n'ai vu aucun poste de commande, fit observer Brawne Lamia. Pas la moindre disquette ni le plus petit noyau C.

Elle sortit un persoc d'une de ses poches et essaya de se connecter à une interface standard, sur les fréquences de données, de communication, puis biomédicale. Elle n'obtint aucune réponse du vaisseau.

– Ces engins ont toujours eu un minimum d'équipage, murmura le consul. Généralement, des initiés du Temple chargés d'accompagner les pèlerins dans les montagnes.

– Ce qui est sûr, c'est qu'ils ne sont pas là, déclara Hoyt. Mais nous pouvons supposer qu'il y a *quelqu'un*, à la station du téléphérique ou à la forteresse de Chronos, qui nous a envoyé ce chariot à vent.

– À moins que tout le monde ne soit mort et qu'il ne soit venu automatiquement, fit Lamia.

Elle regarda, par-dessus son épaule, la toile et le gréement qui craquaient au vent.

– C'est vraiment lugubre, d'être coupé de tout et de tout le monde dans des endroits pareils, reprit-elle. Je ne sais pas comment les coloniaux peuvent supporter cette vie.

Martin Silenus s'approcha alors du groupe et s'adossa au bastingage. Il but une longue gorgée à la bouteille verte qu'il tenait à la main, puis se mit à déclamer :

Où est le Poète? Montrez-le-moi, mes muses,
Que je le reconnaisse.
C'est l'égal de tout homme,
Fût-il roi ou mendiant
Ou autre créature merveilleuse
Entre le singe et Platon.
C'est l'homme qui avec un oiseau,
Roitelet ou aigle, trouve le chemin
De tous ses instincts.
S'il entend le rugissement du lion
Il sait traduire les sons issus de cette
Gorge puissante.
Pour lui, le feulement du tigre
A un sens et sonne à ses oreilles
Comme sa langue natale.

– Où avez-vous déniché cette bouteille? lui demanda Kassad.

Martin Silenus sourit. Ses petits yeux brillaient à la lueur de la lanterne.

– La cambuse est amplement pourvue, dit-il. Il y a même un bar. Je me suis permis de le déclarer ouvert.

– Nous devrions peut-être nous restaurer, fit le consul.

Il ne souhaitait, pour sa part, rien d'autre qu'un verre de vin, mais il y avait bien dix heures qu'ils n'avaient rien mangé.

Ils entendirent soudain un grand bruit à tribord et se retournèrent comme un seul homme pour voir la passerelle rentrer dans la coque. Ils firent de nouveau volte-face et levèrent la tête lorsque la toile se déploya sous les vergues et que les drisses se tendirent. Quelque part, un volant d'inertie vibra dans le registre ultrasonique. Les voiles se gonflèrent, le pont s'inclina légèrement et le chariot s'éloigna du quai pour s'enfoncer dans les ténèbres. Les seuls sons que l'on entendait étaient le claquement des voiles et le grincement des cordages, le grondement lointain de la roue et le frottement des herbes sous la coque.

Les six pèlerins regardèrent s'éloigner derrière eux l'ombre de la crête. Le bûcher qu'ils avaient préparé pour signaler leur position et qu'ils n'avaient jamais allumé refléta quelques instants la pâle lueur des étoiles sur ses branches faiblement argentées, puis il n'y eut plus que le ciel et la nuit pour servir de fond aux oscillations rythmées des feux émis par les lanternes de bord.

– Je descends voir s'il y a quelque chose à grignoter, leur dit le consul.

Les autres s'attardèrent quelques instants sur le pont qui trépidait légèrement, admirant le crépuscule qui commençait à s'installer. La mer des Hautes Herbes n'était visible que comme un endroit où finissaient les étoiles et où commençaient les ténèbres. Kassad sortit une lampe-torche pour illuminer une partie du gréement. Les cordages se tendaient, tirés par des mains invisibles, tandis qu'il examinait tous les recoins, de la proue à la poupe. Les autres le regardaient faire en silence. Quand il éteignit la torche, l'obscurité parut soudain moins oppressante et les étoiles un peu plus brillantes. Une riche odeur de fertilité, qui évoquait davantage une ferme au printemps qu'un océan, leur arriva, apportée par une brise qui avait balayé mille kilomètres de prairie.

Peu de temps après, le consul les appela et ils descendirent manger.

La salle à manger était minuscule. Il n'y avait pas de grande table commune. Ils durent utiliser la cabine du capitaine, à l'arrière, en réunissant trois malles bout à bout pour former une table de fortune. Quatre lanternes accrochées aux poutres basses servirent à éclairer l'endroit. Une brise pénétra dans la cabine lorsque Het Masteen ouvrit l'une des larges baies situées au-dessus du lit.

Le consul posa des assiettes pleines de sandwiches sur la plus grosse malle, puis revint quelques instants plus tard avec de gros bols blancs et un thermos. Il servit le café à ses compagnons pendant qu'ils mangeaient.

– C'est excellent, lui dit Fedmahn Kassad. Où avez-vous trouvé tout ça?

– Le frigo est très bien pourvu. Et il y a encore une chambre froide dans la réserve de poupe.

– Électrique? demanda Masteen.

– Non. Double isolation seulement.

Martin Silenus renifla un pot, trouva un couteau dans l'une des assiettes et ajouta quelques gros morceaux de raifort à son sandwich. Il se mit à manger, les yeux brillants de larmes.

– Combien de temps dure généralement ce genre de traversée? demanda Lamia au consul.

Il releva la tête, s'arrachant à la contemplation du cercle que faisait le café noir sur le bord de sa tasse.

– Pardonnez-moi, fit-il. Vous disiez?

– La traversée de la mer des Hautes Herbes... Elle dure combien de temps?

– Une nuit et la moitié d'une journée pour atteindre les montagnes, répondit le consul. À condition d'avoir le vent pour nous.

– Et ensuite, combien de temps pour franchir les montagnes? demanda le père Hoyt.

– Moins d'un jour.

– Si le téléphérique est en état de marche, précisa Kassad.

Le consul porta le café brûlant à ses lèvres et fit la grimace.

– Espérons qu'il le sera, dit-il. Sinon...

– Sinon quoi? demanda Lamia.

– Sinon, reprit Kassad en mettant les mains sur les hanches pour marcher jusqu'à la fenêtre ouverte, nous serons bloqués à six cents kilomètres des Tombeaux du Temps et à un millier de kilomètres des grandes villes du sud.

Le consul secoua la tête.

– Impossible, dit-il. Les prêtres du Temple, ou qui que ce soit d'autre qui orchestre ce pèlerinage, ont veillé à ce que nous arrivions jusqu'ici. Ils feront en sorte que nous puissions aller jusqu'au bout.

Brawne Lamia croisa les bras en fronçant les sourcils.

– En qualité de quoi? De victimes promises au sacrifice?

Martin Silenus fit entendre un rire bruyant et sortit sa bouteille.

Quels sont ceux-ci qui viennent au sacrifice?
À quel autel verdoyant, ô prêtre mystérieux,
Mènes-tu cette génisse qui mugit aux cieux,
Ses flancs soyeux tout parés de guirlandes?
Quelle ville au bord d'un fleuve ou de la mer,
Ou bâtie sur la montagne, autour de son acropole paisible,
S'est vidée de ce peuple, en ce matin recueilli?
Tes rues, petite ville, pour toujours
Resteront silencieuses,
Et pas une âme, pour dire pourquoi tu es
Déserte, ne reviendra jamais.

Brawne Lamia glissa la main sous sa tunique et en sortit un couteau laser, pas plus large que son petit doigt, qu'elle pointa sur la tête du poète.

– Misérable avorton de merde! Un mot de plus de votre part, et je jure que je vous découpe sur place!

Le silence se fit soudain, absolu à l'exception des trépidations étouffées du vaisseau. Le consul se rapprocha discrètement de Martin Silenus tandis que le colonel Kassad faisait deux pas vers Brawne Lamia, par-derrière.

Le poète but une longue gorgée et sourit à la femme aux cheveux bruns. Les lèvres mouillées, il murmura :

– Construisez votre navire de la mort, oh oui, construisez-le!

Les doigts de Lamia étaient exsangues au contact du tube laser. Le consul s'était encore rapproché de Silenus, sans trop savoir ce qu'il allait pouvoir faire. Il imaginait la lueur aveuglante du laser en train de lui dévorer les yeux. Pendant ce temps, Kassad se penchait vers Lamia telle une ombre géante prête à bondir.

– Madame, fit Sol Weintraub de la couchette où il était assis contre la paroi opposée, permettez-moi de vous rappeler qu'il y a un bébé parmi nous.

Lamia tourna vivement la tête à droite. Weintraub

avait retiré un tiroir assez profond d'un meuble de rangement et l'avait posé sur la couchette pour en faire un berceau. Il était allé faire la toilette de l'enfant et était revenu juste avant la tirade du poète. Il posa délicatement l'enfant dans son nid capitonné.

– Excusez-moi, fit Lamia en abaissant le laser miniature. C'est qu'il me... porte tellement sur les nerfs!

Weintraub hocha la tête en remuant doucement le tiroir pour bercer l'enfant. Le mouvement du chariot, associé au grondement sourd de la roue, semblait avoir déjà endormi Rachel.

– Nous somme tous sur les nerfs et physiquement épuisés, leur dit Weintraub. Il serait peut-être plus raisonnable que chacun se trouve un endroit où dormir et se retire pour la nuit.

Brawne Lamia soupira et rangea son arme.

– Je ne trouverai jamais le sommeil, dit-elle. Il se passe des choses trop... étranges.

Les autres approuvèrent en hochant la tête. Martin Silenus s'était installé sur le large rebord d'une baie. Il allongea les jambes contre la vitre, but une nouvelle gorgée et demanda à Weintraub :

– Racontez-nous donc votre histoire, mon vieux.

– Oui, fit à son tour le père Hoyt, d'une pâleur cadavérique mais les yeux fiévreux d'excitation. Racontez-nous. Il faut que nous en sachions le plus possible avant d'arriver. Nous aurons ainsi un peu de temps pour réfléchir.

Weintraub passa la main sur son crâne chauve.

– Mon récit n'aura rien de très palpitant, dit-il. C'est la première fois que je viens sur Hypérion. Vous ne m'entendrez parler ni de monstres ni d'actes d'héroïsme. Pour celui qui va vous conter cette histoire, la plus grande aventure épique, c'est de s'adresser à sa classe quand il a oublié ses notes.

– Tant mieux, fit Martin Silenus. Nous avons tous besoin d'un bon soporifique.

Sol Weintraub soupira, rajusta ses lunettes et hocha la tête. Il y avait quelques filets noirs dans sa barbe, mais la plus grande partie était grise. Il baissa la lumière de la lanterne au-dessus du lit où était le bébé, et alla s'asseoir au centre de la grande cabine.

Le consul éteignit les autres lampes et servit du café à ceux qui en voulaient encore. La voix de Sol Weintraub s'éleva, lente et précise dans son phrasé et dans le choix des mots. Avant longtemps, tout le monde fut sous le charme de sa cadence, mêlée au rythme sourd des mouvements du chariot à vent qui progressait imperturbablement vers le nord.

Le récit du lettré :

« Amer est le goût du Léthé »

Sol Weintraub et sa femme Saraï aimaient la vie qu'ils menaient bien avant que la naissance de leur fille, Rachel, ne les comble autant que pouvait l'être ce couple.

Saraï avait vingt-sept ans lorsque l'enfant fut conçu. Sol en avait vingt-neuf. Ni l'un ni l'autre n'avait envisagé de suivre un traitement Poulsen, car ils n'en avaient guère les moyens, mais même ainsi ils pouvaient escompter l'un et l'autre un demi-siècle de bonne santé.

Ils n'avaient jamais quitté le monde de Barnard, l'une des plus anciennes mais aussi plus ternes planètes de l'Hégémonie. Barnard faisait partie du Retz, mais cela faisait peu de différence pour Sol et Saraï dans la mesure où ils ne pouvaient se permettre de se distransporter souvent, et ne le souhaitaient pas vraiment, de toute manière. Sol avait récemment célébré sa dixième année à l'université de Nightenhelser, où il enseignait l'histoire et les belles-lettres tout en poursuivant ses propres recherches sur l'évolution de l'éthique. Nightenhelser était une petite université, de moins de trois mille étudiants, mais sa réputation était grande et elle attirait des jeunes de tout le Retz. Le principal grief des étudiants était que Nightenhelser et l'agglomération de Crawford qui l'entourait constituaient un îlot de civilisation au milieu d'un océan d'ennui. Et c'était vrai. L'université se trouvait à trois mille kilomètres de Bussard, la capitale, et les régions terraformées qui les séparaient étaient exclusivement consacrées à l'agriculture. Il n'y avait eu ni forêts à abattre, ni collines à aménager, ni montagnes à contourner qui auraient pu rompre la plate monotonie des champs de maïs succédant aux champs de haricots puis de blé puis encore de maïs puis aux rizières, à perte de vue. Le poète radical Salmud Brevy avait enseigné quelque temps à Nightenhelser, avant la mutinerie de Glennon-Height. Lorsqu'il avait été radié, avant de se distransporter sur le Vecteur Renaissance, il avait déclaré à ses amis que le comté de Crawford, sur le continent Sud de Sinzer de la planète de Barnard, représentait, à son avis, le Huitième Cercle de la désolation sur le plus infime furoncle au cul de la Création.

Sol et Saraï Weintraub s'y plaisaient cependant. Crawford, avec ses vingt-cinq mille habitants, semblait construite sur le modèle de quelque ville des Grandes Plaines américaines du XIXe siècle. Les rues étaient larges et bordées d'ormes et de grands chênes qui formaient des voûtes épaisses. (Barnard avait été la deuxième colonie extrasolaire de la Terre, aménagée plusieurs siècles avant l'apparition du propulseur Hawking et l'hégire, et les vaisseaux d'ensemencement, à l'époque, étaient énormes.) Les maisons de Crawford évoquaient des styles qui allaient de l'époque victorienne à celle du renouveau canadien. Elles étaient cependant toutes blanches, et posées à l'arrière de pelouses irréprochables.

Les bâtiments de l'université proprement dite étaient d'inspiration géorgienne, avec une prédominance de briques rouges et de colonnades blanches entourant l'ovale de la cour d'honneur. Le bureau de Sol se trouvait au deuxième étage du bâtiment Placher, le plus vieux du campus. L'hiver, il avait vue sur les branches nues qui ciselaient la cour de leurs contours complexes. Il adorait l'odeur de craie et de vieilles boiseries qui n'avait pas changé depuis l'époque où il était lui-même étudiant ici. Chaque jour, en montant dans son bureau, il regardait avec amour les vieilles marches en bois usées par vingt générations d'étudiants de Nightenhelser.

Saraï était née dans une ferme située à mi-chemin de Bussard et de Crawford. Elle avait eu son diplôme de théorie musicale l'année avant celle où Sol avait réussi à son doctorat. C'était une jeune femme active et pleine de vie, qui compensait amplement par sa personnalité ce qui lui manquait en beauté selon les canons en vigueur. Elle avait toujours gardé, plus tard, ce charme personnel. Elle avait fait deux années d'études à l'extérieur, à l'université de Lugdunum, sur Deneb Drei, mais elle y avait eu le mal du pays. Les couchers de soleil y étaient trop brusques; les montagnes si célèbres découpaient la lumière en tranches comme une faux à la lame ébréchée, et elle avait la nostalgie des crépuscules de son monde natal, qui duraient des heures, avec l'Étoile de Barnard flottant à l'horizon comme un gros ballon écarlate tandis que le ciel se figeait pour le soir. Mais ce qui lui manquait peut-être le plus, c'était la plaine parfaite où, petite fille, de sa chambre du deuxième étage, sous les combles à pente abrupte, elle voyait s'approcher, à travers cinquante kilomètres de champs quadrillés, un rideau de tempête bleu ecchymose éclairé de l'intérieur par des éclairs blancs. Et c'était sa famille, aussi, qui manquait à Saraï.

Elle avait connu Sol une semaine après être arrivée à Nightenhelser. Il lui avait fallu trois ans pour se décider à la demander en mariage, et elle avait accepté. Au début, elle ne voyait rien d'extraordinaire chez ce petit étudiant de deuxième cycle. Elle s'habillait toujours à la mode du Retz, s'intéressait au mouvement musical postdestructionniste, lisait *Obit* et *Nihil* ainsi que les revues d'avant-garde du Vecteur Renaissance et de TC^2. Elle affectait d'être blasée par la vie et d'utiliser un vocabulaire de révolutionnaire, et rien de tout cela n'allait vraiment avec l'étudiant en histoire demi-portion mais assidu qui avait renversé sur elle une salade de fruits à la soirée d'honneur du doyen Moore. Les qualités exotiques qu'auraient pu conférer à Sol Weintraub ses ascendances juives étaient annulées par son accent barnardien, sa garde-robe de la boutique des princes de Crawford, et aussi le fait qu'il était venu à la réception, distraitement, avec sous le bras un exemplaire des *Variations sur la Solitude* de Detresque.

Pour Sol, cela avait été le coup de foudre. Il ne pouvait détacher son regard de la fille aux pommettes rouges et au rire argentin, ignorant la toilette coûteuse et les ongles démesurés à la mode des mandarins pour ne retenir que le charme pétillant de la jeune fille qui avait tout pour faire des signaux énergiques à un jeune homme esseulé. Sol ignorait qu'il souffrait de la solitude jusqu'à ce qu'il eût rencontré Saraï. Mais après lui avoir serré la main et lui avoir renversé sa salade de fruits sur le corsage, il comprit que la vie sans elle serait éternellement vide s'il ne l'épousait pas.

Ils convolèrent la semaine qui suivit l'annonce du recrutement de Sol comme professeur à l'université. Leur lune de miel se déroula sur Alliance-Maui. C'était la première fois qu'il utilisait le distrans. Ils louèrent pour trois semaines une île mobile sur laquelle ils visitèrent les merveilles de l'archipel Équatorial. Sol ne devait jamais oublier les images paradisiaques de ce voyage au soleil et au vent du grand large. La plus chère et la plus secrète de ces images était celle de Saraï surgissant toute nue de l'océan après un bain de minuit, entourée des mille feux des étoiles de la Centralité et de celles qui brillaient dans le sillage phosphorescent de l'île et sur son propre corps.

Ils voulaient avoir un enfant immédiatement, mais la nature ne leur donna satisfaction qu'au bout de cinq ans.

Sol n'oublierait jamais comment il avait tenu le ventre de Saraï dans le creux de ses mains tandis qu'elle se tordait dans les douleurs. L'accouchement fut difficile, jusqu'au moment où, finalement, incroyablement, Rachel Sarah Weintraub naquit, à 2 h 01 du matin, au Centre Médical du Comté de Crawford.

La présence de l'enfant ne fut pas sans troubler l'existence solipsiste de Sol en tant qu'universitaire distingué, et celle de Saraï en tant que critique musicale pour l'infosphère de Barnard. Mais ils ne s'en plaignirent pas. Les premiers mois mêlèrent continuellement les fatigues et les joies. Tard, le soir, entre deux tétées, Sol entrait sur la pointe des pieds dans la chambre de Rachel pour la regarder dormir dans son berceau. Le plus souvent, Saraï était là aussi, et ils contemplaient ensemble, main dans la main, le miracle d'un bébé en train de dormir sur le ventre, les fesses à l'air, la tête sous le rebord capitonné du berceau.

Rachel était l'un de ces rares enfants qui parviennent à être naturellement charmants sans devenir précocement imbus d'eux-mêmes. À l'âge de deux années standard, sa personnalité et son aspect physique étaient déjà frappants. Elle avait les cheveux châtains, les pommettes rouges et le sourire de sa mère. Ses grands yeux bruns étaient ceux de son père. Les gens disaient qu'elle alliait ce qu'il y avait de mieux dans la sensibilité de Saraï aux qualités intellectuelles de Sol. Un psychologue de leurs amis, spécialiste des enfants, leur avait dit un jour que Rachel, à cinq ans, lui semblait particulièrement douée pour son âge. Elle présentait, d'après lui, tous les signes d'une curiosité intellectuelle parfaitement structurée, avec des tendances profondes à l'empathie et à la compassion ainsi qu'un sens de l'équité aigu.

Un jour, dans son bureau, alors qu'il étudiait des documents datant de l'Ancienne Terre, Sol tomba sur un passage écrit par un critique littéraire du XXe ou du

XXIe siècle à propos de la manière dont Béatrice influençait la conception du monde de Dante Alighieri.

> Elle seule [Béatrice] avait encore une réalité pour lui ; elle seule donnait encore un sens au monde, et de la beauté. Sa nature devint un phare pour lui, ce que Melville devait appeler plus tard, avec plus de sobriété que nous ne pouvons le faire aujourd'hui, son « méridien de Greenwich »...

Sol s'interrompit pour chercher la définition de « méridien de Greenwich », puis continua sa lecture. Le critique ajoutait une note personnelle :

> La plupart d'entre nous, je l'espère, ont une Béatrice dans leur vie, épouse, enfant ou amie, quelqu'un qui, par sa nature même, sa divinité innée ou son intelligence, nous rend inconfortablement conscient de nos mensonges lorsqu'il nous arrive d'en faire.

Sol avait alors arrêté le défilement du texte, et s'était penché vers la fenêtre pour contempler l'enchevêtrement géométrique des branches au-dessus de la cour d'honneur.

Rachel n'était pas d'une perfection insoutenable. À cinq années standard, elle coupa méthodiquement avec une paire de ciseaux les cheveux de ses cinq poupées préférées, puis coupa encore plus court ses propres cheveux. À sept ans, décidant que les travailleurs immigrés qui vivaient dans les maisons délabrées des quartiers sud de la ville n'avaient pas une alimentation assez équilibrée, elle vida tous les garde-manger, congélateurs et synthétiseurs de la maison, réussit à convaincre trois de ses amies de l'accompagner et distribua l'équivalent de plusieurs centaines de marks prélevés sur le budget alimentaire de la famille.

Quand elle atteignit ses dix ans, Rachel, en réponse à un défi lancé par Stubby Berkowitz, voulut grimper au sommet du plus vieil orme de Crawford. Elle était parvenue à quarante mètres du sol, soit à moins de cinq mètres du faîte, lorsqu'une branche cassa. Rachel dégringola sur les deux tiers de la distance qui la séparait du sol. Son père fut prévenu sur son persoc au milieu d'un cours sur les conséquences morales du premier désarmement nucléaire sur la Terre. Il quitta sa classe sans un mot et franchit en courant les douze pâtés de maisons qui le séparaient du Centre Médical.

Rachel avait la jambe gauche cassée, deux côtes enfoncées, un poumon perforé et la mâchoire fracturée. Elle flottait dans un bain de liquide nourricier réparateur lorsqu'il fit irruption dans la chambre où elle se trouvait. Elle réussit, en le regardant par-dessus l'épaule de sa mère, à sourire légèrement et à lui dire, à travers l'appareil qui lui plâtrait la mâchoire :

– Papa, j'étais seulement à cinq mètres du sommet, peut-être moins. La prochaine fois, je suis sûre de réussir !

Rachel réussit brillamment dans ses études secondaires. Elle reçut des propositions de bourse de différentes écoles spécialisées sur cinq mondes ainsi que de trois universités, parmi lesquelles figurait Harvard, sur la Nouvelle-Terre. Mais elle préféra s'inscrire à Nightenhelser.

Sol ne fut guère surpris lorsque sa fille choisit, comme matière principale, l'archéologie. L'un des plus chers souvenirs qu'il gardait d'elle était celui des longs après-midi qu'elle passait sous l'auvent, lorsqu'elle avait à peine deux ans, à remuer la terre, ignorant les araignées et les zygopèdes, courant montrer dans la maison chaque bout de plastique et chaque pfennig décoloré qu'elle avait déterré, demandant des explications sur leur origine et sur les gens qui les avaient laissés là.

Elle décrocha son diplôme à dix-neuf ans. Tout l'été, elle travailla à la ferme de sa grand-mère, puis elle se distransporta au début de l'automne. Elle passa alors vingt-huit mois, en temps local, à l'université de Reichs, sur Freeholm. Lorsqu'elle fut de retour chez elle, ce fut comme si les couleurs étaient revenues dans l'univers de Sol et de Saraï.

Durant les deux semaines qui suivirent, leur fille, à présent adulte et responsable d'une manière rarement donnée à des individus faisant deux fois son âge, prit plaisir à se reposer chez elle. Un soir, alors qu'ils se promenaient sur le campus, juste après le coucher du soleil, elle questionna son père sur leur héritage culturel.

– Dis-moi, papa, est-ce que tu te considères toujours comme un juif?

Surpris par la question, Sol s'était passé la main dans les cheveux avant de répondre :

– Un juif? Oui, je suppose. Mais cela ne signifie peut-être plus pour moi la même chose qu'avant.

– Est-ce que je suis juive? avait alors demandé Rachel, dont les joues luisaient dans la pâle clarté du ciel.

– Tu l'es si tu choisis de l'être. Tout cela n'a plus le même sens depuis que l'Ancienne Terre est morte.

– Si j'avais été un garçon, m'aurais-tu fait circoncire?

Sol avait éclaté de rire, à la fois ravi et embarrassé par la question.

– Je suis très sérieuse, lui avait dit Rachel.

– Je suppose que oui, ma louloute, avait dit Sol en rajustant ses lunettes. Mais je n'y avais jamais réfléchi avant, je l'avoue.

– Es-tu déjà allé à la synagogue de Bussard?

– Pas depuis ma bar mitzvah, répondit Sol en repensant au jour où, cinquante ans plus tôt, son père avait emprunté le Vikken de l'oncle Richard et avait emmené toute la famille à la capitale pour y célébrer le rite.

– Papa, pourquoi les juifs pensent-ils que tout cela a... moins d'importance maintenant qu'avant l'hégire?

Sol avait écarté ses mains puissantes, qui ressemblaient plus à celles d'un tailleur de pierres qu'à celles d'un universitaire.

– Voilà une excellente question, Rachel. C'est sans doute parce que la plus grande partie de notre rêve s'est éteinte. Il n'y a plus d'Israël. Le Nouveau Temple a duré moins longtemps que le premier et le deuxième. Dieu a rompu sa parole en détruisant la Terre une seconde fois. Et la diaspora que nous connaissons maintenant est... éternelle.

– Mais il y a d'autres endroits où les juifs conservent leur identité ethnique et religieuse, insista Rachel.

– C'est certain. Sur Hébron, et dans certains secteurs isolés du Confluent, on trouve des communautés entières... hassidiques, orthodoxes, asmonéennes, tout ce que tu voudras. Mais elle ont plutôt tendance à se figer, et à s'orienter vers... les activités touristiques.

– Comme un parc thématique?

– Si tu veux.

– Est-ce que tu veux bien m'emmener demain au temple Beth-el? Je pourrais emprunter son strat à Khaki.

– Inutile. Nous pouvons prendre la navette de l'université. C'est d'accord... Cela me fera plaisir d'aller avec toi à la synagogue.

La nuit tombait sous les grands ormes. Les lumières de la ville s'allumèrent de part et d'autre de la grande allée qui conduisait à leur maison.

– Papa, avait déclaré Rachel, je vais te poser une question que j'ai dû répéter mille fois depuis l'âge de deux ans. Est-ce que tu crois en Dieu?

Sol n'avait pas souri. Il n'avait aucune autre réponse à lui donner que celle qu'il lui avait déjà répétée mille fois :

– J'attends de voir.

Le mémoire d'études supérieures de Rachel portait sur les artefacts d'origine non humaine ou préhégirienne. Durant trois années standard, Sol et Saraï ne virent Rachel qu'en quelques occasions espacées, entrecoupées d'envois de pelures distrans à partir de mondes exotiques relativement proches mais n'appartenant pas au Retz. Ils savaient que ses études sur le terrain n'allaient pas tarder à la conduire bien au-delà du Retz, dans les Confins où le déficit de temps dévorait la vie et les souvenirs de ceux qui restaient derrière.

– Où diable se trouve cet Hypérion? avait demandé Saraï durant le dernier séjour de Rachel, juste avant le départ de son expédition. On dirait une nouvelle marque de produit à récurer!

– C'est un endroit formidable, maman. Il y a plus d'artefacts non humains sur cette planète que partout ailleurs, à l'exception, sans doute, d'Armaghast.

– Dans ce cas, pourquoi ne vas-tu pas sur Armaghast, qui n'est qu'à quelques mois du Retz? Pourquoi te contenter du numéro deux?

– Hypérion n'est pas encore un pôle d'attraction majeur pour les touristes, bien qu'ils commencent à poser des problèmes là-bas aussi. Les gens qui ont de l'argent voyagent de plus en plus en dehors du Retz.

Sol était intervenu, d'une voix soudain rauque.

– Ce sont les labyrinthes que tu as l'intention d'étudier, ou bien les artefacts appelés Tombeaux du Temps?

– Les Tombeaux du Temps, papa. Je vais travailler avec le professeur Melio Arundez, qui en sait plus que n'importe qui sur les Tombeaux.

– Je croyais qu'ils étaient dangereux, fit Sol d'un ton aussi neutre que possible mais avec un serrement de gorge.

Rachel sourit.

– Tu penses à la légende du gritche? Il y a deux siècles qu'on n'entend plus parler de ça.

– Mais j'ai vu des documents sur les événements troublants qui ont accompagné la seconde colonisation... commença Sol.

– Je les ai vus aussi, papa. À l'époque, on ne connaissait pas encore les grosses anguilles de roche qui descendent chasser dans le désert. Elles ont sans doute emporté quelques colons, et cela a dégénéré en panique. Tu sais bien comment naissent les légendes. D'ailleurs, les chasseurs les ont exterminées depuis.

– Aucun vaisseau ne se pose là-bas, insista Sol. Il faut y aller à la voile. Ou à pied. Ou je ne sais par quel foutu moyen de transport archaïque.

Rachel se mit à rire.

– Dans l'ancien temps, les gens qui arrivaient là-bas par la voie aérienne sous-estimaient les effets des champs anentropiques, et il y a eu des accidents, c'est vrai. Mais il y a aujourd'hui une ligne de dirigeables qui fonctionne très bien. Il y a aussi un grand hôtel, appelé forteresse de Chronos, sur les contreforts des montagnes du nord, qui reçoit chaque année des centaines de touristes.

– C'est là que tu descendras? demanda Saraï.

– Une grande partie du temps. Ça va être fabuleux, maman!

– Pas trop fabuleux quand même, j'espère, avait dit Saraï.

Et ils avaient souri tous les trois.

Rachel resta quatre ans en transit. Pour elle, ce ne furent que quelques semaines de fugue cryotechnique, mais Sol souffrit de son absence encore plus que si elle avait été quelque part dans le Retz, occupée et inaccessible. L'idée qu'elle s'éloignait de lui à une vitesse supraluminique, enveloppée du cocon quantique artificiel de l'effet Hawking, lui semblait effrayante et de mauvais présage.

Ils avaient toujours de nombreuses activités. Saraï avait abandonné la critique pour se consacrer davantage à des problèmes locaux liés à l'environnement, mais pour Sol ce furent des années particulièrement productives, durant lesquelles il fit paraître son deuxième livre, bientôt suivi d'un troisième. Le deuxième, *Repères moraux*, connut un tel succès qu'il fut sollicité dans tout le Retz pour donner des conférences et participer à des symposiums. Il y alla quelquefois seul, quelquefois avec Saraï, mais, bien que l'idée de voyager ne leur déplût pas en soi, ils se lassèrent vite des changements de nourriture, de gravité et de lumière solaire, et Sol préféra, au bout d'un moment, rester chez lui pour se consacrer à des recherches sur son prochain livre ou participer à des conférences, le cas échéant, par l'intermédiaire du système interactif de l'université.

Cinq années s'étaient presque écoulées depuis le départ de Rachel lorsque Sol fit un rêve qui allait bouleverser sa vie.

Il se voyait, dans ce rêve, errant à travers un énorme espace parsemé de colonnes de la hauteur d'un séquoia de bonne taille, avec un plafond trop haut pour être discernable, qui laissait passer des rayons d'une lumière rouge presque solide. De temps à autre, il apercevait des formes mouvantes, de chaque côté, dans la pénombre. Il crut ainsi voir, à un moment, une paire de jambes de pierre qui s'élevaient dans la nuit comme des sculptures monumentales. Il lui sembla distinguer également une sorte de scarabée de cristal qui tournait, très haut au-dessus de sa tête, illuminé de l'intérieur par des faisceaux de lumière froide.

Finalement, il s'arrêta pour se reposer. Derrière lui, au loin, il entendit ce qui ressemblait à une immense conflagration, comme si des forêts et des cités entières étaient en train de brûler. Devant lui brillaient les lumières vers lesquelles il se dirigeait depuis le début, deux ovales d'un rouge grenat.

Il épongeait la sueur de son front lorsqu'une voix retentissante, venue de nulle part, lui dit :

> – Sol ! Prends ta fille, ta fille unique, Rachel, que tu aimes, et rends-toi sur le monde qu'on appelle Hypérion pour l'immoler par le feu à l'un des endroits que je t'indiquerai.

Et dans son rêve, Sol s'était dressé pour s'écrier :
– Tu ne peux pas parler sérieusement !
Et il avait repris son chemin dans la pénombre, toujours

guidé par les ovales grenat qui brillaient maintenant comme des lunes sanglantes flottant au-dessus d'une plaine indistincte. Et lorsqu'il s'était de nouveau arrêté, la voix retentissante avait répété :

– Sol ! Prends ta fille, ta fille unique, Rachel, que tu aimes, et rends-toi sur le monde qu'on appelle Hypérion pour l'immoler par le feu à l'un des endroits que je t'indiquerai.

Sol avait alors secoué le poids de cette voix puissante, et il s'était adressé de manière distincte aux ténèbres en leur disant :

– J'avais bien entendu la première fois... La réponse est toujours non !

Il avait compris, à ce moment-là, qu'il était en train de rêver, et une partie de lui-même avait apprécié l'ironie du scénario. Mais une autre partie de lui ne demandait qu'à se réveiller au plus vite. Au lieu de cela, cependant, il se retrouva soudain sur une terrasse basse qui dominait une vaste salle où Rachel était étendue, nue, sur une énorme roche. La scène était éclairée par les deux ovales rouges. Sol s'aperçut alors qu'il tenait quelque chose dans la main droite. Baissant les yeux, il vit un long poignard à lame courbe, d'une seule pièce, qui semblait en corne.

La voix, qui donnait plus que jamais à Sol l'impression de correspondre à l'idée que se faisait de la voix de Dieu le réalisateur d'une production holo à bon marché, s'éleva de nouveau :

– Sol ! Il faut m'écouter attentivement. L'avenir de l'humanité dépend de ton obéissance en la matière. Tu dois prendre ta fille, ta fille unique, Rachel, que tu aimes, et te rendre sur le monde qu'on appelle Hypérion pour l'immoler par le feu à l'un des endroits que je t'indiquerai.

Sol, las de ce rêve qui le mettait quelque peu mal à l'aise, s'était alors tourné pour jeter au loin le poignard dans la nuit. Et quand il avait voulu voir de nouveau sa fille, toute la scène avait disparu. Seuls les ovales rouges demeuraient, plus près de lui que jamais, et il se rendait compte, maintenant, qu'il s'agissait de gemmes à multiples facettes, chacun de la taille d'un petit monde.

– Sol ? Je t'ai donné ta chance, Sol Weintraub. Si tu changes d'avis un jour, tu sais où me trouver.

Il s'était alors réveillé, riant et frissonnant en même temps de ce cauchemar. Ce qui l'amusait, surtout, c'était l'idée que le Talmud et l'Ancien Testament tout entiers auraient pu n'être rien d'autre qu'un vaste mélodrame cosmique de série Z.

À peu près vers l'époque où Sol faisait ce rêve, Rachel se trouvait sur Hypérion, où elle achevait sa première année de recherches. Les gens de son équipe, composée de neuf archéologues et de six physiciens, trouvaient la forteresse de Chronos fascinante mais beaucoup trop fréquentée par les touristes et les candidats au pèlerinage gritchtèque. Ils avaient donc, après avoir passé un mois à faire la navette entre le site et l'hôtel, établi un camp permanent entre les ruines de la cité et le petit canyon abritant les Tombeaux du Temps.

Pendant qu'une moitié de l'équipe creusait le site plus récent de la cité inachevée, deux des collègues de Rachel l'aidaient à dresser un catalogue complet des différents aspects des Tombeaux. Les physiciens étaient fascinés par les champs anentropiques, et passaient une grande partie de leur temps à planter des petits drapeaux de toutes les couleurs pour marquer les limites de ce que l'on appelait les marées du temps.

L'équipe de Rachel concentrait son travail sur la structure appelée le Sphinx, bien que la créature de pierre n'eût l'aspect ni humain ni léonin. Il n'était même pas certain que ce fût la représentation d'une créature, malgré les lignes légèrement ondulées, au sommet du monolithe, qui suggéraient des courbes vivantes, et les appendices évasés, qui faisaient immédiatement penser à des ailes. Contrairement aux autres Tombeaux, ouverts et facilement visibles à l'intérieur, le Sphinx était un assemblage de gros blocs ménageant des alvéoles et des passages étroits, certains se resserrant progressivement de manière infranchissable, d'autres s'élargissant aux dimensions d'un auditorium, mais ne menant nulle part, de toute manière, et revenant seulement sur eux-mêmes. Il n'y avait ni crypte, ni salle du trésor, ni sarcophages pillés, ni fresques, ni passages secrets. Rien d'autre qu'un labyrinthe de corridors insensés aux parois suintantes.

Rachel et son petit ami, Melio Arundez, commencèrent

à établir un relevé du Sphinx, selon une méthode en usage depuis au moins sept cents ans et expérimentée déjà au XXe siècle sur les pyramides égyptiennes. Après avoir disposé des détecteurs sensibles de radiations et de rayonnement cosmique au point le plus bas du Sphinx, ils enregistrèrent les temps d'arrivée et les diagrammes de déviation des particules qui franchissaient la masse de pierre audessus d'eux, essayant de découvrir des chambres ou des passages secrets que même les radars à haute résolution n'avaient pu déceler. En raison de la présence des touristes, assez nombreux en cette saison, et du Conseil intérieur d'Hypérion, qui craignait que ces recherches n'endommagent les Tombeaux du Temps, Rachel et Melio quittaient le campement chaque soir à minuit, mettaient une heure pour traverser, parfois en rampant, le dédale des corridors, qu'ils avaient équipés de globes lumineux bleuâtres, puis restaient, accroupis sous des centaines de milliers de tonnes de pierre, surveiller leurs instruments jusqu'au matin, les oreilles pleines du *ping* des particules nées dans le ventre des étoiles mourantes.

Les marées du temps n'avaient pas posé de problème particulier au Sphinx. De tous les Tombeaux, il semblait être le moins protégé par les champs anentropiques, et les physiciens avaient soigneusement établi le diagramme des moments où les maximums des marées pouvaient constituer une menace. La marée haute se situait à 10 h, et elle refluait seulement vingt minutes plus tard en direction du Tombeau de Jade, qui se trouvait à cinq cents mètres au sud. Les touristes n'avaient pas le droit de s'approcher du Sphinx avant midi. Pour s'assurer une marge de sécurité suffisante, les responsables du site faisaient en sorte que tout le monde soit parti avant 9 h. L'équipe des physiciens avait installé des capteurs chronotropes en différents points du sentier et des passerelles qui desservaient les Tombeaux, à la fois pour détecter les variations des marées et pour mettre les visiteurs en garde.

Rachel était à peine à trois semaines de la fin de son année de recherches sur Hypérion lorsqu'elle se leva, une nuit, quitta son amant qui dormait à côté d'elle et prit une jeep à effet de sol pour se rendre du campement aux Tombeaux. Melio et elle avaient décidé qu'il était stupide d'aller chaque nuit surveiller tous les deux les appareils, et qu'il valait mieux alterner. Pendant que l'un des deux restait travailler au site, l'autre pouvait classer les données et les préparer en vue de leur projet final, l'établissement d'un relevé radar de toutes les dunes situées entre le Tombeau de Jade et l'Obélisque.

La nuit était splendide et fraîche. Les étoiles emplissaient le ciel d'un horizon à l'autre. Il y en avait quatre ou cinq fois plus que dans celui du monde de Barnard où Rachel avait grandi. Les dunes plates semblaient bruire et onduler sous la brise qui soufflait des montagnes du sud.

Rachel trouva le site encore éclairé. L'équipe des physiciens venait de terminer sa journée et était en train de charger la jeep. Elle échangea quelques mots avec eux, se fit une tasse de café tandis qu'ils s'éloignaient, prit son sac à dos et s'avança sur le sentier qui menait au Sphinx en une vingtaine de minutes.

Pour la centième fois, elle se demanda qui avait bien pu édifier ces Tombeaux, et dans quel but. La datation des matériaux n'avait rien révélé en raison des effets exercés par les champs anentropiques. Seule l'analyse des Tombeaux, en relation avec l'érosion du canyon et avec les autres formations géologiques environnantes, avait pu suggérer un âge d'un demi-million d'années au moins. Le sentiment général était que les architectes des Tombeaux du Temps appartenaient à une espèce humanoïde, bien que rien d'autre que l'échelle globale des constructions ne suggérât une telle chose. Les galeries du Sphinx ne révélaient rien de particulier à cet égard. Si certaines étaient de forme et de taille à peu près humaines, le même couloir, quelques mètres plus loin, pouvait très bien se resserrer au point de n'être plus qu'un tube de la taille d'une canalisation d'égout, puis s'élargir soudain aux dimensions d'une caverne qui n'avait rien de naturel. Les entrées, si toutefois elles pouvaient être appelées ainsi, car elles ne s'ouvraient sur rien de particulier, avaient parfois la forme d'un triangle, parfois celle d'un trapèze ou d'un décagone, quand ce n'était pas celle d'un simple rectangle.

Rachel descendit les vingt derniers mètres de pente abrupte en rampant et en faisant glisser son sac à dos devant elle. Les globes lumineux sans émission de chaleur donnaient à la roche et à sa peau une coloration exsangue et bleutée. La « caverne », lorsqu'elle l'atteignit enfin, lui apparut comme un havre d'odeurs et de désordre humains. Plusieurs fauteuils pliants occupaient le petit espace libre central tandis que des détecteurs, oscilloscopes et autres appareils s'alignaient sur la table étroite adossée à la paroi nord. Une planche sur des chevalets, le long du mur opposé, était garnie de tasses à café, d'un jeu d'échecs, d'un beignet à moitié mangé, de deux livres à couverture souple et d'une sorte de jouet de plastique représentant un chien dans l'herbe.

Rachel s'installa, posa son thermos près de la garniture de plastique et regarda les détecteurs de rayonnement cosmique. Les relevés semblaient inchangés. Pas la moindre caverne ni le moindre passage secret. Tout au plus quelques cavités que le radar avait négligées. Dès le lendemain matin, Melio et Stefan avaient l'intention de mettre en place une sonde munie d'un filament imageur, puis de faire un prélèvement d'air avant d'explorer ces cavités avec le micromanipulateur. Jusqu'à présent, ils avaient découvert une dizaine de crevasses du même genre, et leur exploration n'avait rien révélé d'extraordinaire. La plaisanterie qui circulait au camp était que la prochaine cavité, pas plus grosse que le poing, recèlerait des mini-sarcophages, des urnes en miniature et une toute petite momie ou, comme disait Melio, un « Toutânkhamon lilliputien ».

Machinalement, Rachel essaya les canaux de communication de son persoc. Rien ne passait. Normal, sous quarante mètres de pierre. Il avait été question de tirer une ligne téléphonique à partir de la surface, mais l'urgence ne s'en était jamais vraiment fait ressentir, et leur séjour arrivait maintenant à sa fin. Elle ajusta les réglages de réception du persoc sur les émissions des capteurs, et se prépara à une longue nuit d'ennui.

Elle songea à cette merveilleuse histoire du pharaon de l'Ancienne Terre – Khéops, si son souvenir était bien exact – qui, après avoir autorisé la construction de son énorme pyramide et accepté que la chambre sépulcrale soit profondément enterrée sous le centre de l'édifice, était demeuré ensuite éveillé toute la nuit, durant des années, en proie à une panique claustrophobique à l'idée des centaines de milliers de tonnes de pierre qui seraient au-dessus de sa tête pour l'éternité. Finalement, le pharaon avait ordonné que la salle sépulcrale soit placée aux deux tiers de la hauteur de la Grande Pyramide. Solution peu orthodoxe. Mais Rachel comprenait la position du roi. Et elle espérait, où qu'il soit maintenant, qu'il dormait mieux ainsi.

Elle avait presque succombé elle-même au sommeil lorsque son persoc se mit brusquement à bourdonner. Il était exactement 2 h 15. Les détecteurs hurlèrent, et elle bondit sur ses pieds. D'après les instruments, le Sphinx avait maintenant une douzaine de nouvelles salles, dont certaines étaient plus grandes que la structure totale. Rachel régla fébrilement l'affichage des moniteurs, et l'air devint flou tandis que les modèles changeaient de forme sous ses yeux. Les dessins des corridors s'enroulaient sur eux-mêmes comme des rubans de Möbius en rotation. Les capteurs extérieurs indiquaient que le sommet du Sphinx se courbait et s'agitait comme du polyflexe au vent – ou bien comme des ailes.

Rachel ne doutait pas qu'elle eût affaire à une forme de défaillance multiple du matériel, mais elle s'acharnait à recalibrer les données et à les retraiter sur son persoc lorsque plusieurs choses se produisirent en même temps.

Elle entendit un lourd bruit de pas dans le corridor au-dessus d'elle.

Tous les systèmes de visualisation s'éteignirent.

Quelque part, dans le dédale des couloirs, un signal d'alarme branché sur les marées du temps retentit.

Toutes les lumières s'éteignirent.

Ce dernier événement était insensé. Les appareils avaient tous une alimentation autonome, et même une explosion nucléaire n'aurait pas pu avoir d'effet sur eux. Les éclairages qu'ils utilisaient dans la caverne avaient des batteries d'une durée de vie de dix ans. Quant aux globes qui éclairaient les galeries, ils étaient bioluminescents et ne nécessitaient aucune source d'énergie.

Toutes les lumières s'étaient quand même éteintes. Rachel sortit une torche laser de la poche du genou de sa combinaison et l'actionna. Il ne se passa rien.

Pour la première fois de sa vie, Rachel Weintraub sentit la terreur l'agripper comme une main se refermant sur son cœur. Elle ne pouvait plus respirer. Durant trente secondes, elle se força à demeurer parfaitement immobile, sans même écouter, attendant simplement que la panique reflue. Lorsqu'elle put enfin respirer sans haleter, elle se dirigea en tâtonnant vers les instruments et essaya de les faire fonctionner. En vain. Soulevant son persoc, elle fit tourner le disque du pouce. Rien ne se passa non plus. Tout cela était absolument impossible, bien entendu. L'objet était pratiquement indestructible, et son alimentation à toute épreuve.

Elle entendait ses propres pulsations, mais elle maîtrisait mieux la panique et commença à se diriger, toujours à tâtons, vers la seule issue de la caverne. L'idée qu'il lui faudrait retrouver son chemin, à travers le dédale des galeries, dans l'obscurité totale, la rendait folle. Mais elle ne voyait aucun autre moyen de procéder.

Une seconde... Il y avait des lumières un peu partout à l'intérieur du Sphinx, mais l'équipe de recherches à laquelle elle appartenait avait *suspendu* les globes d'éclairage. Oui, ils étaient suspendus à un câble en perlon qui remontait jusqu'à la surface, et qu'il lui suffisait de suivre.

Parfait.

Elle sentit sous ses doigts, en se rapprochant de la sortie, la froideur de la roche. Était-elle si froide que cela à son arrivée?

C'est alors qu'elle entendit, très distinctement, le bruit de quelque chose qui raclait la galerie en pente.

– Melio? cria-t-elle dans l'obscurité. Tanya? Kurt?

Le frottement se rapprochait d'elle. Elle recula, renversant dans le noir un fauteuil et un appareil. Elle sentit quelque chose qui lui touchait les cheveux. Elle poussa un cri étouffé et leva la main.

Le plafond était plus bas qu'avant. La dalle de pierre massive, de cinq mètres carrés environ, descendit encore au moment même où elle levait l'autre main pour la toucher. L'ouverture de la galerie était à mi-hauteur de la paroi. Elle avança vers elle en titubant, les mains tendues en avant, comme une aveugle. Elle trébucha sur un fauteuil pliant, trouva la tablette aux instruments, la suivit jusqu'à la paroi et... sentit le bord inférieur de la galerie disparaître tandis que le plafond continuait de descendre. Elle dut retirer promptement ses doigts avant qu'ils ne fussent sectionnés.

Elle s'assit par terre dans le noir. Le haut d'un oscilloscope entra en contact avec le plafond. La table se mit à craquer, puis s'effondra dans un grand bruit. Rachel ne cessait de bouger la tête d'un côté puis de l'autre, par petits mouvements courts et désespérés. Il y eut un grincement métallique rauque, presque un bruit de respiration, à moins d'un mètre d'elle. Elle recula lentement, en se traînant par terre au milieu des débris des appareils. La respiration se fit plus forte.

Quelque chose d'acéré, d'une froideur extrême, lui saisit le poignet.

À la fin, elle hurla.

Il n'y avait pas de mégatransmetteur sur Hypérion à cette époque, et le vaisseau de spin *Farraux* n'avait pas non plus de mégatrans à son bord. Sol et Saraï n'apprirent donc l'accident survenu à leur fille que lorsque le consulat de l'Hégémonie sur Parvati avisa l'université que Rachel était blessée, inconsciente mais dans un état stationnaire, et qu'elle était rapatriée sur le Vecteur Renaissance à bord d'un vaisseau-torche-hôpital. Le voyage prendrait un peu plus de dix jours en temps de transit, avec un déficit de temps égal à cinq mois. Ces cinq mois représentaient un vrai supplice pour Sol et Saraï, qui eurent mille fois le temps d'imaginer le pire avant que le vaisseau-hôpital arrive au noyau distrans de Renaissance. Ils n'avaient pas revu leur fille depuis huit ans.

Le Centre Médical de Vinci était une tour flottante soutenue par une énergie à diffusion directe. La vue sur la mer de Côme était époustouflante, mais ni Sol ni Saraï n'avaient le temps de s'attarder tandis qu'ils parcouraient les corridors à la recherche de leur fille. Le docteur Singh et Melio Arundez les accueillirent dans le moyeu de la section des soins intensifs. Les présentations expédiées, Saraï demanda :

– Où est-elle?

– Elle dort, fit le docteur Singh, une grande femme d'allure aristocratique mais au regard empreint de gentillesse. Pour autant que nous puissions l'affirmer, elle ne souffre d'aucune commotion... euh... physique. Mais elle est restée longtemps dans le coma, depuis dix-sept semaines de son temps réel, exactement, et il n'y a qu'une dizaine de jours que ses ondes cérébrales indiquent qu'elle a quitté le coma pour présenter plutôt les symptômes d'un profond sommeil.

– Je ne comprends pas, déclara Sol. Que s'est-il passé là-bas? Un accident? Un choc?

– Il s'est effectivement passé quelque chose, intervint Melio Arundez, mais nous ne savons pas quoi exactement. Rachel était à l'intérieur de l'un des artefacts, toute seule, et ni son persoc ni les autres instruments n'ont rien enregistré d'extraordinaire. Mais il y a eu, cette nuit-là, un pic d'activité concernant ce que nous appelons les champs anentropiques.

– Les marées du temps, coupa Sol. Nous savons ce que c'est. Continuez.

Arundez hocha la tête et courba les mains comme pour modeler l'air.

– Cela ressemble à une... surcharge locale. Un mini-raz de marée, si vous voulez, par rapport à une marée normale. Le Sphinx – c'est le nom de l'artefact où se trouvait Rachel – a été totalement submergé. C'est-à-dire qu'il n'y a eu aucune destruction physique, mais... Rachel a été retrouvée inanimée, et...

Il se tourna vers le docteur Singh comme pour lui demander de l'aide.

– Votre fille était dans le coma, dit-elle. Nous ne pouvions pas, dans cet état, lui faire subir la fugue cryotechnique...

– Elle a fait le saut quantique sans être en état de fugue? s'étonna Sol.

Il avait lu, quelque part, que les voyageurs soumis directement à l'effet Hawking pouvaient souffrir de graves séquelles psychologiques.

– Rassurez-vous, lui dit Singh. Dans l'état d'inconscience où elle se trouvait, elle était tout aussi protégée que dans la fugue.

– Est-elle... blessée? demanda Saraï.

– Nous l'ignorons. Ses paramètres vitaux sont tous proches de la normale. Son activité cérébrale est à la limite de la conscience. Le seul problème est que son organisme semble avoir absorbé... Disons que les champs anentropiques l'ont contaminée.

Sol se passa la main sur le front.

– Des radiations? demanda-t-il.

– Pas exactement. Euh... C'est un cas tout à fait nouveau pour nous. Des spécialistes du vieillissement doivent arriver ici cet après-midi, de TC^2, Lusus et Metaxas.

Sol la regarda dans les yeux.

– Vous voulez dire que Rachel a contracté sur Hypérion une maladie du vieillissement? Quelque chose comme le syndrome de Mathusalem ou la maladie d'Alzheimer?

– Non, soupira le docteur Singh. La maladie de votre fille n'a pas de nom, en fait. Les gens qui la soignent ici l'appellent provisoirement maladie de Merlin. Le vieillissement de Rachel s'opère dans le temps à la vitesse normale, mais... dans le mauvais sens, semble-t-il.

Saraï s'avança alors vers elle, en la regardant comme si elle était complètement folle.

– Je veux voir ma fille, dit-elle d'une voix calme mais ferme. J'exige de la voir immédiatement.

Rachel se réveilla moins de quarante heures après l'arrivée de Sol et de Saraï. En quelques minutes, elle fut d'attaque, assise dans son lit, discutant pendant que les infirmiers et les médecins s'affairaient autour d'elle.

– Papa! Maman! Que faites-vous ici?

Mais avant qu'ils puissent répondre, elle regarda autour d'elle en cillant et ajouta :

– Je ne comprends pas. Où sommes-nous? Nous ne sommes pas à Keats?

Saraï lui prit la main.

– Nous sommes sur le Vecteur Renaissance, ma chérie, dans un hôpital de Vinci.

– Renaissance? fit Rachel en écarquillant presque comiquement les yeux. Nous sommes dans le Retz?

Elle regarda de nouveau autour d'elle, totalement éberluée.

– Rachel, quelle est la dernière chose dont vous ayez gardé le souvenir? lui demanda le docteur Singh.

La jeune femme se tourna, sans comprendre, vers le médecin.

– La dernière chose dont je me... Je me souviens que je me suis couchée à côté de Melio juste après... après...

Elle regarda ses parents, puis se toucha la joue du bout des doigts.

– Et Melio? Tous les autres? Ils sont...

– Tous les membres de l'expédition vont bien, fit le docteur Singh pour la calmer. Vous avez eu un léger accident. Dix-sept semaines ont passé depuis. Vous êtes en sécurité dans le Retz. Tout le monde va très bien.

– Dix-sept semaines...

Sous le reste de son bronzage, Rachel était devenue très pâle.

– Comment te sens-tu, ma petite fille? lui demanda Sol en lui prenant la main.

Elle voulut lui serrer les doigts, mais elle était d'une faiblesse qui fendit le cœur à Sol.

– Je ne sais pas, réussit-elle à dire. J'ai... la tête qui tourne. Tout est si... embrouillé!

Saraï s'assit au bord du lit et la serra dans ses bras.
– C'est fini, maintenant, mon bébé. Tout va aller très bien, tu verras.
Melio entra à ce moment-là dans la chambre. Il n'était pas rasé, et ses cheveux étaient hirsutes après le somme qu'il venait de faire dans le petit salon attenant.
– Rachel?
Elle se tourna vers lui sans quitter les bras protecteurs de sa mère.
– Salut, dit-elle, presque timide. Je suis revenue, tu vois.

L'opinion de Sol avait toujours été que la médecine n'avait guère changé depuis l'époque des sangsues et des cataplasmes. Aujourd'hui, ils vous mettaient dans des centrifugeuses, ils réalignaient le champ magnétique de votre corps, ils vous bombardaient d'ondes soniques, ils vous mettaient des sondes cellulaires pour ausculter votre ARN, mais ils finissaient par avouer leur ignorance sans le dire vraiment en toutes lettres. La seule chose qui changeait tout le temps, c'était la note à payer, toujours plus élevée.
Il était à demi assoupi dans son fauteuil lorsque la voix de Rachel le fit sursauter.
– Papa?
Il se redressa, lui prit la main.
– Là, ma petite fille.
– Papa, dis-moi où je suis! Que s'est-il passé?
– Tu es sur Renaissance, à l'hôpital, ma chérie. Il y a eu un accident sur Hypérion. Tout va bien, à présent, sauf en ce qui concerne ta mémoire, qui a été légèrement affectée.
Elle accentua la pression de sa main.
– Un hôpital? Dans le Retz? Comment suis-je arrivée ici? Depuis combien de temps?
– Cinq semaines environ, chuchota Sol. Quel est ton dernier souvenir, Rachel?
Elle se laissa aller en arrière contre son oreiller et porta la main à son front, sur lequel étaient disposés de minuscules capteurs.
– Melio et moi, nous étions allés à une réunion. Pour discuter avec les autres de la possibilité d'installer du matériel à l'intérieur du Sphinx. Oh! mais j'ai oublié de te parler de Melio, papa! C'est mon...

– Oui, soupira Sol en tendant son persoc à Rachel. Écoute bien ce qui est enregistré là-dessus, ma petite fille.

Il quitta la chambre.

Elle mit le persoc en marche et cligna plusieurs fois des paupières tandis que sa propre voix lui parlait :

– Bon, tu viens de te réveiller et tu ne sais plus où tu en es. Il t'est arrivé quelque chose, Rachel. Écoute bien.

» Cet enregistrement date du douzième jour du mois Dix, année 457 de l'hégire, ou 2739 selon l'ancien calendrier. Oui, je sais, cela fait six mois standard plus tard que ton dernier souvenir. Mais ouvre bien les oreilles.

» Il est arrivé quelque chose à l'intérieur du Sphinx. Tu t'es fait prendre par la marée du temps, qui t'a changée. Tu vieillis à l'envers, même si ça paraît complètement idiot. Tu rajeunis à chaque instant qui passe. Mais ce n'est pas le plus important. Quand tu dors... quand *nous* dormons, tu oublies. Tu perds un jour, chaque fois, de tout ce qui s'est passé *avant* l'accident. Ne me demande pas pourquoi c'est ainsi. Les médecins n'y comprennent rien. Les spécialistes sont perdus. Si tu veux une comparaison, pense à un virus de l'ancien temps, qui dévorerait les données enregistrées dans ton cerveau, à partir des *dernières* entrées.

» Ils ignorent pourquoi ta mémoire régresse pendant ton sommeil. Ils ont essayé de te donner des pilules anti-sommeil, mais au bout d'une trentaine d'heures tu deviens complètement catatonique et le virus continue de faire son œuvre. Voilà.

» Veux-tu que je te dise? Cette façon de te parler à la troisième personne a un effet thérapeutique. En réalité, j'attends qu'ils viennent me chercher pour me conduire en salle d'imagerie. Et je sais que je m'endormirai en revenant, et que j'oublierai encore tout. Ça me fout vraiment la frousse.

» Bon, tu vas maintenant écouter un petit speech qui te mettra au courant de tout ce qui s'est passé depuis l'accident. Ah oui! maman et papa sont ici, et ils sont au courant, pour Melio. En fait, c'est moi qui ne sais plus très bien où j'en suis. Quand avons-nous couché ensemble pour la première fois, hein? Deux mois après notre arrivée sur Hypérion? Dans ce cas, il ne nous resterait plus que quelques semaines pour que nous redevenions de simples connaissances. Dépêche-toi de profiter de tes souvenirs pendant que c'est encore possible, ma grande.

» Signé, Rachel d'hier.

Lorsque Sol rentra dans la chambre, il trouva sa fille assise raide dans son lit, serrant encore le persoc dans ses mains, le visage blême et l'air terrifié.

– Papa...

Il alla s'asseoir auprès d'elle et la laissa pleurer... pour le vingtième jour d'affilée.

Huit semaines standard après l'arrivée de Rachel sur Renaissance, Sol et Saraï firent leurs adieux à Rachel et à Melio sur le multiport distrans de Vinci, d'où ils regagnèrent leur monde de Barnard.

– Elle n'aurait pas dû quitter si tôt l'hôpital, murmura Saraï tandis qu'ils prenaient place dans la navette du soir en partance pour Crawford.

Sous eux, le continent fut bientôt une mosaïque de carrés et de rectangles prêts à être moissonnés. Sol posa la main sur le genou de sa femme et se pencha vers elle.

– Les médecins n'auraient pas mieux demandé que de la garder éternellement, dit-il, mais uniquement pour satisfaire leur curiosité. Je crois qu'ils ont fait tout ce qui était en leur pouvoir pour l'aider... c'est-à-dire rien du tout. Elle a maintenant sa propre vie à vivre.

– Mais pourquoi est-elle partie avec... ce garçon? Elle le connaît à peine.

Il soupira et se laissa aller en arrière contre le dossier de son siège.

– Dans deux semaines, elle ne se souviendra même plus de lui, fit-il. Tout au moins par rapport à leurs relations actuelles. Il faut essayer de comprendre le point de vue de Rachel, Saraï. Elle se bat chaque matin pour essayer de s'y retrouver dans un monde pour elle insensé. Elle a vingt-cinq ans, et elle est amoureuse. Laisse-la profiter de son bonheur.

Saraï se tourna vers le hublot. Ensemble, sans parler, ils contemplèrent le soleil rouge suspendu à l'orée du soir comme un ballon au bout d'une ficelle.

Le deuxième semestre universitaire était déjà bien avancé lorsque Rachel appela son père. C'était un message unidirectionnel par câble distrans, émis à partir de Freeholm, et son image flottait au centre de la fosse holo comme un fantôme à l'aspect étrangement familier.

– Salut, m'man. Salut, p'pa. Désolée de n'avoir pas eu le temps d'appeler ces dernières semaines. Vous savez sans doute que j'ai quitté l'université. Et Melio, par la même occasion. C'était stupide, de ma part, de vouloir m'inscrire à de nouveaux cours. J'oubliais le mardi ce que j'avais fait le lundi. Même avec des disquettes et un persoc, le combat était perdu d'avance. Je m'inscrirai peut-être en première année. Je n'ai rien oublié du programme! Mais je dis ça juste pour plaisanter...

» Ça ne pouvait pas continuer comme ça avec Melio. C'est du moins ce que me disent mes notes. Ce n'est pas sa faute, j'en suis persuadée. Il a été patient et adorable jusqu'au bout. Mais... on ne peut pas faire démarrer ainsi chaque jour une relation à partir de rien... Notre chambre était pleine de photos de nous, de notes que je m'étais écrites à moi-même, de holos pris sur Hypérion. Pourtant... il faut me comprendre... Chaque matin, il était devenu pour moi un étranger. Ce n'est qu'au milieu de l'après-midi que je commençais à croire à ce qu'il avait été pour moi, même si je n'en gardais aucun souvenir. Le soir, je pleurais dans ses bras... et je finissais, tôt ou tard, par m'endormir. Oui, je pense que c'est bien mieux ainsi.

L'image de Rachel sembla hésiter, se tourna à demi comme si elle voulait mettre fin à la communication, puis se ravisa. En souriant, elle ajouta :

– J'ai laissé tomber mes études pour quelque temps. Le Centre Médical de Freeholm voudrait m'avoir à plein temps, mais il faudrait qu'il y mette le prix. J'ai une proposition de l'Institut de Recherche de Tau Ceti qui me paraît difficile à battre. Ils m'offrent... Je crois qu'ils appellent ça un poste de « chercheur honoraire ». C'est plus que ce que nous avons payé en tout pour mes quatre ans d'études à Nightenhelser et pour mon séjour à Reichs. J'ai quand même refusé. Je continue de suivre chaque jour le traitement de l'hôpital, mais les transplantations d'ARN me laissent des bleus et me dépriment un peu. Sans doute parce que, chaque matin, quand je me lève, je ne me rappelle pas comment j'ai eu ces bleus, hi! hi!

» N'importe comment, je compte habiter quelque temps chez Tanya, et puis... j'ai pensé que je pourrais ensuite revenir quelque temps à la maison. Ça va être bientôt le deuxième mois, et mon anniversaire. J'aurai de nouveau vingt-deux ans. Ça fait tout drôle, hein? Mais c'est plus facile pour moi d'être avec des gens que je connais. J'ai rencontré Tanya pour la première fois juste après mon arrivée ici. Je venais d'avoir vingt-deux ans. Alors, vous comprenez...

» Est-ce que ma chambre est toujours là, maman, ou l'as-tu transformée en salon de mah-jong, comme tu menaçais tout le temps de le faire ? Écrivez-moi vite, ou appelez-moi. La prochaine fois, je me fendrai d'une communication double voie, pour qu'on puisse discuter vraiment. En attendant, si vous... C'est-à-dire...

Elle fit un joyeux signe de main en ajoutant :

– Faut qu'j'y aille, salut, les poilus, je vous adore tous les deux !

Sol fit le voyage à Bussard, la semaine précédant l'anniversaire de Rachel, pour l'accueillir à l'unique terminex distrans public de la planète. Ce fut lui qui la vit le premier, au milieu de ses bagages, près de l'horloge florale. Elle avait un aspect très jeune, mais pas tellement plus jeune, après tout, que le jour où ils s'étaient quittés sur le Vecteur Renaissance. Ou plutôt, se dit-il en la regardant mieux, c'était dans son maintien qu'il y avait une différence. Elle semblait beaucoup moins assurée qu'avant. Mais il secoua la tête pour chasser ces pensées, cria son nom et courut la serrer dans ses bras.

L'expression d'étonnement sur le visage de Rachel, quand il la lâcha, était si intense qu'il ne put l'ignorer.

– Qu'y a-t-il, ma chérie ? demanda-t-il. Quelque chose ne va pas ?

C'était l'une des rares fois où sa fille avait semblé à court de mots.

– Je... Tu... J'avais oublié, bredouilla-t-elle.

Elle secoua la tête d'une manière qu'il connaissait bien, et réussit à rire et à pleurer en même temps.

– Tu n'es plus tout à fait le même, c'est tout, lui dit-elle. Je me souviens du jour où j'ai quitté la maison comme si c'était hier. Alors, tu comprends... Quand j'ai vu tes cheveux...

Elle porta la main devant sa bouche. Sol se passa les doigts dans les cheveux.

– Je vois, dit-il, soudain lui-même au bord du rire et des larmes. Pour toi, ça fait un peu plus de onze ans, avec tous tes voyages. Et tu me retrouves vieux et chauve.

Il lui ouvrit de nouveau ses bras.

– Bienvenue à la maison, petite.

Rachel se blottit dans le cercle protecteur que lui offrait son père.

Durant plusieurs mois, les choses se passèrent très bien. Rachel, entourée d'objets familiers, se sentait plus en sécurité. Et pour Saraï, le chagrin causé par la maladie de sa fille était provisoirement compensé par le plaisir de l'avoir de nouveau auprès d'elle.

Chaque matin, Rachel se levait de bonne heure et prenait connaissance de son « aide-mémoire » personnel, qui contenait des images de Sol et de Saraï d'une douzaine d'années plus vieilles que dans son souvenir. Sol essayait d'imaginer ce qu'éprouvait sa fille en se réveillant dans son lit, âgée de vingt-deux ans, la mémoire pleine d'images décalées, en vacances chez elle avant de retourner à ses études sur une autre planète, quand elle voyait ses parents plus vieux, la maison changée, la ville différente, les nouvelles étranges, des années d'histoire ayant passé sans qu'elle s'en aperçoive.

Il en était incapable.

Leur première erreur fut d'accéder à la demande de Rachel en invitant ses anciens amis à son vingt-deuxième anniversaire. Ils vinrent tous, comme la première fois : l'irrésistible Niki, Don Stewart et son copain Howard, Kathi Obeg, Marta Tyn et sa meilleure amie, Linna McKyler. Tous de fraîche date à l'université, tous à peine sortis du cocon de leur enfance et prêts à se tisser une nouvelle vie d'adulte.

Rachel les avait tous revus depuis son retour, mais... elle s'endormait chaque soir, et elle oubliait. Et, cette fois-là, Sol et Saraï oublièrent qu'elle avait oublié.

Niki avait trente-quatre ans et deux enfants. Elle était toujours débordante d'énergie et d'un comique irrésistible, mais d'une autre génération, selon les critères de Rachel. Don et Howard parlèrent de leurs investissements, des prouesses sportives de leurs enfants et de leurs projets de vacances. Kathi était toute désorientée, elle n'adressa que deux fois la parole à Rachel, et encore comme s'il s'agissait d'une autre personne qui voulait se faire passer pour elle. Marta ne cacha pas sa jalousie devant la jeunesse de Rachel. Linna, qui s'était convertie entre-temps au gnosticisme zen, se mit à pleurer au milieu de la soirée et partit la première.

Lorsque tout le monde eut pris congé, Rachel, au milieu du champ de bataille du salon, contempla le gâteau à moitié intact, mais ne pleura pas. Avant de monter se coucher, elle serra sa mère dans ses bras et murmura à l'oreille de son père :

– Je t'en prie, papa, ne me laisse plus jamais recommencer une telle bêtise.

Puis elle alla se coucher.

Ce printemps-là, Sol refit le même cauchemar. Il était perdu dans un endroit vaste et noir, éclairé seulement par deux globes rouges. Et la voix, qu'il ne trouvait nullement absurde, lui dit sur un ton monocorde :

> – Sol! Prends ta fille, ta fille unique, Rachel, que tu aimes, et rends-toi sur le monde qu'on appelle Hypérion pour l'immoler par le feu à l'un des endroits que je t'indiquerai.

Sol avait hurlé dans les ténèbres de son rêve :

– Tu me l'as déjà prise, salaud! Que faut-il donc que je fasse pour que tu me la rendes? Dis-moi ce que je dois faire, maudit!

Il s'était alors réveillé, en sueur, les yeux pleins de larmes et le cœur plein de rage. Dans la chambre voisine, Rachel dormait, dévorée par son virus.

Au cours des mois suivants, Sol chercha par tous les moyens à rassembler le plus possible d'informations sur Hypérion, les Tombeaux du Temps et le gritche. En tant que chercheur aguerri, il fut surpris de constater que les documents sur la question, compte tenu de son caractère spectaculaire, étaient très peu nombreux. Il y avait l'Église gritchtèque, naturellement. Il n'existait aucun temple de cette dénomination sur le monde de Barnard, mais il pouvait contacter ceux des autres planètes du Retz. Cependant, il s'aperçut bientôt que rassembler des faits à partir des écrits concernant le culte gritchtèque revenait à essayer de dresser un plan de Sarnâth en visitant un monastère bouddhiste. Le dogme gritchtèque faisait bien allusion au temps, mais uniquement dans la mesure où le gritche était censé être « l'ange du châtiment, venu d'au-delà du temps ». Et ce « temps authentique » n'existait plus pour la race humaine depuis que l'Ancienne Terre était morte. Les quatre siècles qui avaient passé depuis se situaient dans un « temps factice ». Ce genre de langage à double sens n'évoquait rien d'autre, pour Sol, que la pommade égocentrique commune à presque toutes les religions. Néanmoins, il avait l'intention d'aller visiter un temple gritchtèque dès qu'il aurait exploré des voies de recherche un peu plus sérieuses.

Melio Arundez organisa une nouvelle expédition sur Hypérion, également patronnée par l'université de Reichs, avec pour objectif officiel l'étude des phénomènes liés aux marées du temps et à la maladie de Merlin dont souffrait Rachel. Fait important, le Protectorat de l'Hégémonie avait décidé d'envoyer, à l'occasion de cette expédition, un émetteur distrans destiné au consulat de Keats. Ce qui n'empêchait pas qu'il faudrait au moins trois ans, en temps du Retz, pour que l'expédition arrive sur Hypérion. La première réaction de Sol avait été de vouloir partir avec Arundez et son équipe. Dans tout holodrame qui se respecte, les protagonistes retournent toujours sur les lieux de l'action. Mais il avait rapidement surmonté cette impulsion. Il était avant tout historien et philosophe. Il ne pouvait espérer apporter qu'une modique contribution au succès d'une telle entreprise. Rachel manifestait toujours un talent et un intérêt prometteurs en tant qu'étudiante en archéologie, mais ses capacités déclinaient chaque jour, et Sol ne pensait pas qu'elle gagnerait à retourner sur les lieux de son accident. Chaque matin, elle aurait un choc en se réveillant sur un monde inconnu, pour accomplir une mission qu'elle serait de moins en moins apte à accomplir. Saraï ne permettrait jamais une telle chose.

Il laissa momentanément de côté le livre auquel il travaillait actuellement, une analyse des théories de Kierkegaard sur l'éthique en tant que moralité de compromis, appliquées à l'appareil légal de l'Hégémonie. Puis il s'occupa de rechercher des informations ésotériques sur le temps, sur Hypérion et sur l'histoire d'Abraham.

Les mois qu'il passa à poursuivre ses activités habituelles et à réunir des informations ne suffirent pas à satisfaire son besoin d'action. Régulièrement, il s'en prenait, pour se libérer de ses frustrations, aux représentants des différentes spécialités scientifiques et médicales qui défilaient pour examiner Rachel comme des pèlerins dans un lieu saint.

– Comment est-ce possible? hurla-t-il à la figure de l'un de ces spécialistes, qui avait commis l'erreur de se montrer à la fois suffisant et condescendant avec le père de la jeune malade et qui avait un crâne si dégarni que les traits de son visage semblaient dessinés sur une boule de billard. Elle commence à rapetisser! s'exclama-t-il en saisissant littéralement par le col de sa blouse le pauvre homme qui reculait. Cela ne se voit pas immédiatement, mais sa masse osseuse est en train de diminuer. Comment peut-on seulement *concevoir* qu'elle puisse redevenir enfant? Qu'en est-il de cette foutue loi de la conservation de la masse?

Le spécialiste avait remué les lèvres, mais il était trop terrifié pour qu'il en sorte un son. L'un de ses collègues, barbu, avait expliqué à sa place :

– Voyez-vous, H. Weintraub, vous devez comprendre que votre fille habite actuellement... hum... Essayez d'imaginer un espace local où l'entropie serait inversée.

Sol fit volte-face pour affronter le barbu.

– Essayez-vous de m'expliquer qu'elle est simplement prisonnière d'une bulle de régression?

– Euh... pas tout à fait, déclara l'homme en se massant le menton. Pour choisir une analogie peut-être plus appropriée – biologiquement, tout au moins –, disons que, chez elle, le mécanisme de vie et de métabolisme semble avoir été inversé, et que...

– Ridicule! coupa Sol. Si c'était le cas, ses fonctions de nutrition seraient remplacées par des fonctions d'excrétion. Elle régurgiterait sa nourriture, etc. Et que faites-vous de la sphère neurologique? Inversez les influx électrochimiques, et vous n'obtiendrez que de l'incohérence. Son cerveau fonctionne parfaitement, messieurs! C'est sa mémoire qui disparaît. Pourquoi? Êtes-vous capables de me l'expliquer?

Le premier spécialiste avait fini par retrouver sa voix.

– Nous ignorons la réponse à cette question, H. Weintraub, dit-il. Mathématiquement, l'organisme de votre fille ressemble à une équation à effet de temps inversé... ou peut-être à un objet qui serait passé au travers d'un trou noir en rotation rapide. Nous ne savons pas comment une telle chose a pu se produire ni pourquoi ce qui est physiquement impossible est arrivé en l'occurrence. Nos connaissances en la matière ne sont pas suffisantes.

Sol leur serra la main.

– Très bien, dit-il. C'est tout ce que je voulais savoir, messieurs. Je vous souhaite bon voyage.

Le soir de son vingt et unième anniversaire, Rachel alla frapper à la porte de son père une heure après qu'ils se furent retirés.

– Papa ?

– Qu'y a-t-il, ma petite fille ?

Passant une robe de chambre, il la rejoignit sur le seuil en demandant :

– Tu n'arrives pas à dormir ?

– Ça fait deux nuits que je me couche tard, avoua-t-elle. J'ai pris des pilules antisommeil pour me mettre mon aide-mémoire à jour.

Sol hocha silencieusement la tête.

– Papa, tu ne veux pas descendre boire un verre avec moi ? Il y a plusieurs choses dont j'aimerais te parler.

Il prit ses lunettes sur la table de nuit et la rejoignit en bas.

Ce fut la première et la dernière fois qu'il se cuita avec sa fille. Ce ne fut pas une cuite retentissante. Ils bavardèrent en plaisantant et en faisant des calembours jusqu'à ce qu'ils ne puissent plus continuer tant ils pouffaient. Rachel commença une histoire, s'arrêta pour boire au moment le plus drôle et faillit recracher son whisky par le nez dans son verre tant elle riait. Chacun d'eux pensait que c'était la chose la plus drôle qui leur fût jamais arrivée.

– Je vais chercher un autre bouteille, fit Sol lorsque les larmes eurent cessé de jaillir. Le doyen Moore m'a offert un excellent scotch à Noël... Si je me souviens bien...

Quand il revint, marchant comme sur des œufs, Rachel s'était assise droite sur le canapé et avait ramené ses cheveux en arrière avec sa main. Il lui versa une petite quantité d'alcool, et ils burent en silence pendant quelques instants.

– Papa ?

– Oui, Rachel ?

– J'ai bien réfléchi à tout. Je me suis vue, je me suis écoutée, j'ai vu les holos de Linna et des autres, à l'âge mûr...

– N'exagérons rien, lui dit Sol. Linna n'a pas encore trente-cinq ans.

– Enfin, plus vieux. Tu vois ce que je veux dire, quoi. Donc, j'ai lu les rapports médicaux, j'ai examiné les photos d'Hypérion, et... Tu ne sais pas?

– Quoi?

– Je n'arrive pas à y croire, papa!

Il posa son verre et regarda sa fille. Elle avait un visage plus épanoui que jamais, plus direct, et même plus beau.

– Je veux dire que j'y crois, bien sûr, reprit-elle avec un petit rire apeuré. Je sais bien que maman et toi vous ne me joueriez pas un tour aussi cruel. Et puis, il y a... votre âge. Et les nouvelles du monde. Je suis bien obligée d'admettre que c'est réel, mais je ne peux pas y croire. Est-ce que tu me comprends, papa?

– Oui, murmura Sol.

– Je me suis réveillée, ce matin, en me disant : « Bravo! Demain, j'ai mon examen de paléontologie, et je n'ai presque pas révisé. » J'avais tellement envie de donner une leçon à Roger Sherman, qui se croit si futé...

Sol but une gorgée de whisky.

– Roger est mort il y a trois ans dans un accident d'avion au sud de Bussard, dit-il.

Il n'aurait pas dit cela s'il n'avait pas tant bu. Mais il fallait qu'il sache quelle autre Rachel se cachait dans celle qu'il avait devant lui.

– Je sais, dit-elle en remontant ses genoux sous son menton. Je me suis mise à jour sur tous les gens que je connais. Gram est morte. Le professeur Eikhardt a pris sa retraite. Niki a épousé je ne sais quel... voyageur de commerce. Il se passe beaucoup de choses en quatre ans.

– Plus de onze ans, corrigea Sol. Ton aller-retour sur Hypérion t'a donné six ans de retard sur nous.

– Ça, c'est normal! s'écria Rachel. Il y a des tas de gens qui voyagent à l'extérieur du Retz. Ils ne sont pas traumatisés pour autant!

Sol hocha lentement la tête.

– Ton cas est différent, ma petite fille.

Elle parvint à sourire, et but le reste de son scotch.

– Ça, c'est le plus bel euphémisme que j'aie jamais entendu, dit-elle en reposant son verre dans un bruit sec.

Voilà donc ce que j'ai décidé... Je viens de passer un jour et demi à trier toutes les notes qu'elle... que j'ai rassemblées pour me faire comprendre où j'en suis. Et je constate que ça ne m'aide pas du tout!

Sol demeurait parfaitement immobile, osant à peine respirer.

– Je veux dire, continua Rachel, que je sais que je vais rajeunir chaque jour, et perdre le souvenir de gens que je n'aurai même pas encore rencontrés... Et qu'est-ce qui va se passer ensuite? Je deviendrai de plus en plus petite et de moins en moins capable de comprendre, jusqu'au moment où... je disparaîtrai, comme ça? Bon Dieu! C'est vraiment cocasse, tu ne trouves pas?

Elle s'était courbée davantage en avant, enserrant plus fort ses genoux de ses deux mains croisées.

– Non, fit Sol d'une voix douce.

– Je sais. Ça ne l'est pas du tout, soupira Rachel, dont les grands yeux noirs s'étaient embués de larmes. Ce doit être le pire cauchemar, pour maman et pour toi, de me voir chaque matin descendre l'escalier avec des souvenirs qui, pour moi, sont d'hier, jusqu'à ce que ma propre voix m'explique que cet hier est déjà passé depuis des années, et que j'ai eu une liaison avec quelqu'un qui s'appelle Amelio...

– Melio, souffla Sol.

– Peu importe. Comprends que ça ne m'aide pas du tout, papa. J'ai à peine le temps d'absorber tout ça qu'il faut encore que j'aille me coucher, et... tu connais la suite mieux que moi.

– Qu'est-ce que... commença Sol avant de se racler la gorge. Qu'est-ce que tu voudrais que nous fassions, ma petite fille?

Elle le regarda dans les yeux, puis sourit. C'était le même sourire que celui dont elle l'avait gratifié dans les cinq premières semaines de son existence.

– Ne me dis rien, papa, fit-elle d'une voix ferme. Ne me laisse pas m'expliquer quoi que ce soit. Ça fait trop mal. Je n'ai jamais vécu tout cela, tu comprends?

Elle s'interrompit pour se passer la main sur le front avant de continuer :

– Tu comprends ce que je veux dire, n'est-ce pas? La Rachel qui est allée sur une autre planète et qui est tombée amoureuse et qui a souffert, c'est une autre Rachel! Je n'ai pas à souffrir pour elle! Tu me comprends, dis?

Elle pleurait, à présent.
– Je te comprends, fit Sol en lui ouvrant ses bras pour la consoler.
Il sentit sa chaleur et ses larmes contre son torse.
– Je te comprends très bien, ajouta-t-il.

Plusieurs messages distrans leur parvinrent d'Hypérion, cette année-là, mais ils n'apportèrent rien. La nature et la source des champs anentropiques demeuraient un mystère. Aucune activité particulière des marées du temps n'avait été enregistrée aux alentours du Sphinx. Des expériences sur des animaux de laboratoire dans les régions des marées s'étaient soldées par la mort de certains sujets, mais la maladie de Merlin n'avait pu être reproduite. Melio achevait chacun de ses messages par les mots : « Tout mon amour à Rachel. »

Sol et Saraï empruntèrent de l'argent à l'université de Reichs pour se soumettre, dans une clinique de Bussard, à un traitement Poulsen simplifié. Ils étaient déjà trop vieux pour songer à prolonger leur existence d'une centaine d'années, mais cela leur redonna l'aspect d'un couple de quinquagénaires plutôt que de septuagénaires. Ils étudièrent attentivement leurs vieilles photos de famille, et n'eurent pas trop de difficulté à s'habiller comme ils le faisaient une quinzaine d'années plus tôt.
Rachel, âgée maintenant de seize ans, descendit deux par deux les marches d'escalier avec son persoc branché sur la radio universitaire.
– Est-ce que je peux avoir des soufflettes de riz?
– C'est ce que tu prends chaque matin, lui dit Saraï en souriant.
– Je sais, mais il pourrait ne plus en rester, ou je ne sais quoi. J'ai entendu le téléphone. C'était Niki?
– Non, fit Sol.
– Zut! s'exclama Rachel. Pardon, s'excusa-t-elle aussitôt. Mais elle avait promis de m'appeler dès que les résultats des épreuves communes seraient affichés. Ça fait déjà trois semaines que les contrôles ont eu lieu! On devrait me mettre au courant, quand même!
– Ne t'inquiète pas, lui dit Saraï en posant la cafetière sur la table puis en servant Rachel et elle-même. Je suis

sûre que tes résultats seront assez bons pour te donner accès à l'établissement de ton choix.

– Maman... soupira Rachel. Tu ne peux pas savoir. Ils ne font pas de cadeaux, tu sais.

Elle fronça les sourcils.

– Tu n'aurais pas vu mon ansible de maths ? Je ne retrouve plus rien avec le désordre qu'il y a dans ma chambre.

Sol s'éclaircit la voix.

– Pas d'école, aujourd'hui, ma petite fille.

– Pas d'école ? s'étonna Rachel en ouvrant de grands yeux. Un mardi ? À six semaines de la remise des diplômes ? Et pourquoi ça ?

– Tu as été souffrante, déclara Saraï avec fermeté. Tu peux rester à la maison aujourd'hui. Juste aujourd'hui.

Le front de Rachel se plissa de plus belle.

– Souffrante ? Je ne me sens pas souffrante, maman, mais simplement toute drôle. Comme si quelque chose clochait, mais je ne sais pas quoi au juste. Par exemple, pourquoi est-ce que le canapé n'est plus à sa place dans le salon des médias ? Et où est passé Chips ? Je n'ai fait que l'appeler, mais il ne vient pas.

Sol lui prit gentiment le poignet.

– Tu as été un peu fatiguée, lui dit-il. Le docteur a dit que tu te réveillerais peut-être avec quelques trous de mémoire. Nous allons en parler un peu en nous promenant jusqu'au campus, si tu veux. D'accord ?

Rachel leva vers lui un visage radieux.

– Manquer les cours et faire un tour sur le campus ? D'accord.

Elle feignit un instant la consternation avant d'ajouter :

– Pourvu qu'on ne tombe pas sur Roger Sherman ! Il est en première année de maths, et je ne peux pas le voir !

– Tu ne risques pas de le rencontrer, ma petite fille. Tu es prête ?

– Un instant.

Elle se pencha vers sa mère pour l'embrasser.

– Salut, poilue !

– À plus tard, tête de lard, fit Saraï.

– Ça y est, dit Rachel en secouant ses longs cheveux. Je suis prête, papa.

Les voyages fréquents à Bussard avaient rendu nécessaire l'achat d'un VEM et, par une fraîche matinée d'automne, Sol prit la route la plus longue, bien au-dessous des couloirs de circulation, décidé à profiter du spectacle et des senteurs des champs moissonnés qui s'étendaient de part et d'autre. Plusieurs paysans qui travaillaient là lui firent signe en le voyant passer.

Bussard s'était étendu de manière impressionnante depuis l'enfance de Sol, mais la synagogue était toujours au même endroit, à la limite de l'un des quartiers les plus anciens de la ville. C'était un vieux temple, Sol se sentait très vieux, et même la calotte qu'il posa sur sa tête, en entrant, lui parut terriblement vieille, usée par des dizaines d'années. Seul le rabbin était jeune. Il devait avoir tout dc même quarante ans passés, se disait Sol en voyant les cheveux clairsemés qui dépassaient autour de la kippa noire. Cependant, à ses yeux, c'était encore un jeune homme, et il fut soulagé quand le rabbin lui suggéra de poursuivre leur conversation dans le jardin public qui se trouvait de l'autre côté de la rue.

Ils s'assirent sur un banc. Sol s'aperçut qu'il avait gardé sa kippa, et il la fit passer, gêné, d'une main dans l'autre. Il flottait dans l'air une odeur de feuilles brûlées et de pluie de la nuit précédente.

– Je ne comprends pas très bien, H. Weintraub, lui dit le rabbin, si c'est votre rêve qui vous dérange ou si vous êtes troublé par le fait que la maladie de votre fille a commencé juste après ce rêve.

Sol leva la tête vers la lumière du soleil.

– Ni l'un ni l'autre, dit-il. Mais je ne peux pas m'empêcher de penser qu'il y a un rapport.

Le rabbin se passa le doigt sur la lèvre inférieure.

– Quel âge a votre fille?

– Treize ans, fit Sol après une légère hésitation.

– Et sa maladie... est très grave? Elle met ses jours en danger?

– Pas pour le moment, déclara Sol.

Le rabbin croisa les mains sur son ventre replet.

– Vous ne croyez pas... Vous permettez que je vous appelle Sol?

– Bien sûr.

– Vous ne croyez pas, Sol, que c'est à la suite de ce rêve, et par votre faute, que votre petite fille est tombée malade, n'est-ce pas?

– Non, répondit Sol en se demandant si c'était bien la vérité.

– Vous pouvez m'appeler Mortie, Sol.

– Très bien, Mortie. Non, je ne suis pas venu vous trouver parce que je me sentais coupable de la maladie de ma fille ou de quoi que ce soit. Mais j'ai tout de même le sentiment que mon subconscient essaie de me dire quelque chose.

Mortie se balança légèrement d'avant en arrière.

– Peut-être qu'un psychologue ou un neurologue pourrait vous aider davantage, Sol. Je ne vois pas très bien ce que je...

– C'est l'histoire d'Abraham qui m'intéresse, interrompit Sol. Je veux dire que j'ai quelque expérience de différents systèmes d'éthique, mais il m'est difficile de comprendre celui qui commence, pour un père, par l'ordre de sacrifier son fils.

– Mais non, mais non! protesta le rabbin en agitant comiquement devant lui des doigts d'enfant. Le moment venu, Dieu a retenu la main d'Abraham. Il n'aurait jamais accepté qu'un sacrifice soit commis en son nom. Il voulait seulement une obéissance aveugle à son commandement et...

– Je sais, murmura Sol. Une obéissance aveugle. Mais il est dit : « Alors Abraham avança la main et prit le couteau pour tuer son fils. » Dieu avait dû lire dans son âme et voir qu'Abraham était prêt à faire périr Isaac. Une simple démonstration d'obéissance, sans engagement total, n'aurait pas apaisé le Dieu de la Genèse. Mais que se serait-il passé si Abraham avait aimé son fils plus que Dieu?

Mortie pianota quelques instants sur son genou, puis saisit le bras de Sol.

– Je vois que la maladie de votre fille vous bouleverse, dit-il. Mais ne mélangez pas cela avec un document écrit depuis huit mille ans. Parlez-moi d'elle. Les enfants ne meurent plus de maladie, aujourd'hui. Pas dans le Retz.

Sol se leva, un sourire aux lèvres, et fit un pas en arrière pour libérer son bras.

– J'aimerais bien bavarder encore un peu avec vous, Mortie, sincèrement, dit-il. Mais il faut que je rentre. J'ai un cours dans la soirée.

– Viendrez-vous au temple pour le sabbat? demanda le rabbin en lui tendant ses doigts courts pour un dernier contact humain.

Sol déposa la kippa dans le creux de sa main.

– Un de ces jours, peut-être, dit-il. Je viendrai un de ces jours, Mortie.

Vers la fin du même automne, Sol vit un jour, en regardant par la fenêtre de son bureau, la silhouette sombre d'un homme qui se tenait au pied de l'orme aux branches nues devant la maison. Les médias, se dit-il avec un serrement de cœur. Depuis dix ans, il appréhendait le moment où leur secret serait découvert et où leur vie secrète à Crawford prendrait fin. Il sortit, dans l'air glacé du soir, et reconnut aussitôt le visage de l'homme.

– Melio! s'écria-t-il.

L'archéologue avait les mains dans les poches de sa longue vareuse bleu marine. Malgré les dix années qui s'étaient écoulées depuis leur dernière rencontre, Arundez n'avait pas tellement vieilli. Il devait avoir un peu moins de trente ans, se disait Sol. Mais son visage hâlé par le soleil était sillonné de rides de tourment. Il lui serra la main, presque timidement.

– Sol!

– Je ne savais pas que vous étiez de retour. Entrez donc.

– Non, fit l'archéologue en reculant d'un pas. Il y a une heure que je suis devant votre porte, Sol. Je n'ai pas eu le courage de venir frapper.

Sol ouvrit la bouche pour dire quelque chose, mais se contenta de hocher la tête. Il mit, lui aussi, les mains dans ses poches, à cause du froid. Les premières étoiles apparaissaient au-dessus des pignons noirs de la maison.

– Rachel est sortie, dit-il finalement. Elle est allée à la bibliothèque. Elle croit... Elle croit qu'elle a un devoir d'histoire à rendre.

Melio prit une inspiration pénible et hocha la tête à son tour.

– Sol, dit-il d'une voix rauque, il faut que vous compreniez, Saraï et vous, que nous avons vraiment fait tout ce que nous avons pu. Nous sommes restés près de trois ans sur Hypérion, toute l'équipe. Nous serions restés davantage si l'université ne nous avait pas coupé les vivres. Nous n'avons *rien* trouvé qui...

– Je sais, murmura Sol. Nous vous remercions de nous avoir envoyé ces messages distrans.

– J'ai moi-même passé des mois entiers à l'intérieur du

Sphinx, reprit Melio. D'après les instruments, il ne s'agissait que de pierre inerte, mais à certains moments j'ai eu l'impression que *quelque chose...*

Il secoua de nouveau la tête.

– Je lui ai failli, Sol.

– Ne dites pas cela, fit Sol en agrippant l'épaule du jeune homme à travers sa vareuse. Mais j'ai une question à vous poser. Nous avons contacté les sénateurs qui nous représentent, et même les plus hauts responsables du Conseil des Sciences... Personne n'a pu nous expliquer pourquoi l'Hégémonie n'a pas consacré plus de temps et d'argent à enquêter sur les phénomènes qui se sont produits sur Hypérion. Il me semble que le Retz aurait dû depuis longtemps coloniser ce monde, ne serait-ce que pour le potentiel scientifique qu'il représente. Comment une énigme aussi mystérieuse que les Tombeaux du Temps a-t-elle pu demeurer ignorée si longtemps?

– Je comprends très bien ce que vous voulez dire, Sol. Même l'arrêt des crédits de l'université nous a paru suspect. Tout se passe comme si l'Hégémonie avait pour politique délibérée d'éviter tout ce qui touche à Hypérion.

– Vous croyez que...

Sol fut interrompu par Rachel, qui s'approchait d'eux dans la lumière automnale du soir. Elle avait les mains profondément enfoncées dans son blazer rouge, ses cheveux étaient coupés court dans l'ancien style des adolescents d'un peu partout, et ses joues rebondies étaient rouges sous le froid mordant. Elle était, en fait, à la frontière de l'enfance et de l'adolescence, avec ses longues jambes cachées par des jeans, ses tennis et son blazer qui aurait pu la faire passer de loin pour un garçon. Elle leur sourit en les apercevant.

– Salut, p'pa, dit-elle en s'approchant dans la pénombre, inclinant timidement la tête à l'intention de Melio. Excusez-moi, je ne voulais pas interrompre votre conversation.

Sol prit une profonde inspiration.

– Ce n'est pas grave, ma petite fille, dit-il. Rachel, je te présente le professeur Arundez, de l'université de Reichs, sur Freeholm. Professeur Arundez, ma fille, Rachel.

– Très heureuse de faire votre connaissance, fit Rachel, véritablement rayonnante à présent. Ouah! Reichs! J'ai vu le programme des cours. J'aimerais tellement pouvoir y aller un jour!

Melio s'inclina raidement, comme s'il avait, se disait Sol, du mal à courber les épaules.

– Est-ce que... commença Melio... Est-ce que vous avez une idée de ce que vous aimeriez étudier?

La douleur dans sa voix devait être perceptible, même pour Rachel, mais elle se contenta de hausser les épaules en riant.

– Ben... N'importe quoi, à vrai dire. Le vieux Eikhardt – c'est mon prof de paléontologie et d'archéologie à l'école où je suis des cours spéciaux – dit qu'ils ont là-bas une section formidable d'artefacts anciens et classiques.

– C'est vrai, réussit à dire Melio.

Le regard de Rachel se porta timidement de cet homme à son père, comme si elle sentait une tension qu'elle était incapable de définir.

– Bon, dit-elle, vous devez avoir beaucoup de choses à vous dire, et je ne voudrais pas vous interrompre plus longtemps. Je rentre, il est l'heure d'aller me coucher, je pense. Maman dit que je ne dois pas veiller, avec ce virus de la méningite ou je ne sais trop quoi que j'ai attrapé, car ça risquerait de me porter sur le système. Je suis heureuse d'avoir fait votre connaissance, professeur Arundez. Et j'espère que nous nous reverrons à Reichs un de ces jours.

– Je l'espère aussi, lui dit Melio en la regardant avec une telle intensité, dans la semi-obscurité de la rue, que Sol eut l'impression qu'il cherchait à mémoriser cette scène dans ses moindres détails.

– Bon, ben... Bonne nuit, alors, fit Rachel en s'éloignant à reculons sur le trottoir, ses semelles crissant légèrement. À demain, p'pa!

– Bonne nuit, Rachel.

Elle s'arrêta encore dans l'encadrement de la porte d'entrée. La lumière du porche la faisait paraître beaucoup plus jeune que les treize ans qu'elle avait.

– Salut, poilu! lança-t-elle.

– À plus tard, tête de lard, lui répondit Sol, et il vit les lèvres de Melio remuer à l'unisson.

Ils demeurèrent quelque temps sur le trottoir en silence tandis que la nuit s'installait sur la ville. Une bicyclette passa dans la rue, faisant craquer les feuilles mortes, les rayons de ses roues brillant dans la lumière diffusée par les vieux réverbères.

– Entrez, dit Sol. Saraï sera heureuse de vous revoir. Rachel sera dans sa chambre.

– Non, merci, lui dit Melio, les mains toujours dans les poches, immobile dans l'ombre. J'ai besoin de... J'ai commis une erreur, Sol.

Il commença à s'éloigner, s'arrêta puis tourna la tête.

– Je vous appellerai de Freeholm, dit-il. Nous mettrons sur pied une nouvelle expédition.

Sol hocha la tête.

Trois ans de transit, songea-t-il. Si elle partait ce soir avec lui, elle aurait... moins de dix ans en arrivant.

– Entendu, répondit-il.

Melio agita la main pour lui dire au revoir, puis s'éloigna en faisant craquer les feuilles mortes sous ses pas.

Sol ne devait plus jamais le revoir en personne.

Le plus grand temple gritchtèque du Retz se trouvait sur Lusus, et Sol s'y distransporta quelques semaines avant le dixième anniversaire de Rachel. Le bâtiment proprement dit n'était pas beaucoup plus grand qu'une cathédrale de l'Ancienne Terre, mais il semblait gigantesque, avec ses effets d'arcs-boutants auxquels il ne manquait qu'une église, ses étages supérieurs déformés et ses murs extérieurs en verre fumé. L'humeur de Sol était au plus bas, et la lourde gravité lusienne n'était pas de nature à l'alléger. Malgré son rendez-vous avec l'évêque, il dut attendre cinq bonnes heures avant d'être introduit dans le saint des saints. Il passa la plus grande partie de ce temps à contempler l'imposante sculpture d'acier polychrome, de vingt mètres de haut, qui tournait lentement sur elle-même et qui représentait peut-être le gritche légendaire. C'était à coup sûr en même temps un hommage abstrait à toutes les armes coupantes et tranchantes qui eussent jamais été inventées. Mais ce qui intéressait le plus Sol Weintraub, c'étaient les deux globes rouges qui flottaient à l'intérieur de l'espace de cauchemar censé représenter un crâne.

– H. Weintraub?

– Votre Excellence, murmura Sol.

Il remarqua que les acolytes, exorcistes, assesseurs et huissiers qui lui avaient tenu compagnie durant sa longue attente se prosternaient sur les dalles de pierre noire à l'arrivée du grand prêtre. Il fit un effort pour s'incliner de manière aussi respectueuse que possible.

– Avancez, avancez, je vous en prie, H. Weintraub, dit

le prêtre en indiquant l'entrée du sanctuaire gritchtèque d'un geste large de son bras à la manche pendante.

Sol passa dans une salle sombre où chaque bruit résonnait et qui n'était pas sans lui rappeler le décor de son rêve. Il prit un siège que lui indiquait l'évêque. Tandis que ce dernier prenait place sur ce qui ressemblait à un petit trône derrière un bureau sculpté de manière complexe mais indubitablement moderne, Sol s'avisa que le grand prêtre était natif de Lusus, avec l'embonpoint et le double menton typiques, qui ne l'empêchaient pas d'être impressionnant comme tous les résidents de cette planète. Sa robe était d'un rouge agressif, couleur de sang artériel, et coulait en plis qui évoquaient plus un liquide retenu par des barrières transparentes qu'un tissu de soie ou de velours bordé d'hermine couleur d'onyx. L'évêque avait un gros anneau rouge ou noir à chaque doigt, et l'alternance de ces deux couleurs produisait sur Sol un effet extrêmement troublant.

– Votre Excellence... commença Sol, je vous prie d'avance de m'excuser si j'ai enfreint le protocole de votre Église gritchtèque ou si je l'enfreins plus tard. J'avoue mon ignorance presque totale en la matière, mais c'est le peu que je connais déjà qui m'amène ici. Pardonnez-moi donc si j'utilise inconsidérément les titres ou les appellations. Ces maladresses ne seront dues qu'à l'imperfection de mes connaissances.

L'évêque fit tortiller ses doigts devant Sol. Les pierres rouges et noires scintillèrent dans la lumière diffuse.

– Les titres n'ont pas beaucoup d'importance, H. Weintraub. Il est acceptable, pour un non-croyant, de nous appeler « Votre Excellence ». Nous vous ferons cependant remarquer que la dénomination officielle de notre modeste culte est l'Église de l'Expiation Finale, et que l'entité que le monde appelle si légèrement le gritche est pour nous, dans les rares cas où nous nous référons à son nom, le Seigneur de la Douleur, ou encore, plus communément, l'Avatar. Mais veuillez maintenant formuler la très importante requête que vous dites avoir à nous présenter.

Sol s'inclina légèrement.

– Votre Excellence, je ne suis qu'un simple enseignant...

– Pardonnez-moi de vous interrompre, H. Weintraub, mais vous êtes beaucoup plus qu'un enseignant. Vous êtes un très grand érudit. Vos écrits sur l'herméneutique morale ont retenu notre attention. Vos interprétations sont quelquefois erronées, mais fort intéressantes. Nous les citons régulièrement dans nos cours sur l'apologétique doctrinale. Poursuivez, je vous prie.

Sol cligna plusieurs fois des paupières. Ses travaux étaient pratiquement inconnus en dehors des sphères académiques les plus étroites, et cette déclaration le troublait. Dans les cinq secondes qui lui furent nécessaires pour retrouver ses esprits, cependant, il préféra se dire que l'évêque gritchtèque avait un excellent secrétariat et aimait se documenter sur les gens à qui il avait affaire.

– Votre Excellence, mes antécédents n'ont rien à voir avec la question qui m'amène ici. Je vous ai demandé cette audience parce que mon enfant... ma fille... a contracté une maladie... à la suite, peut-être, de certaines recherches qu'elle menait dans un domaine qui a pour votre Église une grande importance. Je veux parler, naturellement, de ce que l'on appelle les Tombeaux du Temps, sur la planète Hypérion.

L'évêque hocha lentement la tête. Sol se demanda s'il connaissait déjà l'histoire de Rachel.

– Vous savez sans doute, H. Weintraub, que la région à laquelle vous faites allusion – et que nous appelons les Arches de l'Alliance – a été récemment interdite aux soi-disant chercheurs par le Conseil intérieur d'Hypérion?

– Oui, Votre Excellence. Je l'ai appris récemment. Dois-je comprendre que votre Église a exercé une influence sur cette décision légale?

L'évêque n'eut aucune réaction. Au loin, par-delà la pénombre troublée d'encens, un carillon très faible se fit entendre.

– Quoi qu'il en soit, reprit Sol, j'avais espéré, Votre Excellence, que la doctrine de votre Église pourrait jeter quelque lumière sur la maladie de ma fille.

L'évêque pencha la tête en avant de telle manière que l'unique rayon de lumière qui éclairait les lieux faisait luire son front, laissant ses yeux dans l'ombre.

– Souhaitez-vous être religieusement initié aux mystères de notre Église, H. Weintraub?

Sol passa un doigt dans sa barbe.

– Non, Votre Excellence, à moins que cette initiation ne soit en mesure d'améliorer le bien-être de mon enfant.

– Votre fille désire peut-être faire partie de l'Église de l'Expiation Finale?

Sol hésita un bref instant.

– Je vous répète, Excellence, que tout ce qu'elle désire, c'est guérir. Si vous pensez qu'elle peut atteindre ce but en embrassant votre foi, nous envisagerons sérieusement cette éventualité.

L'évêque se laissa aller en arrière sur son trône dans un froissement d'étoffe dont le rouge semblait couler de lui comme un liquide dans la demi-obscurité.

– C'est de bien-être *physique*, H. Weintraub, que vous voulez parler. Notre Église est l'arbitre final du salut *spirituel*. Avez-vous conscience de ce que le premier découle invariablement du second?

– Je sais qu'il s'agit là d'une très ancienne et très respectable proposition, répondit Sol. Ce qui nous intéresse, ma femme et moi, c'est le bien-être total de notre enfant.

L'évêque appuya son large menton sur son poing.

– Puis-je savoir la nature du mal qui ronge votre fille, H. Weintraub?

– C'est... une maladie liée à l'écoulement du temps, Votre Excellence.

L'évêque se pencha en avant, soudain tendu.

– Et dans quel lieu saint dites-vous qu'elle a contracté ce mal, H. Weintraub?

– Dans l'artefact que l'on appelle le Sphinx, Votre Excellence.

L'évêque se leva alors si vivement que plusieurs papiers de son bureau volèrent jusqu'au sol. Même sans les plis de sa robe, cet homme devait faire au moins deux fois la masse de Sol, qu'il dominait à présent comme une figure incarnée de la mort rouge.

– Vous pouvez vous retirer! fit-il d'une voix tonitruante. Votre fille est la plus bénie et la plus maudite des créatures de ce monde. Il n'y a rien que vous ou cette Église – ou quoi que ce soit de ce côté-ci de la vie – puissiez faire pour elle.

– Votre Excellence, insista Sol sans se démonter, si la moindre possibilité existait de...

– Non! s'écria l'évêque, dont le rouge, à présent, s'était communiqué au visage.

Il frappa du poing sur son bureau. Des assesseurs et des exorcistes se présentèrent sur le seuil. Leurs robes noires ourlées de rouge formaient un sinistre complément au costume de l'évêque. À côté d'eux, les huissiers tout en noir se confondaient avec les ombres.

– L'audience est terminée, déclara l'évêque d'une voix moins forte mais tout aussi déterminée. Votre fille a été choisie par l'Avatar pour expier d'une manière que tous les pécheurs et infidèles devront connaître un jour. Un jour très prochain.

– Votre Excellence, si vous pouviez m'accorder cinq minutes de plus...

L'évêque fit claquer ses doigts, et deux exorcistes s'avancèrent pour le reconduire. C'étaient des Lusiens. Un seul d'entre eux aurait pu maîtriser cinq universitaires de la taille de Sol.

– Votre Excellence... protesta Sol en libérant d'une secousse son bras prisonnier de la main de l'un des assesseurs.

Mais trois autres exorcistes s'avançaient déjà pour prêter main-forte aux acolytes musclés. L'évêque leur tournait le dos et semblait absorbé dans la contemplation des ténèbres.

L'antichambre du sanctuaire résonna des hurlements de Sol et de ses piétinements. Il y eut au moins un cri de douleur lancé par l'un des exorcistes lorsque le pied de Sol entra malencontreusement en contact avec l'une des parties les plus sacrées de son individu. Mais cela n'affecta nullement l'issue du débat. Il se retrouva sur le trottoir du temple tandis que le dernier huissier lui lançait son chapeau aplati comme une crêpe.

Il séjourna encore dix jours sur Lusus, sans que cela lui rapporte rien de plus qu'un surcroît de fatigue gravifique. Les bureaucrates du Temple refusaient de répondre à ses appels. Les tribunaux se déclaraient incompétents. Les exorcistes l'attendaient à l'entrée du vestibule.

Sol se distransporta alors sur la Nouvelle-Terre et sur le Vecteur Renaissance, sur Fuji et sur Tau Ceti Central, sur Deneb Drei et Deneb Vier. Partout, les portes des temples gritchtèques lui restèrent obstinément fermées.

Frustré, à bout de forces et d'argent, il regagna le monde de Barnard, sortit son VEM du parking longue durée et arriva chez lui une heure avant l'anniversaire de Rachel.

– Tu m'as rapporté quelque chose, papa? demanda d'un air joyeux la petite fille de dix ans à qui Saraï avait dit, ce matin-là, que son père était parti en voyage.

Il lui tendit un paquet cadeau. C'était la série complète de *La Petite Fille de la Maison verte*. Mais ce n'était pas tout à fait le présent qu'il aurait souhaité lui rapporter.

– Je peux l'ouvrir?
– Plus tard, ma chérie. Avec le reste.
– Oh, papa, s'il te plaît! Juste celui-là, avant que Niki et les autres arrivent!
Sol interrogea Saraï du regard. Elle secoua presque imperceptiblement la tête. Rachel se souvenait qu'elle avait invité Niki, Linna et d'autres amis, mais Saraï n'avait pas encore eu le courage d'inventer une excuse.
– Très bien, dit-il. Juste celui-là avant que les autres arrivent.
Tandis que la petite Rachel déchirait l'emballage de son cadeau, Sol aperçut dans la salle de séjour le paquet géant, entouré de ruban rouge. C'était la bicyclette, naturellement. Rachel en réclamait une depuis un an. Il se demanda, accablé, comment elle allait réagir, le lendemain, en voyant son nouveau vélo la veille de son anniversaire. Le mieux était peut-être de s'en débarrasser quand elle irait se coucher.
Il se laissa tomber sur le canapé. Le ruban rouge lui rappelait la robe de l'évêque.

Saraï n'avait jamais renoncé facilement au passé. Chaque fois qu'elle avait mis de côté, après les avoir lavés et repassés, les vêtements de Rachel devenus trop petits, elle avait versé des larmes secrètes dont Sol avait eu, d'une manière ou d'une autre, connaissance. Elle avait chéri chaque phase de l'enfance de Rachel et, par-dessus tout, la normalité banale du quotidien, qu'elle acceptait tranquillement comme le meilleur que la vie eût à lui donner. Elle avait toujours pensé que l'essence de l'expérience humaine ne résidait pas avant tout dans les moments exceptionnels, les jours de mariage ou de triomphe que l'on cerclait de rouge sur les calendriers de l'ancien temps, mais plutôt dans le flot inaperçu des petites choses courantes tels les après-midi de week-end où chaque membre de la famille s'occupait à des activités personnelles, croisant les autres sans s'en apercevoir ou échangeant avec eux des propos aussitôt oubliés. C'était la *somme* de tous ces instants qui créait une synergie éminemment importante et éternelle.
Il trouva Saraï dans le grenier, en train de pleurer silencieusement tout en fouillant dans de vieilles malles. Mais ce n'étaient pas les larmes résignées qu'elle avait autrefois

versées sur l'inévitable fin des petites choses. C'étaient des larmes de rage. Saraï Weintraub était *furieuse.*

– Que fais-tu? lui demanda Sol.

– Rachel a besoin de vêtements. Plus rien ne lui va. Ses affaires sont devenues trop grandes. Je suis sûre que j'en ai rangé dans une de ces malles.

– Laisse ça, Saraï. Nous en achèterons.

Elle secoua la tête.

– Pour qu'elle me demande, chaque jour, où sont passés les vêtements qu'elle aime? Non. Je suis sûre qu'ils sont là, quelque part.

– Tu le feras plus tard.

– Merde! Tu ne comprends pas? Il n'y a pas de plus tard!

Elle se détourna alors, et enfouit son visage dans ses mains.

– Excuse-moi, dit-elle.

Il la serra tendrement contre lui. Malgré le traitement Poulsen, ses bras nus étaient beaucoup plus maigres que dans son souvenir. Des cordes et des nœuds sous une peau parcheminée. Il la serra encore plus fort.

– Excuse-moi, répéta-t-elle en donnant libre cours à ses sanglots. Mais ce qui nous arrive n'est pas juste!

– Non, admit Sol. Ce n'est pas juste.

La lumière du soleil qui filtrait à travers les carreaux poussiéreux du grenier avait quelque chose de froid et de triste qui rappelait l'atmosphère d'une cathédrale. Pourtant, Sol avait toujours aimé les odeurs de grenier, la chaleur, le renfermé et, surtout, les promesses recelées par un endroit généralement sous-utilisé et rempli de futurs trésors. Mais pour aujourd'hui, c'était fichu.

Il s'accroupit devant une vieille malle.

– Très bien, dit-il. Nous allons chercher ensemble.

Rachel continuait d'être heureuse, insouciante et active, à peine désorientée par les contradictions qui s'offraient à elle chaque matin quand elle se réveillait. À mesure qu'elle rajeunissait, il devenait de plus en plus facile de lui trouver une explication pour les changements qui lui semblaient s'être produits du jour au lendemain. Pourquoi le vieil orme devant la maison avait disparu, pourquoi la demeure de style colonial du voisin, H. Nesbitt, avait été remplacée par un immeuble, pourquoi ses amis ne venaient pas la voir. Sol comprit alors, plus que jamais, à quel point l'esprit d'un enfant était flexible. Il imaginait maintenant Rachel chevauchant la crête de l'énorme vague du temps, incapable de voir les sombres profondeurs de l'océan sous elle, gardant son équilibre grâce à ses maigres réserves de souvenirs et à son engagement total dans les douze ou quinze heures de temps présent qui lui étaient dévolues chaque jour.

Ni Sol ni Saraï ne désiraient que leur fille fût tenue à l'écart des autres enfants, mais il était difficile d'établir et de maintenir un contact. Rachel était toujours ravie d'aller jouer avec la « nouvelle » ou le « nouveau » du quartier, enfants d'enseignants de l'université, voire petits-enfants de leurs amis ou même, pendant un moment, la propre fille de Niki. C'étaient les autres qui devaient s'habituer à se voir approcher chaque jour comme des inconnus, et peu d'entre eux avaient le goût de poursuivre des relations aussi déroutantes avec une compagne de jeu qui les oubliait régulièrement.

L'histoire de la petite fille et de sa maladie très particulière n'était plus, naturellement, un secret pour personne à Crawford. Toute l'université était au courant dès la première année du retour de Rachel, et bientôt toute la ville le sut. Les habitants de Crawford réagirent comme il en a toujours été dans toute petite ville qui se respecte. Certaines langues ne cessaient de s'agiter pour se lamenter du malheur des autres, d'autres ne pouvaient cacher leur plaisir, mais dans l'ensemble la petite communauté serra les coudes autour de la famille Weintraub et les abrita sous son aile comme une mère poule protégeant maladroitement ses poussins.

Tant bien que mal, ils continuaient de mener une existence à peu près normale, même lorsque Sol fut obligé de prendre sa retraite de manière anticipée pour mieux pouvoir se consacrer aux voyages qu'il faisait toujours à la recherche d'un traitement pour Rachel. À l'université, personne ne fit jamais allusion aux véritables raisons de son départ.

C'était trop beau pour durer, naturellement. Un matin de printemps, lorsque Sol sortit sur le pas de sa porte et vit sa petite fille de sept ans revenir en larmes du jardin public, entourée et suivie d'une horde de médiatiques aux implants-caméras brillants et aux persocs tendus, il comprit qu'une phase de leur vie venait de prendre fin à jamais. Il courut vers Rachel pour la saisir dans ses bras.

– H. Weintraub, est-il vrai que votre fille ait attrapé une maladie du temps incurable? Que va-t-il se passer dans sept ans? Est-ce qu'elle guérira d'un coup?

– H. Weintraub! H. Weintraub! Rachel nous dit qu'elle pense que Raben Dowell est Président et que nous sommes en 2711. Ces trente-quatre ans sont-ils complètement perdus pour elle, ou bien s'agit-il d'une illusion causée par la maladie de Merlin?

– Rachel! Est-ce que tu te souviens d'avoir été une femme adulte? Quel effet ça te fait d'être redevenue enfant?

– H. Weintraub! H. Weintraub! Juste une photo, s'il vous plaît! Que diriez-vous de tenir à la main une photo de Rachel plus âgée et de poser avec la gosse?

– H. Weintraub! Est-il vrai que Rachel soit sous le coup de la malédiction des Tombeaux du Temps? Est-ce qu'elle a vu le gritche?

– Hé, Weintraub! Sol! Hé, Solly! Qu'est-ce que vous allez faire, vous et votre petite dame, lorsque la gamine aura disparu?

L'un des médiatiques bloquait à Sol l'accès à sa porte d'entrée. Il se pencha en avant, et les lentilles stéréo de ses yeux s'allongèrent tandis qu'il zoomait pour faire un gros plan de Rachel. Sol l'agrippa par les cheveux, opportunément réunis en queue de cheval, et l'écarta violemment.

La meute hurla devant leur maison durant sept semaines. Sol comprit ce qu'il avait su jadis, puis oublié. Les petites communautés étaient fréquemment ennuyeuses, toujours désagréablement empreintes d'esprit paroissial, souvent insupportablement indiscrètes dans les relations de personne à personne, mais elles n'étaient jamais tombées dans les travers vicieux hérités d'un prétendu « droit du public à l'information ».

C'était le cas du Retz. Plutôt que de voir sa famille assiégée de manière permanente par les médias en folie, Sol décida de passer lui-même à l'offensive. Il s'arrangea pour donner des interviews sur les chaînes d'information distrans les plus regardées, participa à des débats de l'Assemblée de la Pangermie et assista personnellement au Grand Symposium du Confluent sur la recherche médicale. En l'espace de dix mois standard, il put ainsi réclamer de l'aide pour sa fille sur quatre-vingts planètes.

Les propositions affluèrent de dix mille sources variées,

mais le gros des réponses émanait de guérisseurs, de promoteurs immobiliers, d'instituts privés de toutes sortes et de chercheurs isolés offrant leurs services en échange d'un peu de publicité. Les adeptes de l'Église gritchtèque ou d'autres cultes apocalyptiques soutenaient que Rachel devait faire face à un châtiment mérité. Certaines firmes de publicité offraient à Rachel de « patronner » une marque, et de nombreux agents proposaient de « gérer » les rapports de la petite fille avec ces firmes. Le bon peuple offrait sa sympathie, souvent accompagnée d'une petite offrande pécuniaire. Les scientifiques faisaient part de leur scepticisme, les producteurs de holos et les éditeurs voulaient acheter les droits exclusifs d'une biographie de Rachel.

L'université de Reichs constitua un secrétariat spécialement chargé de trier les différentes propositions en fonction de l'utilité qu'elles pourraient avoir pour Rachel. La plupart des messages furent rejetés. Quelques offres de médecins ou de chercheurs furent mises de côté pour examen plus approfondi. Finalement, aucune voie ne semblait se présenter qui n'eût déjà été essayée par Reichs ou par Sol.

Un message distrans attira cependant l'attention de ce dernier. Il provenait de l'administrateur du kibboutz K'far Shalom d'Hébron, et disait simplement :

SI C'EST TROP DUR À SUPPORTER, VENEZ.

Cela devint rapidement insupportable, en effet. Au bout de quelques mois de battage médiatique, le siège sembla sur le point d'être levé, mais il ne s'agissait en réalité que du prélude du second acte. La presse télécopiée surnommait maintenant Sol le « Juif errant » et le présentait comme un père désespéré voyageant de planète en planète à la recherche d'un remède à la curieuse maladie de sa fille. Appellation pleine d'ironie dans la mesure où Sol avait toujours détesté les voyages. Saraï, évidemment, était la « mère éplorée ». Rachel était « l'enfant marquée par le destin » ou, dans un titre particulièrement inspiré, « la victime virginale de la malédiction des Tombeaux du Temps ». Aucun membre de la famille ne pouvait espérer sortir sans trouver un médiatique ou un imageur quelconque dissimulé derrière un arbre du voisinage.

Crawford s'aperçut vite qu'il y avait de l'argent à tirer de l'infortune des Weintraub. Au début, la petite ville avait gardé sa dignité, mais lorsque des entreprises de Bussard vinrent installer leurs boutiques de T-shirts et de souvenirs, leurs animations automatiques et leurs visites guidées pour les touristes de plus en plus nombreux, les commerçants locaux commencèrent par s'agiter, par hésiter, puis décidèrent à l'unanimité que, s'il y avait des affaires à faire, il n'était pas question que les bénéfices aillent à des gens de l'extérieur.

Après quatre cent trente-huit années standard de tranquillité relative, la petite ville de Crawford s'équipa d'un terminex distrans. Ainsi, les visiteurs n'eurent plus à supporter les vingt minutes de vol à partir de Bussard. La foule des touristes grossit encore.

Le jour où ils déménagèrent, il pleuvait à verse. Les rues étaient désertes. Rachel ne pleura pas, mais ses grands yeux demeurèrent brillants toute la journée. Elle ne s'exprimait qu'à mi-voix. Dans dix jours, elle fêterait son sixième anniversaire.

– Pourquoi est-ce que nous devons changer de maison, papa ?

– Il le faut, ma chérie.

– Mais *pourquoi* ?

– Nous ne pouvons pas faire autrement, ma petite fille. Tu verras qu'Hébron te plaira. Il y a beaucoup de jardins là-bas.

– Mais pourquoi est-ce qu'on ne m'a pas prévenue avant ?

– Nous t'en avons parlé, ma colombe. Tu as dû l'oublier.

– Et papi et mamie, et l'oncle Richard, la tante Tetha, l'oncle Saül et tous les autres ?

– Ils pourront venir nous voir quand ils voudront.

– Et Niki et Linna, et tous mes amis ?

Sol ne répondit pas. Il transporta le reste des bagages dans le VEM. La maison était vide, déjà vendue. Les meubles avaient été vendus ou transportés sur Hébron. Durant toute la dernière semaine, il y avait eu un flot continu de visites d'amis, de parents et de collègues. Même certains membres de l'équipe soignante de Reichs, qui s'occupaient de Rachel depuis dix-huit ans, étaient venus leur dire adieu. Mais aujourd'hui, la rue était déserte. La pluie ruisselait sur la verrière en perspex du vieux VEM, formant des arabesques complexes. Ils demeurèrent tous les trois un bon moment immobiles, contemplant leur maison, à l'intérieur du véhicule qui sentait la laine et les cheveux mouillés.

Rachel serrait très fort dans ses bras l'ours en peluche que Saraï avait repêché du grenier six mois plus tôt.

– Ce n'est pas juste, dit-elle.

– C'est vrai, reconnut Sol. Ce n'est pas juste, ma petite fille.

Hébron était un monde de déserts. Quatre siècles de terraformation en avaient rendu l'atmosphère respirable et avaient permis la culture de quelques millions d'hectares de sol. Les êtres vivants qui le peuplaient avant la colonisation étaient minuscules, coriaces et infiniment rusés, ce en quoi ils ne le cédaient en rien aux créatures importées de l'Ancienne Terre, race humaine y comprise.

– Oh! fit Sol le jour où ils arrivèrent dans le village de Dan, au-dessus du kibboutz de K'far Shalom, écrasé de soleil. Nous sommes vraiment des masochistes, nous les juifs. Vingt mille mondes recensés s'offraient à nous au début de l'hégire, et c'est celui-là que ces schmucks ont choisi!

Mais ce n'était pas tout à fait par masochisme que Sol et les siens, tout comme les premiers colons, avaient choisi Hébron. Si la planète était principalement un désert, ses régions fertiles étaient d'une richesse presque effrayante. L'université du Sinaï était respectée dans tout le Retz, et son Centre Médical attirait des curistes fortunés qui constituaient une source de revenus non négligeable pour la communauté. Hébron disposait d'un seul terminex distrans, situé à la Nouvelle-Jérusalem, et interdisait d'en ouvrir d'autres. N'étant membre ni de l'Hégémonie ni du Protectorat, elle pouvait taxer lourdement ceux qui faisaient usage de ses installations distrans et se permettre de limiter les déplacements des touristes à la Nouvelle-Jérusalem. Pour un juif à la recherche d'un peu de tranquillité, c'était peut-être le plus sûr des trois cents mondes foulés par le pied de l'homme.

Le kibboutz vivait sur un mode communautaire plus par tradition que par nécessité économique réelle. Les

Weintraub se virent attribuer une maison modeste en pisé, avec plus de courbes que d'angles droits et des planchers de bois rustique. Mais ils avaient une magnifique vue sur le désert infini au-delà des orangeraies et des oliveraies. Le soleil ardent semblait tout dessécher, se disait Sol, même les soucis et les mauvais rêves. La lumière était épaisse au point d'être presque tangible. Le soir, leur maison luisait d'une lumière rose durant une bonne heure après le coucher du soleil.

Chaque matin, Sol venait s'asseoir au bord du lit de sa fille jusqu'à ce qu'elle s'éveille. Les premières minutes de confusion lui étaient particulièrement pénibles, mais il tenait à être la première chose sur laquelle Rachel posait les yeux. Il la serrait contre lui lorsqu'elle posait ses questions :

– Où sommes-nous, papa?

– Dans un endroit merveilleux, ma colombe. Je t'expliquerai tout cela pendant que nous déjeunerons.

– Comment sommes-nous arrivés ici?

– Par distrans, par la voie des airs et un peu à pied. Ce n'est pas tellement loin, mais assez loin pour en faire une aventure merveilleuse.

– Mais c'est mon lit, mes animaux en peluche... Pourquoi est-ce que je ne me rappelle pas comment nous sommes arrivés ici?

Sol la prenait alors doucement par les épaules, et la regardait dans les yeux.

– Tu as eu un léger accident, Rachel. Tu te souviens, dans l'histoire du *Crapaud qui avait le mal du pays,* quand Terrence se cogne la tête et oublie, pendant quelques jours, dans quel endroit il se trouve? C'est un peu cela qui t'est arrivé.

– Et je vais mieux, maintenant?

– Oui, ma chérie. Tu vas beaucoup mieux.

L'odeur du petit déjeuner montait alors jusqu'à eux, et ils sortaient sur la terrasse, où Saraï les attendait.

Rachel n'avait jamais eu autant de compagnons de jeu. Le kibboutz possédait une école où elle était toujours la bienvenue. Chaque fois qu'elle voulait y aller, les enfants l'accueillaient comme si c'était la première fois. L'après-midi, elle jouait avec eux dans les vergers ou le long des falaises.

Avner, Robert et Ephraïm, les anciens du Conseil, encourageaient Sol à travailler à son livre. Hébron se flattait de donner asile, en tant que citoyens ou résidents à long terme, à un très grand nombre d'érudits, artistes, compositeurs, musiciens, philosophes et écrivains en tous genres. La maison, disaient-ils, était un cadeau de l'État. La pension de Sol, bien que modeste selon les critères du Retz, était plus que suffisante pour faire face à leurs besoins ici. À sa grande surprise, cependant, Sol s'aperçut que le labeur physique ne lui déplaisait pas. Il découvrit que tout en soignant les orangers, en ôtant les pierres d'un champ laissé à l'abandon ou en réparant un mur sur les hauteurs du village, il avait l'esprit plus libre, pour penser, que depuis de nombreuses années. Il pouvait rivaliser avec Kierkegaard en attendant que le mortier prenne, ou trouver de nouveaux angles pour expliquer la pensée de Kant ou celle de Vandeur en examinant soigneusement les pommes pour voir si elles n'étaient pas véreuses. À l'âge de soixante-treize ans, Sol eut ses premiers cals aux mains.

Le soir, il jouait un peu avec Rachel, puis faisait une promenade à pied avec Saraï dans les collines tandis que Judith ou une autre fille du voisinage surveillait leur enfant endormi. Un week-end, ils allèrent à la Nouvelle-Jérusalem, juste Saraï et lui, seuls pour la première fois depuis que Rachel était revenue vivre avec eux, dix-sept années standard auparavant.

Tout était loin d'être idyllique, cependant. Trop fréquentes étaient les nuits où Sol se réveillait tout seul dans le lit et marchait, sur la pointe des pieds, jusqu'à la chambre de Rachel, pour voir Saraï penchée au-dessus du lit où dormait l'enfant. Souvent, à la fin d'une longue journée, tandis qu'il lui donnait son bain dans la vieille baignoire de céramique ou qu'il la bordait dans sa chambre aux murs baignés d'une lumière rosée, la petite fille lui disait :

– J'aime bien être ici, papa, mais est-ce qu'on ne pourrait pas rentrer à la maison demain?

Et Sol se contentait de hocher la tête.

Après une dernière histoire dans son lit, après la berceuse et le dernier baiser, quand il était sûr qu'elle dormait, il sortait de la chambre à reculons, sur la pointe des pieds, pour entendre, étouffé par les couvertures, un ultime : « Salut, poilu » auquel il se devait de répondre par le traditionnel : « À plus tard, tête de lard. » Puis, s'étant lui-même glissé dans son lit à côté de la forme probablement endormie, à en juger par sa respiration paisible, de la femme qu'il aimait, il contemplait les rayons de lumière pâle de l'une des deux petites lunes d'Hébron, ou peut-être des deux, qui se déplaçaient sur les murs de pisé, et il parlait à Dieu.

Sol parlait à Dieu depuis des mois avant de prendre véritablement conscience de ce qu'il faisait. Cette idée l'amusait. Les entretiens n'étaient nullement des prières, mais prenaient la forme de monologues furieux, juste à la limite de la diatribe, qui devenaient de vigoureuses altercations avec lui-même. Mais peut-être pas seulement cela. Il s'avisa en effet un jour que les sujets de ces débats très mouvementés étaient si profonds, les enjeux si sérieux et les champs de discussion si vastes que le seul être à qui il pouvait véritablement s'en prendre pour toutes ces déficiences était Dieu lui-même. Mais comme le concept d'un Dieu personnel, ne dormant pas la nuit, penché sur les problème des hommes, lui avait toujours paru totalement absurde, la simple pensée de ces conversations le faisait douter de sa propre santé mentale.

Cependant, les entretiens continuaient.

Sol aurait voulu savoir comment toute une éthique – et, à plus forte raison, une religion assez indomptable pour avoir survécu à tous les maux que l'humanité avait pu accumuler sur elle – pouvait découler d'une injonction divine à un père d'assassiner son fils. Sol ne tenait pas compte du fait que le commandement avait été annulé à la dernière seconde. Il refusait de considérer qu'il s'agissait d'un test d'obéissance. En fait, l'idée même que c'était son obéissance qui avait fait d'Abraham le père de toutes les tribus d'Israël le mettait dans une colère noire.

Après avoir consacré cinquante-cinq années de sa vie à l'étude des systèmes éthiques, Sol Weintraub en était arrivé à une conclusion unique et inébranlable. Pour lui, toute allégeance à une divinité ou bien à un concept ou encore à un principe universel qui plaçait l'obéissance avant un comportement décent face à une créature humaine innocente était nécessairement mauvaise.

– Et comment définis-tu donc l'innocence? lui demanda la voix vaguement amusée et un peu agacée qu'il associait à ces discussions.

– Un enfant est toujours innocent, répliqua Sol. Isaac était innocent. Rachel l'est aussi.

– Le simple fait d'être enfant la rend innocente?

– Oui.

– Et il n'existe pas de situation dans laquelle le sang des innocents doive être versé pour une cause plus large?

– Non.

– Mais je suppose que l'innocence n'est pas l'apanage des enfants?

Sol hésita, redoutant un piège, essayant de deviner où son interlocuteur subconscient voulait l'entraîner. Mais il ne trouva rien.

– Non, répondit-il. Il n'y a pas que les enfants qui soient innocents.

– Par exemple Rachel? À l'âge de vingt-quatre ans? Et, quel que soit son âge, un innocent ne peut être sacrifié?

– C'est exact.

– C'est peut-être là une partie de la leçon qu'Abraham avait besoin d'apprendre avant d'être le père de la plus bénie d'entre toutes les nations de la Terre.

– Quelle leçon? demanda Sol. Quelle leçon?

Mais la voix dans sa tête avait disparu, et il n'entendait plus que les cris des oiseaux de nuit à l'extérieur, et la respiration lente et rythmée de Saraï à côté de lui.

Rachel savait encore lire à l'âge de cinq ans. Sol avait du mal à se rappeler à quel moment elle avait appris. Il lui semblait qu'elle avait toujours su.

– À quatre ans, lui dit Saraï. C'était le début de l'été, trois mois après son anniversaire. Nous étions en train de pique-niquer dans la prairie sur les hauteurs de l'université. Rachel feuilletait un livre, *Winnie l'ourson*, et tout à coup elle nous a dit : « J'entends une voix dans ma tête. »

Sol se souvenait, maintenant.

Il se souvenait également de la joie que Saraï et lui avaient éprouvée devant les progrès étonnants de Rachel pour son âge. Il l'oubliait d'autant moins qu'ils se trouvaient actuellement confrontés au processus inverse.

– Papa, demanda Rachel, allongée par terre dans son bureau, laborieusement occupée à colorier un album, c'était il y a combien de jours, l'anniversaire de maman?

– C'était lundi, répondit distraitement Sol, plongé dans la lecture de son livre.

L'anniversaire de Saraï n'était pas encore passé, mais Rachel s'en souvenait.

– Je sais bien, répondit Rachel. Mais je te demande combien de jours!

– Nous sommes jeudi, fit Sol.

Il était en train de lire un long traité talmudique sur l'obéissance.

– Je le sais aussi! s'impatienta Rachel. Mais ça fait *combien* de jours?

Sol posa son livre sur le bureau.

– Tu connais les jours de la semaine?

Le monde de Barnard, au contraire de Hébron, utilisait l'ancien calendrier.

– Bien sûr, répondit fièrement Rachel. Samedi, dimanche, lundi, mardi, mercredi, jeudi, vendredi, samedi...

– Tu as déjà dit samedi.

– D'accord, mais combien de jours?

– Sais-tu compter de lundi à jeudi?

Rachel fronça les sourcils, remua les lèvres, recommença, essaya de compter sur ses doigts.

– Quatre jours?

– Très bien, lui dit Sol. Peux-tu me dire à combien est égal quatre ôté de dix, ma chérie?

– Qu'est-ce que ça veut dire, ôté?

Sol se força à replonger le nez dans son traité.

– Ce n'est pas grave, dit-il. Tu apprendras bientôt cela à l'école.

– Quand on rentrera à la maison?

– Oui.

Un matin, après que Rachel fut sortie avec Judith pour jouer avec les autres enfants – elle était maintenant trop jeune pour continuer d'aller à l'école –, Saraï dit à Sol :

– Il faut que nous la conduisions sur Hypérion.

– Hein? demanda-t-il en ouvrant de grands yeux.

– Tu as entendu ce que j'ai dit. Nous ne devons pas attendre qu'elle soit trop jeune pour marcher ou parler. Nous-mêmes, nous ne rajeunissons pas. Je sais que cela peut paraître étrange, n'est-ce pas? ajouta-t-elle avec un rire un peu jaune. Mais nous vieillissons vite. Et le traitement Poulsen n'aura plus aucun effet sur nous d'ici un an ou deux.

– Saraï, aurais-tu oublié ce que nous ont dit les médecins? Rachel ne survivrait pas à une nouvelle fugue cryotechnique. Et il est impossible d'affronter un voyage supraluminique sans être en état de fugue. L'effet Hawking peut provoquer la folie... ou pis.

– Peu importe, dit Saraï. Il faut que Rachel retourne sur Hypérion.

– Comment peux-tu donc parler ainsi? demanda Sol, furieux.

Elle lui saisit la main.

– Crois-tu être le seul à faire ces rêves?

– Ces rêves? balbutia-t-il.

Elle soupira et retourna s'asseoir devant la table blanche de la cuisine. La lumière du matin tombait sur les plantes du rebord de la fenêtre comme la lueur jaune d'un projecteur.

– Cet endroit sombre, dit-elle. Ces deux petites lumières rouges. La voix... qui nous ordonne d'aller sur Hypérion... pour... offrir un sacrifice.

Sol passa le bout de sa langue sur ses lèvres sèches. Son cœur battait à coups redoublés.

– Quel est... le nom qui a été prononcé? demanda-t-il.

Saraï lui lança un regard étrange.

– Nos deux noms. Si tu n'avais pas été là... dans le rêve, avec moi... je n'aurais jamais pu le supporter pendant toutes ces années.

Il se laissa tomber sur une chaise. Puis il regarda ses mains et ses avant-bras, posés sur la table, comme si c'étaient ceux d'un étranger. Les articulations des doigts commençaient à s'élargir sous les effets de l'arthrose. Les veines des avant-bras ressortaient fortement et les taches hépatiques étaient nombreuses. Mais c'étaient ses mains et ses bras, naturellement.

– Tu ne m'en as jamais parlé, murmura-t-il. Tu n'as jamais dit un mot de...

Cette fois-ci, le rire de Saraï fut totalement dépourvu d'amertume.

– Comme si c'était nécessaire! Combien de fois ne nous sommes-nous pas réveillés tous les deux dans le noir? Tu étais couvert de sueur. Dès le début, j'ai su que ce n'était pas seulement un rêve. Il faut y aller, Sol. Il faut aller sur Hypérion.

Il retourna la main qu'il regardait et qui lui semblait toujours appartenir à quelqu'un d'autre.

– Pourquoi, Saraï? Pour l'amour de Dieu, pourquoi? Tu sais très bien que nous ne pouvons pas... *sacrifier* Rachel!

– Bien sûr que non. Comment n'y as-tu pas pensé? Il faut que nous allions sur Hypérion, là où le rêve nous demandera d'aller, pour... nous offrir en sacrifice à sa place!

– Nous offrir en sacrifice à sa place... répéta Sol.

Il se demandait si son cœur n'allait pas lâcher. Il avait terriblement mal dans la poitrine, il n'arrivait plus à respirer. Il demeura silencieux durant une bonne minute, convaincu que s'il essayait de prononcer un mot, seul un sanglot sortirait de sa gorge. Finalement, il réussit à demander :

– Depuis combien de temps... as-tu cette idée dans la tête, Saraï?

– Tu veux dire depuis combien de temps je *sais* ce qu'il nous reste à faire? Un peu plus d'un an. Depuis le cinquième anniversaire de Rachel.

– Un an! Et tu ne m'as rien dit pendant tout ce temps!

– J'attendais que tu te décides. Que l'idée te vienne toute seule.

Il secoua la tête. Tout semblait tellement lointain autour de lui. Même les murs étaient légèrement déformés.

– C'est impossible, dit-il. Cela semble... Je ne sais pas. Il faut que j'y réfléchisse, Saraï.

Il regarda la main d'un étranger qui caressait les cheveux familiers de Saraï.

Elle hocha lentement la tête.

Sol alla passer trois jours et trois nuits dans les montagnes arides, ne se nourrissant que du pain dur qu'il avait emporté et buvant l'eau de son thermos à condensation. Dix mille fois, au cours des vingt dernières années, il avait souhaité de tout son cœur avoir la maladie de Rachel à sa place. Si quelqu'un devait souffrir, que ce soit le père et non l'enfant. Mais tous les parents devaient réagir ainsi. Chaque fois que leur enfant était blessé ou gisait terrassé par la fièvre, c'était ce qu'ils devaient se dire. Mais cela ne pouvait être aussi simple.

Dans la chaleur torride du troisième après-midi, alors qu'il s'était à moitié endormi à l'ombre d'une mince table rocheuse, Sol apprit que cela n'était effectivement pas aussi simple.

– Abraham pouvait-il répondre cela à Dieu? Qu'il se proposait en sacrifice à la place d'Isaac?
– Abraham aurait pu répondre cela, mais pas toi.
– Et pourquoi pas moi?

Comme en réponse, Sol eut une vision fébrile d'adultes nus encadrés d'hommes en armes, faisant la queue devant des fours crématoires, et de mères cachant leurs bébés sous des piles de vêtements. Il vit des hommes et des femmes dont la chair brûlée pendait en lambeaux, éloignant leurs enfants inanimés des cendres de ce qui avait été une grande ville. Sol savait que ces images n'appartenaient pas à un rêve, mais qu'elles étaient tirées du Premier et du Second Holocauste. Et il comprit la réponse avant que la voix dans sa tête ne reprenne :

– Les parents se sont déjà offerts en sacrifice. Et il a été accepté. Nous avons dépassé ce stade.
– Mais que veux-tu, alors? Que veux-tu donc?

Il n'eut que le silence pour réponse. Il se remit debout, dans la clarté aveuglante du soleil, et faillit tomber. Un gros oiseau noir décrivit des cercles au-dessus de sa tête ou bien dans sa vision. Il secoua le poing en direction du ciel couleur d'acier de canon.

– Tu te sers des nazis comme instrument. Des fous. Des monstres. Tu n'es toi-même qu'un foutu monstre.
– Non.

La terre bascula, et Sol tomba sur le côté contre le tranchant de plusieurs cailloux pointus. Il avait l'impression de s'adosser à un mur hérissé de tessons de bouteille. Un caillou de la taille de son poing lui meurtrissait la joue.

– La seule réponse correcte pour Abraham était l'obéissance, pensa Sol. D'un point de vue éthique, Abraham était lui-même un enfant. Tous les hommes l'étaient à cette époque-là. La réponse correcte, pour les enfants d'Abraham, était de devenir des adultes et de s'offrir eux-mêmes en sacrifice à la place de leur père. Mais quelle est la bonne réponse dans *notre* cas?

Il n'y eut pas d'écho à sa pensée. La terre et le ciel cessèrent de tourner. Au bout d'un moment, il se releva en tremblant, essuya le sang et la poussière sur sa joue puis reprit lentement le chemin de la vallée.

– Non, dit-il à Saraï. Nous n'irons pas sur Hypérion. Ce n'est pas la bonne solution.

– Tu préfères que nous ne fassions rien, alors...

Les lèvres de Saraï étaient blêmes en répondant, mais sa voix était ferme et bien contrôlée.

– Non. Je veux simplement éviter de faire ce qu'il ne faut pas.

Elle souffla bruyamment, puis fit un geste du bras en direction de la fenêtre où leur petite fille de quatre ans était visible, dans la cour, entourée de ses jouets.

– Tu crois qu'elle a le temps d'attendre indéfiniment que nous discutions sur la bonne ou la mauvaise solution?

– Assieds-toi, Saraï.

Elle demeura debout. Il y avait du sucre en poudre sur le devant de sa robe beige en coton. Il se souvint soudain de la jeune femme nue surgissant dans le sillage phosphorescent de l'île mobile d'Alliance-Maui.

– Il faut que nous fassions quelque chose, dit-elle.

– Nous avons consulté une centaine d'experts médicaux et scientifiques. Elle a été examinée, testée, tripotée, torturée dans des douzaines d'hôpitaux. J'ai voulu demander conseil aux prêtres gritchtèques de tous les mondes du Retz. Ils m'ont fermé la porte au nez. Melio et les autres spécialistes d'Hypérion, à l'université de Reichs, affirment qu'il n'y a rien, dans la doctrine gritchtèque, qui évoque de près ou de loin la maladie de Merlin. Les indigènes d'Hypérion n'ont aucune légende de ce genre qui puisse nous orienter vers un remède. Les recherches sur le terrain ont duré trois ans et ont toutes échoué. Aujourd'hui, elles sont interdites. L'accès aux Tombeaux du Temps n'est réservé qu'aux soi-disant pèlerins. Même un simple visa est presque impossible à obtenir. Sans compter que le voyage pourrait être fatal à Rachel.

Il s'interrompit, haletant, et toucha de nouveau le bras de Saraï.

– Je regrette d'avoir à le répéter, mais je crois que nous avons fait tout ce qui pouvait être fait.

– Ce n'est pas assez, lui dit Saraï. Pourquoi ne pas y aller en tant que pèlerins?

Il croisa les bras de frustration.

– L'Église gritchtèque choisit ses victimes sacrificielles parmi des milliers de volontaires. Le Retz est rempli de fanatiques stupides et suicidaires. Peu d'entre eux reviennent de ce pèlerinage.

– Cela ne prouve-t-il pas déjà quelque chose? souffla Saraï en se penchant en avant. Il y a quelqu'un ou je ne sais quoi qui s'acharne sur ces pauvres gens.

– Des pillards ou bien des bandits.

– C'est le golem, fit-elle en secouant la tête.

– Tu veux dire le gritche.

– Le golem, insista Saraï. Le même que celui que nous voyons dans notre rêve.

– Je n'ai jamais vu de golem, fit Sol, mal à l'aise. De quoi parles-tu?

– Ces yeux rouges qui brillent dans le noir. C'est le golem que Rachel a entendu quand elle était à l'intérieur du Sphinx.

– Comment sais-tu ce qu'elle a pu entendre?

– C'est dans le rêve. Juste avant le moment où nous entrons dans l'endroit où le golem nous attend.

– Nous n'avons pas fait le même rêve, dans ce cas. Saraï, Saraï... Pourquoi ne m'as-tu pas parlé de tout cela avant?

– Je croyais que j'étais en train de devenir folle, soupira-t-elle.

Songeant à ses conversations secrètes avec Dieu, Sol entoura du bras la taille de sa femme.

– Oh, Sol! gémit-elle en se serrant contre lui. Cet endroit fait si mal à regarder! Cette impression de solitude est si écrasante!

Il l'embrassa sur la joue. Ils avaient essayé de rentrer chez eux – c'était toujours pour eux le monde de Barnard – une demi-douzaine de fois, pour rendre visite à leurs amis et à leur famille, mais chaque fois leur plaisir avait été gâché par une invasion de touristes et de médiatiques. Ce n'était la faute de personne. Les nouvelles voyageaient de manière quasi instantanée à travers la méga-infosphère de cent soixante mondes du Retz. Pour assouvir sa curiosité, il suffisait d'insérer sa carte universelle dans la rainure d'un terminex et de traverser une porte distrans. Ils avaient bien essayé d'arriver à l'improviste, en voyageant incognito, mais ils n'avaient pas l'entraînement d'un agent secret et leurs efforts eurent des résultats pitoyables. Moins de vingt-quatre heures après leur arrivée dans le Retz, ils étaient assiégés. Les instituts de recherche et les grands centres médicaux fournissaient des écrans de sécurité pour ces visites, mais les amis et la famille en souffraient. Rachel était toujours à la une.

– Nous pourrions inviter encore Tetha et Richard... commença Saraï.

– J'ai une meilleure idée, lui dit Sol. Vas-y toi, Saraï. Tu as envie de revoir ta sœur, mais je sais que tu aimerais aussi te retrouver chez toi, retrouver les odeurs des champs et les couchers de soleil là où il n'y a pas d'iguanes... Pars!

– Partir toute seule? Je ne pourrais pas abandonner Rachel!

– Ridicule! Ce serait la deuxième fois en vingt ans – presque quarante, si l'on compte les jours bénis d'avant. Deux fois, même en vingt ans, je ne crois pas que l'on puisse parler d'abandon. Je me demande même comment notre famille a pu demeurer unie si longtemps, après être restée en vase clos pendant toutes ces années.

Saraï gardait les yeux obstinément baissés, apparemment perdue dans la contemplation de la nappe.

– Et tu crois que les médiatiques ne me retrouveraient pas?

– Je pense que c'est uniquement à Rachel qu'ils s'intéressent. Mais s'ils en ont après toi, tu pourras toujours rentrer au bout d'une semaine, après avoir rendu visite à tout le monde.

– Une semaine... Je ne pourrais jamais...

– Bien sûr que tu le peux. Tu le dois, même. Cela me donnera l'occasion de passer un peu plus de temps avec Rachel, et lorsque tu rentreras, les batteries rechargées, je m'occuperai égoïstement de mon bouquin.

– Celui sur Kierkegaard?

– Non. Quelque chose d'autre que j'ai dans la tête depuis un moment, et que je compte intituler *Le Problème d'Abraham.*

– Un peu maladroit comme titre, fit remarquer Saraï.

– Le problème n'a rien d'élégant non plus. Va faire tes valises, maintenant. Nous t'accompagnerons demain jusqu'à la Nouvelle-Jérusalem, pour que tu puisses te distransporter avant le sabbat.

– Je vais y réfléchir, dit-elle d'un air peu convaincu.
– Tu vas faire tes valises, répéta Sol en la serrant dans ses bras.

Quand il la lâcha, il lui avait fait faire un demi-tour complet sur elle-même, de sorte qu'elle faisait maintenant face au couloir et à la porte de la chambre.

– Va, dit-il. Et quand tu reviendras, j'aurai trouvé un moyen d'agir.

– Tu me le promets? demanda Saraï en se retournant sur le seuil.

– Je te le promets, dit-il en la regardant d'un air solennel. Je trouverai un moyen avant que le temps ne détruise tout. Aussi vrai que je suis son père, je jure de trouver un moyen.

Elle hocha la tête, plus rassurée qu'il ne l'avait vue depuis des mois.

– Je vais faire mes valises, dit-elle.

Le lendemain, après être rentré de la Nouvelle-Jérusalem avec Rachel, Sol sortit arroser leur maigre pelouse tandis que l'enfant jouait sagement à l'intérieur. Lorsqu'il rentra, la lumière rosée du couchant donnait aux murs des reflets évoquant le calme chaud et immense de l'océan. Mais Rachel n'était pas dans sa chambre ni dans aucun de ses endroits habituels.

– Rachel?

N'obtenant pas de réponse, il se prépara à sortir alerter les voisins, mais entendit soudain un faible bruit du côté du placard où Saraï rangeait des affaires de toute sorte. Il ouvrit doucement la porte.

Elle était là, sous les vêtements de la penderie. Le sol était jonché de photos et de pastilles holos qui la représentaient étudiante, à la maison, le jour de son départ pour l'université, ou bien sur Hypérion, au pied d'une montagne sculptée. Le persoc de travail de Rachel débitait un enregistrement à voix basse sur les genoux de la petite fille. Le cœur de Sol se serra quand il entendit la voix familière et assurée de la jeune femme.

– Papa, dit la petite fille assise par terre, sa voix aiguë s'élevant comme l'écho effrayant de celle du persoc, tu ne m'avais jamais dit que j'avais une sœur!

– Tu n'en as pas, ma chérie.

Elle plissa le front.

– C'est maman, alors, quand elle était... bien moins vieille? Hmmm... C'est impossible, elle dit qu'elle s'appelle Rachel, elle aussi. Comment...

– Je t'expliquerai, lui dit Sol en s'apercevant tout à coup que l'holophone était en train de sonner dans la salle de séjour. Attends-moi un instant, ma chérie. Je reviens tout de suite.

L'image qui se forma au-dessus de la fosse était celle d'un homme qu'il n'avait jamais vu avant. Il n'activa pas son propre imageur, pressé de se débarrasser de l'intrus.

– Oui? fit-il d'une voix brusque.

– H. Weintraub? Vous êtes bien H. Weintraub du monde de Barnard, actuellement dans le village de Dan, sur Hébron?

Il allait couper la communication, mais se ravisa. Leur code d'accès n'était pas sur la liste officielle. Il arrivait qu'un représentant les appelle de la Nouvelle-Jérusalem, mais les communications de l'extérieur étaient rarissimes. Et il s'avisa soudain, la gorge serrée, que le soleil était déjà couché et que c'était le jour du sabbat. Seuls étaient autorisés les appels urgents.

– Oui, répondit-il.

– H. Weintraub, fit l'homme, dont le regard se perdait par-delà les épaules de Sol, un très grave accident vient de se produire.

Lorsque Rachel ouvrit les yeux, son père était assis au bord du lit. Il semblait épuisé. Ses yeux étaient rouges, et ses joues étaient couvertes d'un duvet gris qui dépassait les limites de sa barbe.

– Bonjour, p'pa.

– Bonjour, ma colombe.

Elle regarda autour d'elle, battant des paupières. Quelques-unes de ses poupées étaient là avec ses jouets favoris, mais ce n'était pas sa chambre. La lumière était différente. L'air était différent. Son papa n'était pas le même.

– Où sommes-nous? demanda-t-elle.

– Nous sommes partis en voyage, ma chérie.

– Dans quel endroit?

– Ça n'a pas d'importance pour le moment. Debout, mon bébé. Ton bain t'attend, et il faut nous préparer ensuite.

Une robe noire qu'elle n'avait jamais vue avant était étalée au pied du lit. Elle la regarda, puis se tourna de nouveau vers son père.

– Qu'est-ce qu'il y a, papa? Où est maman?

Il lui caressa la joue. C'était le troisième matin depuis l'accident. L'enterrement avait lieu aujourd'hui. Il le lui avait dit chacun des jours précédents, parce qu'il ne pouvait pas imaginer de lui mentir. C'eût été une trahison ultime, à la fois envers Rachel et Saraï. Mais il ne savait pas s'il aurait le courage de le refaire.

– Il y a eu un accident... commença-t-il d'une voix rauque de douleur. Maman est morte. Nous allons lui dire au revoir au cimetière aujourd'hui.

Il se tut. Il savait qu'il faudrait une minute entière à Rachel pour accuser le coup. Le premier jour, il ignorait si une petite fille de quatre ans était capable de bien saisir le concept de la mort. Aujourd'hui, il savait que Rachel en était capable.

Un peu plus tard, tandis qu'il serrait dans ses bras l'enfant sanglotante, Sol essaya de comprendre l'accident qu'il lui avait décrit en quelques mots. Les VEM étaient de loin le moyen de transport individuel le plus sûr que l'humanité eût jamais inventé. Leur système de sustentation pouvait avoir des défaillances, mais même ainsi la charge résiduelle des générateurs EM était suffisante pour permettre à la cabine de descendre au sol en toute sécurité à partir de n'importe quelle altitude. La conception de base des équipements anticollision des VEM n'avait pas changé depuis des siècles. Elle était jugée à toute épreuve. Pourtant, tous les systèmes furent inefficaces. En l'occurrence, il s'agissait d'un jeune couple en virée dans un VEM volé, en dehors de tous les couloirs de circulation, évoluant à la vitesse de Mach 1,5 avec toutes ses lumières et tous ses transpondeurs éteints pour échapper à la détection. Un hasard extraordinaire avait fait que le vieux Vikken de la tante Tetha descendait au même moment vers l'aire de parking de l'opéra de Bussard. Outre Saraï, la tante Tetha et les deux jeunes occupants de l'appareil volé, la collision avait fait trois autres victimes, touchées par des fragments des VEM qui avaient été projetés jusqu'à l'intérieur de l'opéra lui-même.

Saraï!

– Est-ce que maman reviendra un jour avec nous? demanda Rachel entre deux sanglots.

Elle avait posé la même question les deux jours précédents.

– Je ne sais pas, ma chérie, lui répondit Sol.

Et il était sincère.

Les funérailles eurent lieu au cimetière de la famille, dans le comté de Kates, sur le monde de Barnard. La presse n'envahit pas le cimetière, mais des médiatiques survolèrent les arbres qui se trouvaient en bordure et se pressèrent contre les grilles noires comme une sinistre et dangereuse marée humaine.

Richard demanda à Sol de rester quelques jours chez lui avec Rachel, mais c'était une trop lourde épreuve à infliger au paisible fermier si jamais la presse s'en apercevait. Il se contenta de donner tristement l'accolade à son beau-frère, prononça quelques mots face à la meute des médiatiques de l'autre côté de la grille et retourna sur Hébron avec sa petite fille accablée et muette.

Les médiatiques les suivirent jusqu'à la Nouvelle-Jérusalem. Ils essayèrent ensuite de parvenir jusqu'à Dan, mais la police militaire arrêta le VEM qu'ils avaient affrété, en mit une douzaine en prison à titre d'exemple et annula les visas distrans des autres.

Le soir même, Sol alla se promener sur la crête qui dominait le village pendant que Judith veillait sur la petite fille endormie. Il s'aperçut que ses conversations avec Dieu étaient devenues audibles, et résista à l'envie de secouer le poing en direction du ciel, de crier des obscénités ou de jeter des pierres. Au lieu de tout cela, il posa de nouvelles questions, qui se terminaient toutes par le même mot : *Pourquoi?*

Il ne reçut pas de réponse. Le soleil d'Hébron se posa derrière les montagnes lointaines, et la roche, autour de lui, brillait en restituant la chaleur du jour. Il s'assit sur un bloc et se frotta les tempes des deux mains.

Saraï.

Ils avaient vécu une longue existence ensemble, malgré la tragédie qui les avait frappés. Quelle ironie, qu'au moment où elle prenait pour la première fois un peu de repos chez sa sœur...

Il se mit à gémir tout haut.

Le piège, naturellement, c'était qu'ils n'avaient su voir que la maladie de Rachel. Ni elle ni lui n'avaient été capables d'envisager ce qui allait se passer après la... mort? la disparition? de leur fille. Le monde était articulé autour des jours que vivait Rachel, et ils n'avaient pas accordé une seule pensée à la possibilité d'un accident, cette antilogique perverse d'un univers au tranchant acéré. Sol était sûr que Saraï avait envisagé comme lui le suicide, mais aucun des deux n'aurait pu se résoudre à abandonner l'autre. Ni Rachel, bien sûr. Il n'avait jamais songé qu'il pourrait se retrouver seul avec sa fille si...

Saraï!

C'est à ce moment-là que Sol se rendit compte que le dialogue souvent amer et virulent que son peuple entretenait avec Dieu depuis tant de millénaires n'avait pas pris fin avec la mort de l'Ancienne Terre... ni avec la nouvelle diaspora, mais se poursuivait encore. Rachel, Saraï et lui en faisaient partie, et ce n'était pas fini.

Il laissa la douleur le pénétrer. Elle prit la forme d'une résolution acérée comme une arme d'acier aux multiples lames.

Debout sur la crête, il versa des larmes amères dans l'obscurité qui tombait.

Le lendemain matin, lorsque les rayons du soleil envahirent la chambre de Rachel et qu'elle ouvrit les yeux pour lui dire bonjour, il était là pour lui répondre :

– Bonjour, ma chérie.

– Où sommes-nous, papa?

– Nous sommes en voyage, dans un très bel endroit.

– Où est maman?

– Elle est chez ta tante Tetha, aujourd'hui.

– Est-ce qu'elle reviendra demain?

– Oui, ma petite fille. Et maintenant, nous allons t'habiller et puis nous descendrons prendre le petit déjeuner.

Sol posa sa candidature auprès de l'Église gritchtèque lorsque Rachel eut trois ans. Les voyages à Hypérion étaient sévèrement limités, et l'accès aux Tombeaux du Temps était devenu presque impossible. Seuls les pèlerinages gritchtèques pouvaient encore pénétrer dans cette région.

Rachel était triste que sa mère ne soit pas là pour fêter

son anniversaire, mais la présence de plusieurs jeunes enfants du kibboutz contribua à la distraire un peu. Son plus beau cadeau fut un livre de contes de fées somptueusement illustré, que Saraï avait choisi à la Nouvelle-Jérusalem plusieurs mois auparavant.

Sol lut quelques contes à Rachel avant l'heure de dormir. Il y avait sept mois qu'elle ne savait plus déchiffrer les caractères toute seule, mais elle adorait les histoires, particulièrement *La Belle au bois dormant*, qu'elle lui fit relire une deuxième fois.

– Je vais le montrer à maman, dit-elle dans un bâillement tandis que Sol éteignait la lumière.

– Bonne nuit, ma petite fille, dit-il à voix basse, en s'arrêtant sur le seuil de la chambre.

– Papa?

– Oui?

– Salut, poilu.

– À plus tard, tête de lard.

Il l'entendit pouffer dans l'oreiller.

Ce n'était pas tellement différent, se disait Sol les deux dernières années, du spectacle d'un être aimé que l'on voit sombrer dans la vieillesse et la mort. Mais c'était pis. Bien pis.

Les dents définitives de Rachel étaient tombées l'une après l'autre entre huit et deux ans. Les dents de lait les avaient remplacées, mais à dix-huit mois elles avaient commencé à lui rentrer dans la mâchoire.

Ses cheveux, dont elle tirait une si grande fierté, étaient devenus plus courts et plus fins. Son visage avait perdu peu à peu ses traits. Son menton et ses pommettes s'étaient arrondis. Sa coordination avait faibli par degrés. Un jour, elle n'avait plus été capable de tenir correctement une fourchette ou un crayon. Le jour où elle ne sut plus marcher, Sol la déposa dans son berceau plus tôt que d'habitude et s'enferma dans son bureau pour se cuiter tranquillement à mort.

C'était le langage qui était le plus dur pour lui. La perte de vocabulaire était comme un pont qui brûlait entre Rachel et lui. C'était leur dernier lien d'espoir qui disparaissait. Quelque temps après son deuxième anniversaire, l'ayant bordée dans son lit, il s'était retourné sur le seuil et avait lancé :

– Salut, poilu!
– Hein?
– Salut, poilu!
Elle avait gloussé de rire.
– Il faut répondre : « À plus tard, tête de lard », lui avait dit Sol.
Mais il avait fallu lui expliquer ce que c'était qu'un poilu et une tête de lard.
– À ta, têtard, avait gloussé Rachel.
Le lendemain matin, elle avait tout oublié.

Il emmena Rachel avec lui lorsqu'il retourna voyager dans le Retz, ignorant les médiatiques, insistant auprès de l'Église gritchtèque pour qu'on l'accepte dans un pèlerinage, faisant le siège du Sénat pour obtenir un visa et la permission de se rendre dans les zones interdites d'Hypérion. Il retourna voir les instituts de recherche et les établissements hospitaliers susceptibles de lui proposer un traitement pour Rachel. Plusieurs mois furent ainsi perdus, les médecins admettant un par un leur échec. Quand il rentra sur Hébron, Rachel avait quinze mois standard. Dans l'ancien système de mesures de la planète, elle pesait vingt-cinq livres et faisait trente pouces de haut. Elle ne savait plus s'habiller toute seule. Son vocabulaire ne comportait que vingt-cinq mots, parmi lesquels « maman » et « papa » revenaient le plus souvent.

Sol adorait porter sa fille dans ses bras. Il y avait des moments où le poids de sa tête contre sa joue, sa chaleur contre sa poitrine ou l'odeur de sa peau lui faisaient oublier l'injustice atroce de tout ce qu'il endurait. Dans ces moments, il aurait pu être momentanément en paix avec le reste de l'univers si seulement Saraï avait été à ses côtés. Quoi qu'il en soit, il y avait des trêves dans ses conversations furieuses avec un Dieu auquel il ne croyait pas.

– Quelles raisons peut-il donc y avoir à tout cela?
– Quelles raisons visibles y a-t-il jamais eu à la souffrance, sous toutes ses formes, subie par l'humanité?
– Exactement, pensa Sol, en se demandant s'il avait marqué un point pour la première fois. Il en doutait.
– Le fait qu'une chose ne soit pas visible ne signifie nullement qu'elle n'existe pas.

– Quelle formulation maladroite ! Trois négations pour aboutir à une affirmation, particulièrement aussi peu profonde que celle-là !

– Précisément, Sol. Tu commences à comprendre où tout cela peut mener.

– Hein ?

Il n'y eut pas de réponse à cette dernière pensée. Sol demeura allongé sur son lit, écoutant le sifflement du vent du désert.

Le dernier mot de Rachel fut « maman », prononcé à l'âge de cinq mois.

Elle se réveilla dans son berceau et ne demanda pas – elle en était incapable – où elle était. Son univers était fait de biberons, de sommeil et de jouets en caoutchouc. Quelquefois, quand elle pleurait, Sol se demandait si c'était pour réclamer sa mère.

Il faisait ses courses dans les magasins de Dan. Il emmenait le bébé avec lui quand il achetait les couches, les accessoires pour la toilette ou un nouveau jouet.

La semaine qui précéda son départ pour Tau Ceti Central, Ephraïm et deux autres anciens lui rendirent visite pour discuter avec lui. C'était le soir, et les dernières lueurs du crépuscule se reflétaient sur le crâne chauve d'Ephraïm.

– Nous nous faisons du souci pour toi, Sol, lui dit-il. Les semaines qui viennent vont être difficiles. Les femmes voudraient faire quelque chose pour t'aider. Nous aussi.

Il posa la main sur le bras de l'ancien.

– J'apprécie beaucoup, Ephraïm. J'apprécie tout ce que vous avez fait pour moi depuis des années. Nous nous sentons chez nous ici. Saraï aurait aimé... Elle aurait aimé que je vous remercie pour tout. Mais nous partons dimanche. Ne vous inquiétez pas pour Rachel, elle va aller mieux.

Les trois hommes assis sur le banc de bois échangèrent des regards étonnés. Avner demanda :

– Ils ont découvert un traitement ?

– Non, lui répondit Sol. Mais j'ai une bonne raison d'espérer.

– L'espoir, c'est bien, fit Robert, prudent.

Sol lui sourit, ses dents blanches luisant contre le gris de sa barbe.

– Heureusement, murmura-t-il. Quelquefois, c'est tout ce qu'il nous reste.

La caméra holo du studio zooma pour faire un gros plan de Rachel, dans les bras de Sol, sur le plateau de l'émission « Entre nous ».

– Vous affirmez donc, fit Devon Whiteshire, présentateur du show et troisième visage le plus populaire de toute l'infosphère du Retz, que le refus de l'Église gritchtèque de vous laisser retourner dans les Tombeaux du Temps, ainsi que les réticences de l'Hégémonie à vous fournir un visa, condamnent votre enfant à... l'extinction?

– Tout à fait, déclara Sol. Le voyage à Hypérion ne peut s'effectuer en moins de six semaines. Rachel n'a plus maintenant que six semaines. Tout nouveau délai imposé par l'Église gritchtèque ou la bureaucratie du Retz se soldera par la mort de ce bébé.

Un frémissement parcourut les spectateurs présents dans le studio. Devon Whiteshire se tourna vers l'imageur le plus proche. Son visage osseux et bon enfant emplit l'écran.

– Cet homme ignore s'il pourra sauver sa fille, dit-il d'une voix puissante chargée d'intonations subtiles. Mais tout ce qu'il demande, c'est qu'on lui donne une chance. Pensez-vous que son bébé et lui méritent une telle chance? Si oui, appelez vos représentants planétaires et le temple gritchtèque le plus proche de votre domicile. Leurs numéros devraient apparaître sur votre écran... Voilà...

Il se tourna de nouveau vers Sol.

– Nous vous souhaitons bonne chance, H. Weintraub. Et... (posant sa large main sur la joue du bébé) bonne chance à toi aussi, ma poupée.

La caméra resta braquée sur Rachel jusqu'à la disparition de l'image en un fondu au noir.

L'effet Hawking causait des nausées, des vertiges, des maux de tête et des hallucinations. Durant la première partie du voyage, d'une durée de dix jours, effectuée jusqu'à Parvati à bord d'un vaisseau-torche de l'Hégémonie appelé l'*Intrépide*, Sol garda Rachel dans ses bras, stoïque. Ils étaient les seuls passagers pleinement conscients à bord du vaisseau de guerre. Au début, Rachel pleura beaucoup. Au bout de quelques heures, cependant, elle se calma, ses grands yeux bruns continuellement levés vers lui. Sol se souvenait du jour où elle était née. Les infirmières l'avaient prise des bras de Saraï pour la lui donner. Ses cheveux n'étaient pas beaucoup plus courts que maintenant, et ses grands yeux n'étaient pas moins profonds.

Finalement, ils s'endormirent tous les deux d'épuisement.

Sol rêva qu'il avançait à l'intérieur d'un énorme édifice dont les colonnes avaient chacune la taille d'un séquoia géant et dont le plafond était si haut qu'on l'apercevait à peine. Une lumière vermeille baignait le vide glacé de ces lieux. Il fut surpris de voir qu'il tenait toujours le bébé dans ses bras. Rachel enfant n'avait jamais, jusque-là, fait partie de ses rêves. Le bébé le regardait avec intensité, et Sol se sentait en contact avec la conscience de sa fille aussi sûrement que si elle avait pu parler.

Soudain, une voix différente, immense et glacée, se réverbéra dans l'édifice désert :

> – Sol ! Prends ta fille, ta fille unique, Rachel, que tu aimes, et rends-toi sur le monde qu'on appelle Hypérion pour l'immoler par le feu à l'un des endroits que je t'indiquerai.

Hésitant, il baissa les yeux vers l'enfant. Les yeux lumineux de Rachel étaient fixés sur lui. Il perçut un *oui* muet. Il la serra un peu plus fort dans ses bras et s'avança pour apostropher les ténèbres silencieuses :

> – Écoute-moi bien ! Il n'y aura plus de sacrifice, ni d'enfants ni de parents. Il n'y aura plus d'autre sacrifice que pour nos semblables les humains. Le temps de l'obéissance et de l'expiation est passé !

Il tendit l'oreille. Il sentait les battements de cœur de Rachel et la chaleur de son petit corps contre son bras. De tout en haut descendait le sifflement froid du vent à travers des fissures invisibles. Il mit les mains en porte-voix autour de ses lèvres et cria :

– C'est fini! Plus jamais! Laisse-nous tranquilles ou bien mets-toi de notre côté comme père et non comme demandeur de sacrifices. Tu as le choix d'Abraham!

Rachel s'agita dans ses bras tandis qu'un grondement montait du sol de pierre. Les colonnes se mirent à vibrer. La lumière vermeille s'assombrit puis s'éteignit, ne laissant plus que les ténèbres autour d'eux. Au loin, des pas monstrueux retentirent. Sol serra très fort Rachel contre lui tandis qu'un vent violent soufflait à ses oreilles.

Une lueur les sortit du cauchemar. C'était celle de l'*Intrépide*, à bord duquel ils fonçaient vers Parvati pour embarquer sur le vaisseau-arbre *Yggdrasill* à destination de la planète Hypérion. Sol sourit à sa petite fille âgée de sept semaines. Elle lui rendit son sourire.

Ce devait être le dernier – ou le premier.

La cabine principale du chariot à vent demeura quelque temps plongée dans le silence lorsque le vieux lettré eut fini son récit. Sol Weintraub s'éclaircit la voix et but un peu d'eau dans un gobelet de cristal. Rachel dormait profondément dans le berceau improvisé avec un tiroir. Le chariot à vent oscillait doucement dans sa course. Le ronflement de la grande roue et le bourdonnement du gyroscope principal formaient un fond sonore qui les berçait.

– Mon Dieu! fit Brawne Lamia à voix basse.

Elle était sur le point d'ajouter quelque chose lorsqu'elle se ravisa en secouant la tête.

Les yeux fermés, Martin Silenus récita :

Puisque, par le rejet de la moindre rancœur,
L'âme recouvre, libre, une entière innocence,
Et reconnaît enfin qu'elle donne naissance
Elle-même à sa paix, son bonheur,
Et que son doux vouloir est le vouloir divin,
Quand bien même on lui ferait la tête,
Quand même vingt soufflets gronderaient en tempête,
Mon enfant peut garder un cœur doux et serein.

– William Butler Yeats? demanda Sol Weintraub.

Silenus hocha la tête.

– « Prière pour ma fille », dit-il.

– Je crois que je vais aller prendre un peu l'air sur le

pont avant de rentrer, déclara le consul. Quelqu'un veut-il m'accompagner?

Tout le monde le suivit. La brise soulevée par leur passage était rafraîchissante tandis qu'ils se tenaient sur le gaillard d'arrière, contemplant la mer des Hautes Herbes qui défilait en grondant sous eux. Le ciel au-dessus d'eux était une grosse soupière saupoudrée d'étoiles et sillonnée de météores. Les voiles et le gréement craquaient, produisant des bruits aussi vieux que les premiers temps des voyages humains.

– Je pense que nous devrions monter la garde, cette nuit, déclara le colonel Kassad. Une sentinelle veillera pendant que les autres dormiront. Elle sera relevée toutes les deux heures.

– D'accord, fit le consul. Je prends la première garde.

– Demain matin... commença Kassad...

– Regardez! s'écria le père Hoyt.

Ils suivirent la direction de son doigt. Entre les constellations scintillantes, des boules de feu multicolores éclataient, vertes, mauves, orangées et de nouveau vertes, illuminant la grande plaine herbeuse autour d'eux comme des boules de foudre en grappes. Les étoiles et les météores, à côté de ce feu d'artifice soudain, étaient devenus pâles et insignifiants.

– Des explosions? demanda le prêtre.

– Une bataille spatiale, estima Kassad. Cislunaire. Armes de fusion.

Il descendit rapidement dans l'entrepont.

– L'Arbre! s'exclama Het Masteen.

Il désigna une tache de lumière qui se déplaçait au milieu des explosions comme un brandon au milieu d'un feu d'artifice.

Kassad remonta avec ses jumelles à amplification, qu'il fit passer à tout le monde.

– Les Extros? demanda Lamia. Ils ont lancé leur invasion?

– Il y a de fortes chances pour que ce soient les Extros, répondit Kassad. Mais je pense qu'il s'agit seulement d'un raid de reconnaissance. Vous voyez les essaims? Là, ce sont les missiles de l'Hégémonie que font exploser les systèmes de contre-mesures des croiseurs extros.

Les jumelles arrivèrent jusqu'au consul. Les éclairs étaient maintenant bien visibles, avec leurs couronnes de flammes brèves. Il discerna l'ombre et la traîne d'au moins deux croiseurs poursuivis par des vaisseaux de l'Hégémonie.

– Je ne crois pas... commença Kassad...

Il s'arrêta net tandis que les voiles de leur chariot et les herbes de la plaine s'embrasaient d'une lueur orange.

– Mon Dieu! murmura le père Hoyt. Ils ont touché le vaisseau-arbre!

Le consul braqua les jumelles sur la gauche. On voyait le nimbe grandissant des flammes à l'œil nu ; mais avec les jumelles, le tronc principal d'un kilomètre de long et les branches secondaires de l'*Yggdrasill* demeurèrent un instant visibles, entourés de longues flammes qui se courbaient dans l'espace sous l'effet des champs de confinement saturés et de l'oxygène qui brûlait. Puis le nuage orangé se contracta, devint flou et s'effilocha, rendant le tronc visible, l'espace d'une seconde, alors même qu'il s'embrasait une dernière fois et disparaissait comme les dernières braises d'un feu qui s'éteint. Rien n'avait pu survivre. Le vaisseau-arbre *Yggdrasill* avait péri avec tout son équipage, ses clones et ses maîtres d'ergs semi-sentients.

Le consul se tourna vers Het Masteen et lui tendit, un peu tard, les jumelles.

– Je... Je suis navré, murmura-t-il.

Le Templier ne prit pas les jumelles. Lentement, il baissa la tête, rajusta son capuchon puis descendit sans dire un mot.

Le vaisseau-arbre se désintégra dans une explosion finale. Dix minutes plus tard, lorsque la nuit fut redevenue calme, Brawne Lamia demanda :

– Vous croyez qu'ils les ont eus tous?

– Les Extros? demanda Kassad. Il est probable que non. Ces croiseurs sont faits pour la défense et la rapidité. Ils doivent déjà être à des minutes de lumière.

– Est-ce que le vaisseau-arbre était leur objectif principal, à votre avis? demanda Silenus, qui semblait soudain étrangement sobre.

– Je ne crois pas, répondit Kassad. Il formait pour eux une cible tentante, c'est tout.

– Une cible tentante... répéta Sol Weintraub en secouant la tête. Je crois que je vais aller me reposer quelques heures, ajouta-t-il. L'aube n'est plus très loin.

Un par un, les autres le suivirent. Kassad et le consul demeurèrent seuls sur le pont.

– Où dois-je monter la garde? demanda le consul.

– Faites une ronde, suggéra le colonel. De la coursive au pied de l'échelle de descente, vous pouvez surveiller toutes les portes des cabines et l'entrée de la cambuse et de la salle à manger. Vous pouvez ensuite monter sur le pont et sur la passerelle. Laissez les lanternes allumées. Avez-vous une arme?

Le consul secoua négativement la tête.

Kassad lui tendit son bâton de la mort.

– Il est réglé sur faisceau serré, dit-il. Environ cinquante centimètres sur une distance de dix mètres. Ne vous en servez que si vous êtes sûr d'avoir vu un intrus. La pastille piquetée qui glisse en avant est la sécurité. Elle est enclenchée.

Le consul hocha la tête, en s'assurant que son doigt n'était pas en contact avec le bouton de tir.

– Je viendrai prendre la relève dans deux heures, annonça Kassad.

Il consulta son persoc.

– L'aube se lèvera avant la fin de ma faction, ajouta-t-il.

Il leva les yeux vers le ciel, comme s'il s'attendait à voir l'*Yggdrasill* réapparaître et continuer son chemin comme une luciole à travers le ciel. Mais seules les étoiles scintillaient là-haut. À l'horizon nord-est, une masse noire en mouvement annonçait un orage.

– Quel gâchis! fit le colonel Kassad en secouant la tête.

Puis il descendit dans l'entrepont.

Le consul demeura quelques instants au même endroit, écoutant le bruit du vent dans la toile, les craquements du gréement et le grondement de la roue. Au bout d'un moment, il se tourna vers le bastingage et contempla les ténèbres, perdu dans ses réflexions.

5

Le lever du soleil sur la mer des Hautes Herbes était un pur objet de beauté. Le consul contempla le spectacle du point le plus élevé du pont arrière. Après son tour de garde, il avait essayé en vain de dormir, puis il était remonté sur le pont voir la nuit pâlir avec les premières lueurs du matin. Le front orageux alignait à l'horizon ses nuages sombres ourlés d'or en haut et en bas par le soleil levant qui se reflétait sur le monde. Les voiles, les cordages et les espars, polis par le temps, du chariot à vent brillèrent quelques minutes sous cette brève manne de lumière privilégiée, juste avant que les nuages, obscurcissant le ciel, retirent de nouveau toute couleur au monde. Le vent qui suivit ce tomber de rideau fut glacial, comme s'il descendait des sommets enneigés de la Chaîne Bridée, à peine visible sous la forme d'une masse floue à l'horizon du nord-est.

Brawne Lamia et Martin Silenus rejoignirent bientôt le consul sur la plage arrière avec une tasse de café chaud qu'ils s'étaient servie dans la cambuse. Le vent faisait gémir le gréement et claquer les voiles. La masse de boucles épaisses de Brawne Lamia auréolait son visage comme un nimbe noir.

– Bonjour, grogna Silenus en louchant par-dessus sa tasse en direction de la mer des Hautes Herbes creusées par le vent.

– Bonjour, répondit le consul, étonné de se sentir alerte malgré la nuit blanche qu'il venait de passer. Nous avons le vent dans la proue, mais le chariot se comporte bien. Je pense que nous atteindrons les montagnes avant le soir.

– Hmmm, commenta Silenus, le nez dans sa tasse.

– Je n'ai pas fermé l'œil, dit Brawne Lamia. Je pensais à l'histoire de H. Weintraub.

– Je ne crois pas que... commença le poète.

Il s'interrompit à l'arrivée de Weintraub avec son bébé, dont la tête dépassait du sac en bandoulière contre sa poitrine.

– Bonjour tout le monde, fit Weintraub en regardant autour de lui. Il ne fait pas chaud, ce matin, n'est-ce pas? ajouta-t-il après avoir pris une grande inspiration.

– Vous voulez dire qu'on se les gèle, oui, lui dit Silenus. Et au nord des montagnes, ce sera pire.

– Je descends prendre un gilet, fit Brawne Lamia.

Mais avant qu'elle pût faire un pas, un cri perçant monta de l'entrepont.

– *Du sang!*

Il y avait, effectivement, du sang partout. La cabine de Het Masteen était curieusement intacte – le lit non défait, les malles et les autres bagages soigneusement empilés dans un coin, la robe pliée sur le dossier d'une chaise –, à l'exception du sang qui couvrait de larges sections du plancher, des cloisons et du plafond. Les six pèlerins se massèrent à l'entrée, hésitant à avancer.

– Je passais dans la coursive pour monter sur le pont, expliqua le père Hoyt d'une voix étrangement monocorde. La porte était entrebâillée. J'ai aperçu le... sang sur le mur.

– Est-ce réellement du sang? demanda Martin Silenus.

Brawne Lamia entra dans la cabine, passa la main sur une large trace qui s'étalait sur la cloison, porta deux doigts à ses lèvres.

– C'est bien du sang.

Elle regarda autour d'elle, marcha jusqu'à l'armoire, jeta un bref coup d'œil aux cintres et aux étagères vides, puis s'avança jusqu'au hublot. Il était verrouillé de l'intérieur.

Lénar Hoyt, l'air plus malade que jamais, se laissa tomber sur une chaise.

– Il est mort, alors?

– Nous ne savons pas la moindre foutue chose, répliqua Lamia. Tout ce que nous pouvons constater, c'est que le commandant Masteen n'est pas dans sa cabine, mais qu'il y a pas mal de sang à sa place.

Elle s'essuya la main sur la jambe de son pantalon.

– Ce qu'il faut faire, maintenant, c'est fouiller ce vaisseau de fond en comble.

– Absolument, dit le colonel Kassad. Mais si nous ne retrouvons pas le commandant?

Brawne Lamia ouvrit le hublot. L'air frais dissipa aussitôt l'odeur d'abattoir tandis que le grondement régulier de la roue et le froissement de l'herbe contre la coque entraient dans la cabine.

– Si nous ne le retrouvons pas, dit-elle, nous en conclurons qu'il a quitté le vaisseau, soit volontairement, soit contre son gré.

– Mais... Tout ce sang... commença le père Hoyt.

– Cela ne prouve absolument rien, lui dit Kassad. H. Lamia a parfaitement raison. Nous ne sommes pas en mesure d'identifier ces traces. Nous ne connaissons pas le génotype de Masteen. Personne n'a vraiment rien vu ni entendu?

Il n'eut que le silence pour réponse, à l'exception de quelques grognements soulignés par des mouvements de tête négatifs.

Martin Silenus regarda autour de lui.

– Vous n'êtes donc pas capables de reconnaître le travail de notre ami le gritche quand vous le voyez? demanda-t-il.

– Qu'est-ce que nous en savons? coupa sèchement Lamia. C'est peut-être quelqu'un qui cherche à nous faire croire qu'il s'agit du gritche.

– Tout cela n'a pas de sens, dit Hoyt, qui semblait avoir encore du mal à respirer.

– Nous fouillerons tout de même ce vaisseau par groupes de deux, décida Lamia. Qui est armé, à part moi?

– J'ai une arme, fit le colonel Kassad. J'en ai même plusieurs, si ça vous intéresse.

– Non, refusa le père Hoyt.

Le poète secoua la tête.

Sol Weintraub revenait dans la coursive avec son bébé. Il passa la tête à l'intérieur de la cabine.

– Je n'ai rien, dit-il.

– Moi non plus, déclara le consul.

Il avait rendu le bâton de la mort à Kassad lorsque celui-ci avait pris sa relève, deux heures avant l'aube.

– Très bien, déclara Lamia. Le prêtre viendra avec moi

sur le pont inférieur. Silenus, vous accompagnerez le colonel. Fouillez tout l'entrepont. H. Weintraub, vous et le consul, vous examinerez toute la partie supérieure du vaisseau. Donnez l'alerte si vous apercevez quoi que ce soit d'inhabituel. Le moindre signe de lutte, en particulier.

– Juste une question, dit Silenus.

– Oui?

– Qui vous a élue reine du bal?

– Je suis détective privée, répliqua Lamia en soutenant froidement le regard du poète.

Martin Silenus haussa les épaules.

– Hoyt est le prêtre de je ne sais quelle religion oubliée, dit-il. Cela ne nous oblige pas à nous agenouiller chaque fois qu'il dit la messe.

– D'accord, soupira Lamia. Je vais vous fournir une meilleure raison.

Elle entra en action avec une telle rapidité que le consul, pour avoir cligné une fois des yeux, faillit ne pas la suivre. Un instant elle se trouvait devant le hublot ouvert, et l'instant d'après elle était au milieu de la cabine, soulevant Martin Silenus du sol avec un bras, sa main massive autour du cou fragile du poète.

– Et si la logique, haleta-t-elle, consistait simplement à faire ce qui est logique, parce que c'est ce qu'il y a de mieux à faire?

– Arrrgh, réussit à couiner Martin Silenus.

– Bon, fit-elle d'une voix dépourvue de toute émotion, en laissant choir le poète sur le plancher.

Silenus tituba sur un mètre et faillit retomber assis sur Hoyt.

– Voilà, leur dit Kassad en revenant avec deux petits neuro-étourdisseurs.

Il en tendit un à Sol Weintraub.

– Qu'est-ce que vous avez comme arme? demanda-t-il à Lamia.

Elle plongea la main dans une poche de sa tunique et en sortit un pistolet archaïque. Kassad considéra quelques instants l'objet d'antiquité, puis hocha la tête.

– Ne vous éloignez à aucun prix de votre équipier, dit-il. Ne tirez pas si vous n'êtes pas absolument sûr d'avoir identifié votre cible, et qu'elle représente vraiment une menace.

– Cela s'applique exactement à la salope que j'ai

l'intention de buter, fit Silenus sans cesser de se masser la gorge.

Brawne Lamia fit un demi-pas vers le poète. Fedmahn Kassad s'interposa.

– Allons, cessez, dit-il. Au travail.

Silenus le suivit dans la coursive.

Sol Weintraub se rapprocha du consul et lui tendit son étourdisseur.

– Je ne veux pas de ce truc-là avec Rachel dans les bras, dit-il. On monte?

Le consul lui prit l'arme des mains tout en hochant la tête.

Le chariot à vent ne contenait plus le moindre signe de présence de la Voix de l'Arbre Authentique, le Templier Het Masteen. Après avoir fouillé le vaisseau pendant une heure, le groupe se rassembla dans la cabine du disparu, où les traces de sang, plus noires, semblaient avoir séché.

– Quelque chose aurait-il pu nous échapper? demanda le père Hoyt. Un passage secret? Une cachette quelconque?

– C'est possible, fit Kassad. Mais j'ai passé tout le vaisseau aux détecteurs thermiques et aux détecteurs de mouvement. S'il y a à bord quelque chose de plus gros qu'une souris qui m'ait échappé, c'est vraiment bien caché.

– Si vous aviez ces foutus détecteurs, grogna Silenus, pourquoi nous avoir laissés ramper dans la merde pendant une heure?

– Parce qu'il est toujours possible, avec un équipement approprié, d'échapper à une fouille électronique.

– Si je comprends bien, déclara Hoyt en faisant la grimace, visiblement sous le coup d'une vague de douleur, pour répondre à ma question, vous nous dites qu'avec un équipement approprié le commandant Masteen pourrait très bien se cacher quelque part à bord?

– C'est possible, mais improbable, à mon avis, dit Brawne Lamia. Je pense qu'il n'est plus à bord.

– Le gritche, fit Martin Silenus d'une voix écœurée. Et ce n'était pas une question.

– C'est une autre possibilité, murmura Lamia. Colonel, le consul et vous avez monté la garde pendant ces quatre heures. Vous êtes bien sûrs de n'avoir rien vu ni entendu?

Les deux hommes hochèrent la tête.

– Il n'y avait pas le moindre bruit à bord, lui dit Kassad. S'il y avait eu une lutte, j'aurais entendu quelque chose, même avant de prendre mon tour de garde.

– Quant à moi, je n'ai pas pu dormir lorsque j'ai regagné ma cabine, déclara le consul. Elle est contiguë à celle de Masteen. Je n'ai rien entendu du tout.

– Très bien, déclara Silenus. Les deux suspects armés qui rôdaient dans le noir quand la pauvre victime a été zigouillée se déclarent innocents. Au suivant de ces messieurs !

– Si Masteen a été tué, expliqua le colonel Kassad, ce n'est pas avec un bâton de la mort. Aucune arme moderne silencieuse à ma connaissance ne projette une telle quantité de sang. Aucune détonation n'a été entendue. Aucune trace de projectile n'a été retrouvée. Je pense qu'on peut dire aussi, par conséquent, que le pistolet automatique de H. Lamia ne peut être soupçonné. Si le sang appartient bien au commandant Masteen, l'arme utilisée était plutôt, à mon avis, une arme blanche.

– Le gritche entre dans cette catégorie, fit remarquer Martin Silenus.

Lamia s'approcha du petit tas de bagages.

– Ce n'est pas en discutant que nous allons résoudre le problème, dit-elle. Voyons plutôt si nous découvrons quelque chose dans les affaires de Masteen.

Lénar Hoyt leva une main hésitante.

– Ce sont... ses possessions privées, dit-il. Je ne sais pas si nous avons le droit...

Brawne Lamia croisa les bras.

– Écoutez, père Hoyt. Si Masteen est mort, il n'y verra pas d'objection. S'il est vivant, fouiller dans ses affaires nous donnera peut-être une idée de l'endroit où il a été conduit. Dans les deux cas, nous devons essayer de découvrir un indice.

Hoyt hocha la tête d'un air peu convaincu. Mais, finalement, la fouille se révéla peu indiscrète. La première malle de Masteen ne contenait que du linge de rechange et un exemplaire du *Livre de Vie du Muir*. Dans le sac, il y avait une centaine de graines séchées, enveloppées séparément et conservées dans du terreau humide.

– Les Templiers ont le devoir de planter au moins cent graines de l'Arbre d'Éternité sur chaque monde où ils se rendent, expliqua le consul. Elles germent rarement, mais c'est plutôt un rituel qu'autre chose.

Brawne Lamia se pencha sur la caisse en métal qu'elle venait de dégager.

– N'y touchez pas! s'écria le consul.

– Et pourquoi?

– C'est un cube de Möbius, répondit le colonel Kassad à la place du consul. Une enceinte de carbone-carbone autour d'un champ de confinement à impédance nulle replié sur lui-même.

– Et alors? demanda Lamia. Les cubes de Möbius servent à isoler des matériaux ou des artefacts. Ils ne présentent pas de danger d'explosion ou de quoi que ce soit.

– C'est exact, reconnut le consul, mais leur *contenu* peut très bien être explosif, ou même avoir *déjà* explosé.

– Un cube de cette taille peut tenir en laisse une explosion nucléaire de l'ordre du millier de tonnes, à condition qu'elle ait été mise en boîte pendant la nanoseconde suivant la mise à feu, ajouta Kassad.

Lamia fit la grimace.

– Comment savoir, dans ce cas, si ce n'est pas quelque chose qui se cache dans cette caisse qui a tué Masteen?

Kassad lui montra une bande verte lumineuse qui longeait la seule rainure visible du conteneur.

– Il est encore scellé. Une fois ouvert, un cube de Möbius, pour être réactivé, doit être transporté à en endroit où existent des installations capables de générer un champ de confinement. Je ne sais pas ce qu'il y a à l'intérieur de celui-ci, mais je suis en mesure de vous assurer que ce n'est pas cela qui a attaqué le commandant Masteen.

– Nous n'avons donc aucun indice? fit Lamia.

– Je peux émettre une hypothèse, dit le consul.

Les autres se tournèrent vers lui. Au même moment, Rachel se mit à pleurer, et Sol détacha la bande autochauffante d'un biberon.

– Rappelez-vous, reprit le consul. Hier, lorsque nous nous trouvions à la Bordure, Masteen nous a parlé du cube en nous laissant entendre qu'il s'agissait d'une arme secrète.

– Une arme secrète? répéta Lamia.

– Bien sûr! s'exclama Kassad. C'est un erg!

– Un erg? demanda Martin Silenus en regardant la caisse. Je croyais que les ergs étaient ces créatures à champ de force que les Templiers utilisent pour protéger leurs vaisseaux.

– C'est bien cela, lui dit le consul. Ces créatures ont été découvertes il y a environ trois siècles sur les astéroïdes qui entourent Aldébaran. Leur corps occupe à peu près le même volume que l'épine dorsale d'un chat, et consiste principalement en un système nerveux piézoélectrique enrobé d'un cartilage de silicium. Mais ils se nourrissent de champs de force qu'ils manipulent et qui ont la taille de ceux que peut engendrer un petit vaisseau à effet de spin.

– Et comment fait-on tenir tout ça dans la petite boîte? demanda Silenus. Avec des effets de miroirs?

– C'est à peu près ça, répondit Kassad. Leur champ de force est suspendu. Ils ne se nourrissent pas et ne dépérissent pas. Un peu comme l'état de fugue pour nous. Sans compter qu'il doit s'agir d'un spécimen assez jeune. Un bébé, si vous voulez.

Lamia passa la main le long de la boîte de métal.

– Les Templiers les contrôlent? Ils communiquent avec eux?

– Oui, répondit Kassad. Personne ne sait au juste de quelle manière, car c'est l'un des grands secrets de leur fraternité, mais Het Masteen avait certainement de bonnes raisons de croire qu'un erg pouvait l'aider à combattre...

– Le gritche, acheva pour lui Martin Silenus. Le Templier pensait que cette créature d'énergie serait son arme secrète face au Seigneur de la Douleur.

Il éclata de rire. Le père Hoyt se racla la gorge et murmura :

– L'Église a accepté l'avis de l'Hégémonie selon lequel ces... ces ergs... ne sont pas des créatures sensitives, et ne sont pas non plus, par conséquent, candidats au salut.

– Vous vous trompez, père Hoyt, lui dit le consul. Ils sont bien plus sensitifs que nous ne pouvons même l'imaginer. Mais si vous voulez dire intelligents et dotés de conscience, alors vous pouvez les comparer à un criquet des champs. Est-ce que les criquets, d'après vous, sont candidats au salut de leur âme?

Hoyt ne répondit pas.

– En tout cas, intervint Brawne Lamia, il est évident que le commandant Masteen comptait sur eux pour assurer son salut à lui, et que quelque chose n'a pas marché comme il l'espérait.

Elle fit une nouvelle fois du regard le tour de la cabine aux murs maculés de sang séché.

– Ne restons pas ici, dit-elle.

Le chariot à vent tirait des bordées contre des vents de plus en plus violents à mesure que le grain s'approchait du nord-est. Des banderoles nuageuses effilochées couraient, blanches, sur le fond gris du rideau annonçant la tempête. L'herbe claquait et se couchait sous les rafales de vent glacé. Les éclairs, par cascades, illuminaient l'horizon, suivis de coups de tonnerre qui résonnaient comme des tirs de semonce à l'avant du vaisseau. Les pèlerins contemplèrent ce spectacle en silence jusqu'au moment où les premières gouttes de pluie glacée les chassèrent du pont et les obligèrent à se réfugier dans la grande cabine de poupe.

– J'ai trouvé ça dans la poche de sa robe, dit Brawne Lamia en montrant aux autres un morceau de papier sur lequel était tracé le chiffre 5.

– C'était donc lui qui devait raconter la prochaine histoire, murmura le consul.

Martin Silenus inclina sa chaise en arrière jusqu'à ce que le dossier bute contre la fenêtre. Les éclairs donnaient à ses traits de satyre un caractère légèrement démoniaque.

– Il y a une autre possibilité, dit-il. C'est peut-être quelqu'un qui n'a pas encore parlé qui l'a tué pour échanger le n° 5 avec le sien.

Lamia le regarda froidement.

– Il n'y a plus que le consul et moi, articula-t-elle d'une voix tranquille.

Silenus haussa les épaules.

Elle tira un morceau de papier de sa tunique et le montra aux autres.

– J'ai le n° 6. Qu'est-ce que j'aurais gagné? De toute manière, c'est mon tour.

– C'est peut-être pour empêcher Masteen de parler qu'on l'a tué, fit le poète en haussant de nouveau les épaules. Mais, personnellement, je crois plutôt que c'est le gritche qui commence à nous massacrer. Qu'est-ce qui a pu nous laisser croire qu'il nous laisserait nous approcher des Tombeaux du Temps alors qu'il tue des gens sur toute la moitié de la distance qui nous sépare de Keats?

– Notre cas est différent, protesta Sol Weintraub. Nous sommes des pèlerins du gritche.

– Et alors?

Dans le silence qui s'ensuivit, le consul marcha jusqu'aux grandes baies de la cabine. Des torrents de pluie courbée par le vent obscurcissaient la mer et crépitaient contre les carreaux. Le chariot craquait de toutes ses membrures et s'inclina fortement sur tribord pour tirer une nouvelle bordée.

– H. Lamia, demanda le colonel Kassad, voulez-vous commencer votre histoire tout de suite?

Elle croisa les bras en contemplant la pluie qui ruisselait sur le verre.

– Non. Attendons de quitter ce maudit vaisseau. Il pue la mort.

Le chariot à vent atteignit le port du Repos du Pèlerin en milieu d'après-midi. La tempête qui faisait rage voilait tellement la lumière que les voyageurs fatigués avaient l'impression que la nuit tombait. Le consul s'attendait, à ce stade de leur voyage, à être accueilli par des représentants du Temple gritchtèque, mais le Repos du Pèlerin était aussi désert que l'avait été la Bordure.

La vue des premières collines et des sommets lointains de la Chaîne Bridée ranima un peu l'énergie des six candidats pèlerins, qui restèrent sur le pont malgré la pluie glacée qui continuait de tomber. Les contreforts étaient à la fois arides et sensuels, leurs courbes brunes et leurs pitons épars contrastant fortement avec la verdoyante monochromie de la mer des Hautes Herbes. Au loin, les sommets de neuf mille mètres se devinaient à peine à leurs surfaces grises et blanches très vite occultées par le plafond bas des nuages. Mais même ainsi, ils donnaient une impression de puissance. La limite des neiges descendait jusqu'à un niveau situé juste au-dessus de l'assemblage hétéroclite de taudis carbonisés et d'hôtels sordides qui constituaient le Repos du Pèlerin.

– S'ils ont détruit le téléphérique, c'en est fini de nous, grommela le consul.

Cette pensée, refoulée jusqu'à maintenant, lui révulsait l'estomac.

– J'aperçois les cinq premiers pylônes, déclara le colonel Kassad, qui avait sorti ses jumelles. Ils paraissent intacts.

– Vous voyez une cabine?

– Non... Attendez, oui. Il y en a une devant la station de départ.

– Elle ne bouge pas? demanda Martin Silenus, qui comprenait, de toute évidence, la gravité de la situation dans laquelle ils se trouveraient si la cabine n'était pas en état de fonctionner.

– Non.

Le consul secoua la tête. Même par mauvais temps et en l'absence de tout passager, les cabines continuaient de fonctionner pour assurer la souplesse des câbles et les empêcher de se recouvrir de glace.

Les six pèlerins avaient monté tous leurs bagages sur le pont avant même que le chariot à vent eût fini de carguer ses voiles et de sortir sa passerelle. Ils s'étaient tous chaudement vêtus. Kassad portait la capote thermouflage réglementaire de la Force; Brawne Lamia avait revêtu un long manteau appelé *trench-coat* pour des raisons depuis longtemps oubliées de tout le monde; Martin Silenus était couvert d'épaisses fourrures chatoyantes qui tiraient tantôt sur le noir, tantôt sur le gris, selon les caprices du vent; le père Hoyt était tout en noir, ce qui lui donnait, plus que jamais, l'allure d'un épouvantail; Sol Weintraub arborait une épaisse parka de duvet qui le protégeait en même temps que l'enfant; le consul, enfin, avait le manteau un peu élimé mais toujours efficace que sa femme lui avait offert plusieurs dizaines d'années auparavant.

– Que faisons-nous des affaires du commandant Masteen? demanda Sol tandis qu'ils se regroupaient en haut de la passerelle en attendant le retour de Kassad, qui était parti en reconnaissance dans le village.

– Je les ai amenées, dit Lamia. Nous les emportons avec nous.

– Je ne sais pas si ce que nous faisons est bien, déclara le père Hoyt. Je veux dire quitter le chariot ainsi, sans même une messe ou... une cérémonie à sa mémoire.

– Nous ne savons pas s'il est mort, lui rappela Brawne Lamia en soulevant d'une main un sac à dos qui devait peser quarante kilos.

Hoyt lui lança un regard incrédule.

– Vous croyez vraiment qu'il pourrait être encore en vie?

– Non, dit-elle tandis que des flocons de neige se posaient sur ses cheveux noirs.

Kassad apparut à l'autre bout du quai et leur fit signe

de descendre. Ils sortirent les bagages du chariot silencieux. Personne ne regarda en arrière.

– Il n'y a personne? demanda Lamia quand ils eurent rejoint le colonel, dont la capote caméléon oscillait entre le gris pâle et le noir.

– Personne.

– Pas de morts?

– Non.

Il se tourna vers Sol et le consul.

– Vous avez pris les affaires dans la cambuse?

Les deux hommes hochèrent affirmativement la tête.

– Quelles affaires? demanda Silenus.

– Des vivres pour une semaine, fit Kassad en se tournant vers la station du téléphérique.

Pour la première fois, le consul remarqua le long fusil d'assaut que le colonel tenait sous l'aisselle, à peine visible sous sa capote.

– Nous ne sommes pas sûrs de pouvoir nous ravitailler les jours prochains, ajouta Kassad.

Qui sait si nous serons vivants ou morts dans une semaine? songea le consul. Mais il s'abstint de toute remarque.

Ils firent deux voyages pour porter tout le matériel à la station. Le vent soufflait lugubrement à travers les fenêtres ouvertes et les verrières brisées de l'abri. Au second voyage, le consul porta le cube de Möbius avec le père Hoyt, qui dut s'arrêter plusieurs fois pour souffler.

– Pourquoi emmener cet erg avec nous? demanda le prêtre en haletant lorsqu'ils furent au pied de l'escalier de métal qui conduisait à la plate-forme.

La station était envahie par la rouille, qui formait des plaques et des traînées orange faisant penser à des lichens.

– Je ne sais pas, répondit le consul, un peu essoufflé lui aussi.

De la plate-forme, ils avaient une vue plongeante sur la mer des Hautes Herbes. Le chariot à vent était là où ils l'avaient laissé, ses voiles roulées, forme sombre et sans vie. La tempête de neige qui balayait la plaine donnait l'illusion de moutons blancs couronnant à perte de vue l'immensité de l'océan vert.

– Chargez le matériel dans la cabine, ordonna Kassad. Je vais voir si le mécanisme peut être mis en marche à partir du poste de commande de la station.

– Le fonctionnement n'est pas automatique? demanda Martin Silenus, dont la tête, minuscule, se perdait au milieu des fourrures.

– Je ne crois pas, lui dit Kassad. Dépêchez-vous de tout charger, je vais voir ce que je peux faire.

– Et si la cabine part sans vous? demanda Lamia tandis qu'il s'éloignait déjà.

– Cela ne risque pas de se produire, n'ayez pas peur.

L'intérieur de la cabine était glacé et nu, à l'exception des bancs de métal du compartiment avant et d'une douzaine de couchettes rudimentaires dans la partie arrière, plus petite. L'espace ne manquait pas. Le tout faisait au moins huit mètres sur cinq. L'arrière était séparé du corps principal de la cabine par une mince cloison de métal percée d'une ouverture, mais sans porte. Un coffre de rangement occupait un coin du compartiment arrière. À l'avant, des panneaux vitrés occupaient tout l'espace entre une hauteur de taille et le toit.

Les pèlerins avaient mis leurs bagages en tas au centre du vaste plancher et se réchauffaient comme ils le pouvaient en battant des pieds par terre ou en agitant les bras. Martin Silenus s'était allongé sur l'une des banquettes, et seuls ses pieds et le sommet de son crâne émergeaient des fourrures.

– J'aimerais bien savoir où est le bouton du chauffage dans ce foutu truc de merde, dit-il d'une voix étouffée.

Le consul se tourna vers le tableau d'éclairage plongé dans l'obscurité.

– C'est électrique, dit-il. Le chauffage se mettra en marche quand le colonel aura fait démarrer la cabine.

– S'il réussit, ajouta Silenus.

Sol Weintraub venait de changer Rachel. Dans sa thermocombinaison, elle ressemblait à une petite boule qu'il berçait maintenant doucement dans ses bras.

– Vous savez que c'est la première fois que je viens ici, dit-il. Est-ce votre cas aussi?

– Non, grogna le poète.

– Oui, répondit le consul. Mais j'avais déjà vu le téléphérique en images.

– Kassad nous a dit qu'il avait fait un jour le voyage de retour à Keats par cette voie, leur cria Brawne Lamia du compartiment arrière.

– Je pense... commença Sol Weintraub...

Il fut interrompu par un grand bruit de rouages qui s'enclenchaient et par une secousse qui ébranlait la cabine. Tout le monde se précipita vers la fenêtre qui donnait sur le quai.

Kassad avait mis toutes ses affaires à bord avant de grimper à l'échelle qui conduisait au poste de commande à quai. Ils le virent sortir en courant, descendre l'échelle à toute vitesse et courir pour rattraper la cabine qui dépassait déjà la partie horizontale du quai.

– Il n'y arrivera pas, souffla le père Hoyt.

Les longues jambes de Kassad sprintaient à une vitesse impossible sur les dix derniers mètres qui le séparaient du bout du quai. Il ressemblait à une silhouette de dessin animé.

Il y eut une nouvelle série de secousses lorsque l'avant du téléphérique dépassa le quai et que le vide apparut sous eux. Il y avait bien huit mètres de dénivellation entre la cabine et les rochers en contrebas. De plus, le givre rendait le quai glissant. Kassad était maintenant presque à hauteur de l'arrière de la cabine.

– Allez! cria Lamia.

Les autres reprirent son cri en chœur. Le consul jeta un coup d'œil à la gangue de glace qui craquait et se détachait du câble à mesure que la cabine s'avançait et grimpait. Puis il regarda de nouveau à l'arrière. La distance était trop grande. Kassad n'y arriverait jamais.

Le colonel était lancé à une vitesse incroyable au moment où il atteignit le bout de la plate-forme. Pour la deuxième fois, le consul pensa à un jaguar qu'il avait vu un jour au zoo de Lusus. Il s'attendait plus ou moins à le voir glisser, au dernier moment, sur une plaque de glace, et continuer horizontalement sur son élan pour s'écraser sur les rochers à moitié couverts de neige. Mais, en un instant qui parut interminable, Kassad sembla prendre son vol, ses longs bras tendus en avant, sa cape flottant derrière lui, et il disparut, caché par l'arrière de la cabine.

Il y eut un choc, suivi d'une longue minute de silence angoissé et immobile. Il y avait bien quarante mètres de vide au-dessous d'eux, à présent, et le premier pylône se rapprochait rapidement. Une seconde plus tard, Kassad apparut au coin de la cabine, progressant lentement le long d'une série de poignées et d'alvéoles gelées pratiquées dans le métal. Brawne Lamia ouvrit la porte de la cabine. Dix mains se tendirent pour agripper le colonel et le tirer à l'intérieur.

– Dieu soit loué! murmura le père Hoyt.

Le colonel prit une longue inspiration, puis sourit.

– Il y avait un système de maintien d'appui. Il m'a fallu bloquer le levier avec un poids. Je n'avais pas envie de faire un deuxième voyage tout seul.

Martin Silenus leur montra le pylône qui se rapprochait rapidement et la couverture de nuages, juste au-delà, dans laquelle le câble se perdait.

– Nous sommes partis pour traverser les montagnes, maintenant, dit-il, que nous le voulions ou non.

– Combien de temps dure le voyage? demanda Hoyt.

– Douze heures. Un peu moins, peut-être. Quelquefois, les conducteurs arrêtaient la cabine, si le vent devenait trop violent ou la glace trop lourde.

– Il n'y aura pas d'arrêt pour nous, leur dit Kassad.

– À moins que le câble ne soit rompu quelque part, fit le poète, ou que nous ne heurtions un récif.

– Taisez-vous, lui dit Lamia. Qui veut réchauffer une ou deux boîtes? C'est bientôt l'heure du dîner.

– Regardez, murmura le consul.

Ils se massèrent devant les vitres à l'avant de la cabine. Ils se trouvaient à une centaine de mètres au-dessus des dernières collines. Derrière eux, la station était devenue minuscule et la vue embrassait le Repos du Pèlerin avec ses taudis et le chariot à vent toujours à quai.

Puis la neige et les nuages épais les enveloppèrent.

Il n'y avait rien de prévu pour cuisiner à bord, mais le compartiment arrière était équipé d'un réfrigérateur et d'un four à micro-ondes pour réchauffer des plats. Lamia et Weintraub puisèrent dans les réserves de la cabine pour préparer une fricassée honnête à base de plusieurs viandes et légumes. Martin Silenus avait amené quelques bouteilles de vin du *Bénarès* et du chariot à vent. Il choisit un bourgogne d'Hypérion pour accompagner la fricassée.

Ils avaient presque fini de manger lorsque la pénombre extérieure pâlit, puis s'éclaircit tout d'un coup. Le consul se retourna sans quitter son banc. Un rayon de soleil pénétra dans la cabine, qu'il emplit d'une chaude lumière dorée.

Il y eut un soupir de soulagement collectif. Ils avaient

eu l'impression que la nuit était tombée depuis des heures, mais ils s'aperçurent, en grimpant au-dessus d'une mer de nuages percée par un archipel de montagnes, que le soleil couchant était encore vigoureux. Le ciel d'Hypérion avait perdu sa couleur glauque du jour pour prendre les teintes lapis-lazuli plus foncées du couchant. Le soleil illuminait d'un rouge doré les nuages cotonneux et les sommets de roche et de glace. Le consul regarda autour de lui. Ses compagnons, qui lui paraissaient pâles et accablés, une demi-minute plus tôt, dans la pénombre de la cabine, semblaient maintenant rayonner en harmonie avec le soleil doré.

Martin Silenus leva son verre.

– On se sent mieux ainsi, par Dieu !

Le consul suivit des yeux le câble massif qui grimpait devant eux. Il se perdait, au loin, avec l'épaisseur d'un cheveu, jusqu'à ce qu'il n'y ait plus rien. Sur un sommet encore distant de plusieurs kilomètres, le pylône suivant jetait des éclats de lumière dorée.

– Cent quatre-vingt-douze pylônes en tout, récita Silenus sur le ton blasé d'un guide touristique. Chacun a une hauteur de quatre-vingt-trois mètres et une structure en duralumin et carbone renforcé.

– Nous devons être déjà très haut, murmura Lamia.

– Le point culminant du parcours, d'une longueur totale de quatre-vingt-seize kilomètres, domine le sommet du mont Dryden, le cinquième en altitude de toute la Chaîne Bridée, à neuf mille deux cent quarante-six mètres, continua Silenus sur le même ton.

Le colonel Kassad regarda autour de lui.

– La cabine est pressurisée, dit-il. J'ai senti le changement tout à l'heure.

– Regardez ! s'écria Lamia.

Le soleil était depuis un bon moment sur la ligne d'horizon formée par les nuages. Il était en train de s'enfoncer dans le tapis cotonneux, illuminant le ciel d'orage de l'intérieur de cette masse et projetant une panoplie de couleurs spectaculaires sur tout le bord occidental du globe. Des corniches de glace luisaient sur les versants enneigés des pitons qui s'élevaient à mille mètres ou plus au-dessus de la cabine qui grimpait toujours. Quelques étoiles, les plus brillantes, apparurent dans le ciel de plus en plus foncé.

Le consul se tourna vers Brawne Lamia.

– Pourquoi ne pas nous raconter maintenant votre histoire, H. Lamia? Nous aurons tous envie de dormir, plus tard, avant d'arriver à la forteresse.

Elle vida le fond de son verre de vin.

– Tout le monde est d'accord? demanda-t-elle.

Toutes les têtes acquiescèrent dans la lumière rosâtre, à l'exception de Silenus, qui se contenta de hausser les épaules.

– Très bien, dit-elle.

Elle posa son verre, mit ses jambes sur le banc, adossée à la paroi, les coudes reposant sur les genoux, et commença son récit.

Le récit de la détective :

« Le long adieu »

Je compris que l'affaire n'allait pas être comme les autres dès l'instant où il entra dans mon bureau. Il était beau. Et je ne veux pas dire efféminé ou « mignon », à l'image des stars de la TVHD. Il était simplement... beau.

C'était un homme de petite taille, pas plus grand que moi, qui suis née et qui ai grandi sous les 1,3 *g* de Lusus. Il était cependant bien proportionné selon les critères du Retz. Athlétique et mince. Son visage exprimait tout entier une énergie et une volonté de fer. Sourcils bas, pommettes saillantes, nez compact, mâchoires fortes et large bouche, traduisant à la fois un côté sensuel et une tendance à l'entêtement. Ses yeux noisette étaient grands, et il ne semblait pas avoir plus d'une trentaine d'années standard.

Comprenez bien que je n'ai pas enregistré tous ces détails à l'instant où il est entré. Ma première pensée fut plutôt : *Est-ce un client?*, et ma deuxième . *Merde, quel beau mec!*

– H. Lamia?

– Ouais.

– H. Brawne Lamia, de l'Agence Pangermique de Recherches et Filatures?

– Ouais.

Il regarda autour de lui comme s'il n'y croyait pas vraiment. Je comprenais un peu ce qu'il devait penser. Mon bureau se trouve au vingt-troisième étage d'un vieux rucher industriel dans le quartier des Reliques, à Gueuse, sur Lusus. J'ai trois grandes fenêtres qui plongent sur la tranchée d'entretien 9, toujours plongée dans l'obscurité et toujours bruineuse à cause des écoulements abondants du filtre du rucher au-dessus. La vue donne principalement sur des quais de chargement automatique abandonnés et sur des poutrelles rouillées. Mais le loyer est bon marché, merde. Et, n'importe comment, la plupart de mes clients préfèrent appeler au lieu de passer en personne.

– Puis-je m'asseoir? demanda-t-il, acceptant apparemment l'idée qu'une agence de détectives qui se respecte puisse opérer dans un contexte si sordide.

– Bien sûr, dis-je en lui désignant une chaise. Et à qui ai-je l'honneur...?

– Johnny.

Il n'était pas du genre, me disais-je, à se faire appeler par son prénom par des inconnus. Quelque chose chez lui criait qu'il était bourré de fric. Ce n'étaient pas ses vêtements, plutôt sobres, de couleur noire et anthracite, bien qu'ils fussent de bonne qualité. Non, c'était plutôt l'impression qu'il donnait d'avoir de la classe. Peut-être son accent, aussi. Je m'y connais assez dans ce domaine, c'est plutôt utile dans ma profession, mais j'étais incapable de situer sa planète natale, et encore moins la région d'où il venait.

– Que puis-je faire pour vous, Johnny? demandai-je en lui présentant la bouteille de scotch que j'étais sur le point de ranger avant son arrivée.

Il secoua négativement la tête. Il croyait peut-être que je lui suggérais de boire à la bouteille. Merde, j'ai un peu plus de classe que ça, quand même. J'avais des gobelets en carton à côté du distributeur d'eau glacée.

– H. Lamia, me dit-il avec cet accent cultivé qui ne cessait de me turlupiner depuis le début, j'ai besoin de faire une enquête.

– Je suis là pour ça.

Il hésita. Il était timide. Beaucoup de mes clients le sont au moment de m'expliquer ce qu'ils veulent. Rien d'étonnant à ça, vu que quatre-vingt-quinze pour cent des affaires que je traite concernent des divorces et des histoires conjugales. J'attendis patiemment qu'il me déballe son truc.

– Il s'agit d'une question assez délicate, commença-t-il.

– Ouais. Écoutez, euh... Johnny, presque toutes mes

activités entrent dans cette catégorie. Je suis assermentée auprès de l'UniRetz, et tout ce qui se passe entre mes clients et moi tombe sous le coup de la loi sur la protection de la vie privée des individus. Tout est strictement confidentiel, y compris le fait que nous parlions ensemble en ce moment. Même si vous décidez de n'avoir pas recours à mes services.

C'était essentiellement du baratin, dans la mesure où les autorités pouvaient avoir accès à mes fichiers en un instant si elles le voulaient. Mais je sentais qu'il fallait mettre ce gus à l'aise d'une manière ou d'une autre. Dieu, ce qu'il était beau!

– Hum... fit-il en regardant de nouveau autour de lui puis en se penchant en avant. H. Lamia, j'ai besoin que vous fassiez une enquête sur un meurtre.

Il avait réussi à m'intéresser. J'avais les pieds sur mon bureau. Je les posai par terre et me penchai en avant en redressant mon fauteuil.

– Un meurtre? Vous en êtes bien sûr? Et les flics?

– Ils ne sont pas concernés.

– C'est impossible, lui dis-je avec le sentiment profondément déçu que j'avais affaire à un détraqué plutôt qu'à un riche client. C'est un crime de dissimuler un meurtre à la police.

En réalité, ce que je pensais, c'était : *Le meurtrier, c'est toi, Johnny?*

Il sourit tout en secouant la tête.

– Pas dans ce cas, dit-il.

– Que voulez-vous dire?

– Ce que je veux dire, H. Lamia, c'est qu'un meurtre a bien été commis, mais que la police locale ou hégémonienne n'en a pas connaissance, car cela ne fait pas partie de sa juridiction.

– Impossible, répétai-je tandis qu'au-dehors les étincelles d'un chalumeau de soudage industriel retombaient en cascade dans la tranchée parmi la bruine rouillée. Expliquez-vous.

– Le meurtre dont je vous parle a été commis en dehors du Retz. En dehors du Protectorat. Dans un endroit où il n'y a pas d'autorités locales.

Cela aurait pu se tenir, à la rigueur. Sauf que je ne voyais vraiment pas de quel genre d'endroit il voulait parler. Les mondes coloniaux et même les établissements des Confins ont leurs flics. Peut-être à bord d'un vaisseau spatial? Même pas. Un tel cas relevait de la juridiction de l'Agence Interstellaire de Transit.

– Je vois, soupirai-je.

Il y avait quelques semaines que j'étais sans boulot.

– Donnez-moi tous les détails, lui dis-je.

– Et cette conversation demeurera secrète même si vous ne vous chargez pas de l'affaire?

– Absolument.

– Si vous vous en chargez, par contre, vous ne communiquerez vos résultats à personne d'autre que moi?

– Bien entendu.

Mon client potentiel hésita encore en se frottant le menton. Il avait des mains exquises.

– Très bien, finit-il par dire.

– Commencez par le commencement. Qui a été assassiné?

Il redressa la tête, comme un écolier que l'on interroge. Son visage respirait la sincérité.

– Moi, répondit-il.

Il me fallut dix bonnes minutes pour lui tirer toute l'histoire. Quand il eut fini, je ne pensais plus qu'il était fou. C'était moi qui avais perdu l'esprit. Ou qui le perdrais si jamais j'acceptais de m'occuper de cette fichue affaire.

Johnny – son vrai nom était un ensemble codé de chiffres, de lettres et de rangées de zéros plus long que mon bras – était un cybride.

J'avais déjà entendu parler des cybrides, comme tout le monde. J'avais même un jour accusé mon ex-mari d'en être un. Mais je ne m'attendais pas à en rencontrer un, ni à me retrouver assise en face de lui dans la même pièce, ni à le trouver si foutrement séduisant.

Johnny était une Intelligence Artificielle. Sa conscience, son ego, appelez ça comme vous voudrez, flottait quelque part dans un infoplan de la méga-infosphère du TechnoCentre. Comme tout le monde, à l'exception, peut-être, du Président du Sénat et des éboueurs des IA, j'ignorais totalement où se trouvait le TechnoCentre. Les IA avaient fait tranquillement sécession de l'autorité humaine plus de trois siècles auparavant, mais c'était pour moi de l'histoire ancienne. Ils continuaient de servir l'Hégémonie en tant qu'alliés et conseillers de la Pangermie, en supervisant l'infosphère et en utilisant, à l'occasion, leur pouvoir de prédiction pour nous éviter des bourdes majeures ou des catastrophes naturelles. Le TechnoCentre, pendant ce temps, poursuivait dans l'ombre ses activités mystérieuses et fondamentalement non humaines.

Pour ma part, je n'avais rien à redire à tout ça.

Habituellement, les IA font leurs affaires avec les humains et leurs machines uniquement par l'intermédiaire de l'infosphère. Ils peuvent créer des holos interactifs si le besoin s'en fait sentir. Je me souviens, par exemple, que, lors du rattachement d'Alliance-Maui, les ambassadeurs du TechnoCentre présents à la signature du traité ressemblaient tous étrangement à l'ancien acteur holo Tyrone Bathwaite.

Les cybrides sont quelque chose d'encore différent. Fabriqués à partir de matériaux génétiques humains, ils nous ressemblent beaucoup plus dans leur aspect physique et leur comportement que de simples androïdes. Et des accords très stricts entre l'Hégémonie et le TechnoCentre limitent sévèrement le nombre de cybrides en circulation.

Je regardai mon Johnny de plus près. Du point de vue d'une IA, le corps splendide et la personnalité fascinante assis en face de moi ne devaient être qu'un prolongement parmi beaucoup d'autres, quelque chose de plus complexe mais pas plus important que les milliers de terminaux, capteurs, manipulateurs, engins autonomes ou télécommandés qu'une IA devait utiliser au cours de sa journée de travail. La destruction d'un « Johnny » ne devait pas troubler cette IA davantage que, pour moi, la perte d'une rognure d'ongle.

Quel gâchis! me disais-je.

– Un cybride, répétai-je à haute voix.

– Oui. Et tous mes papiers sont en règle. J'ai mon visa délivré par le Retz.

– Parfait, m'entendis-je murmurer. Et... quelqu'un a donc assassiné votre cybride, et vous voulez que j'enquête pour savoir qui?

– Pas exactement.

Le jeune homme assis en face de moi avait des boucles auburn qui, au même titre que son accent ou sa coupe de cheveux, m'échappaient momentanément. Son aspect avait quelque chose d'archaïque, bien sûr, mais j'étais certaine d'avoir vu tout cela quelque part.

– Ce n'est pas seulement le corps que vous voyez qui a été tué, reprit-il. Mon agresseur m'a assassiné.

– Vous ?

– Moi.

– Vous en tant que... euh... IA ?

– Précisément.

Je ne saisissais pas très bien. Les IA ne peuvent pas mourir. Pas à la connaissance des citoyens ordinaires du Retz, en tout cas.

– Je ne saisis pas très bien, lui dis-je.

Johnny hocha quelques instants la tête.

– Contrairement à la personnalité humaine, qui peut être... de l'avis général, je pense... détruite par la mort, ma conscience d'IA ne peut être... euh... annihilée. Cependant, à la suite de l'agression dont je vous ai parlé, il y a eu, disons... une interruption. Je possédais, bien sûr, ce que l'on pourrait appeler des... sauvegardes de mes souvenirs, personnalités, etc. Mais il y a eu des pertes. Certaines données ont été détruites. C'est dans ce sens que mon agresseur a commis un meurtre.

– Je vois, mentis-je.

Je pris une longue inspiration avant de demander :

– Pourquoi n'êtes-vous pas allé exposer votre cas aux autorité IA – si elles existent – ou bien aux cyberflics de l'Hégémonie ?

– Pour des raisons tout à fait personnelles, me dit le beau jeune homme dont j'essayais de me persuader qu'il était un cybride. Il est très important et même indispensable que je ne m'adresse pas à ces autorités.

Je haussai un sourcil. Ce langage ressemblait davantage à celui de mes clients habituels.

– Je vous assure, reprit-il, qu'il n'y a absolument rien d'illégal dans cette affaire. Rien qui soit contraire à la morale, non plus. Il s'agit seulement de... faits embarrassants pour moi, à un niveau dont je ne peux pas vous parler.

Je croisai lentement les bras.

– Écoutez, Johnny. Votre histoire est déjà assez tarabiscotée comme ça. Comprenez-moi bien, c'est vous qui dites que vous êtes un cybride. Vous pourriez aussi bien être le roi des arnaqueurs, à ce que j'en sais.

Il parut étonné.

– Je n'y avais pas pensé. Que faut-il que je fasse pour vous prouver que je suis bien ce que je prétends être ?

Je n'hésitai pas une seule seconde.
– Virez un million de marks sur mon compte en banque chez TransRetz, lui dis-je.
Il sourit. Au même instant, l'holophone sonna et l'image d'un homme accablé, avec le logo de TransRetz flottant derrière lui, me dit :
– Excusez-moi, H. Lamia, mais nous voudrions savoir si... euh... avec un dépôt de cette importance, vous seriez intéressée par nos plans d'épargne à long terme, ou par un placement monétaire à revenu minimum garanti.
– Plus tard.
Le directeur de la banque me salua d'une courbette et disparut.
– Il pourrait s'agir d'une simulation, déclarai-je.
Johnny eut un sourire adorable.
– La démonstration serait quand même concluante, non ?
– Pas obligatoirement.
Il haussa les épaules.
– En supposant que je sois celui que je prétends être, accepteriez-vous de vous occuper de cette affaire ?
– D'accord, soupirai-je. Une petite précision, cependant. Mes honoraires ne s'élèvent pas à un million de marks. Ils sont de cinq cents marks par jour, plus les frais.
Le cybride hocha la tête.
– Cela signifie que vous acceptez ?
Je me levai, mis mon chapeau et pris un vieux manteau accroché à une patère près de la fenêtre. Puis je me baissai pour prendre dans un tiroir du bureau le vieux pistolet de mon père, que je glissai dans ma poche.
– Allons-y, déclarai-je.
– D'accord, me dit Johnny. Mais où ?
– Je veux voir les lieux où vous avez été assassiné.

On dit toujours que les gens comme moi qui sont nés sur Lusus détestent quitter leur ruche et souffrent d'agoraphobie dès qu'ils n'ont pas au moins le toit d'une galerie marchande sur la tête. La vérité est que la grande majorité des affaires dont je m'occupe vient de ou aboutit à des mondes extérieurs. Par exemple suivre la piste de péquenots dont le premier réflexe est d'utiliser le système distrans et de changer d'identité pour mieux se noyer dans la foule, ou retrouver des conjoints volages qui croient qu'en organisant leurs rencontres sur une autre planète ils ne pourront jamais être découverts, ou ramener des adolescents en fuite à leurs parents, ou quelquefois l'inverse.

Je fus tout de même surprise, au point d'hésiter une seconde ou deux, lorsque nous sortîmes du poste distrans reliant Gueuse au Confluent pour nous retrouver sur un plateau rocheux aride et désert qui semblait s'étendre à l'infini. Mis à part le cadre d'airain du portail distrans derrière nous, il n'y avait pas la moindre trace de civilisation aussi loin que portait le regard. L'air avait une odeur d'œuf pourri. Le ciel était un chaudron marron-jaune de nuages maladifs. Le sol autour de nous était gris et pelé, et ne portait aucune trace de vie, pas le moindre lichen. Je n'avais aucune idée véritable de la distance à laquelle se trouvait l'horizon. Mais j'avais l'impression d'être en altitude, et de le voir très, très loin. Il n'y avait ni arbre, ni buissons, ni vie animale entre cet horizon et moi.

– Où sommes-nous donc? demandai-je.

J'étais certaine, jusqu'à ce moment-là, d'avoir entendu parler de tous les mondes du Retz.

– Madhya, fit Johnny.

– Jamais entendu parler.

Je mis la main dans la poche où se trouvait le vieil automatique de papa, avec sa crosse incrustée de nacre.

– Elle ne fait pas encore partie du Retz, me dit le cybride. Officiellement, c'est une colonie de Parvati. Mais elle ne se trouve qu'à quelques minutes de lumière de la base de la Force sur cette planète, et la liaison distrans a été établie avant que Madhya ne soit admise au sein du Protectorat.

Je contemplai de nouveau la désolation qui s'étendait autour de moi. La puanteur de l'anhydride sulfureux me rendait malade, et j'avais peur de salir mon manteau.

– Il y a des zones habitées? demandai-je.

– Pas par ici. Il y a quelques villes sur l'autre hémisphère.

– Quelle est l'endroit habité le plus proche?

– Nanda Devi. Trois cents habitants. Plus de deux mille kilomètres au sud.

– Je ne comprends pas l'intérêt de cette porte distrans.

– Terrains miniers, me dit Johnny avec un large geste qui englobait tout le plateau. Métaux lourds. Le consortium a autorisé l'installation de plus de cent portes de ce genre sur cet hémisphère pour faciliter l'exploitation, qui doit commencer bientôt.

– D'accord. Pour un assassinat, ce n'est pas mal, comme site. Mais qu'est-ce que vous fichiez là?

– Je l'ignore. Cela fait partie des souvenirs que j'ai perdus.

– Avec qui étiez-vous?

– Je l'ignore également.

– Que savez-vous, alors?

Le jeune homme fourra ses jolies mains dans ses poches.

– Celui – ou je ne sais quoi – qui m'a attaqué a utilisé une arme connue dans le Centre sous le nom de virus du sida 2.

– Qu'est-ce que c'est que ce truc?

– Le sida 2 était une maladie épidémique préhégirienne, qui s'attaquait au système immunitaire humain. Ce... virus agit de la même manière sur les IA. En moins d'une seconde, il s'infiltre à travers les systèmes de sécurité et lance des programmes phagocytaires mortels contre son hôte, c'est-à-dire contre l'IA elle-même, c'est-à-dire *moi*.

– Vous n'auriez donc pas pu attraper ce virus de manière naturelle?

Il sourit.

– Impossible. Cela revient à demander à la victime d'une arme à feu si ce n'est pas elle qui s'est jetée sur les balles.

Je haussai les épaules.

– Écoutez, si c'est un expert en réseau de données ou en IA qu'il vous faut, vous vous êtes trompé de nana. À part le fait d'utiliser l'infosphère comme vingt milliards d'autres gogos, je n'entrave que pouic à votre monde des ombres, moi.

J'avais utilisé cette dernière expression, tombée en désuétude, exprès pour voir s'il aurait une réaction.

– Je sais, me répondit Johnny, toujours sur le même ton. Mais ce n'est pas pour cela que je vous ai engagée.

– Pourquoi, alors?

– Pour découvrir l'identité de mon meurtrier et ses motivations.

– Très bien. Pour commencer, qu'est-ce qui vous fait dire que c'est ici qu'on vous a tué?

– C'est ici que j'ai retrouvé le contrôle de mon cybride lorsque j'ai été... reconstitué.

– Vous voulez dire que votre cybride a été mis hors circuit pendant que le virus vous détruisait?

– Oui.
– Et combien de temps cela a-t-il duré?
– Ma mort? Un peu moins d'une minute, le temps que ma personnalité de secours puisse être activée.
Je me mis à rire. Je ne pouvais pas m'en empêcher.
– Qu'est-ce qui vous amuse tant, H. Lamia?
– Votre conception de la mort.
Ses yeux noisette prirent un air peiné.
– C'est peut-être drôle de votre point de vue, mais vous ne pouvez pas savoir ce que représente une minute de... déconnexion pour un élément du TechnoCentre. Ce sont des siècles de temps et d'informations qui se perdent. Des millénaires de non-communication.
– Ouais... grognai-je, encore capable de retenir mes larmes sans trop me forcer. Et qu'est-ce que votre corps, votre cybride a fait pendant que vous changiez de bande ou je ne sais quoi?
– Je suppose qu'il est resté dans le coma.
– Il n'a aucune autonomie de fonctionnement?
– Si, mais pas en cas d'arrêt général du système.
– Bon. Où avez-vous repris connaissance?
– Je vous demande pardon?
– Où se trouvait le cybride quand vous l'avez réactivé?
Il hocha la tête pour montrer qu'il avait compris. Puis il tendit la main vers un gros bloc qui se trouvait à moins de cinq mètres de la porte distrans.
– Là-bas.
– De ce côté-ci ou de l'autre?
– De l'autre.
J'allai examiner l'endroit. Pas de traces de sang. Pas le moindre écrit. Pas d'arme du crime oubliée. Pas même une empreinte ni le moindre indice attestant que le corps de Johnny était resté là une éternité ou une minute. Une équipe médico-légale de la police aurait peut-être trouvé là des tas d'indices microscopiques ou biotiques, mais je n'y voyais rien d'autre que de la caillasse.
– Si vous avez réellement perdu la mémoire, lui dis-je, comment pouvez-vous savoir que vous êtes venu ici avec quelqu'un d'autre?
– J'ai interrogé la mémoire du système distrans.
– Vous vous êtes peut-être donné la peine de vérifier l'identité du porteur de la carte universelle?
– Nous avons utilisé une seule carte, la mienne.
– Une seule autre personne?

– Oui.

Je hochai lentement la tête. Les archives distrans auraient suffi à résoudre toutes les énigmes policières intermondes s'il s'était agi de vraie téléportation. Elles auraient permis de reconstituer le sujet de la première à la dernière molécule. Mais le distrans, c'est autre chose. Essentiellement, d'après ce que j'ai compris, il s'agit de percer un trou dans la texture de l'espace-temps au moyen d'une singularité de phase. Si le criminel distrans n'utilise pas sa carte personnelle, les seules données disponibles après son passage sont le point d'origine et la destination.

– D'où veniez-vous? demandai-je.

– De Tau Ceti Central.

– Vous avez le code?

– Naturellement.

– Allons-y avant de continuer cette conversation. Cet endroit pue la peau du diable.

TC^2, comme on surnomme Tau Ceti Central depuis des temps immémoriaux, est sans conteste le monde le plus peuplé de tout le Retz. Outre sa population normale de cinq milliards d'habitants qui se disputent un espace continental représentant moins de la moitié de celui de l'Ancienne Terre, il dispose d'un anneau écologique orbital qui abrite un demi-milliard d'individus supplémentaires. Non seulement TC^2 est la capitale de l'Hégémonie et le siège du Sénat, mais c'est aussi le centre incontesté des affaires de tout le Retz. Le code que Johnny avait trouvé nous conduisit dans un terminex de six cents portes au cœur de l'une des plus hautes spires de la Nouvelle-Londres, dans l'un des plus vieux quartiers de la ville.

– Bon, si on allait boire quelque chose? demandai-je.

Le choix ne manquait pas parmi les bars qui entouraient le terminex. Je jetai mon dévolu sur un endroit qui me paraissait relativement calme. Le décor imitait celui d'une taverne de marins. Il y faisait frais et sombre, et il y avait beaucoup de cuivres et de boiseries factices. Je commandai une bière. Je ne bois jamais rien de plus fort que ça et je n'utilise jamais le flashback lorsque je suis sur une affaire. Parfois, j'ai l'impression que c'est ce besoin d'autodiscipline qui me maintient dans la profession.

Johnny commanda également une bière, une brune allemande importée du Vecteur Renaissance. L'idée me traversa qu'il aurait été intéressant de savoir quels vices un cybride comme lui pouvait bien avoir.

– Qu'avez-vous découvert d'autre avant de venir me voir? demandai-je.

Il écarta les mains.

– Rien du tout.

– Merde, déclarai-je gravement. Vous rigolez? Avec tous les moyens dont les IA disposent, vous allez me dire que vous êtes incapable de reconstituer les faits et gestes de votre cybride pendant les quelques jours qui ont précédé... l'accident?

– Oui, dit-il. Ou plutôt, reprit-il après avoir bu une gorgée de bière, je pourrais le faire, mais j'ai d'importantes raisons de m'abstenir. Je ne tiens pas à ce que les autres IA me surprennent en train d'enquêter.

– Vous soupçonnez l'une d'elles?

Au lieu de me répondre directement, Johnny me tendit une pelure où figurait un relevé de ses achats par carte universelle.

– Le trou consécutif à mon assassinat représente cinq jours standard, me dit-il. Voici les dépenses effectuées pendant cette période.

– Je croyais vous avoir entendu dire que vous n'étiez resté déconnecté qu'une minute.

Johnny se gratta la joue d'un doigt.

– Je m'estime heureux de n'avoir perdu que cinq jours de données.

Je fis signe au serveur humain de m'apporter une autre bière.

– Écoutez, Johnny... ou qui que vous soyez. Je ne pourrai jamais attaquer correctement cette affaire si vous ne m'en dites pas un peu plus sur vous et sur la situation dans laquelle vous vous trouvez. Qu'est-ce qui pourrait inciter quelqu'un à vous tuer s'il sait que vous pourrez vous reconstituer ou je ne sais pas trop quoi?

– Je vois deux mobiles possibles, me dit Johnny en levant sa bière.

– D'accord. Le premier, c'est de créer le trou de mémoire qu'ils ont réussi à créer. Cela signifie, j'imagine, que ce qu'ils veulent vous faire oublier vous trottait déjà dans la tête depuis une semaine ou deux. Et quel est le deuxième?

– Me faire passer un message. Mais j'ignore lequel, et de qui.

– Vous ne savez pas qui aurait intérêt à vous supprimer?
– Non.
– Pas la moindre idée?
– Pas la moindre.
– La plupart des assassinats sont des actes de colère irréfléchie commis par quelqu'un que la victime connaissait bien. Un membre de la famille, un ami ou un partenaire sexuel. La majorité des crimes prémédités ont pour auteur un proche de la victime.

Johnny demeurait silencieux. Il y avait quelque chose dans son visage que je trouvais incroyablement séduisant. Une sorte de force masculine associée à une sensibilité féminine. Peut-être était-ce son regard.

– Est-ce que les IA ont de la famille? demandai-je. Se querellent-ils? Ont-ils des brouilles, des scènes de ménage?

Il sourit légèrement.

– Non. Nous avons une organisation quasi familiale, mais qui n'implique pas du tout de liens émotionnels ou protecteurs comme ceux des familles humaines. Les « familles » des IA sont essentiellement des classements par groupes qui permettent éventuellement de codifier certains processus de pensée ou d'action.
– Vous ne pensez donc pas que c'est une autre IA qui vous a attaqué?
– Ce n'est pas impossible, murmura Johnny en faisant tourner lentement son verre dans ses mains. Mais je ne vois pas pourquoi, dans ce cas, on m'aurait attaqué par l'intermédiaire de mon cybride.
– Plus facile?
– Possible. Mais cela aurait compliqué inutilement les choses pour mon agresseur. Un attentat dans l'infoplan aurait été infiniment plus préjudiciable pour moi. Je ne vois pas non plus de mobile pour une IA. Tout cela n'a guère de sens. Je ne représente un danger pour personne.
– Pourquoi avez-vous un cybride, Johnny? Si je comprenais votre rôle dans tout ça, je pourrais peut-être trouver un mobile.

Il prit un bretzel et joua quelques instants avec.

– J'ai un cybride... Je *suis* un cybride, en quelque sorte, parce que mon rôle est... d'observer les humains, et de réagir devant eux. Si vous voulez, c'est... parce que j'ai été humain moi-même, autrefois.

Je secouai la tête, les sourcils froncés. Depuis le début, rien de tout ce qu'il m'avait dit n'avait de sens.

– Vous avez peut-être entendu parler des programmes de récupération de la personnalité? me demanda-t-il.

– Non.

– On en a beaucoup parlé il y a environ une année standard, lorsque les sims de la Force ont recréé la personnalité du général Horace Glennon-Height, pour voir ce qui faisait de lui un si brillant militaire. C'était dans tous les médias.

– Ouais.

– Eh bien, je suis – ou plutôt j'étais – l'aboutissement d'un projet du même genre, mais plus ancien et beaucoup plus complexe. Ma personnalité de base était calquée sur celle d'un vieux poète préhégirien de l'Ancienne Terre, né vers la fin du XVIIIe siècle selon l'ancien calendrier.

– Comment diable peuvent-ils reconstituer une personnalité perdue dans le fin fond du temps?

– Par ses écrits. Ses poèmes, sa correspondance, ses journaux intimes, et aussi les biographies, les critiques, les témoignages de ceux qui l'ont connu. Mais surtout par sa poésie. Les sims recréent son environnement, incorporent les facteurs connus et extrapolent vers l'amont à partir de ses œuvres. Voilà. C'est ce qu'on appelle la personnalité de base. Elle est un peu rudimentaire, au début, mais la mienne était déjà pas mal dégrossie lorsque j'ai été créé. Notre première tentative portait sur un poète du XXe siècle nommé Ezra Pound. Sa personnalité recréée était têtue jusqu'à l'absurdité la plus totale, pleine de préjugés à un point insensé, et techniquement démente. Il nous a fallu une année entière de tâtonnements pour nous apercevoir qu'elle correspondait bien à la réalité historique. Le personnage était réellement dingue. Génial, mais dingue.

– Bon. Ils ont bâti votre personnalité autour de celle d'un poète mort. Et ensuite?

– Cela représente le gabarit à partir duquel l'IA est constituée. Le cybride me permet de jouer mon rôle dans la communauté de l'infoplan.

– En tant que poète?

– Disons plutôt en tant que poème, fit Johnny en souriant de nouveau.

– Poème?

– Ou œuvre d'art permanente... mais pas au sens

humain du terme. Une sorte de puzzle, si vous voulez. Une énigme à géométrie variable, capable d'offrir de temps à autre une ouverture inhabituelle sur des analyses beaucoup plus sérieuses.

– Je ne vous suis vraiment pas.

– Cela n'a pas beaucoup d'importance, je suppose. Je doute fort que ma... finalité ait été la raison de cette agression.

– Quelle en a été la raison, à votre avis?

– Je n'en ai pas la moindre idée.

Le cercle vicieux s'était refermé.

– Très bien, soupirai-je. Essayons de découvrir ce que vous faisiez et avec qui vous étiez pendant les cinq jours manquants. À part la pelure que vous m'avez donnée, vous ne voyez vraiment pas d'autre indice qui puisse me fournir une piste?

Il secoua la tête.

– Je suppose que vous comprenez pourquoi il est si important pour moi d'identifier mon agresseur et de connaître ses mobiles, me dit-il.

– Bien sûr. Il pourrait avoir envie de recommencer.

– Précisément.

– Comment vous contacter en cas de nécessité?

Il me tendit une plaque de communication.

– La ligne est sûre? demandai-je.

– Absolument.

– Très bien. Je vous ferai signe quand j'aurai du nouveau, éventuellement.

Nous sortîmes du bar pour reprendre le chemin du terminex. Il s'éloignait de son côté lorsque je me mis soudain à courir pour le rattraper.

– Johnny, lui dis-je en lui saisissant le bras, vous ne m'avez pas dit le nom du poète de l'Ancienne Terre qu'ils ont ressuscité.

– Reconstitué.

– D'accord. Celui sur lequel votre personnalité d'IA est calquée.

Le séduisant cybride parut hésiter. Je remarquai la longueur inhabituelle de ses cils.

– Vous croyez que c'est important? demanda-t-il.

– Qui peut savoir ce qui est important et ce qui ne l'est pas?

Il hocha doucement la tête.

– Keats. Né en 1795, mort en 1821 de la tuberculose. John Keats.

Suivre la trace de quelqu'un à travers une série de changements distrans est une tâche quasiment impossible à mener à terme. Particulièrement si vous voulez le faire discrètement. Les flics du Retz ont les moyens de le faire, à condition de mettre sur le job cinquante hommes munis d'un équipement coûteux et sophistiqué, et bénéficiant, qui plus est, de la coopération de l'Agence de Transit. En solo, l'entreprise relève de la pure utopie.

Il était cependant vital pour moi de savoir où se rendait mon nouveau client.

Johnny ne se retourna même pas lorsqu'il traversa la place du terminex. Je me dissimulai derrière un kiosque voisin et l'observai sur mon imageur de poche tandis qu'il composait une série de codes sur un disque manuel, insérait sa carte et pénétrait dans le rectangle lumineux.

L'utilisation d'un disque manuel signifiait probablement qu'il visait un accès public, dans la mesure où les codes distrans privés sont généralement gravés sur des plaques non accessibles. Bravo. J'avais réduit la liste des destinations possibles à la bagatelle de deux millions de portes sur cent cinquante planètes du Retz et environ moitié autant de lunes.

D'une main, je fis sortir complètement la « doublure » rouge de mon manteau tout en repassant l'enregistrement de l'imageur dont l'oculaire spécial me permettait d'agrandir la séquence du disque. Je tirai de ma poche une casquette rouge assortie à la couleur de mon nouveau trois-quarts et rabattis la visière sur mon front. À pas rapides, je traversai la place et interrogeai mon persoc sur le code de transfert à neuf chiffres que j'avais lu sur l'imageur. Je savais déjà que les trois premiers chiffres correspondaient au monde de Tsingtao-Hsishuang Panna – je connaissais par cœur tous les préfixes planétaires – et j'appris, un instant plus tard, que le code correspondait à une porte située dans un quartier résidentiel de la cité de Wansiehn, datant de la première vague de l'Expansion.

Je gagnai sans perdre de temps la première cabine disponible et m'y distransportai. Je ressortis sur une petite place de terminex au dallage poli par l'usage. De vieilles échoppes orientales, accolées les unes aux autres, couvraient de leurs toits en pagode des ruelles obscures. La place était pleine de monde. Les gens se tenaient, oisifs, devant les entrées des maisons. La plupart étaient manifestement des descendants des exilés de la Longue Course qui avaient colonisé THP. Beaucoup, cependant, venaient de mondes extérieurs. L'atmosphère était saturée d'odeurs de végétation exotique, d'eaux usées et de riz frit.

– Merde, murmurai-je.

Il y avait trois autres portes distrans juste à côté de la mienne. Johnny avait très bien pu en prendre une aussitôt après son arrivée.

Au lieu de retourner sur Lusus, je passai quelques minutes à explorer la place et les venelles. Entre-temps, les pilules à la mélanine que j'avais avalées avaient fait leur effet, et j'étais une jeune femme noire – ou bien un homme, c'était assez difficile à dire avec ma veste-ballon rouge dernier cri et ma visière polarisée – qui déambulait tranquillement en prenant des instantanés avec son imageur de touriste.

Le cube traceur que j'avais fait fondre dans la deuxième bière allemande de Johnny avait eu largement le temps de faire son effet. Les microspores UV-positives devaient être maintenant en suspension dans l'air. Je pouvais presque suivre à l'odeur ses expirations. Je découvris même la marque jaune vif d'une de ses mains sur un mur noir (jaune vif uniquement à travers ma visière spéciale, bien sûr, et totalement invisible en dehors du spectre UV), puis je suivis la piste des taches plus ou moins nettes faites par ses vêtements imprégnés chaque fois qu'ils avaient frôlé un mur ou un étal.

Johnny était en train de déjeuner dans un restaurant cantonais à moins de deux pâtés de maisons de la place du terminex. Les odeurs de nourriture étaient alléchantes, mais je résistai à l'envie d'y entrer. Je me promenai dans les allées du marché, m'intéressant aux bouquinistes, pendant près d'une heure, avant qu'il se décide à ressortir et retourne sur la place se distransporter de nouveau. Cette fois-ci, il utilisa une plaque codée pour accéder probablement à une porte privée, sans doute celle d'une demeure particulière. Je pris un double risque en le suivant au moyen de ma plaque rémora. D'une part, parce qu'elle est totalement illégale (et me coûtera ma licence si je me fais prendre un jour avec, ce qui est somme toute assez peu probable si je continue d'utiliser la polyplaque du père Silva, d'un coût éhonté, mais efficace et esthétiquement parfaite). D'autre part, parce que je pouvais très bien me retrouver directement dans la chambre à coucher de Johnny, situation pour le moins embarrassante.

Ce ne fut pas le cas. Avant même de lire le nom de la rue, j'avais reconnu le petit supplément familier de gravité, la lumière pâle aux reflets bronzés et l'odeur de mazout et d'ozone de l'atmosphère. J'étais revenue chez moi, sur Lusus.

Johnny s'était distransporté dans l'une des tours résidentielles surveillées du rucher de Bergson. C'était peut-être pour cela qu'il avait jeté son dévolu sur mon agence. Nous étions presque voisins. Moins de six cents kilomètres nous séparaient.

Mon cybride n'était nulle part en vue. Je m'efforçai de marcher d'un pas décidé afin de ne pas alerter les caméras de surveillance programmées pour réagir devant une démarche suspecte. Il n'y avait pas de liste des résidents, pas de noms ni même de numéros sur les portes des appartements, pas de répertoire accessible au moyen d'un persoc. Selon mes estimations, le rucher de Bergson-Est devait comprendre au moins vingt mille logements.

La trace laissée par les microspores était de plus en plus faible, mais je n'eus à explorer que deux des corridors radiaux avant de retrouver la piste. Johnny habitait une aile éloignée au sol vitrifié, avec vue sur un lac de méthane. Sa serrure palmaire portait une empreinte qui brillait encore faiblement. Je me servis de mon outillage de monte-en-l'air pour prendre un cliché de la configuration, puis je regagnai mon bureau.

Au bout du compte, j'avais réussi brillamment à le surprendre en train de déjeuner, puis de rentrer dormir chez lui. Je décidai d'arrêter les frais pour la journée.

BB Surbringer était mon expert en IA. Il travaillait au Bureau des Archives et de la Statistique du Ministère de la Régulation de l'Hégémonie, où il passait le plus clair de son temps vautré sur une couche à gravité zéro, le crâne hérissé d'une demi-douzaine de microfils qui lui servaient à communier avec d'autres bureaucrates de l'infoplan. Nous nous connaissions depuis la fac, où il était déjà mordu d'informatique, cyberpunk de la plus pure espèce et bidouilleur de la vingtième génération, habitué à la dérivation corticale depuis l'âge de douze années standard. De son vrai nom Ernest, il avait gagné le surnom de BB en sortant avec une de mes amies du nom de Shayla Toyo. Elle l'avait vu nu à leur deuxième rencontre, et cela avait déclenché chez elle un fou rire d'une bonne demi-heure. Ernest mesurait – et mesure toujours – près de deux mètres de haut, pour un poids inférieur à cinquante kilos. Shayla avait raconté partout qu'il avait « un petit cul comme deux boules de billard », et le surnom « BB » lui était resté accroché, comme tout ce qui part d'un mauvais sentiment.

J'allai le trouver dans l'un des monolithes ouvriers sans fenêtres de TC^2. Pour BB et ses pareils, pas question de tour traversant les nuages.

– Tu t'intéresses sur le tard aux sciences informatiques, Brawne? me demanda-t-il. Je ne crois pas qu'il y ait encore des débouchés pour les gens de ton âge.

– Je veux seulement quelques renseignements sur les IA, BB.

– L'un des sujets les plus complexes de tout l'univers exploré, soupira-t-il en regardant à regret sa dérivation neurale déconnectée et ses électrodes métacorticales.

Les cyberpunks ne redescendent jamais. Les fonctionnaires, cependant, arrêtent pour déjeuner. Et, comme la plupart des cyberpunks, BB n'était jamais à l'aise quand il s'agissait d'échanger des informations autrement que sur le réseau de données.

– Que veux-tu savoir au juste? me demanda-t-il.

– Pourquoi les IA nous ont-ils laissés tomber?

Il fallait bien commencer quelque part.

BB décrivit une arabesque complexe avec ses mains.

– Ils disaient qu'ils avaient des projets incompatibles avec leur immersion totale dans les affaires de l'Hégémonie, c'est-à-dire les affaires humaines. En réalité, personne ne connaît leurs motivations véritables.

– Mais ils sont toujours là, pour tout superviser?

– Évidemment. Le système ne pourrait pas fonctionner sans eux, Brawne. Tu le sais très bien. Même la Pangermie est tributaire de leur gestion en temps réel de la trame de Schwarzschild, et...

– D'accord, l'interrompis-je avant qu'il ne me fasse un discours en cyberjargon. Mais que sais-tu de leurs autres « projets »?

– Personne n'est au courant. D'après Branner et Swayze, de chez Art Intel, les IA s'efforceraient de faire évoluer la conscience à l'échelle galactique. Nous savons qu'ils ont lancé leurs propres sondes dans les Confins, bien plus loin que...

– Et les cybrides?

– Les cybrides? Qu'est-ce qui te fait penser aux cybrides?

Il s'était redressé et avait pris un air intéressé pour la première fois depuis le début de notre entretien.

– Pourquoi trouves-tu étonnant que je t'en parle, BB?

Il frotta distraitement son orifice de connexion de dérivation.

– D'abord, presque tout le monde a oublié leur existence. Il y a deux siècles, on n'entendait que des discours alarmistes, on disait que les hommes artificiels allaient prendre le pouvoir et tout le reste. Aujourd'hui, plus personne n'en parle. Par contre, je suis tombé hier sur un avis d'anomalie indiquant que les cybrides sont en train de disparaître.

– De disparaître?

C'était moi, cette fois-ci, qui venais de me redresser.

– On les retire progressivement de la circulation, tu comprends? Jusqu'ici, les IA possédaient un millier de cybrides autorisés dans le Retz. La moitié environ étaient basés ici, à TC^2. Le dernier recensement, qui date de huit jours à peine, indique que les deux tiers ont été rappelés ces dernières semaines.

– Que se passe-t-il quand une IA rappelle son cybride?

– Je n'en sais rien. Je suppose qu'il est détruit. Mais les IA détestent le gaspillage. Sans doute les matériaux génétiques sont-ils recyclés d'une manière ou d'une autre.

– Et pour quelle raison crois-tu qu'ils soient recyclés massivement?

– Qui peut savoir, Brawne? Nous n'avons même pas idée de ce à quoi s'occupent les IA la plupart du temps.

– Est-ce que les spécialistes les considèrent – je veux parler des IA – comme une menace potentielle?

– Tu rigoles? Il y a six cents ans, peut-être. Il est vrai que leur sécession, il y a deux siècles, nous a rendus soupçonneux. Mais s'ils avaient voulu nuire à l'humanité, il y a longtemps qu'ils auraient eu l'occasion de le faire. Se demander s'ils vont se retourner un jour contre nous est aussi peu réaliste que de s'inquiéter d'une révolte des animaux de basse-cour.

– Sauf que les IA sont plus malins que nous.

– Oui, bien sûr, il y a cet aspect-là.

– Est-ce que tu as entendu parler des programmes de récupération de la personnalité?

– Comme le projet Glennon-Height? Oui, bien sûr, comme tout le monde. J'ai même travaillé sur l'un de ces programmes, il y a quelques années, à l'université de Reichs. Mais cela appartient au passé. Personne ne s'y intéresse plus, aujourd'hui.

– Et pour quelle raison?

– Bon Dieu! Tu ne connais vraiment rien à rien, toi! Les programmes de récupération de la personnalité ont tous été des fiascos retentissants. Même avec les meilleures sims – et ils avaient la coopération du RTH-ECMO de la Force –, il est impossible de tenir compte de toutes les variables de manière satisfaisante. Le gabarit personnel devient conscient... Je ne veux pas dire conscient de sa propre existence, comme toi ou moi, mais conscient d'être une personnalité artificiellement consciente, et cela conduit à des « boucles étranges » rédhibitoires et à des labyrinthes non harmoniques qui se perdent dans un espace eschérien.

– Tu ne pourrais pas traduire?

BB soupira en jetant un coup d'œil au bandeau horaire bleu et blanc du mur opposé. Son heure de déjeuner obligatoire arrivait à sa fin. Il pourrait bientôt rejoindre le monde réel.

– Cela veut dire, expliqua-t-il, que la personnalité récupérée s'effondre. Perd les pédales. Devient parano. Flippe à mort.

– Tout ça en même temps?

– En même temps.

– Mais les IA continuent de s'intéresser à cette technique?

– Bof! Qui peut savoir? À ma connaissance, ils n'ont jamais mené aucun de ces projets à terme. La plupart étaient des travaux universitaires, dirigés par des humains, et qui se sont soldés par des ratages. Des universitaires poussiéreux essayant de faire revivre, avec des budgets monstrueux, d'autres universitaires poussiéreux.

J'eus un sourire forcé. Dans trois minutes, il allait pouvoir se rebrancher.

– Est-ce que toutes les personnalités récupérées ont reçu des cybrides annexes? demandai-je.

– Quelle idée! Ça ne s'est jamais fait! Ça n'aurait pas marché.

– Pourquoi?

– Ça n'aurait fait que bousiller la stimsim. Sans compter qu'il faudrait disposer de clones parfaits et d'un environnement interactif précis jusque dans ses moindres détails. Vois-tu, ma grosse, avec ces personnalités reconstituées, il fallait recréer tout un univers pour pouvoir glisser quelques questions par l'intermédiaire de rêves ou de scénarios interactifs. Mais de là à extraire une personnalité de sa réalité sim pour la transporter dans le temps ralenti...

C'était le terme que les cyberpunks employaient depuis une éternité pour désigner – pardonnez-moi l'expression – le monde réel.

– Ce serait la rendre dingo encore plus vite, acheva-t-il.

Je secouai plusieurs fois la tête.

– Bon, ben... merci, BB.

Je me dirigeai vers la porte. Encore trente secondes, et mon vieux copain de fac pourrait s'échapper du temps ralenti pour rejoindre *son* monde réel.

– BB, lui dis-je quand même, en me ravisant. Tu n'aurais pas entendu parler d'une personnalité reconstituée à partir d'un ancien poète de la Terre, nommé John Keats?

– Keats? Bien sûr. On en parlait beaucoup dans le programme, l'année de mon diplôme. C'est Martin Carollus qui a conduit cette expérience à la Nouvelle-Cambridge, il y a une cinquantaine d'années de ça.

– Et ça s'est terminé comment?

– Comme d'habitude. La perso a craqué. Mais avant de se perdre dans les boucles étranges, elle est morte en sim. D'une maladie ancienne.

BB regarda la montre, sourit et prit sa dérivation. Avant de l'enficher dans son orifice crânien, il se tourna vers moi avec un sourire déjà béat.

– Je me souviens, dit-il. C'était la tuberculose.

Si notre société devait un jour opter pour une dictature à la George Orwell, le meilleur instrument d'oppression serait sans doute le sillage laissé par la carte bancaire. Dans une économie sans espèces, avec un marché noir de troc réduit à l'état de curiosité historique, les activités d'un individu pourraient être pistées en temps réel par la simple étude du sillage monétaire tracé par sa carte universelle. Il y avait des lois très strictes sur la protection des libertés individuelles, mais les lois ont la mauvaise habitude de s'effacer ou de se faire abroger chaque fois que la pression sociale se transforme en poussée totalitaire.

Le sillage monétaire concernant les cinq jours qui avaient précédé l'assassinat de Johnny indiquait qu'il s'agissait d'un homme modéré dans ses habitudes et dans son train de vie. Avant de me lancer sur les pistes ouvertes par la pelure qu'il m'avait donnée, j'avais déjà vérifié cela par moi-même en le filant discrètement pendant deux jours où il ne s'était rien passé de notable.

Il vivait seul dans le rucher de Bergson-Est, et une vérification de principe m'apprit qu'il n'avait pas changé d'adresse depuis sept mois locaux, soit un peu moins de cinq mois standard. Le matin, il déjeunait dans un bar du voisinage, puis se distransportait sur le Vecteur Renaissance, où il travaillait cinq ou six heures d'affilée dans une bibliothèque. Renseignements pris, il semble qu'il rassemblait des informations à partir de documents écrits appartenant aux archives. Il prenait ensuite un repas léger au comptoir d'un marchand ambulant, puis retournait travailler une heure ou deux. Pour terminer sa journée, il se distransportait dans son appartement de Lusus ou dans l'un de ses restaurants favoris sur un autre monde. Il rentrait rarement après vingt-deux heures. Il utilisait le distrans un peu plus que la moyenne de ses concitoyens de Lusus, mais son emploi du temps n'était pas beaucoup plus mouvementé. Les pelures confirmaient qu'il n'avait rien fait d'extraordinaire, la semaine où il avait été assassiné, à part quelques emplettes : une paire de chaussures un jour, de l'épicerie le lendemain, et une visite dans un bar de Renaissance V le jour du « meurtre ».

Je le retrouvai à l'heure du dîner dans le petit restaurant de la rue du Dragon-Rouge, près de la porte distrans de Tsingtao-Hsishuang Panna. Les plats étaient très épicés, à vous emporter le palais, mais excellents.

– Comment ça se passe? me demanda-t-il.

– Au poil. J'ai mille marks de plus que le jour où je vous ai connu à mon compte en banque, et j'ai découvert un fameux restaurant cantonais.

– Ravi de voir que mon argent sert à quelque chose de noble.

– À propos de votre argent... D'où vous vient-il? Ce n'est pas en fréquentant une petite bibliothèque du Vecteur Renaissance que vous devez vous remplir les poches.

Il haussa un sourcil.

– J'ai fait un... modeste héritage.

– Pas trop modeste, j'espère. J'aimerais bien continuer d'être payée.

– Cela suffira amplement à nos besoins, H. Lamia. Qu'avez-vous découvert d'intéressant?

Je haussai les épaules.

– Dites-moi ce que vous faites à la bibliothèque.

– Je ne vois pas le rapport.

– Il y en a peut-être un.

Il me jeta un drôle de regard. Je me sentis soudain les jambes en coton.

– Vous me rappelez quelqu'un, murmura-t-il d'une voix douce.

– Ah?

Venant de n'importe qui d'autre, cette réplique aurait eu le don de me refroidir.

– Qui? demandai-je.

– Une... femme que j'ai connue... il y a très longtemps.

Il se passa la main sur le front, comme s'il était soudain très las ou comme si la tête lui tournait.

– Comment s'appelait-elle?

– Fanny.

Il avait presque chuchoté ce nom. Je savais de qui il voulait parler. John Keats avait eu une fiancée nommée Fanny. Leur histoire d'amour avait été une succession de frustrations romantiques qui l'avaient conduit presque au bord de la folie. Au moment de sa mort, en Italie, seul à l'exception d'un compagnon de voyage, se sentant abandonné de ses amis et de sa bien-aimée, il avait demandé qu'un paquet de lettres non ouvertes et une boucle de la chevelure de Fanny soient déposés à côté de lui dans sa tombe.

Je n'avais jamais entendu parler de John Keats avant la visite de Johnny, mais j'avais eu le temps de me documenter depuis sur toutes ces conneries avec mon persoc.

– Vous ne voulez pas me dire ce que vous faites à la bibliothèque? insistai-je.

Le cybride s'éclaircit la voix.

– Je cherche un poème. Ou des fragments de l'original.

– Un poème de Keats?

– Oui.
– Ce ne serait pas plus facile d'interroger votre persoc ?
– Naturellement. Mais il est important pour moi de voir l'original... De le toucher.
Je méditai quelques instants sur ce qu'il venait de dire.
– De quoi parle ce poème ?
Il sourit... ou, du moins, ses lèvres sourirent tandis que ses yeux noisette demeuraient pensifs.
– Il s'appelle *Hypérion*. Il est difficile de vous expliquer... de quoi il parle. D'échec artistique, je suppose. Keats ne l'a jamais achevé.
Je repoussai mon assiette pour tremper mes lèvres dans ma tasse de thé tiède.
– Vous dites que Keats ne l'a jamais achevé. Cela veut-il dire que *vous* ne l'avez jamais achevé ?
L'étonnement que je lus alors sur son visage n'était pas simulé... à moins que les IA ne soient des acteurs consommés, ce qu'ils étaient peut-être bien, après tout.
– Mais, bon Dieu, murmura-t-il, comprenez que je ne suis pas John Keats. Le fait que ma personnalité soit calquée sur un gabarit de récupération ne fait pas plus de moi John Keats que vous n'êtes un monstre parce que vous vous appelez Lamia. Il y a un million d'influences diverses qui me distinguent de ce pauvre génie mélancolique.
– Vous avez pourtant dit que je vous rappelais Fanny.
– L'écho d'un rêve. Même pas. Il vous est déjà arrivé de prendre des stimulants mémoriels à base d'ARN, je suppose ?
– Quelquefois.
– C'est un peu comme ça. Des souvenirs... creux.
Un serveur humain nous apporta des biscuits-horoscopes.
– Cela vous intéresserait-il de visiter le vrai Hypérion ? lui demandai-je.
– Qu'est-ce que c'est que ça ?
– Le monde des Confins. Quelque part au-delà de Parvati, je crois.
Johnny avait l'air intrigué. Il venait de déchirer l'emballage de son biscuit, mais n'avait pas encore lu l'horoscope.
– On l'a aussi appelé le monde des Poètes, je crois, poursuivis-je. Et il y a une ville qui porte votre nom... ou celui de Keats.

Le jeune homme secoua la tête.

– Je regrette, dit-il, mais je n'en ai jamais entendu parler.

– Comment est-ce possible? Les IA ne savent donc pas tout?

Il eut un rire bref et sec.

– Celle à qui vous avez affaire est tout à fait ignare.

Il lut l'horoscope : GARDEZ-VOUS DE VOS IMPULSIONS.

Je croisai les bras.

– Vous savez, à part votre tour de passe-passe avec la banque, je n'ai toujours pas de preuve que vous soyez ce que vous prétendez.

– Donnez-moi la main, dit-il.

– La main?

– Oui. Celle que vous voudrez. Là.

Il emprisonna ma main droite dans ses deux mains. Ses doigts étaient plus longs que les miens, mais moins musclés.

– Fermez les yeux, me dit-il.

Je lui obéis. Sans transition, je me retrouvai... nulle part. Ou plutôt quelque part au milieu de l'infoplan gris-bleu, planant au-dessus des autoroutes d'informations jaune de chrome, survolant, contournant par-dessous ou traversant de grandes cités rutilantes abritant des banques de données monumentales, des gratte-ciel écarlates enrobés de cocons de sécurité de glace noire, des entités simples comme des comptes courants personnels ou des grands comptes illuminant la nuit telles des raffineries en train de brûler. Au-dessus de tout cela, hors de vue, comme en suspens dans un espace distordu, était la gigantesque *masse* des IA, dont les communications les plus simples pulsaient comme de violents éclairs de chaleur le long d'horizons infinis. Quelque part, au loin, presque perdus dans le dédale des néons tridimensionnels délimitant une infime seconde d'arc dans l'incroyable infosphère d'un tout petit monde, je devinai plutôt que je ne distinguai deux yeux noisette qui m'attendaient tranquillement.

Johnny me lâcha la main. Puis il déchira l'emballage de mon biscuit et lut mon horoscope : INVESTISSEZ SAGEMENT DANS DES ENTREPRISES NOUVELLES.

– Doux Jésus! chuchotai-je.

BB m'avait déjà emmenée faire un tour dans l'infosphère ; mais sans dérivation, l'expérience n'avait été qu'une ombre sans consistance à côté de celle-ci. C'était la même différence qu'entre une photo en noir et blanc représentant un feu d'artifice et le feu d'artifice lui-même.

– Comment faites-vous ça? lui demandai-je.

– Pensez-vous faire avancer l'enquête demain?

– Demain, répliquai-je, recouvrant mon sang-froid, j'ai l'intention de résoudre cette affaire.

Enfin, peut-être pas résoudre, mais démarrer pour de bon, au moins. Le dernier débit porté sur la pelure de Johnny indiquait le bar de Renaissance V. Je m'y étais rendue dès le premier jour, naturellement. J'avais discuté avec plusieurs habitués, car il n'y avait pas de personnel humain, mais je n'avais trouvé personne qui se souvînt de Johnny. J'y étais retournée deux fois, sans avoir davantage de succès. Mais le troisième jour, j'avais bien l'intention de rester jusqu'à ce que quelque chose craque.

Le bar était loin d'avoir la classe de la taverne aux boiseries et aux cuivres où Johnny et moi étions allés sur TC². Celui-ci était coincé à l'étage d'une bâtisse lépreuse dans un quartier délabré à deux rues de la bibliothèque où Johnny passait ses journées. Ce n'était pas le genre d'endroit où il avait l'habitude de s'arrêter en allant sur la place où se trouvaient les cabines distrans, mais c'était le lieu parfait pour discuter en privé avec quelqu'un qu'il aurait rencontré à la bibliothèque ou en chemin.

Il y avait six heures que j'étais là, et je commençais à en avoir marre des cacahuètes salées et de la bière éventée lorsqu'un vieux dépenaillé entra. Je compris tout de suite qu'il s'agissait d'un habitué à sa manière de pousser la porte sans s'arrêter ni regarder autour de lui et de se diriger droit sur une petite table, dans le fond, où il commanda un whisky avant même que le mécaserveur fût parvenu à sa hauteur. Lorsque je m'approchai de sa table, je m'aperçus qu'il n'était pas tant dépenaillé qu'accablé, à l'image des hommes et des femmes que j'avais aperçus dans les boutiques ou aux étals du voisinage. Il leva vers moi des yeux rougis et résignés.

– Vous permettez que je m'assoie cinq minutes?

– Ça dépend, frangine. Vous vendez quoi?

– Je ne vends pas, j'achète.

Je m'assis, posai ma chope sur la table et fis glisser vers

lui une photo bidim de Johnny en train d'entrer dans la cabine distrans de TC^2.

– Vous avez déjà vu ce gus?

Il jeta un coup d'œil à la photo, puis reporta toute son attention sur son whisky.

– C'est possible.

Je fis signe au méca de nous servir une autre tournée.

– Si vous l'avez vu, c'est votre jour de chance.

Il renifla et frotta le dos de sa main contre sa joue grise mal rasée.

– Si ce que vous dites est vrai, ce sera bien la première fois depuis une putain d'éternité. Combien? Et quoi? ajouta-t-il en plissant les yeux.

– Des renseignements. La somme dépendra de leur quantité. Vous l'avez vu?

Je sortis de la poche de ma tunique une coupure de cinquante marks achetée au marché noir.

– Ouais.

La coupure glissa sur la table, mais je gardai la main dessus.

– Quand?

– Mardi dernier. Le matin.

C'était la bonne date. Je lui laissai les cinquante marks et sortis un nouveau billet.

– Il était seul?

Le vieil homme s'humecta les lèvres.

– Attendez que je réfléchisse. Je ne crois pas... Non. Il était là-bas... (Il désigna une table, dans le fond.) Il y en avait deux autres avec lui. L'un d'eux... C'est grâce à ça que je me suis rappelé...

– Quoi?

Il se frotta le pouce et l'index en un geste aussi éternel que la rapacité humaine.

– Parlez-moi de ces deux hommes, l'encourageai-je.

– Le jeune... votre ami... il était avec un de ces mecs, vous savez, ces écolos qui portent la robe et qu'on voit souvent à la TVHD... avec leurs foutus arbres...

Des arbres?

– Un Templier! m'écriai-je, sidérée.

Qu'est-ce qu'un Templier faisait dans un bar de Renaissance V? S'il en avait après Johnny, pourquoi portait-il sa robe? C'était comme si un assassin allait faire son coup en costume de clown.

– C'est ça. Un Templier. Une robe brune, et l'air oriental.

– Un homme?
– Je vous l'ai déjà dit.
– Vous ne pouvez pas le décrire mieux?
– Non. Un Templier. Une grande perche. J'ai pas pu bien voir sa gueule.
– Et l'autre?
Le vieux haussa les épaules. Je sortis un nouveau billet et le posai avec l'autre à côté de mon verre.
– Est-ce qu'ils sont arrivés ensemble? Les trois hommes?
– Je ne me... Attendez. Le Templier et votre copain sont arrivés les premiers. J'ai remarqué la robe avant que le deuxième les rejoigne.
– Décrivez-moi le deuxième.
Il fit signe au mécaserveur de lui remettre ça. Je tendis ma carte de crédit, et le méca s'éloigna sur ses répulseurs bruyants.
– Comme vous, dit-il. Un peu comme vous.
– Trapu? Avec des jambes et des bras costauds? Un Lusien?
– Ouais. J'sais pas, j'suis jamais allé là-bas.
– Quoi d'autre?
– Pas de cheveux sur le front. Juste un truc comme ma petite nièce en avait dans le temps. Une queue de...
– Une queue de cheval.
– Ouais.
Il tendit la main vers les billets.
– Encore une ou deux questions, lui dis-je. Ils se sont disputés?
– Non. J'crois pas. Ils parlaient tranquillement dans leur coin. Y a pas grand monde à cette heure-là.
– Quelle heure était-il?
– Dix heures du matin, environ.
Cela coïncidait avec les indications de la pelure.
– Vous n'avez pas du tout entendu leur conversation?
– Non.
– Qui parlait le plus?
Il but une gorgée et plissa le front sous l'effort de la réflexion.
– Le Templier, au début. Votre copain se contentait de répondre à ses questions, je crois. À un moment, il a eu l'air surpris.
– Choqué?
– Non. Juste étonné. Comme si le mec à la robe brune lui avait dit une chose à laquelle il ne s'attendait pas.

– Vous avez dit que le Templier parlait beaucoup au début. Et ensuite, qui parlait le plus? Mon copain?

– Non. Celui à la queue de cheval. Ensuite, ils sont sortis.

– Ils sont sortis tous les trois?

– Non. Seulement votre copain et le mec à la queue de cheval.

– Le Templier est resté en arrière?

– Ouais. Enfin, j'crois bien. J'me suis levé pour aller aux chiottes. Quand j'suis revenu, j'crois bien qu'il était plus là.

– De quel côté sont partis les deux autres?

– J'en sais rien, merde! J'étais là pour boire un coup, pas pour jouer aux espions!

Je hochai la tête. Le méca s'approcha aussitôt de nous, mais je l'écartai d'un signe de main. Le vieil homme fronça les sourcils en le regardant s'éloigner.

– Vous dites qu'ils ne se disputaient pas quand ils sont sortis? Rien ne pouvait laisser croire que l'un des deux forçait l'autre à partir?

– Qui ça?

– Mon copain et celui à la queue de cheval.

– Ben... Qu'est-ce que j'en sais, moi?

Il reluqua l'argent entre ses mains crasseuses, puis le whisky dans le compartiment vitré du mécaserveur. Il devait se dire qu'il n'obtiendrait plus de moi ni l'un ni l'autre.

– Et d'abord, pourquoi voulez-vous savoir tous ces trucs?

– Je suis à la recherche de mon copain, lui dis-je.

Je regardai autour de moi. Il y avait une vingtaine de consommateurs attablés. La plupart semblaient être des habitués.

– Qui d'autre aurait pu les voir? demandai-je. Y a-t-il quelqu'un d'autre ici qui se trouvait dans la salle ce jour-là?

– Personne, fit-il d'une voix pâteuse.

Je m'aperçus pour la première fois que ses yeux avaient exactement la même couleur que le whisky qu'il éclusait. Posant un dernier billet de vingt marks sur la table, je me levai en disant :

– Merci, mon vieux.

– À vot' service, frangine.

Le méca roulait déjà vers lui avant que j'aie atteint la porte.

Je retournai vers la bibliothèque, m'arrêtai quelques instants sur la place pleine de monde où se trouvaient les cabines distrans et fis le point de la situation. Jusqu'à présent, le scénario se présentait comme suit : Johnny avait rencontré le Templier, ou bien celui-ci l'avait abordé, soit à la bibliothèque, soit en chemin, quand il était sorti vers le milieu de la matinée. Ils avaient cherché un endroit tranquille pour discuter, et ils étaient entrés dans ce bar. Là, le Templier avait dit quelque chose qui avait surpris Johnny. Un homme avec une queue de cheval – peut-être un Lusien – les avait rejoints et s'était mêlé à leur conversation. Johnny et Queue de cheval étaient ressortis ensemble. Quelque temps après, Johnny s'était distransporté sur TC^2 puis, de là, en compagnie d'une autre personne qui pouvait être Queue de cheval ou le Templier, sur Madhya, où quelqu'un avait tenté de l'assassiner. Ou, plutôt, *l'avait* assassiné.

Trop de trous dans ce scénario. Trop d'inconnues et d'inconnus. C'était bien maigre comme résultat d'une journée de travail.

J'étais en train de me demander si je devais retourner sur Lusus lorsque mon persoc grésilla sur la fréquence com privée que j'avais communiquée à Johnny.

– H. Lamia, dit-il d'une voix âpre. Venez immédiatement, s'il vous plaît. Je crois qu'ils ont recommencé. À vouloir me tuer.

Les coordonnées qui suivirent étaient celles de son rucher de Bergson-Est. Je courus jusqu'aux cabines distrans.

La porte de l'appartement était entrebâillée. Il n'y avait personne dans le corridor. Aucun bruit ne venait de l'appartement. J'ignorais ce qui s'était passé au juste, mais cela n'avait pas alerté la police.

Je sortis l'automatique de papa de la poche de mon manteau, introduisis une cartouche dans la chambre et activai le laser de visée, tout cela en un seul mouvement.

J'entrai baissée, les deux bras tendus, le point rouge glissant sur les murs sombres, la gravure bon marché sur la cloison opposée, le couloir noir menant à l'intérieur de l'appartement. Le vestibule était vide. Le séjour et la fosse des médias étaient déserts.

Johnny gisait par terre dans la chambre, la tête contre le bord du lit. Le drap était imprégné de sang. Il lutta pour se redresser, mais retomba. La porte-fenêtre, derrière lui, était ouverte, et un vent moite et pollué montait de l'avenue.

J'allai jeter un coup d'œil à l'unique placard, au petit couloir et au coin cuisine, puis je retournai inspecter la terrasse. La vue était spectaculaire de ce perchoir situé à deux cents mètres d'altitude au moins sur la paroi de la ruche. Elle embrassait les dix ou vingt kilomètres du boulevard. Le faîte de la ruche, ou du moins sa partie visible, était une masse sombre, hérissée de poutrelles, qui se trouvait à une centaine de mètres au-dessus de la terrasse. Des milliers de lumières, des néons et des publicités holos illuminaient l'avenue, formant au loin un nuage électrique de lumière floue.

Il y avait des centaines de terrasses semblables sur cette paroi de la ruche, et elles étaient toutes désertes. La plus proche se trouvait à vingt mètres de distance. C'était le genre de truc que les agents immobiliers ne manquaient pas de souligner comme un avantage extraordinaire. Johnny avait dû payer les yeux de la tête pour avoir un appartement en façade. Pourtant, ces terrasses étaient totalement inutilisables en raison des violents appels d'air créés par les systèmes de ventilation du toit. Les courants d'air transportaient non seulement les poussières et les débris habituels, mais ils étaient chargés, également, des inévitables odeurs de mazout et d'ozone propres à tous les ruchers.

Je rangeai mon automatique et me penchai sur Johnny. La blessure allait de la naissance de ses cheveux à son sourcil gauche. Rien de profond, mais ce n'était pas joli à voir. Lorsque je revins de la salle de bain avec un pansement adhésif pour l'appliquer sur son front, il s'était déjà redressé tout seul.

– Que s'est-il passé? lui demandai-je.

– Deux hommes... Ils m'attendaient dans la chambre quand je suis entré. Ils ont neutralisé l'alarme de la terrasse.

– Il faudra vous faire rembourser votre abonnement sécurité. Et ensuite?

– J'ai résisté. Ils voulaient m'entraîner sur le palier. L'un d'eux avait une seringue, mais j'ai réussi à la lui faire sauter des mains.

– Qu'est-ce qui les a fait fuir?
– J'ai déclenché l'alarme intérieure.
– Mais pas celle du rucher?
– Non. Je ne voulais pas que la sécurité intervienne.
– Comment avez-vous été blessé?
Il eut un sourire gêné.
– C'est ma faute. Quand ils m'ont lâché, j'ai voulu les poursuivre et j'ai glissé. Je suis tombé sur le coin de la table de nuit.
– Pas très glorieux comme bagarre, ni d'un côté ni de l'autre.
J'allumai une lampe et me penchai sur la moquette jusqu'à ce que je trouve la seringue, qui avait roulé sous le lit.
Johnny la regarda comme si c'était un serpent à sonnettes.
– Qu'en dites-vous? demandai-je. Encore le sida 2?
Il secoua négativement la tête.
– Je connais un endroit où ils pourront l'analyser, lui dis-je. Mais, à mon avis, ce doit être un simple somnitrank. Ils voulaient vous forcer à les suivre. Ils n'avaient pas l'intention de vous supprimer.
Johnny toucha son pansement en faisant la grimace. Le sang continuait de couler.
– Pourquoi voudrait-on enlever un cybride? murmura-t-il.
– Je n'en sais pas plus que vous. Mais je commence à me demander si cette fameuse tentative de meurtre n'était pas plutôt une tentative d'enlèvement.
Il secoua de nouveau la tête, sans rien dire.
– Est-ce que l'un des deux hommes avait une queue de cheval? fis-je à brûle-pourpoint.
– Je n'en sais rien. Ils portaient tous les deux une casquette et un masque à osmose.
– Est-ce que l'un d'eux aurait pu être assez grand pour être un Templier, ou assez fort pour être un Lusien?
– Un Templier? fit Johnny, surpris. Non. Le premier était de taille moyenne. Celui qui tenait la seringue, par contre, aurait pu être un Lusien. Il était assez costaud.
– Vous avez donc pu résister les mains nues à un Lusien. Utiliseriez-vous par hasard des bioprocesseurs ou des implants amplificateurs dont vous ne m'auriez pas encore parlé?
– Non. J'étais simplement hors de moi.

Je l'aidai à se remettre debout.
– Ainsi, les IA peuvent se mettre en colère?
– Moi oui.
– Venez. Je connais une clinique automatique qui fait de bons prix. Ensuite, vous resterez quelque temps chez moi.
– Chez vous? Pourquoi?
– Vous êtes monté en grade. Vous n'avez pas seulement besoin d'une détective, à présent, mais d'une protection rapprochée.

Mon logement n'était pas répertorié comme un appartement dans le plan de zonage du Rucher. C'était un loft, un entrepôt rénové repris à l'un de mes amis qui avait eu quelques ennuis avec des requins de la finance. Il avait décidé, sur le tard, d'émigrer vers l'une des colonies des Confins, et j'estimais avoir fait une bonne affaire en prenant cet endroit situé à un kilomètre de mon bureau. L'environnement était peut-être un peu pénible, et le vacarme des docks éclipsait parfois les conversations, mais je disposais de dix fois plus de place que je n'en aurais eu dans un appartement normal, et cela me permettait d'utiliser mes haltères et tout mon équipement à domicile.

Johnny semblait sincèrement intrigué par cet endroit. Pour ma part, je me serais donné des baffes tellement j'étais contente. Encore un peu et je me serais mis du rouge aux lèvres et aux ongles pour plaire à ce cybride.

– Pourquoi êtes-vous venu vous établir sur Lusus? lui demandai-je. La plupart des gens qui sont nés sur un autre monde ont du mal à s'adapter à la gravité et trouvent les paysages insipides. Sans compter que vos recherches se font à la bibliothèque de Renaissance V. Qu'est-ce qui vous attire ici?

J'écoutai gravement et attentivement ses explications. Ses cheveux étaient drus sur le sommet de la tête, avec une raie au milieu, et retombaient sur son col en petites boucles auburn. Il appuyait souvent la joue contre son poing quand il parlait. Je m'avisai subitement, en l'écoutant, que son intonation était en fait une absence d'accent propre à quelqu'un qui a appris un langage de toutes pièces, de manière parfaite mais sans les raccourcis nonchalants d'une personne dont c'est la langue maternelle.

De plus, au fond de tout cela, je distinguais un rien d'accent chantant qui me rappelait la façon de parler d'un monte-en-l'air que j'avais connu autrefois et qui avait grandi sur Asquith, un monde éloigné et tranquille du Retz, colonisé par les premiers immigrants de l'Expansion, originaires d'une région de l'Ancienne Terre appelée Îles Britanniques.

– J'ai vécu sur un grand nombre de mondes, me dit Johnny. Ma fonction est d'observer.

– En tant que poète?

Il secoua la tête, fit la grimace et porta la main à son pansement.

– Non. Je ne suis pas un poète. C'est *l'autre* qui l'était.

Malgré les circonstances, il émanait de Johnny une énergie et une vitalité que j'avais rencontrées chez très peu d'hommes. Je ne sais comment l'expliquer, mais j'avais vu des salles entières, pleines de personnages importants, se défaire puis se refaire autour de personnalités comme la sienne. Il ne s'agissait pas seulement de ses réticences et de sa sensibilité, mais d'une sorte d'intensité qu'il émettait même lorsqu'il se contentait d'observer.

– Et vous, demanda-t-il, pourquoi vivez-vous ici?

– J'y suis née.

– Vous avez quand même passé toute votre enfance sur Tau Ceti Central. Votre père était sénateur.

Je ne répondis pas.

– Beaucoup de gens s'attendaient à vous voir vous lancer dans la politique, poursuivit-il. Est-ce le suicide de votre père qui vous en a dissuadée?

– Ce n'était pas un suicide.

– Ah bon?

– La justice et les médias ont conclu au suicide, murmurai-je d'une voix sans intonation, mais c'est faux. Mon père n'aurait jamais fait ça.

– Il a donc été assassiné?

– Oui.

– Malgré l'absence de tout suspect ou de mobile plausible?

– Oui.

– Je vois, me dit Johnny, dont les cheveux brillaient comme de l'airain à la lueur des lumières du dock qui filtraient à travers les vitres poussiéreuses. Cela vous plaît d'être détective?

– Quand le boulot me réussit. Vous avez faim?

– Non.

– Allons nous coucher, dans ce cas. Vous pouvez prendre le canapé.

– Et cela vous réussit souvent? Le métier de détective?

– Nous verrons ça demain.

Le lendemain matin, Johnny se distransporta sur le Vecteur Renaissance à peu près à son heure habituelle, attendit un moment sur la place puis reprit le distrans jusqu'au Musée de la Colonisation sur Sol Draconi Septem. De là, il rejoignit le terminex principal de Nordholm et se distransporta, pour finir, sur la planète des Templiers appelée le Bosquet de Dieu.

Nous avions tout synchronisé à l'avance. Je l'attendais sur Renaissance V, dans l'ombre de la colonnade.

La troisième personne qui passa après Johnny fut un homme avec une queue de cheval. Un Lusien, aucun doute là-dessus. Avec son teint pâle, sa corpulence, sa musculature et sa démarche arrogante, il aurait pu être mon frère perdu depuis longtemps.

Il ne regarda pas une seule fois dans la direction de Johnny, mais je peux dire qu'il fut surpris de voir le cybride se diriger, en un mouvement tournant, vers les portes donnant sur les mondes extérieurs. Je demeurai dans l'ombre et ne pus qu'entrevoir sa carte, mais j'aurais parié n'importe quoi qu'il s'agissait d'un traceur.

Il se montra extrêmement prudent à l'intérieur du musée. Il ne perdait pas Johnny de vue, mais regardait souvent derrière lui également. Je portais une chasuble de méditation zen gnostique, avec visière d'isolation et tout le reste, et je ne tournai pas une seule fois la tête vers eux en contournant le bâtiment vers le portail distrans pour me retrouver directement sur le Bosquet de Dieu.

Cela me faisait une drôle d'impression, de laisser Johnny tout seul derrière moi pour traverser le musée et le terminex de Nordholm. Mais il s'agissait, dans les deux cas, de lieux publics très fréquentés, et le risque était calculé.

Johnny franchit le portail d'accès de l'Arbre-monde juste à l'heure prévue. Il acheta un billet d'excursion. Son suiveur dut se dépêcher pour ne pas le perdre, courant à découvert pour sauter dans le glisseur omnibus avant son départ. J'étais déjà installée sur le pont arrière. Johnny trouva une place à l'avant, comme convenu. Je portais maintenant des vêtements de touriste, et mon imageur n'était que l'un des dix ou douze en action au moment où Queue de cheval se dépêcha de prendre place au troisième rang derrière Johnny.

La visite guidée de l'Arbre-monde est toujours quelque chose de très marrant. Papa me l'avait fait faire dès l'âge de trois années standard. Cette fois-ci, cependant, tandis que le glisseur se faufilait entre des rameaux de la taille d'une autoroute ou contournait un tronc de l'épaisseur du mont Olympe, je m'aperçus que je réagissais aux regards détournés des Templiers encapuchonnés qui m'entouraient avec une sorte de malaise angoissé.

Johnny et moi avions longuement discuté pour savoir quelle serait la manière la plus habile et la plus subtile de filer Queue de cheval, s'il se pointait, et de découvrir son repaire pour y voir un peu plus clair dans son jeu, même si cela nous prenait des semaines. Mais, finalement, j'optai pour une approche un peu moins en finesse.

L'omnibus nous avait déposés près du musée du Muir, et les passagers se répandirent sur la place, déchirés entre l'envie de dépenser dix marks dans un billet d'entrée destiné à parfaire leur culture et celle d'aller directement à la boutique de cadeaux. Je m'avançai vers Queue de cheval, lui agrippai le gras du bras et lui demandai sur le ton de la conversation :

– Salut, connard. Tu peux me dire ce que tu veux à mon client?

Il y a une opinion préconçue selon laquelle les Lusiens seraient aussi raffinés qu'une poire à lavement, et à peu près aussi plaisants. S'il est vrai que je venais de contribuer à confirmer la première partie, Queue de cheval ne se priva pas d'apporter de l'eau au moulin de la deuxième.

Il réagit avec une rapidité foudroyante. Bien que ma prise apparemment inoffensive lui paralysât les muscles du bras droit, le poignard qui avait surgi dans sa main gauche fendit l'air dans deux directions différentes, vers le haut puis latéralement, en moins d'une seconde.

Je me laissai tomber sur la droite. La lame passa à quelques centimètres de ma joue. Je touchai le sol et roulai plusieurs fois sur moi-même tout en sortant mon neuro-étourdisseur. Puis je me redressai sur un genou pour faire face à la menace.

Il n'y avait plus de menace. Queue de cheval avait pris

la fuite. Il s'éloignait en même temps de Johnny. Bousculant les touristes et zigzaguant, il se dirigeait vers l'entrée du musée.

Je remis l'étourdisseur dans son fourreau et me mis à courir aussi. Les neuro-étourdisseurs sont des armes formidables de près, aussi faciles à manier qu'une carabine, mais sans les effets secondaires fâcheux si d'innocents passants se trouvent dans leur rayon d'action. Au-delà de huit ou dix mètres, cependant, ils ne valent pas tripette. Sur faisceau large, je pouvais flanquer une bonne migraine à la moitié des touristes qui se trouvaient sur cette place. Mais Queue de cheval était déjà trop loin pour être touché. Je n'avais plus qu'à courir.

Je vis Johnny qui courait, lui aussi, vers moi. Je lui fis signe de s'en aller.

– Chez moi! lui criai-je. Mettez tous les verrous!

Queue de cheval avait atteint l'entrée du musée. Il se retourna pour me regarder. Il tenait toujours le poignard à la main.

Je chargeai, exultante à l'idée de ce qui allait se passer dans les minutes suivantes.

Queue de cheval sauta par-dessus un tourniquet et écarta des touristes pour franchir les portes. Je suivis.

Ce n'est que lorsque j'atteignis le grand hall voûté et que je le vis se frayer un chemin à travers la foule pour grimper par l'escalier mécanique en direction de la galerie d'excursion que je compris ce qu'il voulait faire.

Mon père m'avait fait faire l'excursion des Templiers à l'âge de trois ans. Les accès distrans étaient ouverts en permanence. Il fallait environ trois heures pour faire à pied le tour guidé de la trentaine de mondes où les écologistes templiers préservaient des fragments de la nature susceptibles, d'après eux, de faire plaisir au Muir. Je ne me rappelais pas exactement, mais il me semblait bien que chaque parcours formait une boucle et que les portes étaient suffisamment proches les unes des autres pour que les guides templiers et les agents d'entretien puissent se déplacer partout sans difficulté.

Merde!

Un gardien en uniforme, devant le portillon, s'aperçut de la confusion créée par Queue de cheval et s'avança pour interpeller l'intrus. Bien qu'à quinze mètres de lui, je vis nettement le désarroi et l'incrédulité qui se figèrent sur le visage de cet homme âgé, probablement un retraité de la police locale, quand il tituba en arrière, le manche du long poignard de Queue de cheval émergeant de sa poitrine. Il baissa la tête, le visage blême, posa la main sur le manche de corne, en hésitant, comme s'il s'agissait d'un gag, puis s'écroula, la tête la première, sur le carrelage de la galerie. Des touristes hurlèrent. Quelqu'un cria qu'il fallait un médecin. Je vis Queue de cheval écarter un guide templier et foncer à travers la porte luminescente.

Les choses ne se passaient pas tout à fait comme je l'avais prévu.

Je bondis sans ralentir de l'autre côté de la porte.

J'étais sur le versant glissant d'une colline herbeuse. Le ciel était jaune citron et les odeurs tropicales. Des visages étonnés se tournaient vers moi. Queue de cheval était déjà à mi-chemin de l'autre porte. Il coupait sans vergogne à travers des plantations florales élaborées et bousculait des forêts de bonzaïs. Je reconnus au passage le monde de Fuji et dévalai la colline sur les chapeaux des roues, puis regrimpai sur ses traces à travers les plates-bandes déjà massacrées par Queue de cheval.

– Arrêtez cet homme! m'écriai-je, consciente du ridicule de mon exhortation.

Personne ne bougea, naturellement, excepté une touriste nippone qui leva son imageur pour tourner une séquence.

Queue de cheval regarda rapidement derrière lui, fonça au milieu d'un groupe de touristes pétrifiés et s'élança à travers la porte distrans. J'avais de nouveau mon étourdisseur à la main. Je l'agitai en menaçant la foule.

– Écartez-vous! Écartez-vous!

Ils me firent précipitamment un passage. Je franchis prudemment la porte, étourdisseur levé. Queue de cheval n'avait plus son poignard, mais j'ignorais de quels autres joujoux il pouvait disposer.

Plan d'eau miroitant. Vaguelettes mauves de Mare Infinitus. La passerelle en bois, étroite, passait à dix mètres au-dessus des caissons de flottaison. Elle s'éloignait en direction d'un récif de corail féerique et d'une île de varech jaune avant de faire une boucle pour revenir à son point de départ, mais un pont encore plus étroit offrait un raccourci pour gagner la porte suivante. Queue de cheval était en train d'escalader la grille qui portait une pancarte ENTRÉE INTERDITE, et retombait agilement de l'autre côté pour reprendre sa course.

Arrivée à la grille, je m'arrêtai, mis le sélecteur de mon arme sur faisceau serré et balayai l'espace devant moi d'un rayon invisible comme si j'étais un jardinier en train d'arroser sa pelouse.

Queue de cheval sembla trébucher légèrement, mais réussit à parcourir les derniers dix mètres qui le séparaient de la porte et à passer de l'autre côté. Je poussai un juron et escaladai à mon tour la grille, ignorant les injonctions d'un guide templier derrière moi. J'aperçus en un éclair la pancarte qui conseillait aux visiteurs de se couvrir de leurs combinaisons thermiques, puis je me retrouvai de l'autre côté, sentant à peine un picotement au moment où je franchissais la porte distrans.

Le blizzard soufflait, fouettant le champ de confinement incurvé qui transformait le parcours touristique en un tunnel transparent à travers la blancheur déchaînée de Sol Draconi Septem, ou tout au moins une partie de ses régions septentrionales où les groupes de pression templiers de la Pangermie avaient mis le holà au projet de réchauffement atmosphérique de la colonie afin de sauver les spectres arctiques en péril. Je sentais le poids des 1,7 *g* standard sur mes épaules comme si c'était la barre de mon appareil de musculation. Dommage que l'autre ait été lui aussi un Lusien. S'il avait été dans la moyenne physique du Retz, il n'y aurait eu aucun doute sur le vainqueur de cette course. Mais nous allions bien voir qui tenait la meilleure forme.

Il avait une cinquantaine de mètres d'avance sur moi, et il se retournait sans cesse pour regarder par-dessus son épaule. La porte suivante ne devait pas être loin, mais le blizzard empêchait de distinguer quoi que ce soit en dehors du tunnel. Je galopais allégrement dans son sillage. Eu égard à la gravité, ce parcours était le plus court de toute l'excursion. Le tunnel s'incurvait à une centaine de mètres à peine du point de départ vers lequel il nous ramenait. Je savais que je gagnais sur Queue de cheval. J'entendais sa respiration haletante. Je n'étais même pas essoufflée. Il ne pouvait plus m'échapper. Nous n'avions dépassé aucun touriste jusqu'à présent, et personne ne semblait nous poursuivre. Après tout, ce n'était pas un trop mauvais endroit pour lui tomber dessus et lui poser quelques questions.

Il était à trente mètres de la sortie lorsqu'il se retourna subitement, mit un genou à terre et pointa son pistolet thermique. Le premier tir fut trop court. Il ne devait pas avoir l'habitude de la gravité sur Sol Draconi. Mais le rayon avait tout de même laissé un sillon à un mètre de moi dans le sol gelé. Et il était en train d'ajuster sa visée.

Je sortis du champ de confinement, enfonçant d'abord mon épaule dans la résistance élastique et titubant dans des congères qui m'arrivaient à la taille. Les rafales glacées me brûlaient les poumons. La neige forma une gangue sur mon visage et mes bras nus en l'espace de quelques secondes. J'aperçus Queue de cheval qui me cherchait à l'intérieur du tunnel éclairé, mais le blizzard jouait maintenant en ma faveur et je fendis les congères pour me rapprocher de l'endroit où il se trouvait.

Il passa la tête, les épaules et le bras droit à travers la paroi de confinement, clignant des yeux pour chasser les particules de glace qui se formaient instantanément sur ses joues et son front. Son second tir passa trop haut, mais je sentis la chaleur du rayon au-dessus de ma tête. J'étais maintenant à moins de dix mètres de lui. Je réglai mon étourdisseur sur son faisceau le plus large et arrosai tout l'espace dans sa direction sans sortir la tête de la congère où je m'étais enfoncée.

Queue de cheval laissa choir son pistolet dans la neige et tomba en arrière de l'autre côté de la paroi de confinement.

Je poussai un cri de triomphe, qui se perdit dans la tourmente, et titubai en direction du tunnel. Mes pieds et mes mains étaient des prolongements lointains qui ne ressentaient plus ni le chaud ni le froid. Mes joues et mes oreilles, par contre, étaient en feu. J'essayai de ne pas y penser et me jetai de nouveau contre le champ élastique.

C'était une enceinte de confinement de classe 3, prévue pour contenir les éléments et tout ce qui avait au moins la taille imposante d'un spectre arctique tout en permettant au touriste égaré ou aux agents d'entretien de rentrer sans problème dans le circuit. Mais j'étais sonnée par le froid, et je me cognai sans succès pendant plusieurs secondes contre la paroi molle, comme une mouche dans du plastique transparent, mes pieds dérapant sur la glace et la neige. Je réussis finalement à m'introduire lourdement dans le tunnel, non sans avoir à tirer mes jambes derrière moi.

La soudaine chaleur du tunnel me communiqua un tremblement irrépressible. Des aiguilles de glace tombèrent partout autour de moi tandis que je forçais d'abord mes genoux puis mes pieds à soutenir mon poids.

Je vis Queue de cheval qui parcourait péniblement les cinq mètres qui le séparaient de la porte. Son bras droit pendait comme s'il était cassé. Je connaissais le genre de douleur que peut causer un neuro-étourdisseur, et je n'aurais pas voulu me trouver à sa place. Il tourna la tête pour me regarder tandis que je me remettais à courir, tant bien que mal, dans sa direction, puis il franchit la porte.

Alliance-Maui. L'atmosphère était tropicale et saturée d'odeurs de végétation et d'océan. Le ciel avait la couleur d'azur de l'Ancienne Terre. Je vis immédiatement que le parcours débouchait sur l'une des rares îles mobiles encore naturelles que les Templiers avaient sauvées de la colonisation hégémonienne. C'était une assez grande île, de cinq cents mètres de long environ. De l'endroit où je me trouvais, sur une plate-forme circulaire au milieu de laquelle se dressait le tronc-mât principal, j'apercevais les larges voiles qui se gonflaient avec le vent et les traînes bleues des lianes de gouvernail. La porte de sortie n'était qu'à quinze mètres de là, au pied d'un escalier, mais j'avais vu Queue de cheval courir dans la direction opposée, sur le sentier principal, vers une série de huttes et de stands touristiques situés non loin du bord de l'île.

C'était le seul endroit, à mi-chemin du parcours touristique, où il était permis aux marcheurs fatigués de se reposer en achetant des rafraîchissements et des souvenirs au bénéfice de la Fraternité des Templiers. Je m'élançai vers les marches, toujours frissonnante, mes vêtements pleins de neige qui fondait rapidement. Pourquoi Queue de cheval se dirigeait-il vers ces huttes?

Dès que je vis les tapis rutilants alignés pour les touristes qui désiraient les louer, je compris ce qu'il voulait faire. L'usage des hawkings était officiellement prohibé sur la plupart des mondes du Retz, mais ils faisaient encore partie des traditions d'Alliance-Maui à cause de la légende de Siri. D'une longueur de moins de deux mètres sur un de large, ces antiques jouets attendaient les touristes pour les promener au-dessus de la mer et les ramener sur l'île mobile. Si Queue de cheval mettait la main sur un de ces tapis...

Je fonçai de toute la vitesse de mes jambes meurtries, rattrapai mon homme à quelques mètres des hawkings et le plaquai au-dessous des genoux. Nous roulâmes au milieu des étals et des quelques touristes qui s'écartaient en poussant des cris.

Mon père m'avait appris quelque chose qu'un enfant ne peut ignorer qu'à ses risques et périls. Un grand gaillard, quand il est fort, peut toujours battre un plus petit que lui. Dans ce cas précis, nous étions à peu près à égalité. Queue de cheval se dégagea comme une anguille et bondit sur ses pieds, adoptant instantanément la posture de combat d'un lutteur asiatique, bras écartés, doigts tendus. Nous allions bien voir, maintenant, qui de nous deux était le gaillard le plus fort.

Ce fut lui qui porta le premier coup au but. Il feinta de la main gauche à plat, doigts serrés, et lança à la place son pied en arc de cercle. J'esquivai, mais pas assez rapidement. L'impact fut assez fort pour me paralyser quelques secondes l'épaule gauche et le haut du bras.

Queue de cheval recula en dansant. Je suivis. Il lança un direct du droit que je bloquai, puis une manchette de la main gauche que je parai avec mon avant-bras droit. Il recula en dansant, tourna soudain sur lui-même et balança un coup du pied gauche. J'esquivai. Je happai sa jambe au passage et l'envoyai rouler dans le sable.

Il se releva d'un bond. Je le cueillis d'un crochet du gauche qui le fit retomber. Il roula plusieurs fois sur lui-même et se redressa sur les genoux. Mon pied vola et le heurta juste derrière l'oreille gauche. J'avais mesuré la force du coup de manière à le laisser conscient.

Trop conscient, constatai-je la seconde suivante lorsqu'il réussit à faire passer quatre doigts tendus sous ma garde, visant le cœur. Mais il ne réussit qu'à endolorir quelques couches de muscles sous mon sein droit. Je le cognai de toutes mes forces en plein sur la bouche, faisant gicler le sang. Il roula jusqu'au bord de l'eau et ne bougea plus. Derrière nous, les gens se bousculaient devant la porte distrans et hurlaient pour que la police arrive.

Je soulevai par la queue celui qui était censé vouloir assassiner Johnny, le tirai à l'écart près de l'eau et lui plongeai la tête dedans pour le faire revenir à lui. Puis je le fis rouler sur le dos et le soulevai par le col froissé et maculé de sa chemise. Nous n'allions pas avoir plus d'une minute ou deux avant que les autorités rappliquent.

Il leva vers moi un regard vitreux. Je le secouai une bonne fois et me penchai pour dire :

– Écoute-moi bien, mon pote. Il faut que nous ayons,

toi et moi, une conversation courte mais sérieuse. Pour commencer, je veux savoir qui tu es et ce que tu as contre la personne que tu suivais.

Je sentis la montée du courant avant de voir la lumière bleue. Je lâchai la chemise de l'homme en jurant. Aussitôt, tout son corps fut entouré d'un nimbe électrique. Je fis un bond en arrière, mais pas avant que mes propres cheveux se dressent et que toutes les alarmes de mon persoc se mettent à bourdonner impérieusement. Queue de cheval ouvrit la bouche pour hurler, et je vis le bleu à l'intérieur comme des effets spéciaux holos réalisés avec peu de moyens. Le devant de sa chemise grésilla, noircit et prit feu. Sur son torse se formèrent des pustules bleues, comme sur une ancienne pellicule de cinéma perforée par le feu. Les pustules s'élargirent, se touchèrent, s'élargirent encore. Je vis l'intérieur de sa cavité thoracique, avec des organes entourés de flammes bleues. Il hurla de nouveau, cette fois-ci de manière audible, et je vis ses dents et ses yeux se transformer en flammes bleues.

Je fis un nouveau pas en arrière.

Queue de cheval était maintenant tout en flammes. Le centre bleu était éclipsé par le feu rouge orange. La chair explosait comme si les os s'embrasaient de l'intérieur. En moins d'une minute, il prit l'apparence d'une momie carbonisée, recroquevillée dans la posture d'un boxeur comme toutes les victimes des flammes. Je me détournai, la main sur la bouche, dévisageant les quelques témoins présents pour voir si l'un deux aurait pu être responsable de ce qui venait de se passer. Je ne vis que des yeux élargis et des regards apeurés. Plus loin, des gardes de la sécurité déboulaient en force de la porte distrans.

Merde.

Au-dessus de ma tête, les voiles de l'arbre étaient gonflées par le vent, et les diaphanes, magnifiques même en plein jour, volaient au milieu d'une végétation tropicale parée de mille couleurs. La lumière du soleil faisait miroiter l'océan bleu. La route de chacune des deux portes m'était barrée. Celui qui semblait être à la tête du détachement de la sécurité avait dégainé son arme.

J'atteignis la première, en trois enjambées, le tapis hawking le plus proche, essayant désespérément de me rappeler, à partir de l'unique fois où j'étais montée sur l'un d'eux, vingt ans avant, comment on faisait fonctionner les fils de commande. En désespoir de cause, je tapai sur tous les motifs.

Le tapis se raidit et s'éleva à dix centimètres du sol. J'entendis les cris des gardes qui fendaient la foule. Une femme en costume voyant de Renaissance Minor pointa le doigt dans ma direction. Je sautai du tapis, rassemblai rapidement les sept autres hawkings et remontai sur le mien. À peine capable de retrouver les motifs de vol sous l'amoncellement des autres tapis, je cognai comme une folle sur les commandes jusqu'à ce que le hawking se décide à décoller, en me faisant presque basculer en arrière.

Cinquante mètres plus loin, à une hauteur de trente mètres, je balançai à la mer les autres tapis et me retournai pour voir ce qui se passait en bas. Plusieurs uniformes gris étaient penchés sur les restes carbonisés de Queue de cheval. Quelqu'un pointait un bâton argenté dans ma direction.

De folles aiguilles de douleur glacée se propagèrent le long de mon bras, de mon épaule et de ma nuque. Mes paupières devinrent lourdes comme du plomb. Je faillis glisser du tapis du côté droit. J'agrippai de la main gauche le côté opposé, me penchai en avant et martelai le motif d'ascension avec des doigts que je ne sentais plus. Dès que le tapis grimpa, je tâtai ma manche droite à la recherche de mon propre étourdisseur. Mais la sangle élastique était vide.

Une minute ou deux plus tard, je pus me redresser et reprendre un peu mes esprits. Mes doigts étaient encore douloureux et j'avais une migraine de tous les diables, mais l'île mobile était loin derrière moi et devenait de plus en plus petite. Un siècle plus tôt, elle aurait été remorquée par un attelage de dauphins amenés spécialement ici à cet effet pendant l'hégire. Mais les opérations de pacification menées par l'Hégémonie pendant la révolte de Siri avaient eu pour conséquence l'extermination de la plus grande partie des mammifères marins, et les îles dérivaient aujourd'hui au hasard, livrées uniquement aux touristes et aux exploitants des installations de villégiature.

Je balayai l'horizon du regard à la recherche d'une autre île ou de l'un des rares continents de cette planète. Mais je ne vis rien d'autre que le ciel bleu, l'océan infini et les fines traînées de nuages à l'ouest. À moins que ce ne fût l'est?

Je sortis mon persoc et entrepris de demander l'accès à l'infosphère générale. Mais j'arrêtai avant de valider. Si les autorités essayaient de retrouver ma trace, la première chose qu'elles feraient serait de me localiser et de me coller aux fesses un glisseur ou un VEM de la sécurité. Je n'étais pas sûre qu'elles puissent le faire à partir d'un accès sur mon persoc, mais autant éviter de leur faciliter la tâche. Je me contentai donc de laisser le persoc en sommeil, et scrutai de nouveau les quatre horizons.

Bravo, Brawne. Te voilà en train de foncer à deux cents mètres d'altitude sur un tapis volant âgé d'au moins trois siècles, sans même savoir combien d'heures – ou de minutes – d'énergie il reste dans les fils de commande, à mille kilomètres ou plus de toute terre, et complètement perdue, pour tout dire. Encore bravo!

Je croisai les bras et m'efforçai de réfléchir.

– H. Lamia?

La voix douce de Johnny me fit presque tomber à la renverse.

– Johnny?

Je regardai le persoc, toujours en sommeil. L'indicateur de fréquence n'était pas éclairé.

– Johnny? C'est vous, Johnny?

– Naturellement. Je me demandais quand vous vous décideriez à allumer votre persoc.

– Comment avez-vous retrouvé ma trace? Sur quelle fréquence m'appelez-vous?

– Ne vous occupez pas de ça. Où allez-vous?

J'éclatai de rire et lui expliquai que je n'en avais pas la moindre idée.

– Pouvez-vous m'aider?

– Une seconde... Voilà, reprit-il au bout d'une fraction de ce temps. Je vous ai localisée sur un des satellites météo. Rudimentaire, mais ça fera l'affaire. Vous avez de la chance que votre hawking ait un transpondeur passif.

Je regardai la mince épaisseur de tapis qui était la seule chose entre moi et une longue chute vertigineuse dans la mer.

– Ah oui? Mais les autres peuvent donc me retrouver aussi?

– Ce serait vrai, répliqua Johnny, si je n'avais pas pris la peine de brouiller le signal. Où voulez-vous aller?

– Chez moi.

– Je me demande si ce serait une très bonne idée après... euh... le décès prématuré de notre suspect.

Je fronçai les sourcils, soudain soupçonneuse.

– Comment savez-vous cela? Je ne vous ai encore rien dit.

– Un peu de sérieux, H. Lamia. Vos exploits sont racontés sur toutes les fréquences de la sécurité de six mondes au moins. Ils ont même un signalement de vous qui correspond assez bien.

– Merde!

– Vous avez raison. Où voulez-vous aller, maintenant?

– Où êtes-vous? Chez moi?

– Non. Je suis parti lorsque les fréquences de la police ont commencé à parler de vous. Je suis... à proximité d'une porte distrans.

– C'est là que je veux être aussi.

Je regardai de nouveau autour de moi. L'océan, le ciel, les traînées de nuages au loin. Aucune trace de VEM, en tout cas.

– Très bien, fit la voix désincarnée de Johnny. Il y a une multiporte désaffectée de la Force à moins de dix kilomètres de l'endroit où vous vous trouvez actuellement.

Je mis la main en visière sur mon front et balayai l'horizon sur trois cent soixante degrés.

– Vous vous foutez de moi? J'ignore à quelle distance est l'horizon sur ce monde, mais ça ne peut pas être inférieur à quarante bornes, et je ne vois pas le moindre foutu truc!

– Base submersible, expliqua Johnny. Accrochez-vous. Je prends les commandes.

Le tapis hawking s'inclina violemment, vira, piqua du nez, puis se stabilisa et commença à perdre rapidement de l'altitude. Je m'agrippais à deux mains, refoulant une envie hystérique de hurler à pleins poumons.

– Submersible! criai-je pour couvrir le sifflement du vent. Et à quelle distance?

– Vous voulez dire à quelle profondeur?

– C'est ça!

– Huit brasses.

Je convertis l'unité archaïque en mètres. Cette fois-ci, je hurlai pour de bon.

– Ça fait presque quatorze mètres sous l'eau!

– Où serait une base submersible sinon sous l'eau?

– Qu'est-ce que je dois faire? Retenir ma respiration? glapis-je tandis que l'océan montait vers moi à toute vitesse.

– Pas nécessaire, me répondit mon persoc. Votre tapis

hawking est muni d'une bulle anticrash assez primitive qui devrait tenir sur huit ou dix brasses. Accrochez-vous, s'il vous plaît.

Je m'accrochai de toutes mes forces.

Johnny m'attendait à mon arrivée de l'autre côté. La base submersible abandonnée, obscure et moite, possédait une porte distrans d'un modèle militaire dont je n'avais jamais entendu parler jusque-là. Ce fut un grand soulagement pour moi que d'émerger dans les rues d'une grande ville ensoleillée pour rejoindre Johnny.

Je lui racontai ce qui était arrivé à Queue de cheval. Nous étions dans une grande artère toute vide, bordée de vieux immeubles. Le ciel était bleu pâle, ce devait être la fin de l'après-midi. Mais le plus frappant était qu'il n'y avait personne en vue.

– Hé! lui dis-je en m'arrêtant brusquement. Où sommes-nous?

Ce monde était nettement de type terrestre, mais le ciel, la gravité et la *texture* de l'endroit ne ressemblaient à rien de ce que j'avais visité.

Il sourit.

– Essayez de deviner. Marchons encore un peu.

Nous descendions une large avenue. Sur ma gauche, je vis des ruines. Je m'arrêtai, bouche bée.

– C'est le Colisée! m'exclamai-je. Le Colisée romain de l'Ancienne Terre!

Je regardai de plus près les vieux immeubles alentour, les pavés de la chaussée et les arbres qui oscillaient doucement sous la brise.

– C'est une reconstitution de la ville de Rome sur l'Ancienne Terre, affirmai-je en essayant de réprimer l'étonnement qui perçait dans ma voix. Nous sommes sur la Nouvelle-Terre?

Mais je savais très bien que ce n'était pas le cas. J'avais visité la Nouvelle-Terre de nombreuses fois. La couleur du ciel, les odeurs et la gravité n'étaient pas les mêmes.

Il secoua la tête.

– Nous ne sommes pas dans le Retz, me dit-il.

Je m'arrêtai net.

– C'est impossible!

Par définition, tout monde accessible par le réseau distrans faisait partie du Retz.

– C'est pourtant la vérité, me dit Johnny.
– Où sommes-nous, alors?
– Sur l'Ancienne Terre.
Nous nous étions remis à marcher. Il me montra une autre ruine.
– Le Forum.
Nous descendîmes un grand escalier, et il ajouta :
– Devant nous, la Piazza di Spagna, où nous passerons la nuit.
– L'Ancienne Terre... commentai-je, ouvrant la bouche pour la première fois depuis vingt minutes. Un voyage dans le temps?
– Impossible, H. Lamia.
– Un parc thématique?
Il se mit à rire, d'une manière plaisante et décontractée.
– C'est possible. J'ignore à quoi il répond exactement. Mais c'est... un analogue.
– Un analogue...
Je plissai les yeux, regardant le soleil pourpre en train de se coucher au fond d'une rue étroite.
– Cela ressemble exactement aux holos de l'Ancienne Terre que j'ai eu l'occasion de voir. On a l'impression d'y être vraiment, même sans y avoir jamais mis les pieds.
– C'est d'une très grande précision.
– Où est-ce? Quelle étoile?
– J'ignore le numéro. C'est dans l'amas d'Hercule.
Je m'efforçai de ne pas répéter ce qu'il venait de dire, mais je m'arrêtai net et m'assis sur une marche. Grâce au propulseur Hawking, l'humanité avait exploré, colonisé et relié par distrans des mondes étalés sur des milliers et des milliers d'années-lumière. Mais personne n'avait essayé d'atteindre les soleils en explosion de la Centralité. Nous n'avions fait que ramper timidement pour sortir du berceau de notre bras spiral. L'amas d'Hercule.
– Pourquoi le TechnoCentre a-t-il construit une réplique de Rome dans l'amas d'Hercule? demandai-je.
Johnny s'assit à côté de moi. Nous levâmes en même temps la tête tandis qu'une masse froufroutante de pigeons explosait en un vol tournoyant au-dessus des toits.
– Je ne sais pas, H. Lamia. Il y a beaucoup de choses que j'ignore encore, en partie, sans doute, parce que je ne m'y suis pas intéressé jusqu'à présent.
– Brawne, lui dis-je.

– Pardon?

– Appelez-moi Brawne.

Il sourit, et inclina la tête.

– D'accord, Brawne. Merci. Un détail, cependant... Je ne pense pas que ce soit une réplique de Rome uniquement. Il s'agit de toute l'Ancienne Terre.

Je posai les deux mains sur la marche chauffée par le soleil.

– Toute la Terre? Vous voulez dire avec ses continents, ses villes... au complet?

– C'est ce que je pense, oui. Je n'ai visité que l'Italie et l'Angleterre, y compris la traversée par mer, mais j'ai bien l'impression que l'analogue est complet.

– Mais pourquoi, pour l'amour de Dieu?

Johnny hocha gravement la tête.

– Vous ne croyez pas si bien dire. Il est possible que l'explication soit là, en effet. Voulez-vous que nous allions à l'intérieur manger quelque chose tout en continuant d'en discuter? Il y a peut-être un rapport avec la personne qui a voulu me tuer et ses mobiles.

L'« intérieur » était un appartement intégré à une vaste demeure au pied de l'escalier de marbre. Les fenêtres ouvraient sur ce que Johnny appelait la « piazza ». Elles laissaient apercevoir, en haut des marches, une grande église aux murs de couleur ocre et, plus bas sur la place, une fontaine en forme de bateau qui projetait ses jets d'eau dans le silence du soir. Johnny m'apprit que c'était Bernini qui l'avait conçue, mais ce nom ne signifiait rien pour moi.

Les chambres étaient petites, mais de plafond haut, avec un mobilier rustique aux moulures élaborées appartenant à un style que je ne reconnaissais pas. Il n'y avait aucun appareil électrique, aucun signe de confort moderne. La demeure ne répondit pas lorsque je m'adressai à elle sur le seuil, ni dans les chambres du haut. La nuit tombait sur la place et sur la ville, dont les seules lumières étaient celles de quelques lampadaires ou becs de gaz utilisant je ne sais quel combustible primitif.

– C'est une reconstitution du passé de l'Ancienne Terre, murmurai-je en tapotant les oreillers épais.

Je relevai brusquement la tête, saisie d'une compréhension soudaine.

– Keats est mort en Italie, au début du XIXᵉ ou du XXᵉ siècle. C'est... son époque.
– Oui. Début du XIXᵉ. 1821, pour être plus précis.
– C'est un monde-musée?
– Pas du tout. Mais les autres régions appartiennent à des époques différentes, naturellement, en fonction de l'analogue recherché.
– Je ne comprends pas.
Nous étions maintenant dans une pièce encombrée de mobilier très lourd, et je m'assis sur un lit curieusement sculpté près d'une fenêtre. La lumière dorée du couchant éclairait encore la flèche de l'église ocre. Des pigeons blancs volaient en cercles dans le bleu du ciel.
– Est-ce qu'il y a des millions d'habitants – des cybrides – qui vivent sur cette Terre factice? demandai-je.
– Je ne crois pas. Il n'y a que ceux qui sont nécessaires à un analogue particulier.
Voyant que je ne comprenais toujours pas, il prit une profonde inspiration avant de continuer :
– Lorsque je me suis... réveillé ici, il y avait des analogues de Joseph Severn, du docteur Clark, de la propriétaire, Anna Angeletti, du jeune lieutenant Elton et de quelques autres. Des boutiquiers italiens, le patron de la *trattoria* sur la place, qui nous apportait nos repas, et quelques passants. En tout une vingtaine de personnes, pas plus.
– Que sont-ils devenus?
– Ils ont probablement été... recyclés. Comme votre homme à la queue de cheval.
– Queue de... C'était un cybride? demandai-je soudain en le fixant dans la pénombre.
– La chose ne fait aucun doute. L'autodestruction que vous m'avez décrite correspond exactement à la manière dont je me débarrasserais de ce cybride en cas de nécessité.
Les rouages tournèrent dans ma tête à toute allure. Je compris à quel point j'avais été stupide, à quel point j'avais été longue à saisir.
– C'est donc une autre IA qui a essayé de vous tuer, murmurai-je.
– Il semble bien.
– Pour quelle raison?
Il fit un geste vague.

– Peut-être pour effacer définitivement un certain nombre d'informations qui sont mortes avec mon cybride. Quelque chose que j'aurais appris tout récemment et que l'autre ou les autres IA savaient pouvoir détruire en provoquant l'arrêt de mon système.

Je me levai pour faire les cent pas et m'arrêtai devant la fenêtre. L'obscurité tombait maintenant pour de bon. Il y avait des lampes dans l'appartement, mais Johnny ne semblait pas vouloir les allumer et je préférais moi aussi la pénombre, même si cela rendait encore plus irréelles les révélations auxquelles j'étais confrontée. Tandis que les fenêtres à l'ouest laissaient pénétrer la dernière clarté du soir, faisant briller d'un éclat phosphorescent le dessus-de-lit blanc, je murmurai :

– C'est dans cette chambre que vous êtes mort.

– Lui, pas moi. N'oubliez pas que je ne suis pas lui.

– Mais vous avez ses souvenirs.

– Des rêves à moitié oubliés. Il y a des trous énormes.

– Vous savez cependant ce qu'il ressentait.

– Ce que mes concepteurs *croyaient* qu'il ressentait.

– Racontez-moi.

– Quoi ?

La peau très pâle de Johnny luisait dans la pénombre. Ses boucles courtes semblaient noires.

– Ce que l'on ressent quand on meurt. Et quand on ressuscite.

Il me parla, d'une voix douce, presque mélodieuse, dans une langue parfois trop archaïque pour être intelligible mais beaucoup plus belle à l'oreille que le langage hybride que nous utilisons aujourd'hui.

Il me raconta ce que c'était que d'être un poète obsédé par la perfection, beaucoup plus dur envers ses propres efforts que les plus hargneux des critiques. Et les critiques ne manquaient pas d'être hargneux. Son œuvre avait été dénigrée, raillée, décrite comme insignifiante et absurde. Trop pauvre pour épouser la femme qu'il aimait, obligé de prêter de l'argent à son frère en Amérique et privé ainsi de son unique chance de sécurité financière, il avait ensuite connu la gloire éphémère d'atteindre la pleine maturité de ses moyens poétiques au moment où il était devenu la proie de la « phtisie » qui avait déjà emporté sa mère et son frère Tom. Puis il s'était exilé en Italie, officiellement « pour sa santé », sachant très bien que cela ne signifiait rien d'autre qu'une mort pénible et solitaire à l'âge de vingt-six ans. Il me parla aussi de la souffrance causée par l'écriture de Fanny sur des enveloppes qu'il n'avait pas le courage d'ouvrir. Il me parla de l'amitié fidèle du jeune artiste Joseph Severn, qui avait été choisi comme compagnon de voyage de Keats par des « amis » qui l'avaient abandonné dans ses derniers moments. Il me raconta comment Severn avait soigné jusqu'à la fin le poète agonisant. Il me décrivit ses hémorragies nocturnes, et le traitement du docteur Clark qui consistait à lui faire des saignées et à lui prescrire « de l'exercice et du grand air ». Il me parla de ses ultimes désespoirs personnels et religieux, qui avaient conduit Keats à demander que son épitaphe, gravée dans la pierre, dise simplement :

Ci-gît Celui
Dont le nom
Était écrit dans l'eau.

Seule une infime clarté venue d'en bas ourlait maintenant les fenêtres hautes, et la voix de Johnny semblait flotter dans l'air saturé de parfums nocturnes. Il me parla de son réveil, dans le lit même où il était mort, avec le fidèle Severn et le docteur Clark à ses côtés, et du souvenir qu'il avait d'être le poète John Keats, un peu comme on se rappelle un rêve en train de disparaître rapidement, tout en sachant qu'il était en réalité autre chose.

Il me parla de l'illusion prolongée, du voyage de retour en Angleterre, des retrouvailles avec une Fanny qui n'était pas Fanny et de la dépression nerveuse que cela avait failli provoquer. Il me confia son incapacité à écrire de la poésie, son éloignement de plus en plus grand par rapport aux imposteurs cybrides, sa retraite dans un état qui ressemblait à une catatonie mêlée d'« hallucinations » empruntées à sa véritable existence d'IA dans un TechnoCentre pratiquement incompréhensible pour un poète du XIXe siècle. Il me fit part, enfin, de l'effondrement total de ses illusions et de l'abandon du « Projet Keats ».

– En fait, murmura-t-il, toute cette comédie sinistre me faisait de plus en plus penser à un passage d'une lettre que j'ai... qu'il a écrite à son frère George quelque temps avant sa maladie, et où il disait :

N'existerait-il pas des êtres supérieurs qui pourraient s'amuser des attitudes gracieuses quoique purement instinctives où mon esprit m'entraîne, de la même manière que je m'amuse de la vivacité d'une hermine ou des angoisses d'un daim? Bien qu'une rixe en pleine rue soit chose haïssable, les énergies qui s'y déploient sont intéressantes. Vus par un être supérieur, nos raisonnements peuvent prendre la même coloration. Bien qu'erronés, ils n'en sont peut-être pas moins valables. C'est cela, la véritable nature de la poésie.

– Vous pensez que le... Projet Keats... était nuisible? demandai-je.

– Tout ce qui est fait pour tromper est haïssable, à mon avis.

– Peut-être y a-t-il plus en vous de John Keats que vous ne voulez bien le reconnaître.

– Non. L'absence d'instinct poétique a démontré le contraire, même au milieu des illusions les plus élaborées.

Je fis du regard le tour de la pièce, avec ses formes noires dont les contours étaient à peine visibles.

– Les IA savent-elles que nous sommes ici?

– Probablement. Presque certainement, même. Il n'y a pas un seul endroit où je puisse aller sans que le TechnoCentre retrouve ma trace et me suive. Mais ce sont les autorités du Retz et ses brigands que nous avons voulu fuir, n'est-ce pas?

– Vous savez néanmoins, à présent, que c'est quelqu'un – ou une intelligence du Centre – qui vous a attaqué.

– Oui, mais uniquement sur le territoire du Retz. Ce genre d'action violente ne serait pas toléré dans le Centre.

Un bruit monta de la rue. J'espérais que ce n'était qu'un pigeon. Ou peut-être le vent qui poussait des débris sur les pavés.

– Comment le TechnoCentre va-t-il réagir à ma présence ici? demandai-je.

– Je n'en ai pas la moindre idée.

– Ce doit être un secret, tout de même.

– C'est... quelque chose qui, d'après eux, ne regarde pas l'humanité.

Je secouai la tête. Geste futile, dans cette obscurité.

– La reconstitution de l'Ancienne Terre... La résurrection de... combien de personnalités humaines, sous la forme de cybrides peuplant des environnements recréés... Des IA qui assassinent d'autres IA... Et cela ne regarde pas les humains!

Je me mis à rire, mais repris le contrôle en ajoutant :

– Même Jésus-Christ a versé des larmes, Johnny.
– C'est certain. Ou presque.
Je me déplaçai jusqu'à la fenêtre, sans me soucier de savoir si j'offrais une cible à quelqu'un qui se serait posté en bas dans la rue sombre, et je sortis une cigarette de ma poche. Elles avaient pris l'humidité quand j'avais pourchassé mon homme dans les congères, mais l'une d'elles s'alluma quand même quand je la frottai.
– Tout à l'heure, Johnny, quand vous m'avez dit que l'analogue de l'Ancienne Terre était complet et que je vous ai demandé : « Pourquoi, pour l'amour de Dieu ? », vous m'avez répondu quelque chose comme : « Vous ne croyez pas si bien dire. » Est-ce que c'était juste une plaisanterie à la con, ou bien aviez-vous réellement une idée derrière la tête ?
– Je voulais dire que c'était peut-être effectivement pour l'amour de Dieu.
– Expliquez-vous.
Je l'entendis soupirer dans l'obscurité.
– Je ne comprends pas la finalité exacte du Projet Keats ou des autres analogues de l'Ancienne Terre, mais je les soupçonne de faire partie d'un programme plus vaste du TechnoCentre, vieux de sept siècles standard au moins, visant à créer l'Intelligence Ultime.
– L'Intelligence Ultime, répétai-je, exhalant ma fumée. Hum... Le TechnoCentre essaye de construire... Dieu, ou quoi ?
– C'est à peu près cela.
– Mais pourquoi ?
– Il n'y a pas de réponse simple à cette question, Brawne, ni à celle qui consiste à demander pourquoi l'humanité est à la recherche de Dieu depuis dix mille générations et sous un million de facettes. Pour le TechnoCentre, cependant, il faut voir l'intérêt de la chose sous l'angle de la recherche d'une plus grande efficacité et d'une manière plus fiable de manipuler... les variables.
– Mais le TechnoCentre a ses propres ressources et celles des infosphères de deux cents mondes...
– Qui laissent encore des blancs dans ses... capacités de prédiction.
Je jetai ma cigarette par la fenêtre, et suivis du regard la courbe du point rouge à travers l'obscurité. La brise avait soudain fraîchi. Je croisai les bras sur mes épaules.
– Comment tout cela... L'Ancienne Terre, les résurrec-

tions, les cybrides... Comment cela mène-t-il à la création de l'Intelligence Ultime?

– Je l'ignore, Brawne. Il y a huit siècles standard, au début de la première âre de l'Information, un homme appelé Norbert Wiener a écrit : « Dieu peut-il jouer de manière significative avec ses créatures? Un créateur quelconque, même limité, peut-il jouer avec les siennes à un jeu significatif? » L'humanité n'a pas fourni de réponse satisfaisante à cette question en construisant ses premières IA. Le TechnoCentre se débat avec cette question dans ses programmes de résurrection. Peut-être son projet IU est-il arrivé à terme. Peut-être tout cela fait-il partie des fonctions de l'ultime Créature/Créateur, une entité dont les motivations seraient aussi éloignées des capacités de compréhension du TechnoCentre que celui-ci l'est de l'humanité.

Je commençai à faire les cent pas dans le noir, me cognai la jambe contre une table basse et restai sur place, toujours debout.

– Tout cela ne nous apprend rien sur ceux qui veulent vous tuer, murmurai-je.

– Non, fit Johnny en se levant pour aller à l'autre bout de la pièce, où il craqua une allumette.

Il alluma une bougie. Nos ombres déformées vacillèrent sur les murs et au plafond. Il revint vers moi et me saisit les bras. La flamme de la bougie donnait à ses boucles et à ses sourcils des reflets cuivrés, et faisait briller son menton et ses pommettes hautes.

– Pourquoi vous faites-vous si dure? me demanda-t-il.

Je le regardai dans les yeux. Son visage n'était qu'à quelques centimètres du mien. Nous étions de la même taille.

– Laissez tomber, lui dis-je.

Au lieu de cela, il se pencha en avant et m'embrassa. Ses lèvres étaient douces et chaudes, et le baiser sembla durer des heures. *C'est une machine,* me disais-je. *Il est peut-être humain, mais il y a une machine derrière tout ça.* Je fermai les yeux. Sa main me caressa doucement la joue, le cou, la nuque.

– Écoutez... commençai-je lorsqu'il me lâcha un instant.

Il ne me laissa pas finir. Il me souleva dans ses bras et me porta dans la chambre où était le grand lit. Le matelas était doux et l'édredon moelleux. La bougie, dans l'autre pièce, faisait danser les ombres tandis que nous nous ôtions mutuellement nos vêtements, pris d'une soudaine frénésie.

Nous fîmes l'amour à trois reprises, cette nuit-là, comme un aboutissement, chaque fois, de la douce et lente montée du plaisir causée par le contact, la chaleur et la tendresse qui nous submergeaient. Je me souviens de m'être penchée sur lui, la deuxième fois, pour le contempler. Il avait les yeux fermés, et ses cheveux retombaient en désordre sur son front. La bougie éclairait la roseur de son torse pâle et ses bras d'une force étonnante qui me maintenaient toujours par la taille. Il ouvrit les yeux, à cet instant, pour me regarder à son tour, et j'y lus toute l'émotion et la passion qui l'habitaient.

Un peu avant l'aube, nous nous assoupîmes. Juste avant de sombrer, je sentis sa main froide qui se posait sur ma hanche en un geste naturel et protecteur sans être pour autant possessif.

Ils nous attaquèrent juste après les premières lueurs de l'aube. Ils étaient cinq. Ce n'étaient pas des Lusiens, mais il n'y avait que des hommes, tous athlétiques et bien rodés pour le travail en équipe.

Je les entendis au moment où ils enfonçaient d'un coup de pied la porte de l'appartement. Je roulai aussitôt à bas du lit, bondis jusqu'à la porte de la chambre et m'embusquai au moment où ils entraient. Johnny se redressa, hurlant quelque chose au premier homme qui brandissait un étourdisseur. Il avait mis un slip en coton avant de s'endormir. J'étais nue. C'est un désavantage réel que de se battre nue contre des adversaires habillés, mais le problème est surtout d'ordre psychologique. Si l'on est capable de surmonter l'impression de vulnérabilité accrue, le reste peut être aisément compensé.

Le premier homme m'aperçut et décida quand même d'étourdir Johnny. Il paya chèrement son erreur. Je fis voler son arme d'un coup de pied et l'assommai d'un revers de main derrière l'oreille gauche. Deux autres entrèrent. Cette fois-ci, ils eurent le réflexe de s'occuper de moi d'abord tandis que les deux derniers sautaient sur Johnny.

Je bloquai une main lancée à plat, doigts serrés, esquivai un coup de pied qui aurait pu faire des dégâts et reculai. Il y avait une commode sur ma gauche, et le tiroir du haut glissa sans se faire prier. Le costaud qui me faisait face s'abrita le visage des deux mains, de sorte que le bois épais éclata, mais sa réaction instinctive m'avait donné la fraction de seconde dont j'avais besoin pour mettre tout mon poids dans le coup de pied que je lui balançai. Le numéro deux s'affaissa contre son copain avec un grognement sourd.

Johnny se débattait, mais l'un de ses attaquants l'avait pris à la gorge et l'autre le maintenait par les pieds. Je fonçai, encaissant au passage un coup de mon numéro trois, et fis un bond énorme par-dessus le lit. Celui qui tenait les jambes de Johnny passa sans un cri à travers le bois et le verre de la fenêtre.

Quelqu'un atterrit sur mon dos. Je continuai avec son propre élan et l'amenai contre le mur opposé. Il savait se battre. Il encaissa de l'épaule et voulut me triturer un nerf derrière l'oreille. Mais il eut du mal à cause des couches de muscles qu'il rencontra. Je lui enfonçai mon coude dans l'estomac et me dégageai en roulant sur moi-même. Celui qui était en train d'étrangler Johnny le lâcha et me lança un coup de pied dans les côtes exécuté selon les règles de l'art. J'encaissai l'impact à moitié. Je sentis au moins une côte qui cédait. Je pirouettai, tête baissée, et abandonnai toute élégance pour lui écraser un testicule de la main gauche. Il hurla. Il était hors circuit.

À aucun moment je n'avais oublié l'étourdisseur tombé par terre, et mon dernier adversaire valide non plus. Il fit le tour du lit, hors d'atteinte, et se jeta à quatre pattes pour s'emparer de l'arme. Oubliant la douleur causée par ma côte cassée, je soulevai le lit massif, avec Johnny dedans, et le laissai retomber sur la tête et les épaules du gus. Puis je me baissai de mon côté du lit, récupérai l'étourdisseur et reculai jusqu'à un coin inoccupé de la chambre.

Nous étions au premier étage. L'un des cinq hommes était passé par la fenêtre. Le premier entré était toujours inconscient sur le seuil. Celui qui avait été terrassé d'un coup de pied avait réussi à se redresser sur les coudes et sur un genou. À la couleur du sang qui dégoulinait au coin de ses lèvres et sur son menton, je déduisis qu'une côte lui avait transpercé un poumon. Sa respiration était un sifflement rauque. Le lit avait broyé le crâne du quatrième. Le cinquième était recroquevillé sous la fenêtre. Il vomissait en se tenant les couilles. Je le fis taire d'un coup d'étourdisseur. Je m'approchai de celui qui crachait son poumon et lui soulevai la tête par les cheveux.

– Qui t'envoie?

– Va te faire foutre, dit-il en me crachant une sanie rose à la figure.

– Plus tard, peut-être, répliquai-je en plaçant trois doigts sur sa cage thoracique, à l'endroit où elle semblait concave, et en les enfonçant. Je veux d'abord savoir qui t'envoie.

Il hurla et devint très blanc. Quand il toussa, le sang était rouge vif contre sa peau blême.

– Qui t'envoie? répétai-je en enfonçant quatre doigts.

– L'évêque! s'écria-t-il en essayant d'échapper à mes doigts.

– Quel évêque?

– Le Temple gritchtèque... Lusus... arrêtez, par pitié... Oh, merde...

– Qu'alliez-vous faire de lui... de nous?

– Rien du tout... Non! Arrêtez! J'ai besoin d'un médecin... Par pitié!

– D'accord. Réponds d'abord.

– Le prendre vivant... Le ramener là-bas... au Temple... sur Lusus... Je vous en supplie! Je ne peux plus respirer!

– Et moi?

– Vous tuer si vous résistiez.

– Bon, déclarai-je en le soulevant un peu plus par les cheveux. Je vois qu'on est devenu raisonnable. Et que lui veulent-ils?

– Je ne sais pas...

Il poussa un cri perçant. Je ne quittais pas des yeux l'entrée de la chambre. J'avais toujours l'étourdisseur dans la main, sous une masse de cheveux englués.

– Je... Je ne... sais rien... de plus, haleta-t-il.

Il avait une sérieuse hémorragie, à présent. Le sang coulait abondamment sur mon sein gauche et le long de mon bras.

– Comment êtes-vous venus?

– VEM... Le toit.

– Quelle station distrans?

– Je ne sais pas... Je le jure... Une ville... Sur l'eau. Réglage automatique... pour le retour. Par pitié!

Je lui écartai sa chemise. Pas de persoc. Pas d'autre

arme. Juste un tatouage au-dessus du cœur. Un trident bleu.

– Goonda? lui demandai-je.

– Oui... Fraternité de Parvati.

En dehors du Retz. Sans doute presque impossible à remonter.

– Les autres aussi?

– Oui... Faites venir quelqu'un, je vous en supplie... Aidez-moi...

Il sombra dans une semi-inconscience.

Je le lâchai, reculai et l'arrosai de mon rayon étourdisseur.

Johnny était assis dans le lit. Il se massait la gorge en m'observant d'une étrange manière.

– Habille-toi, lui dis-je. On s'en va.

Le VEM était un vieux Vikken de tourisme à la coupole transparente, sans plaque de démarrage ni serrure palmaire sur le tableau de bord. Nous rattrapâmes le terminateur avant d'avoir traversé la France et contemplâmes au-dessous de nous dans la nuit ce que Johnny appelait l'océan Atlantique. Exception faite des lumières d'une cité flottante occasionnelle ou d'une plate-forme de forage, la seule illumination provenait des étoiles et de la clarté sous-marine des colonies établies dans les profondeurs de l'océan.

– Pourquoi avons-nous pris leur engin? me demanda Johnny.

– Je veux savoir à partir d'où ils se sont distransportés.

– Il a parlé du Temple gritchtèque de Lusus.

– Je sais. Nous allons bientôt en avoir le cœur net.

Le visage de Johnny était à peine visible tandis qu'il se penchait pour regarder la mer vingt mille kilomètres plus bas.

– Tu crois qu'ils vont tous mourir? me demanda-t-il.

– L'un d'eux était déjà mort. Celui qui a le poumon perforé s'en tirera peut-être s'il est soigné à temps. Deux autres s'en sortiront. Pour celui qui est passé à travers la fenêtre, je ne sais pas. C'est important pour toi?

– Oui. Toute cette violence... Quelle barbarie!

– *Bien qu'une rixe en pleine rue soit chose haïssable, les énergies qui s'y déploient sont intéressantes*, lui rappelai-je. Ce n'étaient pas des cybrides, cette fois-ci, n'est-ce pas?

– Je ne pense pas.

– Il y a donc aux moins deux groupes qui veulent ta peau. Les IA, et l'évêque du Temple gritchtèque. Quant aux mobiles, nous n'en savons toujours rien.

– Je crois que j'ai une petite idée, à présent.

Je fis pivoter mon siège-couchette capitonné. Les constellations au-dessus de nous – je ne reconnaissais ni celles des holos de l'Ancienne Terre ni celles des mondes du Retz qui m'étaient familiers – diffusaient juste assez de clarté pour que je puisse apercevoir les yeux de Johnny.

– Explique, lui dis-je.

– C'est quand tu as parlé d'Hypérion que tu m'as mis sur la voie. Le fait que je ne possède aucune information sur ce monde. C'est cela qui est important.

– C'est comme l'énigme du chien qui aboyait dans la nuit.

– Hein?

– Rien, rien. Continue.

Il se pencha vers moi.

– La seule explication pour toutes ces données manquantes, c'est que certains éléments du TechnoCentre les ont délibérément censurées.

– Ton cybride...

Cela me faisait tout drôle, à présent, de m'adresser à Johnny de cette manière.

– Tu as passé la plus grande partie de ton temps à l'intérieur du Retz, n'est-ce pas? lui demandai-je.

– C'est exact.

– Et tu n'étais jamais tombé sur le nom d'Hypérion? Il est pourtant régulièrement à la une des médias, particulièrement quand le culte gritchtèque est d'actualité.

– Il est possible que cela se soit produit, et que j'aie été assassiné justement pour ça.

Je me renfonçai en arrière dans mon siège tout en continuant de regarder les étoiles.

– Nous poserons la question à l'évêque, lui dis-je.

Il m'expliqua que les constellations dans le ciel étaient un analogue de New York au XXIe siècle. Il ignorait pour quel programme de résurrection la cité avait été reconstituée. Je coupai le pilotage automatique du VEM et descendis plus près du sol.

Les hautes tours de l'époque phallique de l'architecture urbaine s'élevaient au milieu des marécages et des lagunes du littoral nord-américain. Plusieurs de ces tours étaient illuminées. Johnny me montra une structure décrépite mais aux formes encore curieusement élégantes, en disant :

– L'Empire State Building.

– D'accord, murmurai-je. Quel que soit son nom, c'est là que le VEM a envie de se poser.

– Ce n'est pas dangereux?

Je lui souris de toutes mes dents.

– Il n'y a rien, dans la vie, qui ne soit pas dangereux.

Je laissai faire le pilote automatique, et nous descendîmes nous poser sur une petite plate-forme à ciel ouvert juste au-dessous de la flèche du gratte-ciel. Nous sortîmes sur la terrasse au sol craquelé. Il faisait sombre malgré les étoiles et les lumières qui brillaient au-dessous de nous. Un peu plus loin sur la terrasse, les contours bleutés d'une porte distrans nous attendaient à l'endroit où devait se trouver jadis un ascenseur.

– Je passe la première, dis-je à Johnny, mais il m'avait déjà précédée de l'autre côté de la porte. Je sortis l'étourdisseur que j'avais conservé et lui emboîtai le pas.

Je n'avais jamais visité le Temple gritchtèque de Lusus, mais il ne faisait aucun doute que c'était là que nous nous trouvions maintenant. Johnny se tenait à quelques pas devant moi, et il n'y avait personne d'autre que nous. L'endroit était froid et sombre comme une caverne, si toutefois il existait des cavernes de cette taille. Une sculpture polychrome à l'aspect effrayant, suspendue à des câbles invisibles, tournait lentement sur elle-même comme sous l'action d'une brise que nous ne sentions pas. Nous nous retournâmes en même temps, Johnny et moi, vers la porte distrans, au moment où celle-ci disparut.

– On dirait que nous leur avons facilité le travail, murmurai-je à l'oreille de Johnny.

Même ce faible chuchotement sembla se répercuter sous les voûtes de la grande salle aux reflets de lumière rouge. Je n'avais pas escompté, à vrai dire, que Johnny se distransporterait dans ce Temple avec moi.

La lumière sembla alors s'intensifier, sans pour autant éclairer les murs de la salle, mais révélant la présence de plusieurs personnes en demi-cercle. Je me souvins que certains prêtres gritchtèques étaient appelés exorcistes, d'autres assesseurs et je ne savais plus quoi encore. Mais il était peu rassurant de les voir là, au moins deux douzaines d'entre eux, avec leurs robes aux motifs noirs ou rouges et leurs grands fronts qui luisaient sous la lumière rubis venue d'en haut. Je n'eus aucun mal à reconnaître l'évêque. Il était né sur le même monde que moi, bien que plus trapu et plus corpulent que la moyenne des Lusiens. Et sa robe était celle qui avait le plus de rouge.

Je n'essayai pas de dissimuler mon arme. S'ils faisaient mine de nous sauter dessus, j'avais une chance, bien que mince, de les abattre avant. Aucun d'eux ne semblait armé. Cependant, ils pouvaient aussi bien cacher un arsenal sous leurs robes.

Johnny s'avança vers l'évêque. Je le suivis. Nous nous arrêtâmes à dix pas de l'homme. Il était le seul assis. Son siège était en bois et semblait pouvoir se plier à des dimensions très réduites pour être transporté aisément. On ne pouvait pas en dire autant de la masse de chair et de graisse qui tendait les plis de la robe rouge de son occupant.

Johnny fit un nouveau pas en avant.

– Pourquoi avez-vous essayé de kidnapper mon cybride? demanda-t-il, s'adressant au grand prêtre du culte gritchtèque comme s'il était seul avec lui.

L'évêque gloussa en secouant la tête.

– Ma chère... entité, il est vrai que nous désirions votre présence dans ce sanctuaire, mais aucune preuve ne vous permet d'affirmer que nous soyons mêlés à une quelconque tentative d'enlèvement sur votre personne.

– Ce ne sont pas les preuves qui m'intéressent. Je suis seulement curieux de savoir pourquoi vous souhaitez ma présence ici.

J'entendis un froissement derrière nous, et je pivotai vivement, l'étourdisseur pointé et prêt à faire feu. Mais le cercle des prêtres gritchtèques n'avait pas bougé. La plupart d'entre eux, au demeurant, étaient hors de portée. J'aurais préféré avoir sur moi le pistolet de mon père.

La voix de l'évêque s'éleva de nouveau, riche en sonorités graves. Elle semblait remplir tout le Temple.

– Vous devez savoir que l'Église de l'Expiation Finale porte un très grand intérêt à la planète Hypérion.

– Oui.

– Et vous savez aussi, je pense, qu'au cours de ces derniers siècles, la personnalité du poète Keats de l'Ancienne Terre s'est trouvée étroitement mêlée au mythe culturel de la colonie d'Hypérion?

– Oui, et alors?

L'évêque se frotta la joue avec un gros anneau rouge qu'il portait à un doigt.

– Lorsque vous nous avez proposé de faire partie du pèlerinage gritchtèque, nous vous avons donné notre agrément. Votre revirement n'a pas été apprécié.

L'expression de stupéfaction qui se peignit sur le visage de Johnny n'aurait pas pu être plus humaine.

– Moi? Je vous ai proposé ça? Et quand donc?

– Il y a huit jours en temps local. Dans ce Temple même. C'est vous qui en avez émis l'idée.

– Vous ai-je dit... pourquoi je voulais accomplir ce pèlerinage?

– Selon vos propres termes, si je me souviens bien, vous vouliez... parfaire votre éducation. Mais tous les entretiens de ce genre sont enregistrés par nos soins. Si vous le désirez, nous vous remettrons une copie de l'enregistrement, que vous pourrez étudier à loisir.

– Volontiers, dit Johnny.

L'évêque fit un signe à un acolyte ou je ne sais quoi, qui disparut aussitôt dans l'ombre et revint quelques instants plus tard avec une plaque vidéo standard. L'évêque inclina de nouveau la tête, et l'homme en robe noire s'avança pour remettre la plaque à Johnny. Je gardai mon étourdisseur pointé jusqu'à ce que l'acolyte retourne prendre sa place parmi les autres.

– Pourquoi nous avez-vous envoyé vos goondas? demandai-je.

C'était la première fois que je m'adressais à l'évêque, et ma voix était trop forte et trop âpre.

Le grand prêtre du culte gritchtèque fit un geste vague de sa grosse main potelée.

– H. Keats a exprimé le désir de se joindre à notre pèlerinage le plus sacré. Comme nous croyons que l'Expiation Finale se rapproche un peu plus de nous chaque jour, cette requête revêt pour nous une importance non négligeable. C'est pour cette raison que, lorsque nos agents nous ont appris que H. Keats avait été victime d'une ou plusieurs agressions et qu'une certaine personne qui se dit détective – il s'agit de vous, H. Lamia – avait détruit le garde du corps cybride affecté par le TechnoCentre à la protection de H. Keats...

– Garde du corps!

C'était mon tour de tomber des nues.

– Naturellement, reprit l'évêque.
Il se tourna vers Johnny.
– Cet homme à la queue de cheval, qui s'est fait récemment assassiner sur le site d'excursion des Templiers, n'est-ce pas celui que vous m'avez présenté comme votre garde du corps il y a huit jours? On le voit très bien sur l'enregistrement.
Johnny ne répondit pas. Il semblait faire des efforts désespérés pour se rappeler quelque chose.
– Quoi qu'il en soit, continua l'évêque, il nous faut votre réponse à propos du pèlerinage avant la fin de cette semaine. Le *Sequoia Sempervirens* quitte le Retz dans neuf jours locaux.
– Mais c'est un vaisseau-arbre des Templiers, s'étonna Johnny. Ils ne desservent pas Hypérion par la voie longue.
L'évêque sourit.
– Ils feront une exception pour cette fois. Nous avons de bonnes raisons de penser que ce voyage pourrait être le dernier à être patronné par notre Église, et nous avons affrété ce vaisseau templier de manière à permettre au plus grand nombre possible de fidèles de faire le pèlerinage.
L'évêque fit un geste, et les hommes en rouge et en noir reculèrent dans l'obscurité. Deux exorcistes s'avancèrent pour replier le siège de l'évêque lorsque celui-ci se leva.
– Nous comptons sur votre réponse le plus tôt possible, insista-t-il.
Puis il disparut à son tour. Un seul prêtre était resté pour nous raccompagner. Il n'y avait plus de porte distrans. Nous sortîmes par la grande porte du Temple, qui donnait sur le parvis du grand escalier dominant le quartier marchand des Ruchers. L'air était froid et imprégné de l'odeur familière du mazout.

L'automatique de mon père était dans le tiroir où je l'avais laissé. Je m'assurai qu'il y avait le plein de fléchettes, repoussai le magasin en place et portai l'arme à la cuisine où le petit déjeuner était sur le feu. Johnny était assis à un bout de la grande table. Il regardait les docks par la fenêtre. Je servis les omelettes. Il leva les yeux vers moi tandis que je lui versais du café.
– Tu le crois? demandai-je. Tu es convaincu que c'est toi qui as eu cette idée?

– Tu as vu comme moi l'enregistrement vidéo.
– Un enregistrement, ça se truque.
– Celui-là n'était pas truqué.
– Pourquoi aurais-tu été volontaire pour faire ce pèlerinage? Et pourquoi ton garde du corps aurait-il essayé de te tuer après ton entretien avec l'Église gritchtèque et l'officier templier?
Il goûta à l'omelette, hocha la tête et en découpa un plus gros morceau.
– Le... garde du corps... m'est totalement inconnu. Il a dû être engagé pendant la semaine dont j'ai perdu le souvenir. De toute évidence, il était surtout là pour s'assurer que je ne découvrirais pas... une certaine chose... et, le cas échéant, pour m'éliminer.
– Une certaine chose... dans le Retz ou dans l'infoplan?
– Dans le Retz, je suppose.
– Il faut que nous découvrions pour qui... ou pour quoi... il travaillait, et pour quelle raison on te l'a affecté comme garde du corps.
– Je le sais déjà, me dit Johnny. Il m'a suffi de poser la question au TechnoCentre. Ils affirment que c'est moi qui l'ai demandé, et que le cybride était contrôlé par un noyau IA qui joue un rôle équivalent à celui d'une force de sécurité.
– Dans ce cas, demande-leur pourquoi il a essayé de te tuer.
– C'est fait. Ils nient catégoriquement qu'une telle chose soit possible.
– Alors, pourquoi ce soi-disant garde du corps est-il revenu rôder autour de toi une semaine après le crime?
– Ils disent que, bien que je ne leur aie rien demandé après mon... interruption, ils ont jugé plus prudent de m'assurer une protection.
Je me mis à rire.
– Tu parles d'une protection! Pourquoi se serait-il enfui, sur la planète des Templiers, lorsque je lui ai couru après? Ils ne cherchent même pas à te donner une explication plausible, Johnny.
– Je sais.
– Et l'évêque ne nous a pas expliqué comment il se fait que l'Église gritchtèque ait un accès distrans direct à l'Ancienne Terre... ou à sa réplique de cinéma.
– Nous ne lui avons pas posé la question.

– J'ai préféré ne pas le faire parce que je tenais à ressortir de ce foutu Temple en un seul morceau!

Johnny ne semblait pas m'écouter. Il buvait lentement son café, le regard perdu dans le vague.

– Qu'est-ce qu'il y a? demandai-je.

Il se tourna vers moi en se tapotant de l'ongle la lèvre inférieure.

– Il y a un paradoxe quelque part, Brawne, me dit-il.

– Quel paradoxe?

– Si mon objectif avait été vraiment de me rendre sur Hypérion ou bien d'y envoyer mon cybride, je n'aurais jamais pu rester dans le TechnoCentre. Il aurait fallu que j'investisse toute ma conscience dans le cybride lui-même.

– Pourquoi?

Mais au moment même où je formulais la question, j'entrevoyais déjà la réponse.

– Réfléchis, fit Johnny. L'infoplan proprement dit est une abstraction, un mélange complexe d'infosphères générées par les ordinateurs et les IA, d'une part, et de matrices gibsonniennes quasi perceptuelles, d'autre part, conçues à l'origine pour des utilisateurs humains et actuellement reconnues comme un terrain commun entre l'homme, la machine et l'IA.

– Mais les IA doivent bien avoir des installations à eux quelque part dans l'espace réel, objectai-je. Il faut qu'ils se situent quelque part dans le TechnoCentre.

– Bien sûr. Mais cela n'a rien à voir avec leur type de conscience et ses fonctions. Je peux me « retrouver » en n'importe quel point où les recoupements des infosphères me permettront de voyager, c'est-à-dire dans tous les mondes du Retz, naturellement, ainsi que dans l'infoplan ou dans les créations du TechnoCentre telles que l'Ancienne Terre; mais... ce n'est que dans cet environnement qu'il m'est possible d'affirmer ma « conscience » et de manipuler des capteurs ou des prolongements comme le cybride qui est devant toi.

Je posai ma tasse de café et regardai la chose que j'avais aimée comme un homme la nuit passée.

– Continue, murmurai-je.

– Les mondes coloniaux ont des infosphères restreintes. Il y a bien des contacts avec le TechnoCentre par mégatrans, mais ce ne sont que des échanges de données... Un peu comme les interfaces de communication des ordinateurs de la première âre de l'Information, et non comme un courant de conscience continu. L'infosphère d'Hypérion est primitive à un point tel qu'on pourrait dire qu'elle est inexistante. Et, d'après les réponses à mes demandes d'informations, le Centre n'a absolument aucun contact avec ce monde.

– Est-ce que c'est normal? Est-ce que cela peut s'expliquer par l'éloignement?

– Non. Le Centre entretient des contacts avec tous les mondes coloniaux. Il en a avec ces barbares interstellaires que sont les Extros, et avec d'autres sources que l'Hégémonie n'imagine même pas.

– Les Extros? répétai-je, sidérée.

Depuis la guerre de Bressia, qui datait déjà de quelques années, les Extros étaient les croque-mitaines attitrés du Retz. L'idée que le TechnoCentre – cette même assemblée d'IA qui conseillait la Pangermie et le Sénat, et faisait fonctionner toute notre économie, nos communications distrans et notre civilisation technologique en général – fût en contact avec les Extros avait quelque chose d'effrayant. Et qu'est-ce que Johnny pouvait bien vouloir dire quand il parlait d'« autres sources »? Je n'avais pas vraiment envie de le lui demander pour l'instant.

– Tu m'as bien dit que ton cybride pouvait *quand même* faire ce voyage, lui rappelai-je. Mais qu'entends-tu par « investir toute ta conscience » en lui? Est-ce qu'une IA peut devenir... humaine? Est-ce que tu peux exister uniquement dans ton cybride?

– La chose s'est déjà faite, murmura Johnny d'une voix douce. Dans le passé. Il s'agissait d'une reconstitution qui n'était pas très différente de la mienne. Celle d'un poète du XXe siècle nommé Ezra Pound. Il a abandonné sa personnalité IA et s'est enfui du Retz dans son cybride. Mais la reconstitution de Pound était affectée de démence.

– Ce qui était normal, fis-je remarquer.

– Oui.

– Ainsi, toutes les données et toute la personnalité d'une IA peuvent se retrouver dans le cerveau organique d'un cybride?

– Bien sûr que non, Brawne. Il n'y aurait pas le millième de ma conscience totale qui survivrait à un tel transfert. Les cerveaux organiques sont incapables de traiter même les informations les plus élémentaires comme nous le faisons. La personnalité qui en résulterait ne serait pas celle de l'IA d'origine... Ce ne serait pas non plus une conscience totalement humaine, ni un cybride, d'ailleurs...

S'interrompant au milieu de sa phrase, Johnny se tourna vivement pour regarder par la fenêtre.

Au bout d'une longue minute, je demandai :

– Qu'y a-t-il?

J'avançai une main vers lui, mais sans le toucher.

Il me parla sans me regarder.

– Il est possible que je me trompe en affirmant que cette conscience ne serait pas humaine, murmura-t-il. Peut-être la personnalité résultante serait-elle humaine, après tout, mais avec un grain de folie divine et de perspective métahumaine. Elle pourrait être – si elle était purgée de toute la mémoire de notre époque, et de toute conscience du Centre – elle pourrait être... la personne que le cybride est programmé pour être...

– John Keats? suggérai-je.

Il se détourna de la fenêtre et ferma les paupières. D'une voix rauque d'émotion, il récita, pour la première fois en ma présence, de la poésie :

Les fanatiques ont leurs rêves, grâce auxquels ils tissent
Un paradis pour leur secte.
Le sauvage, également, au sommet de son sommeil,
A un aperçu du Paradis.
Dommage qu'ils ne puissent tracer ni l'un ni l'autre
Sur du vélin ou sur du parchemin indien
L'esquisse d'une mélodieuse expression,
Car ils vivent, rêvent et meurent dépourvus des lauriers du poète.
Seule la Poésie sait exprimer les rêves
Et sauver, par la seule magie des mots,
L'imagination du charme noir
Et de l'enchantement muet.
Quel vivant peut dire : « Tu n'es pas poète,
Tu ne peux exprimer tes rêves »?
Tout homme dont l'âme n'est pas une motte de terre
A des visions et voudrait les décrire,
Pour peu qu'il aime et qu'il cultive sa langue natale.
Que le rêve dont je vais maintenant vous entretenir
Soit celui d'un poète ou d'un fanatique,
Cela ne se saura que lorsque mon vivant stylet, ma main,
Sera dans la tombe.

– Je ne comprends pas, lui dis-je. Qu'est-ce que ça veut dire?

– Ça veut dire, fit Johnny en me souriant gentiment, que je sais maintenant quelle décision j'ai prise et pour quelle raison. Je voulais cesser d'être un cybride et devenir un homme. Je voulais me rendre sur Hypérion. Je le désire toujours.

– Quelqu'un t'a tué, il y a huit jours, pour avoir pris cette décision.

– Oui.

– Et tu veux essayer encore?

– Oui.

– Pourquoi ne pas plutôt investir ta conscience dans ton cybride ici? Devenir humain dans le Retz?

– Cela ne marcherait jamais. Ce que tu considères comme une société interstellaire complexe n'est en fait qu'une petite partie de la matrice de réalité du Centre. Je serais sans cesse exposé aux attaques des IA, à leur merci. La personnalité... la *réalité* de Keats n'y survivrait jamais.

– D'accord. Il faut que tu sortes du Retz. Mais il existe d'autres colonies. Pourquoi Hypérion?

Johnny me prit la main. Ses longs doigts étaient chauds et puissants.

– Tu ne comprends donc pas, Brawne? Il y a une relation. Je ne sais pas laquelle, mais il y en a une. Il se peut que les rêves de Keats concernant Hypérion aient été une sorte de moyen de communication transtemporelle entre sa personnalité d'alors et celle de maintenant. De toute manière, Hypérion est le principal mystère de notre époque, que ce soit sur le plan physique ou poétique, et il est tout à fait probable qu'il soit... ou que *je* sois né, puis mort, puis reconstitué dans le but d'explorer ce monde.

– Tout ça, pour moi, c'est de la folie pure. La folie des grandeurs.

– C'est sûr, reconnut Johnny en riant. Et j'avoue que je m'amuse en ce moment comme un vrai fou.

Il me saisit les bras et me força à me mettre debout, ses bras autour de moi.

– Est-ce que tu iras là-bas avec moi, Brawne? Est-ce que tu m'accompagneras sur Hypérion?

Je clignai les yeux d'étonnement, non seulement à cause de sa question mais également de la réponse que je lui donnai, et qui m'emplit soudain d'une sensation de chaleur :

– Oui. J'irai avec toi.

Nous nous retirâmes alors dans la chambre pour faire l'amour pendant le reste de la journée et dormir. Nous nous réveillâmes, à un moment, à la lumière blême de la troisième faction de la tranchée industrielle au-dehors. Johnny était sur le dos, ses yeux noisette grands ouverts, contemplant le plafond, perdu dans ses pensées mais suffisamment ancré dans la réalité pour sourire et me serrer fort de son bras passé autour de ma taille. J'avais la joue confortablement calée dans le creux de son épaule. Je me rendormis.

J'étais dans mes plus beaux atours – tailleur noir en whipcord, corsage en soie de Renaissance avec pierre de jaspe de Carvnel au ras du cou, tricorne d'Eulin Bré – lorsque je me distransportai, le lendemain, en compagnie de Johnny, sur TC^2. Je le laissai dans le petit bar aux cuivres et aux boiseries factices, près du terminex, mais non sans lui avoir glissé, dans un sac en papier, l'automatique de mon père, avec pour instruction de tirer à vue sur le premier qui faisait seulement mine de le regarder de travers.

– Parfois, la langue du Retz est un peu trop subtile pour moi, me dit-il.

– Cette expression est bien plus ancienne que le Retz. Fais à la lettre ce que je te demande.

Je posai un instant ma main sur la sienne, puis m'éloignai sans me retourner.

Je pris un taxi aérien jusqu'au Complexe Administratif et dus franchir à pied les neuf contrôles de sécurité pour pouvoir pénétrer dans le Centre. Puis je traversai les cinq cents mètres du Parc aux Daims, admirant au passage la grâce des cygnes glissant à la surface du lac et les bâtiments blancs au loin sur la colline. Il y eut encore neuf postes à franchir avant qu'une femme de la sécurité m'escorte enfin sur la route dallée menant à la Maison du Gouvernement, un élégant bâtiment qui se dressait au milieu de parterres de fleurs et de versants paysagés. L'antichambre était meublée avec raffinement, mais j'eus à peine le temps de prendre place sur un authentique De Kooning préhégirien lorsqu'un huissier se présenta pour me faire entrer dans le bureau de la Présidente du Sénat.

Meina Gladstone se leva pour faire le tour de son imposant bureau et me serrer la main avant de m'indiquer un siège. Cela faisait une drôle d'impression de la revoir en chair et en os après l'avoir regardée tant d'années à la TVHD. Elle était encore plus impressionnante que sur l'écran. Ses cheveux, bien que coupés court, donnaient l'impression de flotter derrière elle en plis grisonnants. Ses joues et son menton étaient aussi osseux et lincolniens que le proclamaient les pontifes de l'histoire, mais c'étaient ses grands yeux tristes et bruns qui dominaient son visage et donnaient à ses interlocuteurs l'impression de se trouver devant un personnage véritablement original.

Je m'aperçus que j'avais la bouche sèche.

– Merci d'avoir accepté de me recevoir, H. Présidente. Je sais que vous êtes très occupée.

– Jamais trop occupée pour vous, Brawne. De même que votre père ne l'était jamais pour moi lorsque j'étais encore débutante au Sénat.

J'inclinai légèrement la tête. Papa m'avait un jour décrit Meina Gladstone comme l'unique génie politique de l'Hégémonie. Il avait toujours su qu'elle deviendrait un jour Présidente malgré son entrée tardive dans la politique. Si seulement il avait vécu pour la voir...

– Comment se porte votre mère, Brawne?

– Elle va très bien, H. Présidente. Elle quitte de plus en plus rarement notre vieille résidence d'été sur Freeholm, mais je la vois chaque année à Noël.

Gladstone hocha la tête. Elle s'était assise sans façon sur le bord de l'énorme bureau dont les journaux disaient qu'il avait jadis appartenu à un Président assassiné – ce n'était pas Lincoln – des États-Unis d'avant la Grande Erreur. Mais elle se leva en souriant et alla s'installer dans le fauteuil tout simple qui se trouvait derrière.

– Votre père me manque, Brawne, me dit-elle. J'aimerais tellement qu'il soit là en ce moment. Avez-vous regardé le lac en arrivant?

– Oui.

– Vous souvenez-vous de l'époque où vous faisiez naviguer dessus des petits bateaux avec mon Kresten, quand vous n'étiez tous les deux pas plus hauts que trois pommes?

– À peine, H. Présidente. J'étais vraiment très petite.

Meina Gladstone me sourit de nouveau. L'interphone bourdonna, mais elle le réduisit d'un geste au silence.

– Que puis-je faire pour vous, Brawne?
Je pris une grande inspiration.
– H. Présidente, vous savez peut-être que je travaille comme détective privée. (Je n'attendis pas qu'elle hoche la tête pour continuer.) Une affaire dont je me suis récemment occupée m'a ramenée au suicide de papa...
– Brawne, vous savez très bien que l'enquête n'a rien laissé au hasard. J'ai eu entre les mains le rapport de la commission.
– Oui. Moi aussi. Mais j'ai découvert il y a peu de temps d'étranges choses sur l'attitude du TechnoCentre à l'égard de la planète Hypérion. Est-ce que papa et vous n'étiez pas alors en train de travailler à un projet de loi visant à faire entrer Hypérion dans le Protectorat de l'Hégémonie?
Gladstone hocha la tête.
– C'est exact, Brawne. Mais il y avait plus de douze autres colonies sur la liste cette année-là. Aucune n'a été acceptée.
– Je le sais. Cependant, est-ce que le TechnoCentre ou l'Assemblée consultative des IA n'ont pas manifesté un intérêt tout particulier pour Hypérion?
La Présidente du Sénat se tapota la lèvre inférieure avec son stylo.
– Quel genre d'informations avez-vous sur Hypérion, Brawne?
J'allais répondre lorsqu'elle me fit taire en levant l'index.
– Une seconde!
Elle appuya sur la touche de l'interphone.
– Thomas, je m'absente quelques minutes. Veillez à ce qu'on amuse la délégation de Sol Draconi si je prends un peu de retard sur l'horaire.
Je ne la vis pas faire d'autre mouvement, mais une porte distrans bleu et or se matérialisa subitement en grésillant à proximité du mur opposé. Elle me fit signe de passer la première.
Une plaine dorée de hautes herbes s'étendait autour de moi jusqu'aux quatre horizons, qui semblaient plus éloignés que sur la moyenne des mondes. Le ciel était d'un jaune très pâle, avec des traînées brun foncé qui auraient pu être des nuages. Je ne reconnaissais pas cette planète.
Meina Gladstone apparut et toucha une plaque persoc sur sa manche. La porte distrans disparut. Une brise chaude soufflait sur nous des senteurs épicées.

Gladstone toucha de nouveau sa manche, leva les yeux vers le ciel et hocha la tête.

– Désolée de ce contretemps, Brawne. Mais Kastrop-Rauxel n'a ni infosphère ni satcoms d'aucune sorte. Vous pouvez maintenant poursuivre. Quelles informations sont arrivées jusqu'à vous?

Je regardai de nouveau la plaine déserte.

– Rien qui justifie ces mesures de sécurité, je suppose. J'ai seulement découvert que le TechnoCentre semble porter un intérêt particulier à Hypérion. Il a également construit une sorte d'analogue de l'Ancienne Terre. Un monde au complet!

Si j'attendais d'elle une réaction de surprise, j'en étais pour mes frais. Elle se contenta de hocher la tête en murmurant :

– Nous sommes au courant de cet analogue.

Ce fut moi qui manifestai ma surprise.

– Mais pourquoi la chose n'a-t-elle pas été rendue publique? Si le Centre est capable de reconstituer l'Ancienne Terre, il y a des tas de gens que cela intéresse!

Gladstone se mit à marcher et je l'imitai, en allongeant le pas pour me maintenir à la même cadence que ses grandes jambes.

– Brawne, je ne crois pas qu'il serait de l'intérêt de l'Hégémonie d'ébruiter une telle chose. Nos plus grands spécialistes ignorent pour quelles raisons le TechnoCentre fait cela. Les IA ne laissent rien filtrer. Notre meilleure politique, pour le moment, est d'attendre. Qu'avez-vous appris à propos d'Hypérion?

J'ignorais si je pouvais faire confiance à Meina Gladstone, bon vieux temps ou pas. Mais je savais que si je voulais des informations, il fallait que j'en lâche de mon côté.

– Ils ont reconstitué la personnalité d'un poète de l'Ancienne Terre, lui dis-je, et ils semblent obsédés par l'idée qu'aucune information sur Hypérion ne doit parvenir jusqu'à lui.

Gladstone cueillit un long brin d'herbe et le porta à ses lèvres.

– Le cybride de John Keats, murmura-t-elle.

– Oui, fis-je en prenant bien soin, cette fois-ci, de ne pas laisser percer mon étonnement. Je sais que papa tenait à obtenir le statut de protectorat pour Hypérion. Si le Centre s'intéresse particulièrement à cette planète, il a peut-être eu quelque chose à voir avec...

– Avec un suicide apparent?
– Oui.
Le vent faisait ondoyer les herbes dorées. Une minuscule créature détala devant nous.
– C'est une possibilité qu'on ne peut pas exclure, Brawne. Mais nous n'avons absolument aucune preuve. Dites-moi ce que veut faire le cybride.
– Parlez-moi d'abord des raisons de l'intérêt que porte le TechnoCentre à Hypérion.
Gladstone écarta les bras.
– Si nous le savions, Brawne, je dormirais beaucoup plus tranquillement la nuit. Cet intérêt pour Hypérion n'est pas nouveau. Il date de plusieurs siècles au moins, à notre connaissance. Lorsque le Président du Sénat Levchenski a autorisé le roi Billy le Triste d'Asquith à recoloniser la planète, cela a failli provoquer une véritable sécession des IA. Récemment, lorsque nous avons installé là-bas notre mégatrans, il y a eu une crise du même genre.
– Mais les IA n'ont jamais fait sécession.
– Non, Brawne. Pour une raison assez mystérieuse, ils semblent avoir besoin de nous tout autant que nous avons besoin d'eux.
– Si Hypérion les intéresse tant, pourquoi s'opposent-ils à ce qu'il fasse partie du Retz? Ils pourraient s'y rendre plus facilement.
Gladstone se passa la main dans les cheveux. Les nuages bruns, très haut dans le ciel, moutonnèrent soudain, sans doute sous l'action d'un fantastique courant-jet.
– Ils sont inflexibles en ce qui concerne l'admission d'Hypérion au sein du Retz, dit-elle. C'est un paradoxe intéressant. Mais dites-moi quelles sont les intentions du cybride.
– Expliquez-moi d'abord pourquoi le TechnoCentre attache tant d'importance à Hypérion.
– Nous l'ignorons, je vous l'ai déjà dit.
– Vous avez bien une idée.
La Présidente retira le brin d'herbe qu'elle avait dans la bouche et le contempla.
– Nous pensons que le Centre s'est lancé dans un programme absolument incroyable, qui lui permettrait de prédire... à peu près tout, et de traiter chaque variable spatiale, temporelle ou historique comme une parcelle d'information contrôlable.
– L'Intelligence Ultime, murmurai-je.

J'étais consciente de prendre des risques, mais ça m'était égal.

Cette fois-ci, Gladstone accusa le coup.

– Comment savez-vous ça?

– Quel rapport y a-t-il entre ce programme et Hypérion?

Elle soupira.

– Nous n'avons pas de certitude là-dessus, Brawne, mais il semble qu'il y ait une anomalie sur Hypérion et qu'ils n'aient pas pu l'intégrer dans leurs analyses de prédiction. Avez-vous entendu parler des Tombeaux du Temps que l'Église gritchtèque considère comme sacrés?

– Bien sûr. On en a beaucoup parlé lorsque toute la région a été interdite aux touristes.

– C'est cela. À la suite d'un accident survenu à un membre d'une équipe de chercheurs il y a un certain nombre d'années, nos spécialistes ont pu confirmer que les champs anentropiques aux alentours des Tombeaux ne constituent pas simplement, comme on le croyait généralement jusque-là, une protection contre l'érosion du temps.

– À quoi servent-ils, alors?

– Ce sont les vestiges d'un champ – ou d'une force – qui a littéralement propulsé les Tombeaux et leur contenu en arrière dans le temps, à partir de je ne sais quel avenir lointain.

– Leur contenu? réussis-je à murmurer. Mais les Tombeaux du Temps ont toujours été vides, depuis leur découverte.

– Ils sont vides, c'est vrai, mais certains indices montrent qu'ils... seront pleins quand ils s'ouvriront, et que cela se produira dans un avenir... pas très lointain pour nous.

J'ouvris de grands yeux.

– Pas très lointain? Quand?

Ses grands yeux sombres gardèrent toute leur douceur, mais son mouvement de tête fut catégorique.

– Je vous en ai déjà beaucoup trop dit, Brawne. Je vous interdis formellement de répéter quoi que ce soit. Nous ferons en sorte de nous assurer de votre silence, si nécessaire.

Je cachai mon propre trouble en cueillant à mon tour un brin d'herbe pour le mâchonner.

– D'accord, murmurai-je. Qu'est-ce qui va donc sortir

de ces Tombeaux ? Des extraterrestres ? Des bombes ? Des capsules à remonter le temps ?

Elle eut un sourire figé.

– Si nous le savions, Brawne, nous aurions une longueur d'avance sur le TechnoCentre, mais ce n'est malheureusement pas le cas.

Le sourire disparut abruptement.

– Selon l'une de nos hypothèses, reprit-elle, les Tombeaux auraient un rapport avec une guerre du futur. Une sorte de règlement de comptes de l'avenir en modifiant le passé, par exemple.

– Mais une guerre entre qui et qui, pour l'amour du Christ ?

Elle écarta de nouveau les bras.

– Il faut rentrer, maintenant, Brawne. Voulez-vous me dire ce que le cybride compte faire ?

Je baissai les yeux, puis relevai la tête pour croiser son regard inflexible. Je ne pouvais faire confiance à personne, mais le TechnoCentre et l'Église gritchtèque connaissaient déjà les intentions de Johnny. Si c'était une partie à trois, il valait peut-être mieux que tous les trois soient au courant, pour le cas où l'un d'eux aurait eu de bonnes intentions.

– Il veut investir toute sa conscience dans son cybride, déclarai-je, mal à l'aise. Il veut devenir humain, puis se rendre sur Hypérion. Et j'ai l'intention de l'accompagner.

La Présidente du Sénat et de la Pangermie, à la tête d'un gouvernement qui englobait près de deux cents mondes et des milliards de citoyens, me regarda un long moment en silence. Puis elle murmura :

– C'est donc qu'il veut rejoindre le pèlerinage à bord du vaisseau templier.

– Oui.

– Impossible.

– Que voulez-vous dire ?

– Le *Sequoia Sempervirens* n'aura pas l'autorisation de quitter l'espace hégémonien. Il n'y aura pas de pèlerinage. À moins, bien sûr, que le Sénat ne décide que cela sert ses intérêts.

Sa voix avait une dureté d'acier.

– Johnny et moi irons là-bas sur un vaisseau de spin, déclarai-je. Le pèlerinage est un jeu de paumé, de toute manière.

– Impossible aussi. Il n'y aura plus de vaisseaux de spin civils pour Hypérion pendant quelque temps.

Le mot « civil » me fit dresser l'oreille.

– La guerre?

Elle hocha la tête, les lèvres serrées.

– Avant que la plupart des vaisseaux de spin puissent atteindre la région.

– La guerre avec... les Extros?

– Au début, oui. Mais il faut considérer cela comme une manière de résoudre le bras de fer entre le TechnoCentre et nous, Brawne. Ou bien nous serons forcés d'intégrer le système d'Hypérion au Retz pour lui assurer la protection militaire de la Force, ou bien il tombera entre les mains d'une race qui méprise et déteste le Centre et ses IA.

Je m'abstins de lui rapporter ce que m'avait dit Johnny sur les contacts que les IA avaient eus avec les Extros.

– Une manière de résoudre le bras de fer. D'accord, répliquai-je. Mais qui manipule les Extros pour qu'ils nous attaquent?

Gladstone me dévisagea de nouveau. Si son regard était lincolnien en cet instant, c'était que le Lincoln de l'Ancienne Terre devait être un sacré coriace assorti d'un fils de pute.

– Il est temps de rentrer, maintenant, Brawne, me dit-elle. Vous devez comprendre à quel point il est vital qu'aucune de ces informations ne transpire.

– Je comprends surtout que vous ne me les auriez pas communiquées si vous n'aviez pas eu une bonne raison de le faire, répliquai-je sans me démonter. J'ignore à qui vous voulez les faire parvenir au juste, mais je sais très bien que je suis pour vous une messagère et non une confidente.

– Ne sous-estimez pas notre détermination de garder le secret sur tout cela, Brawne.

Je me mis à rire.

– Loin de moi l'idée de sous-estimer votre détermination en quoi que ce soit, madame.

Meina Gladstone me fit signe de passer la première à travers la porte distrans.

– Je connais un moyen de découvrir où le Centre veut en venir, me dit Johnny tandis que nous foncions, tout seuls sur Mare Infinitus, à bord d'un turbobateau de location. Mais il est dangereux, ajouta-t-il.

– Tiens, voilà qui va nous changer!
– Je parle sérieusement, Brawne. Nous ne devons y avoir recours que s'il est impératif pour nous de comprendre ce que le Centre redoute sur Hypérion.
– Ça l'est.
– Nous aurons besoin d'un intermédiaire. Quelqu'un qui soit un véritable artiste dans les manipulations de l'infoplan. Quelqu'un de malin, mais pas suffisamment pour refuser de prendre de gros risques. Et quelqu'un qui soit prêt à s'engager totalement et à garder le secret pour le seul plaisir de participer au plus énorme trip dont un cyberpunk ait jamais rêvé.
Je lui souris de toutes mes lèvres.
– J'ai exactement l'homme qu'il te faut.

BB vivait seul dans un appartement bon marché au pied d'une tour merdique d'un quartier sordide de TC^2. Mais la quincaillerie qui remplissait presque tout l'espace de son quatre-pièces n'avait rien de bon marché. Tout le salaire de BB des dix dernières années standard avait dû passer dans l'achat des jouets cyberpunks les plus à la pointe.
Je le prévins tout de suite que nous venions lui demander de faire quelque chose d'illégal. Il répondit d'abord qu'en tant que fonctionnaire, il ne pouvait envisager cela. Puis il nous demanda ce que c'était. Johnny commença à lui donner des explications. BB se pencha en avant, et je vis briller dans son regard la lueur qu'il avait quand nous traînions ensemble sur les bancs de la fac. J'avais presque l'impression qu'il allait se jeter sur lui pour essayer de le disséquer à seule fin de voir comment fonctionnait un cybride. Puis Johnny en arriva au passage intéressant, et l'éclat de BB se transforma carrément en une sorte de halo vert.
– Lorsque j'autodétruirai ma personnalité IA, déclara Johnny, le transfert de conscience vers le cybride s'effectuera en quelques nanosecondes. Pendant cet intervalle de temps, les défenses périphériques du TechnoCentre correspondant à mon secteur s'abaisseront. Les phages de sécurité s'occuperont aussitôt de colmater la brèche, mais il y aura quelques nanosecondes de flottement pendant lesquelles...
– Pénétrer dans le Centre, chuchota BB, dont les yeux brillaient comme une antique console de visualisation.

– L'opération serait très dangereuse, fit remarquer Johnny en détachant ses mots. À ma connaissance, aucun opérateur humain n'a encore franchi la périphérie du TechnoCentre.

BB se frotta la lèvre supérieure.

– Il y a une légende selon laquelle le Cow-boy Gibson aurait réussi une fois, avant la sécession du Centre, murmura-t-il. Mais personne n'y a jamais cru vraiment. Et, de toute manière, le Cow-boy a disparu sans laisser de traces.

– Même si vous réussissiez à pénétrer, lui dit Johnny, vous n'auriez pas assez de temps pour accéder à quoi que ce soit si je n'avais pas les coordonnées toutes prêtes.

– Bordel à queue! s'écria BB en se tournant vers son pupitre pour y saisir sa dérivation. Faisons-le!

– Maintenant? m'étonnai-je.

Même Johnny semblait sidéré.

– Pourquoi attendre? fit BB en fixant les attaches de sa dérivation et les électrodes métacorticales, mais sans toucher au tableau du pupitre. Alors, on le fait ou pas?

J'allai m'asseoir à côté de Johnny sur le canapé et lui pris la main. Elle était glacée. Son visage était sans expression, mais j'imaginais ce que l'on devait ressentir face à la destruction imminente de sa personnalité et de toute son existence antérieure. Même si le transfert réussissait, l'humain qui aurait la personnalité de John Keats ne serait plus « Johnny ».

– Il a raison, dit-il. Si nous devons le faire, pourquoi attendre?

Je l'embrassai.

– D'accord. Mais j'y vais avec BB.

– Pas question! fit Johnny en me serrant les doigts. Tu ne servirais à rien, et le danger pour toi serait terrible!

J'entendis ma propre voix, aussi implacable que celle de Meina Gladstone :

– C'est possible. Mais je ne peux pas demander à BB de le faire si je reste en arrière. Et je ne veux pas te laisser seul là-dedans.

J'exerçai une dernière pression sur sa main et allai m'asseoir aux côtés de BB, devant le pupitre, en disant :

– Montre-moi comment on fait pour se relier à ce foutu truc.

Vous avez tous lu les descriptions faites par les cyberpunks. Vous avez entendu parler de la terrible beauté de l'infoplan, avec ses voies tridimensionnelles, ses paysages de glace noire, ses agrégats de lumières fluorescentes et de néons, ses boucles étranges et ses gratte-ciel miroitants de blocs de données sous les nuages flottants de la présence des IA. Je vis tout cela en chevauchant l'onde porteuse de BB. C'était presque trop. Trop intense, trop terrifiant. J'*entendais* les menaces noires des phages de la sécurité à l'affût. Je *reniflais* l'odeur de la mort, malgré les écrans de glace, dans le souffle des virus lancés dans une contre-offensive générale. Je *sentais* sur mes épaules le poids de la colère des IA au-dessus de nous. Nous étions des insectes sous leurs pieds d'éléphants. Et nous n'avions encore rien fait d'autre que voyager dans des couloirs de données autorisés, sur un itinéraire d'accès préparé à l'avance que BB avait concocté comme un devoir pour son Bureau des Archives et de la Statistique.

Avec mes électrodes superficielles et autocollantes, je voyais les choses de l'infoplan comme à travers l'écran flou d'une vieille télé en noir et blanc alors que Johnny et BB les voyaient, pour ainsi dire, dans toute la splendeur d'une stimsim holo.

Je ne sais pas comment ils faisaient pour encaisser le choc.

– Voilà, me dit BB dans ce qui équivalait, pour l'infoplan, à un chuchotement. Nous y sommes.

– Où ça?

Tout ce que je distinguais, c'était un dédale infini de lumières brillantes et d'ombres encore plus brillantes, l'équivalent de dix mille mégalopoles réparties sur quatre dimensions.

– La périphérie du TechnoCentre, murmura BB. Agrippe-toi. Le moment est presque arrivé.

Je n'avais pas de mains pour m'agripper, et aucun support physique ne s'offrait à moi dans cet univers. Mais je me concentrai sur les ombres d'ondes qui nous servaient de véhicule de données, et je m'*accrochai*.

C'est alors que Johnny mourut.

J'ai déjà eu l'occasion d'assister aux premières loges à une explosion nucléaire. Quand papa était sénateur, il nous a emmenées un jour, maman et moi, assister à une démonstration de la Force à l'École Militaire d'Olympus. Pour le dernier volet, le module d'observation des civils fut distransporté sur je ne sais quel monde lointain – Armaghast, probablement – et un peloton de reconnaissance au sol de la Force tira un missile nucléaire tactique « propre » sur un adversaire fictif à neuf kilomètres de là. Le module d'observation était abrité par un champ de confinement polarisé de classe 10, et le missile n'était qu'une tête tactique de cinquante kilotonnes, mais je n'oublierai jamais la déflagration dont l'onde choc secoua comme une feuille le module de quatre-vingts tonnes sur ses répulseurs. L'impact physique de la lumière éclatante fut si obscènement puissant qu'il polarisa notre champ au maximum d'opacité, nous faisant tout de même larmoyer et nous donnant l'impression qu'il allait nous balayer malgré tout.

Ce que j'avais sous les yeux était encore pire.

Toute une section de l'infoplan sembla entrer en surbrillance puis imploser sur elle-même, comme si la réalité était soudain aspirée dans un gouffre de noir total.

– Agrippe-toi! hurla de nouveau BB pour couvrir le bruit de fond de l'infoplan qui me vrillait les os.

Nous fûmes happés, emportés, tournoyant dans le vide comme des insectes dans une tornade.

J'ignore comment, dans ce délirant capharnaüm de fureur et de bruit, d'impossibles phages à la carapace noire et brillante se ruèrent droit sur nous. BB en évita un, retourna les membranes acides de l'autre contre lui-même. Nous étions aspirés dans quelque chose de plus froid et de plus noir que pouvaient l'être tous les vides de notre réalité.

– Là! s'écria BB, dont l'analogue vocal se perdit presque dans le cyclone qui ravageait l'infosphère.

Là, quoi?

C'est alors que je vis la ligne mince de turbulences jaunes qui formaient comme une bannière d'étoffe au cœur de l'ouragan. BB nous fit prendre un virage à quarante-cinq degrés, trouva une onde pour nous porter au cœur de la tempête, accorda des coordonnées qui défilaient autour de nous beaucoup trop vite pour que je puisse les lire, et nous nous retrouvâmes sur la bande jaune qui se précipitait dans...

Dans quoi? Des gerbes figées de feux d'artifice. Des montagnes transparentes de données, des glaciers sans fin de mémoire morte, des ganglions d'accès qui s'ouvraient comme des crevasses, des nuages de limaille où flottaient des bulles de traitement semisentientes, des pyramides étincelantes de sources primaires protégées par des lacs de glace noire et des armées de pulsophages noirs.

– Merde! m'écriai-je, sans m'adresser à personne en particulier.

BB suivit la bande jaune, en long, en large et en travers. Je sentis une *connexion* qui s'établissait, comme si quelqu'un nous avait soudain balancé une grosse charge à transporter.

– Je l'ai! s'écria BB.

Il y eut un bruit encore plus fort que le maelström sonore qui nous engloutissait et nous consumait. Cela ne ressemblait ni à un avertisseur ni à une sirène, mais c'en était l'équivalent par le ton et l'urgence.

Nous grimpâmes à toute allure. Je discernai un vague mur de grisaille au milieu du chaos de lumière, et compris que nous étions revenus à la périphérie. Le vide était moins vertigineux, mais déchirait toujours le mur comme une tache noire qui allait en se rétrécissant. Nous continuions de grimper vers la sortie.

Mais pas assez vite.

Les phages nous attaquèrent de cinq côtés différents à la fois. Depuis douze ans que je suis détective, j'ai reçu une fois une balle, j'ai été poignardée deux fois et j'ai eu plusieurs côtes cassées. Mais la douleur que j'éprouvai alors que BB se battait et grimpait à toute allure surpassait la somme de toutes les autres.

Ma contribution à notre défense se limitait à pousser de grands cris d'effroi. Je sentais des griffes glacées qui nous happaient pour nous tirer vers le bas, dans la lumière, le bruit et le chaos. BB se servait d'un programme ou de je ne sais quelle formule d'enchantement pour les repousser. Mais ce n'était pas suffisant. Je sentais l'impact des coups qui parvenaient au but.

Pas directement sur moi, mais à travers l'analogue matriciel représenté par BB.

Nous étions en train de retomber. Des forces inexorables nous entraînaient. Soudain, je sentis la présence de Johnny. C'était comme si une main géante et puissante nous avait cueillis au vol pour nous faire remonter à la périphérie juste au moment où la tache noire allait matérialiser nos lignes de vie pour les engloutir et où les champs défensifs allaient se refermer comme des mâchoires d'acier.

Nous fonçâmes à des vitesses impossibles sur des autoroutes de données saturées, dépassant les estafettes de l'infoplan et autres analogues tel un VEM doublant un char à bœufs. Puis nous approchâmes d'une porte ouvrant sur le temps ralenti, et nous fîmes un gigantesque saut-de-mouton quadridimensionnel par-dessus les analogues des opérateurs de sortie retenus par la grille.

Je ressentis l'inévitable nausée de la transition lorsque nous émergeâmes de la matrice. La lumière me brûlait les rétines. Mais c'était la lumière *réelle*, cette fois-ci. Puis la douleur déferla, et je m'affaissai sur le pupitre en gémissant.

– Viens, Brawne.

C'était Johnny – ou quelqu'un qui ressemblait comme deux gouttes d'eau à Johnny –, qui m'aidait à me relever et me guidait vers la porte.

– BB... murmurai-je d'une voix rauque.

– Non...

J'entrouvris mes paupières endolories juste assez longtemps pour distinguer BB Surbringer affalé sur son pupitre. Son Stetson était tombé et avait roulé par terre. Sa tête avait explosé, éclaboussant le pupitre de rouge et de gris. Sa bouche était restée ouverte, et une épaisse mousse blanche coulait encore au coin de ses lèvres. Ses yeux semblaient avoir fondu.

Johnny me saisit par la taille et me souleva presque.

– Il faut partir d'ici, me dit-il. Quelqu'un va arriver d'un moment à l'autre.

Je refermai les yeux et me laissai guider.

Lorsque je me réveillai, ce fut dans une pénombre rouge, au son de l'eau qui coulait goutte à goutte. Cela sentait les égouts, le moisi et l'ozone des câbles en fibres optiques sans gaine.

Je n'avais ouvert qu'un œil. Nous nous trouvions dans un lieu au plafond bas, qui ressemblait plus à une caverne qu'à une pièce d'habitation, avec des câbles qui serpentaient le long de voûtes effritées et des flaques d'eau qui stagnaient sur des dalles à moitié recouvertes de boue visqueuse. La lumière rouge provenait du fond de la caverne, peut-être d'un puits de maintenance ou d'une galerie pour les automécas. Je me mis à gémir sourdement. Johnny était à mes côtés, sur les couvertures qui nous servaient de lit sommaire. Il tourna vers moi un visage maculé de suie ou de graisse, saignant à plusieurs endroits.

– Où sommes-nous? demandai-je.

Il me toucha la joue. Puis il m'entoura la taille de son autre bras et m'aida à me redresser. Tout tourna autour de moi, et je crus que j'allais vomir. Johnny me tendit un gobelet de plastique et me fit boire un peu d'eau.

– Dans la ruche des Poisses, me dit-il.

Je l'avais deviné avant même de reprendre tout à fait conscience. La ruche des Poisses est le puits le plus profond de Lusus, débouchant sur un impossible dédale de galeries de mécas et de refuges clandestins fréquentés par tout ce que le Retz compte de proscrits et de hors-la-loi. C'est dans la ruche des Poisses que j'ai été blessée, il y a plusieurs années, et j'ai gardé la cicatrice du laser au-dessus de ma hanche gauche.

Je lui tendis le gobelet pour qu'il le remplisse. Il alla verser de l'eau d'un thermos en acier et revint me faire boire. Je connus quelques secondes de panique lorsque je fouillai dans la poche de ma tunique à la recherche de l'automatique de papa, qui n'était plus à ma ceinture. Il avait disparu. Mais Johnny me tendit l'arme sans un mot, et je soupirai de soulagement. Je bus avidement.

– Et BB? demandai-je, espérant un instant que les images que j'avais gardées appartenaient à une horrible hallucination.

Il secoua la tête.

– Ils avaient des défenses auxquelles ni lui ni moi ne nous attendions. Son incursion a été magnifique, mais il ne pouvait pas battre les omégaphages du Centre. La moitié des opérateurs de l'infoplan ont ressenti les secousses de cette bataille. BB appartient déjà à la légende.

– La légende de mon cul, fis-je avec un rire qui ressemblait étrangement au début d'un sanglot. BB est mort. Et il s'est sacrifié pour des prunes.

Le bras de Johnny se resserra autour de ma taille.

– Pas pour des prunes, Brawne. Il a réussi son coup. Et il m'a transmis les données avant de mourir.

Je réussis à me redresser tant bien que mal, et le dévisageai. Il ne semblait pas très différent de ce qu'il était avant. Les mêmes yeux tendres, la même chevelure, la même voix. Mais il y avait une différence subtile, en profondeur.

– Tu... Tu as réussi le transfert? murmurai-je. Tu es...

– Humain? fit John Keats en souriant. Oui, Brawne. Ou, du moins, aussi humain que peut l'être une créature forgée par le Centre.

– Mais tu te souviens quand même de... moi, et de BB... Que s'est-il passé?

– Je me souviens de tout, et aussi de la première fois où j'ai ouvert l'*Homère* de Chapman. Je me souviens des yeux de mon frère Tom la nuit où il a eu son hémorragie. Je me souviens de la voix douce de Severn, lorsque j'étais trop faible pour ouvrir les yeux et faire face à mon propre destin. Et aussi de notre nuit sur la Piazza di Spagna, lorsque mes lèvres ont rencontré les tiennes et que j'ai imaginé la joue de Fanny contre la mienne. Je n'ai rien oublié, Brawne.

L'espace d'une seconde, la confusion m'emplit, puis je me sentis assez vexée. Mais il posa la main sur ma joue, et plus rien d'autre au monde n'exista pour moi. Je le comprenais.

– Pourquoi sommes-nous ici? demandai-je en fermant les yeux, la tête contre sa poitrine.

– Je ne pouvais pas prendre le risque d'utiliser le réseau distrans. Le TechnoCentre aurait pu retrouver aussitôt notre trace. Nous aurions pu gagner le port spatial, mais tu n'étais pas en état de voyager. J'ai donc choisi les Poisses.

Je hochai de nouveau la tête, contre sa poitrine.

– Ils vont encore essayer d'avoir ta peau.

– Oui.

– Est-ce que nous aurons sur le dos les flics locaux? Ceux de l'Hégémonie? La police des transits?

– Je ne pense pas. Les seuls qui nous aient menacés jusqu'à présent sont les goondas des deux bandes, plus quelques habitués des Poisses.

J'ouvris les yeux.

– Que sont devenus les goondas?

Il y avait peut-être dans le Retz des truands et des tueurs à gages plus redoutables qu'eux, mais je n'avais jamais croisé leur chemin.

Johnny soupesa dans sa main l'automatique de papa et sourit.

– Je ne me souviens de rien après BB, murmurai-je.

– Tu as été touchée par le choc en retour des phages. Tu étais capable de marcher, mais on nous a regardés d'un drôle d'air quand nous avons traversé le quartier marchand.

– Je vois ça d'ici. Parle-moi des découvertes de BB. Pourquoi le TechnoCentre est-il obsédé par Hypérion?

– Mange d'abord, me dit Johnny. Ça fait plus de trente-six heures que tu n'as rien pris.

Il traversa la caverne aux voûtes ruisselantes et revint avec une boîte autochauffante. C'était le menu de base des accros holos. Bœuf cloné séché puis réhydraté et réchauffé, pommes de terre hydroponiques, carottes ressemblant à des espèces de limaces marines. Jamais cela ne m'avait paru aussi bon.

– Bien, lui dis-je quand mon estomac fut calé. Raconte, maintenant.

– Le TechnoCentre est divisé en trois courants depuis le début de son existence, commença Johnny. Les Stables sont les IA de l'ancienne école, certaines datant même d'avant la Grande Erreur. Disons qu'au moins l'une d'elles est devenue sentiente durant la première Ère de l'Information. Leur principal argument est qu'un certain degré de symbiose entre l'humanité et le Centre est indispensable. Ce sont elles qui ont lancé le projet Intelligence Ultime. Elles y voyaient un moyen d'éviter les décisions inconsidérées et de temporiser jusqu'à ce que toutes les variables puissent être prises en compte. Les Volages sont celles qui ont provoqué la sécession il y a trois siècles. Elles ont procédé à des études très poussées qui tendent à prouver que l'humanité a fait son temps et constitue maintenant une menace pour la survie du TechnoCentre. Elles préconisent la terminaison immédiate et totale du genre humain.

– La terminaison... répétai-je. Et elles auraient les moyens d'appliquer cette politique?

– À l'intérieur du Retz, oui. Non seulement les intelligences du Centre constituent toute l'infrastructure de la société hégémonienne, mais elles conditionnent tous les déploiements de la Force et même le fonctionnement des systèmes de sécurité de tous les arsenaux nucléaires et des armes au plasma.

– Tu savais tout cela quand tu étais... dans le Centre?

– Non. En tant que personnalité reconstituée, cybride et pseudo-poète, je n'étais qu'un marginal, une curiosité, une créature inachevée qui pouvait se promener à sa guise dans le Retz, un peu comme on ouvre la porte au chat, le soir, pour qu'il aille faire un tour dehors. Je ne soupçonnais même pas que les IA étaient divisées en trois camps.

– Trois camps... Parle-moi du troisième. Et explique-moi ce que vient faire Hypérion dans tout ça.

– Entre les Stables et les Volages, il y a les Ultimistes. Cela fait cinq siècles que les Ultimistes sont obsédées par le projet IU. La continuation ou l'extinction de la race humaine ne les intéressent que dans la mesure où elles ont une incidence sur le projet. À ce jour, les Ultimistes ont joué un rôle plutôt modérateur. Elles sont les alliées objectives des Stables parce que, dans leur perception des choses, les reconstitutions telles que celle de l'Ancienne Terre sont indispensables à l'achèvement du projet IU.

» Récemment, cependant, l'affaire d'Hypérion les a incitées à se rapprocher des positions des Volages. Depuis l'exploration de cette planète, il y a quatre siècles, le TechnoCentre est perplexe et tourmenté. Il est très vite apparu que les Tombeaux du Temps sont des artefacts lancés en arrière dans le temps à partir d'un point situé au moins dix mille ans dans l'avenir de la Galaxie. Le plus troublant, cependant, c'est que la formule de prédiction du Centre n'a jamais pu intégrer la variable Hypérion.

» Pour bien comprendre tout cela, Brawne, il faut que tu saches à quel point le TechnoCentre est dépendant du système de prédiction. Déjà, sans l'intégration des données IU, le Centre connaît les détails de l'avenir physique, humain et IA avec une marge de certitude de 98,9995 pour 100 sur une période de deux siècles au moins. L'Assemblée consultative des IA auprès de la Pangermie, avec ses vagues oracles delphiques, considérés comme tellement indispensables par les humains, est une farce en comparaison. Le TechnoCentre distille au compte-gouttes ses révélations à l'Hégémonie uniquement lorsque cela sert ses desseins, quelquefois pour aider les Volages, souvent dans l'intérêt des Stables mais *toujours* de manière à ne pas mécontenter les Ultimistes.

» Hypérion représente une déchirure dans le tissu prédictif tout entier de l'existence même du TechnoCentre. C'est l'ultime bâton dans les roues, la variable non intégrable. Aussi impossible que cela puisse paraître, Hypérion semble échapper à toutes les lois de la physique, de l'histoire, de la psychologie humaine et des arts prédictifs tels qu'ils sont pratiqués par le TechnoCentre.

» Le résultat est qu'il y a deux avenirs, ou deux *réalités* différentes, si tu préfères. La première est celle où la malédiction du gritche qui va bientôt s'abattre sur le Retz et sur toute l'humanité interstellaire constitue une arme contrôlée par le TechnoCentre du futur, une première frappe rétroactive de la part des Volages qui dominent de là-bas les millénaires à venir de la Galaxie. L'autre réalité voit l'invasion du gritche, la guerre interstellaire en préparation et les autres conséquences de l'ouverture des Tombeaux du Temps comme un coup porté à travers le temps par les humains, et comme un sursaut final des Extros, des ex-coloniaux et des autres minorités humaines ayant échappé au programme d'extinction mis en œuvre par les Volages.

L'eau tombait goutte à goutte sur les dalles luisantes. Quelque part dans les profondeurs des galeries voisines, j'entendis la sirène d'un cautériseur méca se réverbérer sur la roche et la céramique. Je m'adossai à la paroi et regardai longuement Johnny avant de murmurer :

– La guerre interstellaire... Les deux scénarios prévoient la guerre interstellaire?

– Oui. Elle est incontournable.

– Il n'y a aucune chance pour qu'ils se trompent?

– Aucune. Ce qui se passe sur Hypérion représente une énigme, mais les conséquences sur le Retz et ailleurs sont on ne peut plus claires. Les Ultimistes se servent de cette certitude comme d'un argument de choc pour précipiter la prochaine phase de l'évolution du Centre.

– Et que disent de nous les dossiers dérobés par BB, Johnny?

Il sourit, me caressa un instant la main mais ne la garda pas dans la sienne.

– Ils indiquent que je fais partie des facteurs inconnus d'Hypérion. Le fait de créer un cybride de Keats a représenté pour eux un terrible risque. Seul mon manque apparent d'efficacité en tant qu'analogue de Keats a incité les Stables à me conserver. Lorsque j'ai décidé de me rendre sur Hypérion, les Volages m'ont assassiné, avec l'intention très claire de m'éliminer totalement en tant qu'IA si mon cybride décidait la même chose une deuxième fois.

– C'est ce qui s'est passé. Qu'ont-ils fait?

– Ils ont échoué. Dans leur arrogance infinie, ceux du TechnoCentre ont négligé deux détails. Le premier, c'est que j'avais la possibilité d'investir toute ma conscience dans mon cybride et de transformer ainsi la nature de l'analogue de Keats. Le deuxième, c'est que je m'adresserais à toi.

– Moi?

Il me prit la main.

– Oui, Brawne. Il semble que tu fasses aussi partie des inconnues d'Hypérion.

Je secouai la tête. Sentant, au même instant, comme un fourmillement du cuir chevelu juste au-dessus et en arrière de l'oreille gauche, je portai la main à cet endroit, en m'attendant plus ou moins à y trouver des traces de la bagarre dans l'infoplan. Mes doigts rencontrèrent la pastille de plastique d'une dérivation neurale.

Je retirai vivement mon autre main de celle de Johnny et le regardai, saisie d'horreur. Il avait profité de mon inconscience pour me câbler!

Il écarta les mains, les paumes vers moi.

– Je n'ai pas pu faire autrement, Brawne. Ce sera peut-être indispensable pour notre survie à tous les deux.

Je serrai le poing.

– Sale fils de pute dégénéré! Pourquoi est-ce que j'aurais besoin d'une interface directe? Tu m'as menti, salaud!

– Ce n'est pas pour le Centre, me dit Johnny d'une voix douce. C'est pour moi.

– Pour toi?

Mon poing vibrait du plaisir anticipé de s'écraser sur sa belle gueule de clone.

– Pour toi! répétai-je d'une voix amère. Tu oublies que tu es devenu humain!

– Je ne l'oublie pas. Mais certaines de mes fonctions cybrides demeurent. Tu te souviens du jour où je t'ai pris la main pour te conduire dans l'infosphère?

– Je ne retournerai pas dans ta foutue infosphère! répliquai-je en le défiant du regard.

– Non. Et moi non plus. Mais il est possible que j'aie besoin de te transmettre une quantité fabuleuse de données en un temps très court. Je t'ai conduite la nuit dernière chez une praticienne clandestine des Poisses. Elle t'a implanté un disque de Schrön.

– Pourquoi?

Les boucles de Schrön étaient de minuscules objets, de la taille d'un ongle, extrêmement coûteux. Elles contenaient un très grand nombre de mémoires bulles dont chacune possédait une capacité de stockage quasi infinie. Elles ne pouvaient faire l'objet d'un accès de la part de leur porteur biologique, et servaient donc uniquement de boîtes aux lettres. Un homme ou une femme pouvaient, grâce à ces boucles de Schrön, transporter des personnalités IA ou une infosphère planétaire tout entière. N'importe quel foutu chien pouvait faire la même chose, d'ailleurs, pour autant que je le sache.

– Pourquoi? répétai-je, soupçonnant que Johnny se faisait manipuler par des forces obscures qui le forçaient à se servir de moi comme d'une boîte aux lettres.

Il se rapprocha de moi et me prit le poing dans ses mains.

– Tu dois me faire confiance, Brawne.

Je ne crois pas que j'avais jamais fait confiance à qui que ce fût depuis l'époque où papa s'est fait sauter la cervelle, il y a vingt ans, et où maman s'est égoïstement retirée du monde. Je n'avais surtout aucune bonne raison de faire confiance à Johnny en ce moment.

J'ouvris cependant le poing et laissai ma main dans les siennes.

– C'est mieux comme ça, me dit-il. Finis de manger, maintenant. Nous allons travailler à sauver notre peau, si c'est possible.

Les armes et la drogue, c'étaient les deux choses les plus faciles à acheter dans la ruche des Poisses. Nous consacrâmes le reste des réserves considérables de marks de contrebande que possédait Johnny à nous armer.

Le soir venu, nous portions tous les deux un gilet de protection en polytitane renforcé. Johnny avait un casque de goonda d'un noir réfléchissant, et moi un masque de commandement des surplus de la Force. Les gants de force de Johnny étaient rouge vif et massifs. Je portais des gantelets à osmose à bordure coupante. Johnny avait acheté un clap extro capturé sur Bressia, et il avait passé un bâton laser à sa ceinture. Pour ma part, en plus de l'automatique de mon père, j'avais maintenant un Steiner-Ginn miniature monté sur un gyrosupport fixé à ma taille. Couplé à mon viseur central, il me laissait les deux mains libres pendant son utilisation.

Nous nous regardâmes un bon moment avec tout cet attirail, puis nous éclatâmes de rire. Il y eut ensuite un long silence.

– Es-tu bien sûr que le Temple gritchtèque de Lusus soit notre meilleure chance? lui demandai-je au moins pour la troisième fois.

– Nous ne pouvons pas nous distransporter, m'expliqua Johnny. Le TechnoCentre n'aurait qu'à simuler une panne, et nous serions finis. Nous ne pouvons même pas prendre un ascenseur pour gagner les niveaux inférieurs. Notre meilleure chance de rejoindre le Temple est de descendre directement l'avenue marchande.

– Mais est-ce que les gens du Temple voudront de nous?

Il haussa les épaules, en un geste qui le faisait étrangement ressembler à un insecte dans sa carapace de combat. La voix qui sortit de son casque de goonda était métallique.

– Ce sont les seuls qui aient un intérêt quelconque à nous voir survivre. Les seuls qui aient suffisamment de poids politique pour nous protéger de l'Hégémonie tout en organisant notre transfert sur Hypérion.

Je remontai ma visière.

– Meina Gladstone m'a affirmé qu'aucun pèlerinage ne serait plus autorisé sur Hypérion.

La surface polie du casque oscilla d'avant en arrière.

– Meina Gladstone peut aller se faire foutre, me dit mon poète d'amant.

Je respirai un grand coup et marchai jusqu'à l'entrée de notre caverne, notre dernier sanctuaire. Johnny me rejoignit. Nos armures se frottèrent.

– Prête, Brawne?

J'acquiesçai d'un hochement de tête, mis le Steiner-Ginn miniature en position sur son pivot et me préparai à sortir. Johnny me retint par la manche.

– Je t'aime, Brawne.

Je hochai de nouveau la tête, toujours coriace. J'oubliais simplement que ma visière était toujours levée et qu'il pouvait voir mes larmes.

Le Rucher est en activité vingt-huit heures sur vingt-huit. Par tradition, cependant, la troisième faction est la plus tranquille, celle où les gens se déplacent le moins quand ils n'y sont pas obligés. Nous aurions eu de meilleures chances pendant les heures de pointe de la première faction, où les couloirs des piétons sont particulièrement encombrés, mais il y aurait eu une véritable hécatombe parmi la foule si les goondas et les tueurs nous avaient attendus.

Il nous fallut un peu plus de trois heures pour grimper jusqu'à l'avenue. Il n'y avait pas d'escalier direct, mais une série interminable de galeries d'entretien et de puits d'accès abandonnés depuis les émeutes de Luddite, qui remontaient à quatre-vingts ans au moins. Les marches finales étaient rouillées à un point tel que nous redoutions de passer au travers si nous ne faisions pas attention. Nous ressortîmes dans un passage réservé aux livraisons, à moins de cinq cents mètres du Temple.

– Je n'arrive pas à croire que ce soit si facile, chuchotai-je dans le communicateur de mon casque.

– Ils doivent surtout nous attendre au port spatial et aux abords des complexes distrans privés.

Nous empruntâmes le couloir pour piétons le moins exposé de l'avenue, à trente mètres au-dessous du premier niveau marchand et à quatre cents mètres au-dessous des verrières du toit. Le Temple gritchtèque était un édifice isolé, de style complexe, qui dominait tout le reste du quartier. Quelques passants attardés nous regardèrent à la dérobée et pressèrent le pas pour nous éviter. Je ne doutais pas que quelqu'un fût déjà en train d'appeler la police, mais j'estimais que nous avions encore largement le temps avant qu'ils arrivent.

Un groupe de voyous des rues peinturlurés fit soudain irruption d'une cage d'ascenseur en poussant des cris et des glapissements aigus. Ils avaient des lames pulsantes, des chaînes et des gants de force. Pris au dépourvu, Johnny leur fit face avec son clap et leur envoya une dizaine de rayons de visée laser. Mon canon miniature vrombit sur son pivot, automatiquement braqué sur une succession de cibles à mesure que mon regard allait de l'une à l'autre.

La bande de gamins s'arrêta net sur sa lancée, leva les mains et recula comme un seul homme, les yeux agrandis, dans la cage d'ascenseur où elle disparut comme elle était venue.

Je regardai Johnny. Un miroir noir me renvoya mon regard. Aucun de nous deux n'avait envie de rire.

Nous traversâmes l'espace découvert qui nous séparait de l'allée marchande menant au nord. Les quelques piétons présents coururent s'abriter sous les devantures des magasins. Nous étions à moins de cent mètres de l'escalier du Temple. J'entendais littéralement battre mon propre cœur dans les écouteurs de mon casque. Plus que cinquante mètres. Comme s'il nous attendait, un acolyte ou un prêtre quelconque apparut au pied de la porte du Temple, haute de dix mètres, et nous regarda courir. Trente mètres. Si quelqu'un avait dû nous intercepter, il l'aurait fait avant.

Je me tournai vers Johnny pour lui dire quelque chose de comique. Au même moment, une vingtaine de rayons et moitié autant de projectiles nous atteignirent. La couche extérieure de nos armures en polytitane explosa vers l'extérieur, déviant la plus grande partie de l'énergie. La surface miroir qui se trouvait derrière réfléchit une grande quantité de lumière létale. Mais une grande quantité seulement.

Johnny fut déséquilibré par l'impact. Je mis un genou à terre et laissai le canon miniature trouver la source laser. Dixième étage de la ruche résidentielle qui nous faisait face. Ma visière s'opacifia. Mon armure laissa échapper un nuage de gaz réfléchissant. Le canon miniature émit exactement le bruit que font les tronçonneuses dans les holofilms historiques. Dix étages plus haut, tout un pan de mur et de balcon se désintégra dans un nuage de fléchettes explosives et de balles antiblindage.

Trois gros projectiles me frappèrent dans le dos.

J'atterris sur les paumes des mains, fis taire le canon miniature et pivotai. Il y en avait au moins une douzaine à chaque niveau. Ils se déplaçaient silencieusement, rapidement, avec une précision chorégraphique de combat. John était à genoux et actionnait son clap par salves de lumière parfaitement orchestrées à travers l'arc-en-ciel adverse pour percer les défenses réfléchissantes.

L'une des silhouettes en train de courir prit feu tandis que la devanture du magasin derrière elle se transformait en verre et en plastique fondus qui giclaient à quinze mètres de là sur l'avenue marchande en contrebas. Deux autres passèrent la tête au-dessus de la rampe, et je les fis reculer précipitamment à l'aide d'une rafale de mon canon miniature.

Un glisseur descendit soudain du toit, ses répulseurs peinant tandis qu'il faisait du slalom entre les pylônes. Des roquettes s'écrasèrent sur le béton entre Johnny et moi. Les devantures des magasins vomirent sur nous un milliard d'échardes de verre. Je tournai les yeux, clignai deux fois, ajustai et tirai. Le glisseur fit une embardée sur la gauche et heurta un escalier mécanique chargé d'une dizaine de passants épouvantés. Puis il s'écrasa en une masse de métal tordu et de munitions qui explosèrent. Je vis l'un des passants, entouré de flammes, sauter vers le rez-de-chaussée de la ruche, quatre-vingts mètres plus bas.

– Sur ta gauche! s'écria Johnny dans le communicateur à faisceau étroit.

Quatre hommes en armure de combat venaient de sauter d'un étage supérieur à l'aide de paquetages de lévitation personnels. L'armure caméléon polymérisée avait du mal à s'accorder à l'arrière-plan continuellement changeant, et ne réussissait qu'à transformer chaque chuteur en un brillant kaléidoscope de reflets irisés. L'un d'eux pénétra dans le champ de mon canon miniature afin de me neutraliser tandis que les trois autres s'occupaient de Johnny.

Il s'approcha avec une lame pulsante, style ghetto. Je le laissai érafler mon armure, sachant qu'il atteindrait la chair de l'avant-bras, mais j'avais besoin de cette seconde supplémentaire. Il me la donna amplement. Je le liquidai d'un revers de mon gantelet et braquai mon canon sur les trois autres.

Leur armure se rigidifia aussitôt. Je me servis du canon pour les repousser comme quelqu'un qui arrose un trottoir encombré de détritus. Seul l'un d'eux réussit à retrouver son équilibre avant que je les fasse basculer derrière la corniche où ils s'étaient posés.

Johnny était à terre. Une partie de son armure avait fondu. Je sentis une odeur de chair grillée, mais ne décelai aucune blessure mortelle. Je me baissai pour le soulever.

– Laisse-moi, Brawne. Cours. Prends l'escalier.

La communication ne passait presque plus.

– Va te faire foutre, lui dis-je en passant mon bras gauche autour de lui pour le soutenir tout en laissant au canon la place d'évoluer. Je suis toujours payée pour te servir de garde du corps.

Ils nous mitraillaient de partout. Des deux façades de la ruche, des verrières et des galeries marchandes à chaque niveau. Je dénombrai au moins vingt cadavres dans les passages pour piétons. La moitié étaient des civils aux costumes voyants. Les servomoteurs de la jambe gauche de mon armure tournaient à vide. La jambe raide, laborieusement, je nous fis gagner encore une dizaine de mètres en direction de l'escalier du Temple. Plusieurs prêtres gritchtèques nous regardaient du haut des marches, apparemment insouciants de la fusillade qui les entourait.

– Attention! Là-haut!

Je pivotai, visai et fis feu en un même mouvement. Je compris, au bruit qu'il fit après la première giclée, que le canon était vide, et vis le deuxième glisseur lâcher ses missiles un instant avant de se transformer en un millier de fragments épars de ferraille et de chairs déchirées qui volaient de tous les côtés. Je laissai tomber lourdement Johnny sur la chaussée et me couchai sur lui dans l'espoir d'abriter de mon propre corps sa chair exposée.

Les missiles explosèrent en même temps, plusieurs dans l'air et deux au moins après s'être enfoncés dans le sol. Johnny et moi fûmes soulevés et projetés dans les airs à une quinzaine de mètres au moins au-dessus du passage incliné. Ce fut une bonne chose, au demeurant, car la bande de composites et de ferrobéton où nous nous trouvions l'instant d'avant prit feu, se cloqua, s'affaissa et se détacha pour se fracasser sur la chaussée en flammes en contrebas. Il se forma ainsi un fossé qui nous séparait de la plus grande partie des hommes à pied qui en avaient après nous.

Je me relevai, me débarrassai du mini-canon devenu inutile, extirpai de mon armure quelques échardes plutôt gênantes et soulevai Johnny dans mes bras. Son casque lui avait été arraché. Son visage était mal en point. Le sang coulait à travers une vingtaine de trous de son armure. Son bras droit et son pied gauche étaient en bouillie. Je commençai à gravir avec lui les marches du Temple.

Des sirènes retentissaient de toutes parts. Des glisseurs de la police tournaient dans tout l'espace aérien de l'avenue marchande. Les goondas postés dans les galeries hautes et aux extrémités du passage effondré coururent se mettre à couvert. Deux des commandos qui étaient descendus avec leurs paquetages de lévitation se lancèrent à ma poursuite sur les marches. Je ne me retournai pas. Il fallait que je soulève ma jambe raide et inutile à chaque marche. Je savais que j'avais une brûlure sérieuse dans le dos et au côté, et des éclats logés un peu partout.

Les glisseurs décrivirent des cercles en rugissant, mais évitèrent les marches du Temple. Des fusillades retentissaient partout dans l'avenue. J'entendis le bruit des brodequins de métal qui se rapprochait rapidement derrière moi. Je réussis à grimper trois marches de plus. Vingt marches plus haut, à une distance qui paraissait impossible, l'évêque se tenait parmi une centaine de prêtres du Temple. J'escaladai une nouvelle marche. Je regardai Johnny. L'un de ses yeux était encore ouvert, levé vers moi. L'autre était gonflé de sang et de tissus tuméfiés.

– Ça ira, chuchotai-je, prenant pour la première fois conscience d'avoir perdu mon propre casque. Tiens bon. Nous y sommes presque.

Je gravis une autre marche.

Les deux hommes en armure de combat noire et brillante me barraient le chemin. Tous deux avaient levé les visières rainurées de leurs casques, et ils me regardaient d'un air terrible.

– Lâche-le, salope, et tu auras peut-être une chance de vivre.

Je hochai lentement la tête d'un air las, trop épuisée pour faire un pas de plus ou même déposer sur les marches blanches mon fardeau qui perdait tout son sang.

– Dépose cet enfoiré, je te dis, ou bien...

Je les tuai net tous les deux. Le premier d'un projectile dans l'œil gauche, le second dans l'œil droit, sans même avancer l'automatique de papa que je dissimulais sous le corps de Johnny.

Ils tombèrent sans un cri. Je réussis à gravir une nouvelle marche, puis une autre encore. Je me reposai quelques secondes avant de soulever ma jambe gauche pour continuer.

En haut de l'escalier, le groupe de prêtres en robe rouge et noir s'écarta pour me laisser passer. Le portail était très haut et très sombre. Je ne me retournai pas, mais je savais, d'après le bruit qui montait jusqu'à nous de l'avenue, que la foule était devenue énorme. L'évêque franchit le seuil à mes côtés, et nous nous retrouvâmes dans la pénombre.

Je déposai Johnny sur les dalles de pierre froide. Il y eut des froissements de robes autour de nous.

J'ôtai mon armure là où la chose était encore possible. Puis je tirai sur celle de Johnny. Elle était soudée à la chair en plusieurs endroits. De ma main valide, j'effleurai sa joue brûlée.

– Je suis vraiment...

Sa tête remua légèrement, et son œil s'entrouvrit. Il souleva sa main gauche nue pour me toucher la joue, les cheveux, la nuque.

– Fanny...

C'est à ce moment-là que je le sentis mourir. Je perçus également le choc de la décharge neurale au moment où ses doigts trouvaient l'orifice de dérivation. La chaleur blanche de la connexion avec la boucle de Schrön, représentant tout ce que Johnny Keats avait jamais été ou serait jamais, explosa en moi presque – je dis presque – comme son orgasme de l'avant-veille, avec ensuite le même silence et la même sensation de communion et de plénitude.

Je posai doucement sa tête par terre et laissai les acolytes l'emporter pour le montrer à la foule, aux autorités et à ceux qui attendaient de savoir.

Puis je les laissai m'emporter.

Je passai quinze jours dans une crèche de convalescence du Temple gritchtèque. Mes brûlures se cicatrisèrent, mes cicatrices furent rabotées, le métal fut extrait, la peau greffée, la chair remodelée, les nerfs recâblés. Mais je souffre toujours.

Tout le monde, à l'exception des prêtres gritchtèques, m'oublia. Le TechnoCentre s'assura que Johnny était bien mort, que son passage dans l'infoplan n'avait laissé aucune trace et que son cybride était détruit.

Les autorités prirent note de ma déposition, me retirèrent ma licence et étouffèrent l'affaire comme elles le purent. La presse du Retz raconta qu'un règlement de comptes entre gangs du Rucher de la Poisse avait mis le quartier marchand à feu et à sang. De nombreux membres des gangs avaient été tués ainsi que des passants innocents. La police avait maîtrisé tout le monde.

Une semaine avant l'annonce que l'Hégémonie autoriserait l'*Yggdrasill* à emporter des pèlerins dans la zone de guerre aux alentours d'Hypérion, j'utilisai l'une des portes distrans du Temple pour me rendre sur le Vecteur Renaissance, où je passai une heure toute seule dans la section des archives.

Les parchemins étaient dans une presse sous vide, et je ne pouvais pas les toucher, mais c'était bien l'écriture de

Johnny, celle que je connaissais. Le papier était racorni et jauni par le temps. Il y avait deux fragments. Le premier disait :

Ce jour a disparu, et avec lui toutes ses délices!
Délices de la voix, délices des lèvres, douce main
Et gorge plus douce encore,
Souffle tiède, murmure d'extase, doux chuchotements,
Éclat des yeux, forme parfaite et taille langoureuse!
Fanées, la fleur et les promesses de ses charmants boutons,
Fanée, la belle image échappée à mes yeux,
Fanée, la forme belle échappée à mes bras,
Fanés, la voix, la chaleur, la blancheur et le paradis!
Tout s'est évanoui trop tôt à la nuit close,
Au crépuscule, quand le jour, ou plutôt la nuit de fête
Commence, de l'amour aux courtines embaumées, à tisser
La trame d'ombre où cacher les plaisirs.
Mais, comme j'ai lu d'un bout à l'autre aujourd'hui
Le missel de l'amour,
Il me laissera du moins dormir en me voyant
Qui jeûne et prie.

Le second fragment était d'une écriture plus large, sur du papier plus grossier, comme si les mots avaient été jetés à la hâte sur une feuille de calepin.

Ma main que voici vivante, chaude, et capable
D'étreindre passionnément, viendrait, si elle était raidie
Et emprisonnée au silence glacial du tombeau,
À ce point hanter tes jours et transir les rêves de tes nuits,
Que tu voudrais pouvoir exprimer de ton propre cœur
Jusqu'à la dernière goutte de sang,
Pour que dans mes veines le flot rouge
De nouveau fasse couler la vie
Et que ta conscience s'apaise.
Regarde, la voici, je la tends vers toi.

Je suis enceinte. Je crois que Johnny le savait, mais je n'en suis pas certaine. Et je suis doublement enceinte. Du bébé de Johnny, mais aussi de son souvenir tel qu'il demeure gravé dans la boucle de Schrön. J'ignore si les deux étaient prédestinés à aller ensemble. L'enfant ne naîtra que dans plusieurs mois, mais je pense affronter le gritche dans quelques jours seulement.

Je me souviens très bien des minutes qui ont suivi les instants où le corps meurtri de Johnny a été exhibé devant la foule et où les prêtres m'ont emmenée pour me soigner. Ils étaient tous là dans la pénombre, des centaines de prêtres, d'acolytes, d'assesseurs, d'exorcistes et de fidèles. Et dans cette obscurité teintée de rouge, sous la statue mobile du gritche, leur chant montait jusqu'aux voûtes gothiques où il se réverbérait. En voici à peu près les paroles :

BÉNIE SOIT-ELLE
BÉNIE SOIT LA MÈRE DE NOTRE SALUT
BÉNI SOIT L'INSTRUMENT DE NOTRE EXPIATION
BÉNIE SOIT L'ÉPOUSE DE NOTRE CRÉATION
BÉNIE SOIT-ELLE

J'étais affreusement blessée et en état de choc. Je ne comprenais pas le sens de ce qu'ils chantaient. Je ne le comprends toujours pas.

Mais je sais que, lorsque le moment sera venu d'affronter le gritche, Johnny et moi nous l'affronterons ensemble.

La nuit était tombée depuis longtemps. La cabine du téléphérique naviguait entre les étoiles et la glace. Le groupe demeurait silencieux. Les seuls bruits que l'on entendait étaient les crissements du câble.

Au bout d'un long moment, Lénar Hoyt s'adressa à Brawne Lamia.

– Vous aussi, vous portez votre cruciforme.

Elle regarda le prêtre sans répondre.

Le colonel Kassad se pencha à son tour vers elle.

– À votre avis, Het Masteen était-il le Templier qui a parlé à Johnny?

– C'est possible, dit-elle. Mais je n'ai jamais découvert la vérité.

Sans sourciller, Kassad demanda :

– Est-ce vous qui avez tué Het Masteen ?

– Non.

Martin Silenus s'étira, puis bâilla.

– Il nous reste quelques heures avant l'aube, dit-il. Personne n'a envie de dormir un peu?

Il y eut plusieurs hochements de tête.

– Je reste monter la garde, déclara Fedmahn Kassad. Je ne suis pas fatigué.

– Je vous tiens compagnie, lui dit le consul.

– Je vais faire chauffer du café pour le thermos, proposa Brawne Lamia.

Lorsque ceux qui le désiraient se furent couchés, tandis que le bébé Rachel gazouillait tout doucement dans son sommeil, les trois autres s'assirent aux fenêtres et regardèrent brûler les étoiles, froides et lointaines, dans les hautes cimes de la nuit.

6

La forteresse de Chronos se profilait à l'extrémité orientale de la grande Chaîne Bridée tel un immense et sinistre amoncellement baroque de pierres suintantes abritant trois cents salles et chambres, véritable dédale de corridors obscurs conduisant à d'autres salles souterraines, donjons, tourelles, balcons en encorbellement donnant sur les terres marécageuses du nord, puits d'aération s'élevant sur cinq cents mètres vers la lumière et réputés plonger jusqu'au labyrinthe planétaire lui-même, parapets balayés par les vents glacés descendus des sommets environnants, escaliers – aussi bien intérieurs qu'extérieurs – taillés à même la roche et ne conduisant nulle part, vitraux de cent mètres de haut disposés de manière à capter les premiers rayons du solstice ou ceux de la lune d'une nuit d'hiver, lucarnes sans carreaux pas plus grosses que le poing, ne donnant sur rien de particulier, bas-reliefs sans fin, sculptures grotesques dans des niches à moitié dissimulées, gargouilles par centaines dans les cintres et sur les corniches supérieures, au regard braqué sur les grandes salles du bas ou placées dans le transept et au-dessus des sépulcres de manière à percer des yeux les grands vitraux couleur de sang de la façade septentrionale, leurs ailes et leurs ombres bossues se déplaçant comme les heures d'un cadran solaire sinistre, projetées le jour par la lumière du soleil et la nuit par des torchères à gaz. Et partout, dans Chronos, il y avait des signes de la longue occupation par l'Église gritchtèque. Les autels d'expiation étaient drapés de velours rouge. Les statues de l'Avatar, isolées ou suspendues, avaient pour piquants de l'acier polychrome et pour yeux des cristaux de sang. D'autres statues du gritche étaient sculptées dans les parois de pierre de cages d'escalier étroites et de salles toujours sombres, de sorte que nulle part, la nuit, on ne pouvait être affranchi de la peur de frôler une main sortant de la pierre ou la courbe effilée d'une lame descendant de la voûte, ou encore quatre bras en train de se refermer dans une étreinte ultime. Comme pour donner la touche finale à l'ornementation, ou pour graver un filigrane de sang dans les chambres et les salons naguère pleins de vie, des arabesques rouges s'étalaient en motifs presque reconnaissables sur les murs et les plafonds des galeries, la literie était caillée par des taches de rouille qui se résorbaient en poussière, et l'une des salles à manger centrales était emplie d'une écœurante odeur de nourriture pourrie, vestige d'un repas interrompu des semaines plus tôt. Tables et chaises, sols et murs étaient barbouillés de sang. Vêtements souillés et robes en lambeaux gisaient en tas tels des témoins muets. Et partout, le bourdonnement des mouches.

– Foutu endroit pour faire la bringue, vous ne trouvez pas? demanda Martin Silenus d'une voix qui résonna quelque temps sur la pierre.

Le père Hoyt fit quelques pas dans le grand hall. La lumière de l'après-midi tombait en colonnes de poussière irisée à partir d'une verrière située quarante mètres plus haut.

– C'est incroyable, murmura-t-il. Saint-Pierre du Nouveau Vatican, ce n'est rien à côté de ça.

Martin Silenus éclata de rire. Une épaisse lumière faisait ressortir ses pommettes et ses sourcils de satyre.

– Cet endroit a été construit pour abriter une divinité *vivante*, murmura-t-il.

Fedmahn Kassad posa son sac de voyage à terre et se racla la gorge.

– Je pense que ces lieux sont antérieurs à l'Église gritchtèque, dit-il.

– C'est exact, répliqua le consul. Mais il y a deux cents ans qu'elle les occupe.

– Ils n'ont pas l'air d'être habités, en ce moment, fit Brawne Lamia, qui tenait l'automatique de son père dans sa main gauche.

Ils avaient tous crié à tue-tête pendant les vingt premières minutes de leur arrivée à la forteresse, mais l'écho amenuisé et le bourdonnement des mouches dans la salle à manger les avaient finalement réduits au silence.

– Ce sont les androïdes et les clones esclaves de Billy le Triste qui ont construit ce putain d'endroit, déclara le poète. Huit années locales de dur labeur avant l'arrivée des vaisseaux de spin. C'était censé être le plus grand établissement touristique du Retz, le point de départ pour les excursions dans les Tombeaux du Temps et la Cité des Poètes. Mais je suppose que même ces pauvres cloches de travailleurs androïdes connaissaient la version locale de l'histoire du gritche.

Sol Weintraub était debout devant une fenêtre donnant à l'est. Il tenait sa fille assez haut pour que la lumière irisée tombe sur la joue et les petits poings potelés du bébé.

– Tout cela importe très peu à présent, dit-il. Trouvons un coin à peu près libre de carnage, où nous puissions dîner ce soir et dormir tranquillement.

– Nous n'y allons pas aujourd'hui? demanda Brawne Lamia.

– Aux Tombeaux? fit Silenus, manifestant une surprise sincère pour la première fois depuis le début du voyage. Vous partiriez à la rencontre du gritche dans le noir?

Elle haussa les épaules.

– Quelle différence?

Le consul se tenait près d'une porte-vitrail qui donnait sur un petit balcon de pierre. Il ferma les yeux. Il avait encore la sensation que le sol tanguait sous lui comme dans le téléphérique. La nuit et la journée de voyage au-dessus des pics se mélangeaient dans son esprit, recru d'une fatigue consécutive à près de trois jours sans sommeil, sous une tension croissante. Il se força à rouvrir les yeux pour ne pas s'endormir debout.

– Je crois que nous sommes tous épuisés, dit-il. Il vaut mieux passer la nuit ici et y aller demain matin.

Le père Hoyt était sorti sur le balcon. Il se pencha sur le muret de pierres ébréchées qui servait de balustrade.

– Est-ce qu'on aperçoit les Tombeaux d'ici? demanda-t-il.

– Non, lui répondit Silenus. Ils sont derrière cette ligne de collines. Mais vous voyez ces trucs blancs au nord, légèrement sur la gauche? Ces trucs qui brillent comme des éclats de dents brisées plantés dans le sable?

– Oui.

– C'est la Cité des Poètes. Le site original choisi par le roi Billy pour Keats et pour toutes les choses de lumière et de beauté. D'après les indigènes, il n'y a plus là que des fantômes sans tête.

– Êtes-vous l'un d'entre eux? lui demanda Lamia.

Martin Silenus se tourna pour lui dire quelque chose, considéra quelques secondes le pistolet qu'elle tenait toujours à la main, secoua la tête et se détourna.

Des pas résonnèrent dans une courbe cachée de l'escalier, et le colonel Kassad reparut dans la salle.

– Il y a deux petites pièces qui servent de réserve juste au-dessus de la salle à manger, dit-il. Elles ont un balcon commun qui donne sur cette façade, mais pas d'autre accès que cet escalier. Faciles à défendre. Et les murs sont... propres.

Silenus se mit à rire.

– Cela veut-il dire que rien ne pourra nous atteindre ou bien que, lorsque quelque chose nous atteindra, nous n'aurons aucune issue pour nous enfuir?

– Où irions-nous? demanda Sol Weintraub.

– Où irions-nous, en effet? reconnut le consul.

Il semblait très fatigué. Il prit son sac d'une main et, de l'autre, l'une des poignées du pesant cube de Möbius, attendant que le père Hoyt prenne l'autre.

– Faisons ce que dit Kassad. Allons passer la nuit dans une autre pièce. Celle-ci pue la mort.

Ils dînèrent de leurs dernières rations déshydratées. Silenus sortit son ultime bouteille, et Sol Weintraub une poignée de gâteaux rances qu'il avait gardés pour fêter leur dernière soirée ensemble. Rachel était trop petite pour manger un gâteau, mais elle but son biberon jusqu'au bout et s'endormit sur le ventre à proximité de son père.

Lénar Hoyt sortit de son sac une minuscule balalaïka. Il se mit à gratter quelques accords.

– Je ne savais pas que vous étiez musicien, lui dit Brawne Lamia.

– Modeste amateur.

Le consul se frotta les yeux.

– J'aimerais bien que nous ayons un piano.

– Vous en avez un, lui dit Silenus.

Le consul se tourna vers le poète.

– Pourquoi ne pas le faire venir ici ? fit Martin Silenus. Un bon scotch, ce ne serait pas de refus.

– Mais de quoi parlez-vous ? demanda le père Hoyt. Exprimez-vous clairement, si cela a un sens.

– Son *vaisseau*, déclara Silenus. Vous ne vous rappelez pas ce que disait notre chère et regrettée Voix de la Jungle, Het Masteen, à son ami le consul, au sujet de son arme secrète à lui, ce superbe vaisseau particulier appartenant à l'Hégémonie, qui l'attend tranquillement au port spatial de Keats ? Pourquoi ne pas le faire venir ici, consul ? Vous n'avez qu'un seul geste à faire.

Kassad s'écarta des marches d'escalier où il venait d'installer des photodéclencheurs d'alarme.

– L'infosphère planétaire est morte, dit-il. Les satcoms sont hors d'usage. Les vaisseaux de la Force en orbite communiquent sur faisceau serré. Comment voudriez-vous qu'il le fasse venir ?

– Un mégatransmetteur.

C'était Lamia qui venait de parler. Le consul se tourna vers elle.

– Les mégatransmetteurs sont de la taille d'un immeuble, murmura Kassad.

Brawne Lamia haussa les épaules.

– Ce qu'a dit Masteen avait pourtant un sens. Si j'étais le consul... Si j'étais, en fait, à la place de n'importe lequel des quelques milliers d'individus, dans tout ce foutu Retz, qui ont la chance de posséder un vaisseau particulier, je prendrais mes précautions pour être bien sûre de pouvoir le faire décoller à distance en cas de pépin. Cette planète est trop primitive pour que l'on compte sur son réseau télécom. L'ionosphère est trop ténue pour les ondes courtes. Les satcoms sont toujours les premiers détruits en cas de conflit. Je choisirais le mégatrans.

– Que faites-vous de la taille ? demanda le consul.

Brawne Lamia lui rendit son regard sans sourciller.

– L'Hégémonie n'est pas encore en mesure de construire des équipements mégatrans miniaturisés, mais on dit que les Extros y sont parvenus.

Le consul sourit. On entendit quelque part un grincement, puis un choc métallique.

– Ne bougez surtout pas, ordonna Kassad.

Il sortit de sa tunique un bâton de la mort, désactiva les photodéclencheurs avec son persoc et disparut dans la cage d'escalier.

– Les hostilités sont ouvertes, j'en ai bien l'impression, murmura Silenus. Nous sommes tous sous l'ascendant de la planète Mars.

– Taisez-vous, fit sèchement Lamia.

– Vous croyez que c'est le gritche? demanda le père Hoyt.

Le consul écarta les bras.

– Le gritche n'a pas besoin de faire tout ce bruit. Il peut apparaître... où il veut.

Hoyt secoua la tête.

– Je voulais parler de... l'état de ces lieux. L'absence de toute occupation de la forteresse. Les signes de massacre...

– Il y a eu un ordre d'évacuation générale, fit le consul. Personne ne tient à rester ici pour affronter les Extros quand ils arriveront. Les FT ont été prises de panique. Elles sont peut-être à l'origine d'une partie de ce carnage.

– Et tous les corps? ironisa Martin Silenus. Vous prenez peut-être vos désirs pour des réalités. Il y a des chances pour que nos hôtes absents soient plutôt en train de se balancer à une branche d'acier de son arbre, où nous nous retrouverons d'ailleurs prochainement, sans aucun doute.

– Taisez-vous, répéta Lamia avec lassitude.

– Et si je refuse? fit le poète avec un grand sourire, est-ce que vous me descendrez froidement, madame?

– Oui.

Le silence qui s'établit dura jusqu'au retour du colonel Kassad. Il réactiva le déclencheur d'alarme et se tourna vers le groupe assis sur des caisses et des cubes de mousse lovée.

– C'était une fausse alerte. Quelques oiseaux charognards. Je crois que les indigènes les appellent des augures. Ils sont entrés par les vitres cassées pour finir les restes du repas.

– Des augures... fit Silenus en gloussant. Très approprié, comme nom.

Kassad soupira et s'assit sur une couverture, le dos contre une caisse. Il remua sa ration refroidie. L'unique lanterne qu'ils avaient apportée du chariot à vent n'éclairait qu'une partie de la pièce, et les ombres progressaient le long des murs et vers le plafond, aux angles opposés à ceux du balcon.

– C'est notre dernière soirée ensemble, fit-il en se tournant vers le consul. Il nous reste un récit à entendre.

Le consul tenait à la main le bout de papier en tortillon sur lequel était tracé le chiffre 7. Il s'humecta les lèvres.

– À quoi bon? Le but de ce pèlerinage nous est déjà inaccessible.

Un murmure s'éleva.

– Expliquez-vous, demanda le père Hoyt.

Le consul jeta le bout de papier dans un coin.

– Pour que le gritche accorde un vœu à des pèlerins, leur groupe doit former un nombre premier. Nous étions sept, mais la... disparition de Masteen nous réduit à six. Nous allons à la mort sans le moindre espoir que notre vœu soit exaucé.

– Simple superstition, fit Lamia.

Le consul soupira et se massa le front.

– Je sais. Mais c'était notre dernier espoir.

Le père Hoyt désigna le bébé endormi.

– Est-ce que Rachel ne pourrait pas faire la septième?

Sol Weintraub se lissa la barbe.

– Non. Un pèlerin doit se présenter devant les Tombeaux de son propre chef.

– Mais c'est bien ce qu'elle a fait dans le passé, dit Hoyt. Est-ce que cela ne suffit pas à la rendre qualifiée?

– Non, rétorqua le consul.

Martin Silenus était en train d'écrire quelques mots sur un bloc-notes. Il se leva pour faire les cent pas.

– Bon Dieu! Dites-moi un peu de quoi nous avons l'air! Nous ne sommes pas six putains de pèlerins, nous sommes toute une armée! Hoyt avec son cruciforme renfermant le fantôme du père Duré. Notre erg « semi-sentient » dans sa caisse là-bas. Le colonel Kassad avec sa Monéta qui lui hante le souvenir. H. Brawne ici présente, qui, à en croire son récit, porterait non seulement un enfant mais un poète romantique mort depuis une éternité. Notre érudit, avec son bébé qui rajeunit chaque jour. Le consul avec ses mystérieux foutus bagages. Et même moi avec ma muse. Tout ça pour accomplir un pèlerinage insensé. Et nous n'avons même pas eu droit à un tarif de groupe!

– Asseyez-vous et taisez-vous, fit Lamia d'une voix dépourvue de toute intonation.

– Non, il a raison, déclara le père Hoyt. Même la présence du père Duré dans le cruciforme doit affecter d'une manière ou d'une autre cette superstition du nombre premier. À mon avis, si nous prenons la route demain matin avec la conviction que...

– Regardez! s'écria Brawne Lamia en désignant la porte-fenêtre du balcon où le crépuscule était troué par de puissants éclairs.

Le groupe s'avança dans la brise fraîche du soir. Il fallait se protéger les yeux devant les successions d'explosions silencieuses qui ébranlaient le ciel. Les éclairs de fusion d'un blanc bleuté formaient des ondes visibles comme sur une mare de lapis-lazuli. Des implosions de plasma, plus petites et plus intenses, dans le bleu, le jaune et le rouge vif, se rétractaient comme des corolles de fleurs en train de se replier pour affronter la nuit. Les claps formaient un ballet de lumières géantes. Des faisceaux du diamètre d'une petite planète découpaient leurs rubans sur des années-lumière, déformés au passage par les vagues de fond des singularités défensives. Les aurores boréales des champs de défense se déchiraient et mouraient sous l'assaut d'énergies terribles pour se reconstituer quelques nanosecondes plus tard. Et parmi tout cela, les traînes de fusion bleu et blanc des vaisseaux-torches et des grands bâtiments de guerre traçaient leurs trajectoires parfaitement rectilignes comme des rayures de diamant sur du verre bleuté.

– Les Extros! fit Brawne Lamia.

– La guerre a commencé, murmura Kassad.

Il n'y avait dans sa voix ni excitation ni émotion d'aucune sorte.

Le consul s'aperçut, confus, que des larmes étaient en train de rouler sur sa joue. Il détourna son visage.

– Sommes-nous en danger ici? demanda Martin Silenus.

Il s'était mis à l'abri de la voûte de pierre de la porte-fenêtre, et plissait les yeux en direction du spectacle de lumières.

– Pas à cette distance, fit Kassad.

Il porta à ses yeux ses jumelles de combat, fit un réglage et consulta son persoc.

– La plupart des engagements ont lieu à trois UA de nous au moins, dit-il. Je pense que les Extros veulent tester les défenses spatiales de la Force. Mais ce n'est qu'un commencement, ajouta-t-il en abaissant les jumelles.

– Est-ce que le système distrans fonctionne? demanda Brawne Lamia. L'évacuation de Keats et des autres villes a-t-elle commencé?

Kassad secoua la tête.

– Je ne le pense pas. C'est encore trop tôt. La flotte se cantonnera dans une action défensive jusqu'à ce que la sphère cislunaire soit occupée. Les portails d'évacuation seront alors ouverts sur le Retz tandis que les unités de la Force pénétreront par centaines. Ce sera un sacré spectacle, conclut-il en levant de nouveau ses jumelles.

– Regardez!

C'était le père Hoyt qui pointait l'index, cette fois-ci, non pas en direction des feux d'artifice qui illuminaient le ciel mais vers les dunes basses des marais situés au nord. À plusieurs kilomètres dans la direction des Tombeaux invisibles, une silhouette à peine visible projetait des ombres multiples sous le ciel fracturé.

Kassad ajusta ses jumelles pour l'observer.

– Le gritche? demanda Lamia.

– Je ne crois pas. J'ai l'impression, d'après ses vêtements, qu'il s'agit plutôt... d'un Templier.

– Het Masteen! s'exclama le père Hoyt.

Kassad haussa les épaules et passa les jumelles aux autres. Le consul se rapprocha du groupe et s'accouda sur la balustrade du balcon. Il n'y avait aucun bruit à l'exception du vent, mais cela rendait les formidables explosions dans le ciel encore plus inquiétantes.

Le consul porta les jumelles à ses yeux lorsque ce fut son tour. La silhouette était de haute taille, et vêtue, en effet, d'une robe de Templier. Elle tournait le dos à la forteresse, et semblait traverser les sables vermillon d'un pas décidé.

– Est-ce qu'il vient vers nous, ou se dirige-t-il vers les Tombeaux? demanda Lamia.

– Vers les Tombeaux, répondit le consul.

Penché sur la balustrade, le père Hoyt leva son visage hagard vers les cieux qui explosaient.

– Si c'est bien Masteen, cela signifie que nous sommes de nouveau sept, dit-il.

– Il y sera plusieurs heures avant nous, fit remarquer le consul. Il aura même une demi-journée d'avance si nous passons la nuit ici comme prévu.

Hoyt haussa les épaules.

– Cela n'a pas beaucoup d'importance. Nous sommes partis à sept, nous arriverons à sept. C'est la seule chose qui compte pour le gritche.

– Si toutefois il s'agit bien de Masteen, souligna le colonel Kassad. À quoi rimait alors toute cette mise en scène à bord du chariot à vent? Et comment a-t-il fait pour arriver ici avant nous? Il n'y avait aucune autre cabine de téléphérique en marche, et il n'a pas pu franchir la chaîne Bridée par les cols.

– Nous lui poserons la question demain, en arrivant aux Tombeaux, fit le père Hoyt d'une voix lasse.

Brawne Lamia essayait depuis un bon moment d'accrocher quelqu'un sur les fréquences générales de son persoc. Mais elle n'obtenait rien d'autre que de la friture et les échos assourdis d'impulsions EM lointaines. Elle se tourna vers le colonel Kassad.

– Quand vont-ils commencer à bombarder?

– Je ne sais pas. Cela dépend essentiellement des défenses mises en place par la Force et de la puissance de sa flotte.

– Ces défenses n'ont pas été très efficaces, l'autre jour, quand les Extros ont détruit l'*Yggdrasill*, fit observer Lamia.

Kassad hocha la tête.

– Hé! s'écria Martin Silenus. Ne me dites pas que nous avons le cul posé sur un putain d'objectif militaire?

– Qu'est-ce que vous croyez? lui dit le consul. Si les Extros lancent une attaque sur Hypérion pour empêcher l'ouverture des Tombeaux, comme le laisse prévoir le récit de H. Lamia, toute cette zone constituera un objectif primaire.

– Pour des armes nucléaires? demanda Silenus d'une voix tendue.

– Il y a toutes les chances, oui, lui répondit Kassad.

– Mais je croyais qu'il y avait quelque chose, dans les champs anentropiques, qui empêchait les vaisseaux de s'approcher de ce secteur, murmura le père Hoyt.

– Les vaisseaux *habités* seulement, répliqua le consul sans tourner la tête vers le reste du groupe. Les champs anentropiques n'arrêteront certainement pas les missiles guidés, ni les claps, ni les bombes autoguidées. Je ne crois pas non plus qu'ils gêneront l'infanterie mécanisée. Les Extros seront même en mesure de faire descendre quelques glisseurs d'assaut ou bien des blindés automatiques. Ils auront tout loisir d'observer les opérations à distance lorsque la destruction de la vallée commencera.

– Mais ce n'est pas ce qu'ils veulent, objecta Brawne Lamia. Ils cherchent à s'emparer d'Hypérion, et non pas à détruire cette planète!

– Je ne jouerais pas ma vie là-dessus, lui dit Kassad.

Elle sourit.

– C'est pourtant bien ce que nous sommes en train de faire, n'est-ce pas, colonel?

Au-dessus d'eux, une étincelle se sépara du bouquet continu d'explosions, grossit jusqu'à la taille d'un brandon orange et poursuivit sa trajectoire comme une comète à travers le ciel. Du balcon, le groupe aperçut distinctement les flammes et entendit la plainte de l'atmosphère déchirée. Puis la boule de feu disparut derrière les montagnes.

Un peu moins d'une minute plus tard, le consul s'aperçut qu'il était en train de retenir sa respiration, les mains crispées sur la balustrade. Il laissa sortir bruyamment l'air de ses poumons. Les autres aussi semblaient avoir retenu leur souffle. Il n'y avait pas eu d'explosion ni d'onde de choc se propageant à travers la roche.

– Un tir manqué? demanda Hoyt.

– Plutôt un appareil endommagé de la Force qui essayait d'atteindre le périmètre orbital ou de se poser sur le port spatial de Keats, fit le colonel Kassad.

– Il n'y a pas réussi, n'est-ce pas? demanda Lamia.

Kassad ne répondit pas. Martin Silenus reprit les jumelles et fouilla la plaine de plus en plus obscure à la recherche du Templier.

– Je ne le vois plus, dit-il. Ce brave commandant est maintenant de l'autre côté de la colline que voilà, à moins qu'il n'ait encore utilisé ses talents de magicien pour disparaître comme la dernière fois.

– Dommage que nous ne puissions entendre son récit, dit le père Hoyt avant de se tourner vers le consul. Mais nous aurons le vôtre, n'est-ce pas?

Le consul essuya ses mains moites sur les jambes de son pantalon. Son cœur battait à une vitesse accélérée.

– Oui, dit-il. Je vous raconterai mon histoire.

Il avait parlé avant même de savoir consciemment qu'il avait pris sa décision.

Le vent rugissait sur les pentes des montagnes exposées à l'est et sifflait le long des escarpements de la forteresse de Chronos. Les explosions dans le ciel semblaient avoir diminué légèrement en nombre, mais l'obscurité tombante rendait les éclairs de plus en plus intenses.

– Rentrons, proposa Lamia d'une voix que le vent couvrait presque. Il commence à faire froid.

Ils avaient éteint l'unique lampe, et l'intérieur de la pièce n'était plus éclairé que par les pulsations multicolores qui descendaient du ciel. Les ombres surgissaient, se défaisaient et se refaisaient au gré des tirs de barrage. Quelquefois, l'obscurité durait plusieurs secondes.

Le consul se pencha sur son sac de voyage et en sortit un étrange objet, qui ressemblait à un persoc, mais en plus volumineux, avec des enjolivures bizarres. Il déploya une sorte de disque à cristaux liquides qui faisait penser à certains holofilms d'époque.

– Un mégatrans ultrasecret? demanda sarcastiquement Lamia.

Le sourire du consul était totalement dépourvu d'humour.

– C'est un persoc antique, dit-il. Il remonte à l'hégire.

Il sortit une microdisquette standard d'une pochette passée à sa ceinture et l'inséra dans la fente du persoc.

– Tout comme le père Hoyt, annonça-t-il, il est indispensable que je vous fasse entendre le témoignage de quelqu'un d'autre avant de vous faire part du mien.

– Jésus à béquilles! s'exclama Martin Silenus. Il n'y a que moi dans cette putain de bande qui suis capable de raconter ma propre histoire? Combien de temps faut-il que nous supportions...

Le consul lui-même fut surpris de sa réaction. Il se leva, saisit le petit homme par sa cape et par le col de sa chemise, le projeta contre le mur, le renversa sur une caisse avec un genou au milieu du bas-ventre et l'avant-bras en travers de la gorge.

– Encore un mot, poète, souffla-t-il, et c'est moi qui vous tue!

Silenus chercha à se débattre, mais la pression sur sa gorge ainsi que le regard du consul le firent renoncer. Il devint blême.

Le colonel Kassad, sans se presser et sans faire de bruit, les sépara.

– Il n'y aura plus d'interruption, promit-il en touchant le bâton de la mort passé à sa ceinture.

Martin Silenus recula jusqu'au dernier rang du groupe, en se massant la gorge, et se laissa tomber sans un mot sur une malle. Le consul marcha jusqu'à la porte-fenêtre, respira à fond à plusieurs reprises, puis revint vers le groupe.

– Excusez-moi, dit-il en s'adressant à tout le monde à l'exception du poète. Je... Je ne m'attendais pas à partager un jour cette expérience avec d'autres.

La lumière de l'extérieur vira au rouge, puis au blanc. Un éclat bleu suivit, qui fit progressivement place à une obscurité presque totale.

– Nous comprenons ce que vous ressentez, lui dit Lamia. Nous avons presque tous été dans le même cas.

Le consul se toucha la lèvre inférieure, hocha la tête, s'éclaircit rapidement la voix et s'assit près de son persoc.

– L'enregistrement n'est pas aussi ancien que l'instrument, murmura-t-il. Il date d'une cinquantaine d'années standard. J'aurai autre chose à dire quand vous l'aurez entendu.

Il marqua un temps d'arrêt, comme s'il voulait ajouter quelque chose, mais secoua la tête et appuya sur une touche de l'antique appareil.

Il n'y avait pas d'image. La voix était celle d'un jeune homme. À l'arrière-plan, on entendait le vent qui soufflait à travers des branches ou des hautes herbes. Plus distant encore, le bruit régulier du ressac ponctuait le récit tandis qu'au-dehors, les éclairs fantasmagoriques suivaient le rythme insensé d'une lointaine bataille spatiale. À un moment, le consul se raidit, sûr que l'impact allait être tout proche. Mais rien ne se passa, et il continua d'écouter avec les autres.

Le récit du consul :

« Je me souviens de Siri »

Je gravis la colline escarpée jusqu'à la tombe de Siri le jour même où les îles commencent à retourner vers les mers peu profondes de l'archipel Équatorial. Il fait une journée parfaite, que je déteste pour cette raison même. Le ciel est aussi serein que dans les récits qui se déroulent sur les océans de l'Ancienne Terre. Les hauts-fonds sont moirés de teintes outremer, et une brise tiède venue de l'océan fait ondoyer les capillaires sur le versant où je marche.

J'aurais préféré, un jour pareil, des nuages bas et de la grisaille. J'aurais préféré de la brume ou un brouillard bien enveloppant, le genre de brouillard qui fait dégouliner les mâts dans le port du Site n° 1 et tire de son sommeil la corne de brume du phare. J'aurais préféré le grand vent de mer qui souffle du ventre froid des océans du sud, chassant devant lui les îles mobiles et leurs troupeaux de dauphins jusqu'à ce qu'ils trouvent refuge sous le vent de nos atolls ou de quelque pic rocheux.

N'importe quoi plutôt que cette chaude journée de printemps, où le soleil suit sa course dans un ciel si bleu qu'il me donne envie de me mettre à courir, de faire de grands bonds et de me rouler dans l'herbe tendre comme nous l'avons fait naguère, Siri et moi, à cet endroit précis.

Oui, c'était exactement à cet endroit. Je m'arrête pour regarder autour de moi. Les capillaires se couchent et ondulent comme la fourrure d'une énorme bête tandis que la brise salée souffle du sud. Je mets ma main en visière sur mon front pour scruter l'horizon, où je ne perçois pas le moindre mouvement. Au-delà des récifs volcaniques, la mer commence à s'agiter et la houle se soulève nerveusement en moutons.

– Siri...

J'ai murmuré son nom sans le vouloir. Cent mètres plus loin, sur la pente, la foule s'arrête pour me regarder et retient sa respiration collective. La procession s'étend sur plus d'un kilomètre, jusqu'aux premières maisons blanches de la cité. J'aperçois aux premiers rangs le crâne grisonnant et dégarni de mon plus jeune fils. Il porte la robe bleu et or de l'Hégémonie. Je sais que je devrais l'attendre, pour marcher à ses côtés, mais il serait incapable, tout comme les autres membres âgés du Conseil, de suivre le rythme de mes jeunes jambes aguerries par l'entraînement et la vie à bord du vaisseau. La bienséance exigerait normalement que je reste à ses côtés, avec ma petite-fille Lira et mon petit-fils âgé de neuf ans.

Mais au diable la bienséance. Au diable tout le monde.

Je tourne les talons et continue d'escalader la colline escarpée. Ma chemise de coton commence à être trempée de sueur. J'atteins la crête et j'aperçois la sépulture.

Le tombeau de Siri.

Je me fige sur place. Le vent me glace malgré la chaleur du soleil qui jette des éclats sur la pierre blanche immaculée du mausolée silencieux. L'herbe est haute autour de l'entrée scellée de la crypte. Des alignements d'oriflammes de fête, aux couleurs passées, sur leurs hampes d'ébène, bordent l'étroite allée de gravier.

En hésitant, je fais le tour du monument et je m'approche du bord de la falaise, quelques mètres plus loin. Les capillaires ont été piétinés par d'irrévérencieux pique-niqueurs aux endroits où ils ont étalé leurs couvertures. Il y a plusieurs foyers délimités par des galets à la rondeur et à la blancheur parfaites, prélevés à cet effet sur les bordures de l'allée.

Je ne peux pas m'empêcher de sourire. Je connais par cœur le panorama qui s'étend plus bas. La grande courbe de la rade, avec sa digue naturelle; les bâtiments blancs et bas du Site n° 1 ; les coques et les mâts multicolores des catamarans qui dansent au bout de leurs amarres. Près de la plage de galets, de l'autre côté de la Maison Commune, une jeune femme en jupe blanche s'avance en direction de l'eau. L'espace d'une seconde, je m'imagine que c'est Siri, et mon cœur bat violemment dans ma poitrine. Je vais presque agiter les bras vers elle, mais elle ne se tourne même pas. Je la regarde en silence faire demi-tour et s'éloigner pour se perdre dans l'ombre d'un vieux hangar à bateau.

Plus haut que moi, à quelque distance de la falaise, un pervier aux larges ailes décrit des cercles au-dessus du lagon sur des thermiques ascendants et scrute les bancs mouvants de varech bleu grâce à sa vision infrarouge, à la recherche de phoques harpistes ou de torpes.

La nature est stupide, me dis-je en m'asseyant dans l'herbe tendre. La nature se trompe d'un bout à l'autre en préparant le cadre de cette journée particulière où elle fait figurer un oiseau de proie alors qu'il n'y a plus rien de vivant depuis longtemps dans les eaux polluées de la rade.

Je me souviens d'un autre pervier, la première nuit où Siri et moi avons grimpé sur cette colline. La lune jetait des reflets sur ses ailes, et son étrange cri envoûtant faisait écho sur la falaise, déchirant les ténèbres que perçaient les halos de quelques lampadaires du village en contrebas.

Siri avait alors seize ans. Non, même pas... Et le clair de lune qui effleurait les ailes du rapace faisait aussi briller sa peau nue d'un éclat laiteux, projetant des ombres douces sous les cercles mats de ses seins. Nous levâmes la tête ensemble d'un air coupable lorsque le cri de l'oiseau troua la nuit, et Siri murmura :

– *C'est le rossignol et non l'alouette qui perça le creux apeuré de ton oreille.*

– Hein? demandai-je.

Siri avait presque seize ans, j'en avais dix-neuf, mais elle savait les rythmes lents des livres et les cadences du théâtre des étoiles. Moi, je ne connaissais que les étoiles.

– Détends-toi, mon beau Navigant, me dit-elle en m'attirant contre elle. Ce n'est qu'un vieux pervier en chasse. Rien qu'un stupide oiseau. Reviens ici, mon Navigant. Tout près de moi, Merin.

Le *Los Angeles* a choisi ce moment pour s'élever au-dessus de l'horizon et pour s'éloigner vers l'ouest, telle une escarboucle emportée par le vent, sur le fond pour moi inhabituel des constellations d'Alliance-Maui, le monde de Siri. Étendu auprès d'elle, je lui décris le fonctionnement du grand vaisseau de spin à propulsion Hawking qui capte la lumière du soleil au-dessus du rideau de nuit qui nous entoure. Tout en parlant, je laisse glisser mes mains sur la peau douce de ses hanches, toute de velours électrique. Sa respiration se fait plus rapide au creux de mon épaule. Je rapproche mon visage de son cou, de son odeur, du parfum subtil de ses cheveux défaits.

– Siri...

Cette fois-ci, personne ne m'empêche de murmurer son nom. Au-dessous de moi, plus bas que la crête de la colline et l'ombre du tombeau blanc, la foule s'impatiente. Elle attend que j'ouvre le tombeau, que j'entre et que je me recueille dans le silence vide et glacé qui a remplacé la chaude présence de Siri. Ils veulent que je lui fasse un dernier adieu afin qu'ils puissent procéder à leurs rites et à leurs cérémonies avant d'ouvrir les portes distrans pour retourner au plus vite dans le Retz et dans l'Hégémonie qui les attend.

Au diable leurs cérémonies. Au diable l'Hégémonie.

J'arrache un pétiole au capillaire touffu qui se trouve à côté de moi, je le porte à mes lèvres et je scrute l'horizon à la recherche du premier signe de migration des îles. Les ombres se profilent dans la lumière du matin. Il est très tôt. Je vais rester ici encore un moment. Je veux me rappeler.

Je veux me rappeler Siri.

Siri était pour moi comme un... oiseau, je pense, la première fois que je l'ai vue. Elle portait une sorte de masque fait de plumes aux couleurs éclatantes. Quand elle l'a ôté pour se joindre au quadrille aux flambeaux, la lumière de la torche a éclairé les mèches auburn de sa chevelure flamboyante. Elle avait les joues rouges d'excitation, et je distinguais, malgré la distance et la foule qui nous séparaient, le vert étonnant de ses yeux qui contrastait avec la chaleur d'été de son visage et de sa chevelure. C'était pendant la Nuit Festive, naturellement, et les flambeaux dansaient et jetaient des pluies d'étincelles dans la brise piquante venue du large. Le son des flûtes jouant sur la digue en l'honneur des îles mouvantes était presque noyé par les bruits du ressac et les claquements des oriflammes. Siri n'avait pas seize ans, mais sa beauté brillait plus que n'importe quel flambeau planté autour de la place remplie de monde. Je me frayai un chemin à travers la foule pour me rapprocher d'elle.

Cela se passait il y a cinq ans pour moi. Pour nous deux, il y a plus de soixante-cinq ans. Mais il me semble que c'était hier.

Ça ne va pas du tout.

Par où commencer?

– Qu'est-ce que tu dirais d'aller tirer un petit coup, gamin?

Mike Osho, qui venait de parler, était un homme trapu, au visage poupin, caricature vivante de Bouddha. Et c'était un dieu pour moi. Nous étions tous des dieux, en fait, dotés d'une longue vie sinon immortels, bien payés sinon tout à fait divins. L'Hégémonie nous avait sélectionnés pour faire partie de l'équipage de l'un de ses précieux vaisseaux de spin à saut quantique, aussi comment aurions-nous pu être moins que des dieux? Seulement, Mike, le brillant, le changeant, l'irrévérencieux Mike Osho, était un peu plus vieux et un peu plus haut dans le panthéon des Navigants que le très jeune Merin Aspic.

– Alors là, probabilité zéro! lui répondis-je.

Nous étions en train de nous faire un brin de toilette après avoir bossé douze heures durant dans l'équipe du génie affectée à la construction de la porte distrans. Expédier les techniciens au point de singularité où ils étaient affectés, à quelque cent soixante-trois mille kilomètres d'Alliance-Maui, était pour nous quelque chose de bien moins glorieux que le décalage de quatre mois par rapport à l'espace hégémonien. Pendant la section C+ du voyage, nous étions des maîtres spécialistes. Quarante-neuf experts stellaires aiguillant deux cents passagers guère rassurés. Mais maintenant, les passagers avaient leur combinaison autonome, et nous, les Navigants, nous en étions réduits au rôle de glorieux camionneur tandis que les équipes du génie mettaient en place la lourde sphère de confinement de la singularité.

– Probabilité zéro, répétai-je. À moins que les rampants n'aient ajouté un bordel à cette île de quarantaine qu'ils nous ont louée.

– Ils n'ont rien fait du tout, grogna Mike.

Nous avions bientôt droit, lui et moi, à nos trois jours de repos et de récupération au sol, mais nous savions, d'après ce que nous avait dit le Maître-Navigant Singh et d'après les protestations des autres Navigants, que cette permission à terre se passerait en fait sur une île de quatre kilomètres sur sept administrée par l'Hégémonie. Et ce n'était même pas l'une des îles mobiles dont nous avions entendu parler. C'était un simple piton volcanique près de l'équateur. Une fois là, nous aurions sous nos pieds une vraie gravité, nous respirerions de l'air non filtré et nous pourrions probablement nous procurer une nourriture non synthétique, mais les seuls rapports que nous aurions avec les habitants d'Alliance-Maui se limiteraient à l'achat de quelques produits d'artisanat local à la boutique hors taxes. Et encore, ils nous seraient vendus par des commerçants de l'Hégémonie. C'était pour cela que beaucoup de Navigants préféraient passer leurs permissions à bord du *Los Angeles*.

– Où est-ce que tu voudrais tirer un petit coup, Mike? Les mondes coloniaux sont inaccessibles jusqu'à ce que la porte distrans commence à fonctionner. Dans soixante ans à peu près, en temps local. À moins que tu ne veuilles parler de la vieille Meg, dans le système de bord?

– Fais-moi confiance, gamin. Il suffit de vouloir, et on trouve toujours un moyen.

Je lui ai fait confiance. Nous n'étions que cinq dans le vaisseau de descente. C'était toujours pour moi une aventure que de descendre d'une orbite haute dans l'atmosphère d'un vrai monde. Particulièrement d'un monde qui ressemblait autant qu'Alliance-Maui à la Terre. Je contemplai le limbe bleu et blanc de la planète jusqu'à ce que les océans fussent *en bas* et que l'atmosphère nous porte. Nous approchâmes du terminateur dans un long glissement d'ailes, à la vitesse de trois fois notre propre son.

Nous étions des dieux. Mais même les dieux, à l'occasion, sont parfois obligés de descendre de leur piédestal.

Le corps de Siri ne cessait jamais de m'étonner. Par exemple pendant notre séjour sur l'archipel. Trois semaines dans cette énorme maison-arbre qui oscillait sous les voiles gonflées, avec les dauphins qui nous escortaient comme des éclaireurs, les couchers de soleil tropicaux qui baignaient la soirée de leur merveilleuse lumière, la voûte des étoiles la nuit, et notre propre sillage, marqué par mille petits tourbillons phosphorescents qui reflétaient les constellations au-dessus de nous. Mais c'est surtout le corps de Siri que je me rappelle. Pour une raison ou pour une autre – peut-être par timidité, ou encore à cause des années qui nous avaient séparés –, elle portait, les premiers jours, un léger maillot deux-pièces qui empêchait ses seins blancs et le bas de son ventre de brunir en même temps que le reste.

La première fois, le clair de lune illuminait des triangles de peau tandis que nous étions étendus dans l'herbe au-dessus du port du Site n° 1. Sa petite culotte de soie s'était accrochée à un capillaire. Il y avait alors en elle une sorte de retenue enfantine. Comme une légère hésitation devant quelque chose qu'elle donnait prématurément. Mais il y avait aussi de la fierté. Cette même fierté qui, plus tard, lui avait permis de faire face à la foule furieuse des séparatistes, sur les marches du consulat de l'Hégémonie, dans les quartiers sud de Sterne, et de les renvoyer, honteux, chez eux.

Je me souviens aussi de ma cinquième descente planétaire, notre quatrième réunion. C'est l'une des rares fois où je l'ai vue pleurer. Elle était alors quasi royale dans sa sagesse et sa renommée. Elle avait été élue quatre fois à l'Assemblée de la Pangermie, et le Conseil de l'Hégémonie la consultait souvent pour lui demander son avis sur des questions délicates. Elle portait son indépendance sur les épaules comme un manteau royal, et jamais son orgueil n'avait brillé d'un feu si ardent. Mais lorsque nous étions seuls dans la villa de pierre au sud de Fevarone, c'était elle qui baissait les yeux. J'étais nerveux, intimidé par cette puissante femme qui m'était devenue étrangère, mais c'était Siri, Siri à la démarche droite et au regard d'acier, qui détournait la tête et murmurait à travers ses larmes :

– Va-t'en... Laisse-moi, Merin. Je ne veux pas que tu me voies ainsi. Je suis une vieille femme hideuse et toute flasque. Va-t'en !

J'avoue que j'ai été un peu brutal, alors, avec elle. J'ai saisi ses poignets dans ma main gauche, avec une force qui m'a surpris moi-même, et j'ai déchiré de l'autre main le devant de sa robe de soie, d'un seul mouvement. J'ai embrassé ses épaules, son cou, les traces de vergetures sur son ventre tendu, la cicatrice sur sa cuisse gauche, remontant à un accident de glisseur survenu quarante de ses années plus tôt. J'ai embrassé ses cheveux gris et les rides gravées dans ses joues autrefois si lisses. J'ai embrassé ses larmes.

– Bon Dieu, Mike, tu ne vas pas me dire qu'on a le droit de faire ça ! m'écriai-je tandis que mon copain déroulait le tapis hawking qu'il venait de sortir de son paquetage.

Nous étions sur l'île n° 241, comme les commerçants de l'Hégémonie avaient romantiquement baptisé le rocher volcanique et désert sur lequel on avait choisi de nous envoyer passer nos permissions. L'île n° 241 se trouvait à moins de cinquante kilomètres des colonies anciennes les plus proches, mais cela n'aurait fait aucune différence pour nous si elle avait été à cinquante années-lumière de là. Aucun bateau autochtone ne devait s'approcher de cette île tant que les hommes d'équipage et les poseurs distrans du *Los Angeles* étaient présents. Les colons possédaient un certain nombre de vieux glisseurs en état de marche, mais ils s'abstenaient, d'un commun accord, de survoler l'île. Exception faite des baraquements, de la plage et de la boutique hors taxes, il n'y avait rien sur ce rocher qui pût nous intéresser, nous autres les Navigants. Plus tard, peut-être, lorsque les derniers composants auraient été incorporés par le *Los Angeles* au système et que la porte distrans serait achevée, les autorités de l'Hégémonie feraient de l'île n° 241 un centre de commerce et de tourisme. En attendant, c'était un endroit primitif, avec sa grille pour les vaisseaux de descente, ses bâtiments blancs à peine finis en pierre locale et quelques agents de maintenance à l'air blasé.

Mike avait demandé l'autorisation d'aller marcher sac au dos pendant trois jours à l'extrémité la plus escarpée et la plus inaccessible de la petite île.

– J'ai pas envie d'aller crapahuter comme un con! avais-je protesté. Je préfère rester à bord et me brancher sur une simstim.

– Ferme-la et viens avec moi!

Tel un membre mineur du panthéon suivant une divinité plus sage et plus ancienne, je l'avais suivi en la bouclant. Deux heures de marche ardue sur les pentes volcaniques, à travers des épineux qui s'accrochaient aux jambes, nous menèrent, comme une coulée de lave sur la rocaille, à plusieurs centaines de mètres d'altitude au-dessus des vagues bouillonnantes qui s'écrasaient sur les brisants de la côte. Nous n'étions pas loin de l'équateur, sur une planète au climat essentiellement tropical; mais sur cette falaise exposée, le vent mugissait comme pas possible et mes dents claquaient littéralement de froid. Le soleil couchant, à l'ouest, était une traînée rouge sale entre des cumulus d'un noir menaçant, et j'avais peur de me retrouver en plein air lorsque la nuit descendrait pour de bon sur nous.

– Ne restons pas là, dis-je à Mike. Il y a trop de vent. Allons faire un bon feu. Je ne sais pas comment nous allons faire pour planter la tente sur cette rocaille.

Mike s'assit et alluma tranquillement un joint de cannabis.

– Regarde un peu ce qu'il y a dans ton paquetage, fiston.

J'eus un instant d'hésitation. Il avait dit cela d'une voix neutre, mais c'était le ton de quelqu'un qui vous a préparé un seau d'eau au-dessus de la porte. Je m'accroupis pour sortir les affaires du sac en nylon. Il n'était bourré de rien d'autre que de cubes d'emballage en mousse lovée. Il y avait aussi une sorte de costume d'Arlequin au complet, avec masque et grelots au bout des orteils.

– Tu n'es pas... Qu'est-ce que ça... Tu es complètement dingue ou quoi?

La nuit tombait rapidement. Le grain allait peut-être passer au sud de l'île, mais ce n'était pas encore certain. Les vagues rugissaient au pied de la falaise comme un monstre affamé. Si j'avais été sûr de savoir retrouver mon chemin tout seul dans la nuit, je serais peut-être rentré au comptoir de commerce, en laissant la carcasse de Mike Osho nourrir les poissons qui l'attendaient en bas.

– Regarde ce qu'il y a dans mon sac, maintenant, me dit-il.

Il vida par terre quelques cubes de mousse, au milieu desquels il y avait quelques menus bijoux du genre de ceux que j'avais vus dans les boutiques d'artisanat du Vecteur Renaissance. Il sortit également un compas à inertie, un crayon laser (que la Sécurité du vaisseau aurait pu facilement cataloguer comme une arme clandestine), un second costume d'Arlequin (taillé pour lui un peu plus large) et le tapis hawking.

– Merde! Comment est-ce que tu as fait pour passer tout ça sans te faire attraper? m'exclamai-je de nouveau en caressant des doigts les motifs admirables du vieux tapis.

– Le service des douanes n'est pas très bien organisé, me dit Mike en souriant. Et je doute fort que les autochtones aient un service de réglementation de la circulation aérienne.

– D'accord, mais...

Ma voix se perdit tandis que je l'aidais à dérouler le tapis. Il faisait à peine un peu plus d'un mètre de large sur deux de long. Sa riche texture avait perdu une partie de ses couleurs avec l'âge, mais les fils de commande étaient encore rutilants.

– Où l'as-tu eu? demandai-je. Est-ce qu'il marche encore?

– Sur Garden, me répondit Mike en fourrant mon costume avec le reste de son équipement dans son sac à dos. Oui, il fonctionne parfaitement.

Cela faisait plus d'un siècle que Vladimir Cholokov, émigrant de l'Ancienne Terre, maître lépidoptériste et ingénieur système EM, avait fabriqué artisanalement le premier tapis hawking pour sa ravissante jeune nièce de la Nouvelle-Terre. La légende prétendait que la nièce avait dédaigné son présent, mais le jouet avait acquis, avec les années, une popularité presque ridicule, pas tant auprès des enfants que des adultes fortunés, au point qu'on avait fini par les interdire sur la plupart des mondes de l'Hégémonie. Trop dangereux à manipuler, provoquant un trop grand gaspillage de monofilaments blindés, pratiquement impossibles à diriger dans un espace aérien contrôlé, les tapis hawking étaient devenus des objets de curiosité réservés aux contes pour enfants, aux musées et à un petit nombre de mondes coloniaux.

– Il a dû te coûter une fortune, murmurai-je.

– Trente marks, me dit Mike en s'installant au centre du tapis. Le vieux marchand de la place du marché de Carvnel était persuadé qu'il n'avait aucune valeur. Ce qui était le cas... pour lui. Je l'ai ramené à bord, je l'ai révisé, rechargé, j'ai reprogrammé ses plaquettes inertielles, et voilà.

Il posa la main à plat sur l'un des motifs complexes, et le tapis se raidit puis s'éleva de quinze centimètres au-dessus de la roche.

Je regardais d'un air peu convaincu. Je balbutiai :

– Suppose qu'il...

– Aucun risque, coupa Mike en tapotant impatiemment le tapis derrière lui. Il est chargé à bloc, et je sais m'en servir. Tu vas grimper oui ou merde? Sinon, écarte-toi. Il faut prendre l'air avant que ce grain ne se rapproche.

– Mais je ne crois pas que...

– Décide-toi, Merin. Je ne vais pas t'attendre une éternité.

J'hésitai encore une seconde ou deux. Si nous nous faisions prendre en train de quitter l'île, nos contrats seraient résiliés. J'avais choisi d'être Navigant, et c'était toute ma vie. J'avais signé pour huit missions sur Alliance-Maui. De plus, je me trouvais maintenant à deux cents années-lumière et à cinq ans et demi de voyage de la civilisation. Même à supposer qu'ils nous ramènent dans l'espace hégémonien, l'aller-retour nous aurait coûté onze ans par rapport à nos amis et à notre famille. Le déficit de temps était irrévocable.

Je grimpai derrière Mike sur le tapis en suspens. Il cala le sac à dos entre nous, me demanda de bien me cramponner et donna un coup sec sur les motifs de vol. Le tapis grimpa à cinq mètres au-dessus de la falaise, vira rapidement sur la gauche et fonça au-dessus de l'océan aux flots menaçants. Trois cents mètres au-dessous de nous, les vagues bouillonnaient d'une écume blanchâtre dans la pénombre grandissante. Mike prit un peu plus d'altitude, et mit le cap au nord.

C'est ainsi que tout un destin se joue en quelques secondes.

Je me souviens d'une conversation avec Siri lors de notre deuxième réunion. C'était peu après la visite de la villa sur la côte de Fevarone. Nous nous promenions sur la plage. Alón était resté en ville sous la surveillance de Magritte. C'était aussi bien comme ça. Nous étions plus à l'aise quand le gamin n'était pas avec nous. Seules l'indéniable gravité de ses yeux gris et la troublante familiarité-miroir de ses courtes boucles noires et de son nez mutin le reliaient à moi – à nous – dans mon esprit. Cela, et aussi le sourire fugace, presque sardonique, que je surprenais sur sa frimousse chaque fois que Siri le réprimandait. C'était un sourire amusé, beaucoup trop cynique et tourné vers l'intérieur pour être coutumier d'un enfant de dix ans. Mais je connaissais bien cette mimique. J'aurais cru que ces choses-là s'acquéraient par l'apprentissage, et non par hérédité.

– Tu ne sais pas grand-chose, me dit Siri.

Elle pataugeait, pieds nus, dans une flaque laissée par la marée. De temps à autre, elle se baissait pour extirper du sable quelque délicate conque marine, l'inspectait à la recherche d'un défaut et la laissait retomber dans l'eau trouble.

– J'ai reçu une formation poussée, répliquai-je.

– Je sais. Je ne doute pas que tu sois très fort dans ta spécialité, mais je dis que tu ne sais pas grand-chose.

Agacé, ne sachant quoi répondre, je continuai d'avancer sur la plage, la tête penchée en avant. Je ramassai dans le sable un galet de lave blanchi et le lançai le plus loin possible dans la mer. Des nuages gris s'amoncelaient à l'horizon, à l'est. Je me pris à penser que j'aurais préféré être à bord de mon vaisseau. J'avais hésité avant de revenir, cette fois-ci, et je m'apercevais maintenant que j'avais commis une erreur. C'était ma troisième descente sur Alliance-Maui, et notre deuxième réunion, comme on disait poétiquement chez elle. Dans cinq mois, j'aurais exactement vingt et un ans standard. Siri avait fêté son trente-septième anniversaire trois semaines plus tôt.

– Je suis allé dans un tas d'endroits que tu ne connais même pas, lui dis-je finalement.

Même à mes oreilles, cela sonna ridiculement puéril.

– Bravo! fit Siri en battant gaiement des mains.

L'espace d'une seconde, dans son enthousiasme, j'eus la vision de ma petite Siri, l'autre, celle dont j'avais rêvé durant les neuf longs mois de ma rotation. Puis la réalité s'imposa de nouveau à moi, et j'eus cruellement conscience de ses cheveux courts, des plis flasques de sa nuque et des cordes qui apparaissaient au dos des mains que j'avais tant aimées.

– Tu es allé dans des tas d'endroits que je ne verrai jamais, c'est vrai, poursuivit-elle vivement, d'une voix qui n'avait pas changé ou presque. Tu as vu des choses, mon amour, que je ne saurais même pas imaginer. Tu connais sans doute plus de faits sur l'univers que je ne m'en doute. Mais je dis quand même que tu ne sais pas grand-chose, mon petit Merin.

– Qu'est-ce que tu racontes, Siri?

Je m'assis sur une souche à demi enfouie, à la limite du sable mouillé, et dressai mes genoux comme une barrière entre nous. Elle sortit de sa flaque et vint s'accroupir devant moi. Elle me prit les deux mains dans une seule des siennes. Bien que mes doigts fussent beaucoup plus gros et osseux que les siens, je sentis la force qui se dégageait de ses mains, une force que j'imaginais être le résultat de toutes les années où je n'avais pas été là avec elle.

– Il faut avoir vécu pour connaître vraiment les choses, mon chéri, me dit-elle. J'ai compris cela lorsque j'ai eu Alón. Élever un enfant, cela aide à garder le contact avec le réel.

– Que veux-tu dire?

Elle détourna les yeux quelques secondes, rejetant machinalement en arrière une mèche de cheveux qui tombait sur son front tandis que sa main gauche demeurait fortement crispée sur les miennes.

– Je ne sais pas très bien, murmura-t-elle d'une voix faible. Je crois que, quand les choses n'ont plus la même importance, on s'en aperçoit. Je ne sais comment exprimer cela... Quand on a passé trente ans de sa vie à côtoyer des étrangers, on se sent moins oppressé en leur présence que lorsqu'on a la moitié de ce nombre d'années d'expérience. On sait ce qu'ils ont probablement à donner, et on va le prendre directement. Et si ce que l'on cherche n'est pas là, on s'en aperçoit très vite et on passe son chemin tranquillement. C'est l'expérience des années qui fait qu'on sait à quoi s'en tenir et de combien de temps on dispose pour apprendre la différence. Tu comprends, Merin? Est-ce que tu me suis, même un petit peu?

– Non.

Elle hocha doucement la tête, en se mordant la lèvre inférieure. Mais elle ne dit plus rien pendant un bon moment. Au lieu de parler, elle se pencha sur moi pour m'embrasser. Ses lèvres étaient sèches, légèrement interrogatrices. J'eus un mouvement de recul, l'espace d'une seconde. Je regardai le ciel, derrière elle. J'avais besoin d'un peu de temps pour réfléchir. Mais je sentis sa langue brûlante se glisser vigoureusement dans ma bouche, et je fermai les yeux. La marée montait derrière nous. La chaleur de Siri se communiqua à moi lorsqu'elle défit les boutons de ma chemise et me laboura la poitrine de ses ongles acérés. Il y eut entre nous une seconde de néant. Je rouvris les yeux à temps pour la voir dégrafer les dernières attaches de son corsage blanc. Ses seins étaient plus amples que dans mon souvenir. Plus lourds, avec des mamelons plus épais et plus foncés. Le vent froid nous mordit tous les deux jusqu'à ce que je fasse glisser le vêtements de ses épaules pour la serrer contre moi. Nous nous laissâmes glisser sur le sable tiède contre la souche. Je l'attirai plus fort contre moi, en me demandant comment j'avais pu penser qu'elle était physiquement la plus forte. Sa peau avait un goût salé.

Les mains de Siri m'aidèrent. Ses cheveux courts reposaient sur le bois blanchi, le coton blanc et le sable. Mon pouls battait plus fort que les vagues.

– Tu comprends, Merin? répéta-t-elle en chuchotant quelques secondes plus tard, alors que sa chaleur formait autour de moi un fourreau qui nous reliait.

– Oui, soufflai-je à son oreille.

Mais ce n'était pas vrai.

Mike entama sa descente vers le Site n° 1 à partir de l'est. Le vol nocturne avait duré un peu plus d'une heure, temps que j'avais passé à gémir en m'agrippant pour ne pas tomber du tapis, que je m'attendais à voir se replier d'une seconde à l'autre pour nous précipiter tous les deux dans la mer. Nous avions aperçu la première île mobile au bout d'une demi-heure de vol. Elle filait devant la tempête, ses voiles végétales gonflées. Elle fut suivie de plusieurs autres, remontant de leurs habitats du sud en une procession qui paraissait interminable. Beaucoup d'entre elles étaient brillamment illuminées, décorées de guirlandes de lanternes multicolores et de bannières de lumière diaphane et changeante.

– Tu es sûr que c'est dans cette direction? hurlai-je.

– Oui ! cria Mike sans tourner la tête.

Le vent faisait voler ses longs cheveux noirs qui cinglaient mon visage. De temps à autre, Mike consultait sa boussole et corrigeait légèrement notre cap. Il aurait sans doute été plus facile de suivre les îles. Nous en dépassâmes une grande, qui devait faire près d'un kilomètre de long. Je plissai les yeux pour essayer de distinguer quelque chose à sa surface, mais il faisait trop noir. Seul l'éclat phosphorescent de son sillage permettait d'en discerner les contours. Des formes noires évoluaient dans l'écume laiteuse. Je tapai sur l'épaule de Mike pour les lui montrer.

– Des dauphins ! cria-t-il. C'est à ça que servait cette foutue colonie au début. Tu ne te souviens pas de la bande de babas, à l'époque de l'hégire, qui voulait sauver tous les mammifères des océans de l'Ancienne Terre ? Ils n'ont pas réussi...

J'aurais voulu lui poser une autre question, mais c'est à ce moment-là que le promontoire et la rade du Site n° 1 furent en vue.

J'avais cru que les étoiles brillaient d'un éclat insurpassable au-dessus d'Alliance-Maui. J'avais cru que les îles migrantes offraient un incomparable spectacle de couleurs et de lumières. Mais le Site n° 1, dans l'écrin de sa rade et de ses collines, était une balise éclatante qui trouait la nuit. L'intensité de ses lumières me rappelait un vaisseau-torche que j'avais contemplé un jour au moment où il créait sa propre nova de plasma contre le limbe sombre d'une terne géante gazeuse. La ville consistait en un énorme gâteau de miel à cinq niveaux où se dressaient des bâtiments blancs illuminés par des lanternes douces à l'intérieur et par une multitude de torches éclatantes à l'extérieur. La pierre volcanique blanche de l'île proprement dite semblait briller à la lumière de la ville. À l'extérieur de celle-ci se pressaient des tentes, des pavillons, des feux de camp et d'immenses bûchers qui ne pouvaient servir à rien d'autre que souhaiter la bienvenue aux îles migratrices.

Le port était rempli d'embarcations de toutes sortes : catamarans qui dansaient au gré de la houle, leurs cloches tintant en haut des mâts, péniches ventrues, à fond plat, faites pour se traîner d'un port à l'autre dans les eaux équatoriales peu profondes, mais parées, cette nuit-là, de guirlandes de lumières, et même quelques yachts de haute mer, au profil racé et fonctionnel comme celui d'un requin. Un phare, posé à l'extrême pointe du promontoire de la rade, projetait son puissant faisceau de lumière très loin sur l'océan, illuminant aussi bien les vagues que l'intérieur de l'île, revenant caresser à intervalles réguliers les bateaux dansant au bout de leurs amarres et la foule bigarrée sans cesse en mouvement sur les quais.

Le bruit montait déjà jusqu'à nous à deux kilomètres de distance. C'était une rumeur de fête, de cris et de musique, étroitement mêlée au murmure de la mer. Je perçus quelques notes de flûte d'une sonate de Bach. Je devais apprendre plus tard qu'il s'agissait d'un concert de bienvenue transmis au moyen d'hydrophones dans le Détroit où les dauphins dansaient et s'ébattaient au son de la musique.

– Bon Dieu, Mike, comment as-tu fait pour être au courant de tout ça? demandai-je.

– J'ai interrogé l'ordinateur de bord principal.

Le tapis hawking s'inclina pour prendre son virage à droite, et nous perdîmes de vue les navires et le phare. Puis le tapis se dirigea vers le nord du Site n° 1, là où régnait encore l'obscurité.

– Cette fête a lieu chaque année, m'expliqua Mike, mais ils en célèbrent en ce moment le cent cinquantième anniversaire. Les réjouissances durent depuis trois semaines. Et cela va continuer comme ça encore quinze jours. Il n'y a que cent mille colons en tout sur cette foutue planète, Merin, mais je te parie que la moitié d'entre eux sont ici en train de rigoler.

Il ralentit, commença prudemment son approche et se posa sur un affleurement rocheux non loin de la plage. Nous avions échappé au grain, mais l'horizon au sud était encore par intervalles illuminé d'éclairs qui rivalisaient avec les lumières des îles en mouvement. Au-dessus de nous, cependant, les étoiles n'en brillaient pas moins dans un ciel chaud et serein où la brise apportait des senteurs de vergers en fleurs. Nous repliâmes le tapis et sortîmes nos costumes d'Arlequin. Je vis que Mike glissait dans ses poches le crayon laser et les bijoux.

– Qu'est-ce que tu comptes faire avec ça? demandai-je tout en dissimulant avec lui sous un gros rocher le sac à dos et le tapis.

– Ça? fit Mike en agitant sous mon nez un collier acheté sur Renaissance. Avec cette babiole, tu pourras peut-être obtenir quelques faveurs.

– Faveurs?

– Les faveurs d'une dame, expliqua Mike. Le repos du guerrier spatial. Un p'tit coin pour baiser, si tu préfères.

– Oh!

J'ajustai mon masque et mon bonnet. Les grelots tintèrent doucement dans l'obscurité.

– Viens, fit Mike. Il ne faut pas rater ça.

Je hochai gravement la tête et lui emboîtai gaillardement le pas. Nos grelots tintaient joyeusement chaque fois que nous escaladions une roche ou que nous sautions par-dessus un buisson, guidés par les lumières de la fête qui nous tendait les bras.

Accroupi en plein soleil, j'attends. Je ne sais pas trop quoi au juste. Je sens dans mon dos la chaleur de la pierre blanche du tombeau qui monte vers moi.

Le tombeau de *Siri*?

Il n'y a pas un seul nuage là-haut. Je lève la tête, les yeux plissés, comme si j'allais apercevoir, dans l'éclat aveuglant du ciel, le *Los Angeles* et la porte distrans en cours d'achèvement. Naturellement, je ne vois rien du tout. Une partie de moi-même sait très bien qu'ils ne sont pas encore au-dessus de l'horizon. Une partie de moi sait à la seconde près combien de temps il reste pour que le vaisseau et la porte parviennent au zénith. Mais l'autre partie ne veut pas en entendre parler.

Est-ce que c'est cela qu'il faut faire, Siri?

Le claquement brusque des oriflammes au bout de leur hampe se fait entendre tandis que le vent se lève. Je perçois, sans me retourner, la nervosité de la foule qui attend. Pour la première fois depuis ma descente planétaire, qui devait marquer notre sixième réunion, je suis rempli de chagrin. Ou plutôt non, ce n'est pas encore du chagrin, mais une sorte de tristesse qui va bientôt se transformer en douleur. Des années durant, j'ai tenu des conversations silencieuses avec Siri, formulant les questions longtemps à l'avance pour les lui poser un jour, et je prends cruellement conscience que plus jamais nous ne parlerons tranquillement ensemble. Un grand vide est en train de grandir en moi.

Faut-il que j'accepte cela, Siri?

Je ne reçois aucune autre réponse que le murmure grandissant de la foule. Dans quelques minutes, ils m'enverront Donel, mon plus jeune fils encore vivant, ou bien sa fille, Lira, avec son frère, pour me convaincre de continuer la cérémonie. Je me débarrasse de la brindille que je mâchonnais. Il y a comme une ombre à l'horizon. Ce pourrait être un nuage, ou bien la première des îles, poussée par l'instinct et les vents du nord printaniers à migrer vers les hauts-fonds équatoriaux d'où elles viennent toutes. Mais quelle importance?

Est-ce que c'est cela qu'il faut faire, Siri?

Toujours pas de réponse, et le temps s'amenuise.

Il y avait des moments où Siri me semblait si ignorante de tout que cela m'écœurait.

Elle ne savait absolument rien de la vie que je menais lorsque j'étais loin d'elle. Elle posait parfois des questions, mais je me demandais souvent si les réponses l'intéressaient réellement. Je passais des heures à essayer de lui expliquer les magnifiques principes physiques qui faisaient fonctionner nos vaisseaux de spin, mais elle ne semblait jamais comprendre. Un jour, après lui avoir détaillé soigneusement les différences entre leurs antiques vaisseaux d'ensemencement et le *Los Angeles*, je fus sidéré de l'entendre me demander pourquoi il avait fallu quatre-vingts ans à ses ancêtres pour atteindre Alliance-Maui, alors que je faisais le voyage en cent trente jours. Elle n'avait rien compris du tout.

Les notions qu'elle avait de l'histoire étaient, au mieux, pitoyables. Elle voyait le Retz et l'Hégémonie un peu comme un enfant pouvait considérer le monde imaginaire d'un mythe plaisant mais plutôt simpliste. L'indifférence qu'elle manifestait me faisait quelquefois véritablement sortir de mes gonds.

Elle connaissait à peu près tout sur le début de l'hégire, tout au moins la période touchant à Alliance-Maui et à ses pionniers, et elle me sortait parfois des histoires ou des légendes ravissantes de candeur archaïque. Mais elle ne savait absolument rien des réalités posthégiriennes. Des noms comme Garden, les Extros, Renaissance ou Lusus ne signifiaient pratiquement rien pour elle. Si je mentionnais devant elle Salmud Brevy ou le général Horace Glennon-Height, elle n'avait pas la moindre réaction. Vraiment pas la moindre.

La dernière fois que nous nous sommes réunis, elle

avait soixante-dix années standard. Oui, *soixante-dix*, et elle n'avait jamais quitté sa planète ni utilisé un méga-trans. La seule boisson alcoolique à laquelle elle eût goûté était le vin. Jamais elle ne s'était interfacée avec un empathiseur médical, jamais elle n'avait franchi de porte distrans, ni fumé un joint de cannabis, ni pris un seul médicament à base d'ARN. Jamais elle ne s'était offert une petite manipulation génétique. Jamais elle ne s'était branchée sur une simstim. Elle n'avait pas vraiment fait d'études, ni entendu parler des gnostiques zen ou de l'Église gritchtèque, ni fait une balade dans un autre véhicule que le vieux glisseur Vikken de la famille.

Elle n'avait jamais fait l'amour avec un autre que moi. C'est du moins ce qu'elle disait, et je la croyais.

Ce fut à l'occasion de notre première réunion, sur l'archipel, que Siri m'emmena parler avec les dauphins.

Nous nous étions levés avant l'aube, pour l'admirer. Les hautes branches de la maison-arbre formaient un poste d'observation parfait pour contempler le ciel à l'est et voir la nuit pâlir peu à peu pour céder la place au matin. Les hauts cirrus filamenteux rosirent, puis la mer elle-même devint de plomb tandis que le soleil flottait sur la ligne plate de l'horizon.

– Allons nager, me dit Siri.

La riche lumière rasante lui baignait la peau et projetait son ombre de quatre mètres sur les planches de la plate-forme d'observation.

– Je suis trop fatigué, lui dis-je. Tout à l'heure.

Nous n'avions pas dormi de la nuit. Nous avions bavardé, fait l'amour, rebavardé et refait l'amour. Aveuglé par l'éclat du matin, je me sentais vidé, en proie à une vague nausée. Je sentais sous moi le moindre mouvement de l'île, qui me donnait le vertige et me faisait perdre conscience de la pesanteur comme un ivrogne qui n'arrive pas à mettre un pied devant l'autre.

– Viens maintenant, insista Siri en me tirant par la main.

J'étais un peu agacé, mais je me laissai entraîner. Siri avait alors vingt-six ans, sept ans de plus que moi, mais son impulsivité me rappelait l'adolescente que j'avais arrachée à la fête, à peine dix de mes mois plus tôt. Son rire profond et spontané n'avait pas changé. Ses yeux verts étaient aussi incisifs lorsqu'elle s'impatientait. Sa longue crinière de cheveux auburn était exactement la même. Mais ses formes étaient devenues plus pleines, riches d'une promesse à peine esquissée jusque-là. Ses seins étaient toujours hauts et fermes, des seins de jeune fille, presque, bordés sur le haut par des taches de rousseur qui laissaient progressivement place à une blancheur si translucide que l'on voyait les délicates arabesques bleues de ses veines. Mais ils avaient quand même quelque chose de différent. Ma Siri n'était plus tout à fait la même.

– Tu viens, ou tu préfères rester là à regarder? me demanda-t-elle.

Elle avait laissé tomber son cafetan à ses pieds lorsque nous étions arrivés sur le ponton où la petite embarcation était encore amarrée. Au-dessus de nous, les voiles des arbres commençaient à s'ouvrir sous les effets de la brise du matin. Depuis plusieurs jours, Siri insistait pour porter un maillot quand nous allions dans l'eau. Aujourd'hui, elle ne portait rien. Les pointes de ses seins se dressaient dans la fraîcheur de la brise.

– Est-ce que nous ne risquons pas de rester en arrière? demandai-je en lorgnant les voiles qui claquaient dans les arbres.

Les jours précédents, nous avions attendu pour sortir les moments d'accalmie du milieu de la journée, lorsque la mer devenait un véritable miroir. Mais je voyais maintenant les nervures qui se tendaient tandis que le vent remplissait le creux des feuilles.

– Ne sois pas ridicule, me dit Siri. Nous pourrions toujours nous accrocher à une racine de quille ou à un filament nourricier et nous haler. Qu'est-ce que tu attends pour venir?

Elle me jeta un masque à osmose et ajusta le sien. La membrane transparente rendait son visage luisant comme s'il était huileux. De la poche de son cafetan, elle sortit un lourd médaillon qu'elle se passa autour du cou. Le métal semblait sombre et sinistre contre sa peau.

– Qu'est-ce que c'est? lui demandai-je.

Elle n'ôta pas son masque pour répondre. Elle mit les fils com en place sur son cou et me tendit les écouteurs. Sa voix me parvint, faible et métallique.

– Un disque traducteur, expliqua-t-elle. Je croyais que tu étais au courant de tous les gadgets, Merin. Le dernier à l'eau est une limace!

Maintenant d'une main le disque en place au creux de ses seins, elle se jeta à la mer. Je vis les globes pâles de ses fesses tandis qu'elle pirouettait pour descendre dans les profondeurs. Je mis mon masque, serrai les fils bien en place et plongeai à mon tour.

La base de l'île formait une tache sombre sur le fond de lumière cristalline de la surface. Je me méfiais des filaments nourriciers, bien que Siri m'eût prouvé, en les frôlant à maintes reprises, qu'ils ne s'intéressaient à aucune autre forme de proie que le zooplancton dansant à la lumière comme la poussière dans une salle de bal abandonnée. Les racines de quille descendaient comme des stalactites noueuses, sur des centaines de mètres, vers les profondeurs aux reflets pourpres.

L'île était en mouvement. Je voyais les légères fibrillations des filaments à la remorque. Dix mètres plus haut, le sillage captait la lumière. L'espace d'une seconde, j'eus l'impression d'étouffer sous le gel de mon masque, aussi sûrement que si c'était une barrière d'eau qui m'empêchait de respirer. Puis je me détendis, et l'air parvint de nouveau librement à mes poumons.

– Plus bas, Merin, me dit la voix de Siri.

Je battis des paupières, au ralenti, tandis que le masque se rajustait lentement sur mes yeux, et je l'aperçus, à une vingtaine de mètres au-dessous de moi, agrippée à une racine de quille, se laissant tirer sans effort au-dessus des courants froids des profondeurs où la lumière ne pénétrait jamais. Je pensai aux milliers de mètres d'eau qui se trouvaient sous moi, et aux créatures qui s'y cachaient peut-être, inconnues des colons. Je songeai aux ténèbres abyssales, et mon scrotum se contracta involontairement.

– Descends !

La voix de Siri parvenait comme un bourdonnement d'insecte à mes oreilles. Je fis basculer mon corps d'un coup de rein et détendis mes pieds. Le coefficient de flottaison n'était pas aussi élevé ici que dans les mers de l'Ancienne Terre. Cependant, il fallait pas mal d'énergie pour plonger si bas. Le masque compensait les effets de la profondeur et équilibrait l'azote, mais je sentais la pression sur ma peau et dans mes oreilles. Finalement, je cessai de me propulser avec les jambes, m'accrochai à une racine et me halai péniblement vers le bas jusqu'à la hauteur de Siri.

Nous nous laissâmes flotter côte à côte dans la

pénombre. Siri avait un aspect spectral dans cette lumière. Ses longs cheveux l'entouraient comme un halo lie-de-vin. Les marques pâles du maillot sur son corps nu luisaient à la lumière bleu-vert. La surface semblait se trouver à une distance impossible. Le V de plus en plus long du sillage et l'horizontalité des innombrables filaments montraient que l'île allait de plus en plus vite, à la recherche de nouvelles eaux nourricières.

– Où sont les... commençai-je à articuler en subvocal.

– Chut! fit Siri.

Elle manipula le médaillon. C'est alors que je les entendis... Les sifflets, les cris aigus, les trilles et les ronronnements. Tout cela formait une étrange musique réverbérée par les profondeurs.

– Bon dieu! m'exclamai-je malgré moi.

Comme elle avait connecté nos fils com au traducteur, ces mots furent reproduits sous la forme d'un sifflet de locomotive insensé.

– Salut! lança alors Siri.

La traduction de son appel sortit du médaillon comme un cri d'oiseau stertoreux et aigu, à grande vitesse, à la limite des ultrasons.

– Salut! répéta-t-elle.

Plusieurs minutes passèrent avant l'arrivée des premiers dauphins curieux. Ils tournèrent autour de nous, inquiétants et énormes, leur peau musclée et luisante sous la lumière parcimonieuse. L'un d'eux, particulièrement gros, s'approcha jusqu'à un mètre de nous, pirouettant au dernier moment, de sorte que son ventre blanc incurvé passa comme une muraille devant nous. Je vis son œil noir qui pivotait au passage pour me regarder. Un seul coup de son énorme queue créa une turbulence suffisante pour me convaincre de la force de cet animal.

– Salut! cria de nouveau Siri.

La masse agile se perdit dans un flou, et le silence régna quelques instants. Siri éteignit le médaillon traducteur.

– Veux-tu leur parler? me demanda-t-elle.

– Bien sûr.

J'étais sceptique. Trois siècles d'efforts n'avaient guère abouti à créer un véritable dialogue entre l'homme et les mammifères marins. Mike m'avait expliqué un jour que les structures de pensée des deux familles d'orphelins de l'Ancienne Terre étaient trop différentes, et les références communes trop peu nombreuses. Un spécialiste préhégirien avait écrit que la communication verbale avec un dauphin ou un marsouin était à peu près aussi gratifiante qu'avec un bébé humain âgé d'un an. Des deux côtés, l'échange était généralement apprécié, et il y avait bien un simulacre de conversation, mais ni l'une ni l'autre des deux parties n'était plus savante au bout du compte.

Siri rebrancha le médaillon. Cette fois-ci, ce fut moi qui lançai :

– Salut!

Il y eut une nouvelle minute de silence, puis nos écouteurs se remplirent de bourdonnements tandis que la mer réverbérait des sifflements aigus comme des hululements.

loin/sans-nageoire/salut-chanson?/pulsation-courant/cercle-moi/jouer?

– Qu'est-ce que...? demandai-je à Siri.

Le médaillon traduisit ma question en trilles. Siri souriait de toutes ses lèvres sous le masque à osmose. Je fis une nouvelle tentative.

– Salut à vous! Je vous adresse le bonjour de... euh... la surface. Comment ça va?

Le gros mâle – je supposais que c'en était un – vira pour filer sur nous à la vitesse d'une torpille. Il fendait l'eau dix fois plus vite que je n'aurais su nager, même si j'avais pensé à me munir de palmes. L'espace d'une seconde, je crus la collision inévitable et je pliai les genoux tout en m'agrippant de toutes mes forces à ma racine de quille. Mais il opéra un rétablissement et grimpa vers la surface pour respirer tandis que Siri et moi étions secoués par la turbulence créée sur son passage et par la série de sifflements perçants qu'il émettait.

sans-nageoire/sans-nourriture/sans-nager/sans-jouer/sans-plaisir

Siri coupa le médaillon et se laissa flotter à ma rencontre. Elle posa une main légère sur mon épaule tandis que je m'agrippais toujours à la racine. Nos jambes s'emmêlèrent tandis qu'un courant chaud nous caressait agréablement. Un banc de minuscules poissons rouges jeta des éclairs au-dessus de nous tandis que les masses noires des dauphins s'éloignaient en cercle.

– Ça te suffit? me demanda Siri, la main à plat sur ma poitrine.

– Encore une fois! lui criai-je.

Elle acquiesça, et remit le médaillon en service. Le courant, de nouveau, nous rapprocha. Elle passa le bras autour de ma taille.

– Pourquoi restez-vous autour des îles? demandai-je aux museaux pointus qui décrivaient des cercles dans la pénombre moirée. Quel avantage en tirez-vous?

maintenant - bruit / chanson - ancienne / eau - profonde / sans-Grande-Voix/sans-Requin/chanson-ancienne/chanson-nouvelle

Le corps de Siri était maintenant entièrement plaqué contre le mien. Son bras gauche m'enserrait la taille.

– Les Grandes-Voix étaient les baleines, chuchota-t-elle.

Sa chevelure flottait autour d'elle comme des oriflammes. Sa main droite glissa sur moi vers le bas, et sembla étonnée de ce qu'elle trouva.

– Est-ce que les Grandes-Voix vous manquent? demandai-je aux ombres.

Il n'y eut pas de réponse. Siri noua ses jambes autour de mes hanches. La surface était un tourbillon de lumière à quarante mètres au-dessus de nos têtes.

– Qu'est-ce que vous regrettez le plus des océans de l'Ancienne Terre? demandai-je.

De mon bras gauche, j'attirai Siri plus près, tout en faisant glisser ma main sur la cambrure de son dos, jusqu'à l'endroit où ses petites fesses rondes vinrent à la rencontre de ma paume. Pour le cercle des dauphins, nous ne devions plus former qu'une créature. Siri s'arc-bouta, et nous ne fûmes véritablement plus qu'un seul être.

Le médaillon avait dérivé sur l'épaule de Siri. J'essayai de l'attraper pour le faire taire, mais la réponse à ma question parvint en bourdonnant à nos oreilles.

regrette-Requin/regrette-Requin/regrette-Requin/regrette-Requin/Requin/Requin/Requin

Je réussis à éteindre le disque traducteur. Puis je secouai la tête. Je ne comprenais pas. Il y avait tant de choses que je ne comprenais pas. Je fermai les yeux tandis que Siri et moi pompions doucement au rythme du courant et de nos propres corps, et que les dauphins continuaient de nager en cercle en sifflant et grognant les tristes trilles de leur ancienne complainte.

Nous étions redescendus des collines, Siri et moi, pour rejoindre les festivités, juste avant l'aube du deuxième jour. Durant un jour et une nuit entiers, nous avions parcouru les crêtes, nous avions partagé les repas des gens sous leurs dais de soie orange, nous nous étions baignés dans les eaux glacées de la Shree, et nous avions dansé au son des musiques incessantes venues des trains d'îles mobiles qui nous dépassaient. Nous avions un appétit inextinguible. À la tombée de la nuit, je m'étais éveillé pour m'apercevoir que Siri avait disparu. Elle fut de retour avant le lever de lune d'Alliance-Maui. Elle me raconta que ses parents étaient partis pour quelques jours sur une barge lente avec des amis. Ils avaient laissé le glisseur familial au Site n° 1. Nous nous dirigeâmes donc, de feu de joie en feu de joie, de bal en bal, vers le centre de la cité. Nous avions l'intention de prendre le glisseur pour gagner le domaine familial de Siri, qui se trouvait non loin de Fevarone.

Malgré l'heure tardive, la place principale du Site n° 1 était encore relativement pleine de fêtards. J'étais heureux comme tout. J'avais dix-neuf ans, j'étais amoureux, et la gravité de 0,93 *g* d'Alliance-Maui me rendait léger. J'avais l'impression de pouvoir m'envoler, si je voulais. Je me sentais capable de n'importe quel exploit.

Nous nous étions arrêtés devant un étal pour acheter des beignets et des gobelets de café fumant lorsqu'une pensée me frappa soudain.

– Comment savais-tu que j'étais Navigant?

– Tais-toi, mon petit Merin. Mange ton frugal petit déjeuner. Quand nous serons à la villa, je nous en ferai un vrai, capable de rassasier notre faim.

– Non, sérieusement, lui dis-je en m'essuyant le menton de la manche de mon costume d'Arlequin, qui commençait à ne plus être très propre. Ce matin, tu m'as avoué que tu savais depuis le début d'où je venais. Comment as-tu fait? C'est mon accent? Mon costume? Mike et moi nous avons pourtant vu ici d'autres personnes habillées comme nous.

Elle rejeta ses cheveux en arrière en riant.

– Estime-toi heureux qu'il n'y ait que moi qui m'en sois aperçue, Mike chéri. Si cela avait été mon oncle Gresham ou ses amis, cela t'aurait occasionné quelques ennuis.

– Ah? Et pourquoi ça?

Je pris un nouveau beignet, que Siri paya. Je la suivis à travers la foule maintenant beaucoup moins dense. Malgré le mouvement et la musique autour de moi, je commençais à ressentir la fatigue.

– Ce sont des séparatistes, m'expliqua Siri. Mon oncle Gresham a récemment prononcé un discours devant le Conseil pour préconiser la lutte contre ceux qui veulent nous voir engloutir par ton Hégémonie. Il dit qu'il faut détruire votre porte distrans avant qu'elle ne nous détruise.

– Ah! Et a-t-il précisé comment il comptait s'y prendre? À ma connaissance, vous n'avez même pas de vaisseau spatial.

– C'est vrai, me dit Siri, et aucun d'entre nous n'a quitté l'atmosphère de cette planète depuis cinquante ans. Cela montre simplement à quel point les séparatistes ont des idées irrationnelles.

Je hochai lentement la tête. Le Maître-Navigant Singh et le conseiller Halmyn nous avaient mis au courant en ce qui concernait ces soi-disant séparatistes d'Alliance-Maui. « L'habituelle coalition coloniale des réactionnaires et nationalistes de tout poil, avait affirmé Singh. Raison de plus pour ne pas nous presser et développer le potentiel commercial de cette planète avant d'achever la porte distrans. Le Retz n'a pas besoin de voir ces culs-terreux entrer prématurément dans la danse. Et l'existence de semblables groupes est une raison supplémentaire de tenir l'équipage et les équipes de construction à l'écart des rampants. »

– Où se trouve ton glisseur? demandai-je à Siri.

La place se vidait rapidement. La plupart des orchestres s'étaient arrêtés de jouer, et les musiciens rangeaient leurs instruments pour la nuit. Des groupes en costumes bariolés gisaient un peu partout en tas, ronflant sur la pelouse ou sur les pavés parmi les détritus et les lanternes éteintes. Seuls quelques îlots de gaieté demeuraient, des groupes qui dansaient au son d'une guitare isolée ou qui chantaient pour eux-mêmes d'une voix ivre et discordante. Je repérai tout de suite parmi ces joyeux drilles mon ami Mike Osho, dans son costume bigarré, sans masque, une fille à chaque bras. Il essayait d'apprendre le *Hava Nagilla* à un cercle d'admirateurs ravis mais totalement ineptes. Si l'un trébuchait, tous les autres tombaient. Mike les remettait sur leurs pieds en les bousculant dans l'hilarité générale, et ils recommençaient à sautiller maladroitement tandis qu'il continuait à chanter de sa voix de basse.

– Il est là, me dit Siri en montrant du doigt une courte rangée de glisseurs garés derrière la Maison Commune.

Je hochai la tête et fis un signe à Mike, mais il était trop occupé à se cramponner à ses deux cavalières pour faire cas de moi. Nous traversâmes donc rapidement la place, et nous étions déjà dans l'ombre de la vieille bâtisse lorsqu'un cri retentit.

– Navigant de mes deux ! Retourne-toi, chien d'Hégémonien !

Je me figeai sur place, puis me retournai lentement, les poings serrés, mais il n'y avait personne derrière moi. Six jeunes hommes étaient descendus d'un podium et se tenaient en demi-cercle derrière Mike. Celui qui était le plus près de lui était mince et grand, d'une beauté éclatante. Il devait avoir vingt-cinq ou vingt-six ans. Ses longues boucles blondes pendaient sur un costume de soie écarlate qui mettait son physique en valeur. Dans la main droite, il tenait une épée d'un bon mètre de long, qui semblait faite en acier trempé.

Mike se retourna lentement. Même à cette distance, je vis son regard se dessoûler pour évaluer la situation. Les filles qui l'encadraient et deux ou trois personnes de son groupe se mirent à glousser comme si les mots qui venaient d'être prononcés étaient follement amusants. Mike conserva son sourire de fêtard ivre pour demander :

– C'est bien à moi que vous vous adressez ainsi, monsieur ?

– C'est à toi que je m'adresse, fils de pute de l'Hégémonie, lança le chef du groupe, dont le beau visage était maintenant déformé par un rictus horrible.

– C'est Bertol, chuchota Siri à mon oreille. Mon cousin. Le benjamin de Gresham.

Je hochai la tête et m'avançai vers les lumières de la place. Siri me saisit le bras.

– Vous n'avez aucune raison de parler ainsi de ma mère, fit Mike d'une voix grasse. Vous a-t-elle offensé d'une quelconque manière ? Est-ce moi qui vous ai offensé ? Dans ce cas, mille pardons.

Il s'inclina si bas que les grelots de son bonnet touchèrent presque le sol. Des membres de son groupe applaudirent.

– C'est ta présence qui m'offense, bâtard hégémonien. Ta grosse carcasse empuantit notre atmosphère.

Les sourcils de Mike se haussèrent comiquement. Un jeune homme de son groupe, en costume de poisson, écarta les bras.

– Laisse-le, Bertol. Il ne fait que...

– Ferme-la, Ferick. C'est à ce gros con que je m'adresse.

– Gros con? répéta Mike, les sourcils plus plissés que jamais. J'ai parcouru deux cents années-lumière pour m'entendre traiter de gros con? Je me demande si ça en valait la peine.

Il fit gracieusement volte-face, en se libérant des deux femmes dans le même mouvement. Je l'aurais bien rejoint à ce moment-là, mais Siri s'accrochait à mon bras en me suppliant à voix basse. Lorsque je fus libre de mes mouvements, je vis que Mike faisait toujours l'imbécile, mais que sa main gauche s'était glissée dans la poche de sa chemise.

– Lance-lui ton épée, Creg, ordonna sèchement Bertol.

L'un des garçons de son groupe lança à Mike une épée, pommeau devant. Il ne fit pas un mouvement pour l'attraper et la regarda impassiblement retomber dans un grand bruit sur les pavés.

– Ce n'est pas possible que tu parles sérieusement, fit Mike d'une voix soudain parfaitement sobre. Espèce de crétin taré, tu t'imagines pour de bon que je vais me battre en duel avec toi uniquement parce que tu bandes à l'idée de te faire une gueule de héros devant tes mange-merde de copains?

– Ramasse cette épée, glapit Bertol, ou je jure devant Dieu que je te découpe en rondelles là où tu es.

Il avança de plusieurs pas rapides. Son visage était déformé par la rage.

– Va te faire foutre, lui dit Mike.

Dans sa main gauche avait surgi le crayon laser.

– Non! hurlai-je en courant vers la lumière.

Ce genre de crayon était utilisé sur les chantiers par les ouvriers du bâtiment pour marquer les poutrelles en alliage renforcé.

Les choses se passèrent alors très rapidement. Bertol fit un nouveau pas en avant, et Mike lança vers lui le rayon vert, d'un geste presque nonchalant. Le jeune colon laissa échapper un cri et fit un bond en arrière. Une ligne noire fumante barrait en diagonale le devant de sa chemise de soie. J'hésitai. Mike avait réglé la puissance au minimum. Deux des amis de Bertol s'avancèrent vers Mike. Il dirigea le rayon vers leurs tibias. Le premier tomba à genoux en poussant un juron. Le deuxième battit en retraite à cloche-pied, en gémissant.

Une petite foule s'était rassemblée. Les gens éclatèrent de rire lorsque Mike ôta son bonnet pour saluer en disant :

– Je vous remercie. Ma mère et moi, nous vous remercions beaucoup.

Le cousin de Siri ne contenait plus sa rage. La bave coulait sur sa lèvre inférieure et sur son menton. Je m'avançai à travers la foule et m'interposai entre lui et Mike.

– Hé! Ça suffit comme ça, leur dis-je. On s'en va, maintenant. Au revoir tout le monde.

– Bon Dieu, Merin, tire-toi du milieu, grogna Mike.

– Ça va aller, lui dis-je en me tournant vers lui. Je suis avec une fille qui s'appelle Siri. Elle a un...

Bertol s'élança soudain, l'épée brandie. Je lui saisis l'épaule au passage et le poussai violemment. Il tomba lourdement dans l'herbe.

– Merde, fit Mike en reculant de plusieurs pas.

Il semblait épuisé et un peu écœuré. Il s'assit sur une marche de pierre.

– Merde, répéta-t-il.

Il y avait une fine zébrure écarlate sur le côté gauche de son costume d'Arlequin. Elle grossissait à vue d'œil, et le sang coula bientôt sur le ventre rebondi de Mike Osho.

– Bon Dieu, Mike!

Je déchirai un pan de ma chemise et m'efforçai d'endiguer le flot. J'avais tout oublié des cours de secourisme qu'on nous avait fait suivre à l'école des Navigants. Je portai machinalement la main à mon poignet, mais mon persoc n'y était pas. Nous avions préféré les laisser à bord du *Los Angeles*.

– Ça ira, Mike, murmurai-je. Ce n'est qu'une égratignure.

Le sang coulait maintenant sur ma main et sur mon poignet.

– Ça m'apprendra, grogna Mike.

Sa voix était rauque et tendue par la douleur

– Merde... Tu te rends compte? haleta-t-il. Une foutue épée de merde, Merin... Embroché dans la fleur de ma jeunesse par une putain de lame sortie tout droit d'une opérette de quatre sous... Merde, ça me fait mal...

– Une opérette, c'est vrai, murmurai-je en changeant de main.

Le tampon était imbibé de sang.

– Tu sais quel est ton putain... de problème, Merin? Tu

es toujours en train... de foutre ton grain de sel... partout... Ouiiiillle.

Son visage devint blanc, puis gris. Son menton retomba contre sa poitrine, puis il se mit à respirer beaucoup plus fort.

– Ça suffit comme ça, hein, gamin? On rentre à la maison, cette fois, hein?

Je jetai un coup d'œil par-dessus mon épaule. Bertol s'éloignait lentement avec ses copains. Le reste de la foule restait là à tourner en rond, encore sous le choc.

– Allez chercher un médecin! leur criai-je. Faites venir de l'aide!

Deux hommes s'éloignèrent dans la nuit en courant. Je ne voyais pas Siri.

– Une seconde, une seconde, fit Mike d'une voix un peu plus forte, comme s'il avait oublié quelque chose d'important. Une seconde! répéta-t-il. Puis il mourut.

Il s'éteignit comme ça. Sur le coup. Sa bouche s'ouvrit obscènement, ses yeux se révulsèrent, de sorte qu'on n'en voyait plus que le blanc, et une minute plus tard le sang avait cessé de jaillir par à-coups de la blessure.

Durant quelques secondes de démence, je me mis à invectiver le ciel. Je vis passer le *Los Angeles* contre le fond pâlissant des étoiles. Je savais que si j'avais pu ramener Mike à bord en quelques minutes, ils l'auraient sauvé. La foule recula tandis que je hurlais en prenant les étoiles à témoin. Finalement, je me tournai vers Bertol.

– Toi! hurlai-je.

Il s'était immobilisé à l'autre bout de la place. Son visage était livide. Il me regarda sans répondre.

– Toi! répétai-je.

Je ramassai le laser à l'endroit où il avait roulé par terre, mis la puissance au maximum et m'avançai vers l'endroit où Bertol attendait avec ses copains.

Plus tard, à travers la brume des hurlements et de l'odeur de chair carbonisée, j'eus confusément conscience de la présence du glisseur de Siri en train de se poser au milieu de la foule hébétée. La poussière volait partout, et la voix de Siri m'ordonnait de monter à bord. Le glisseur quitta la lumière et la confusion de la place. Le vent froid décolla de ma nuque mes cheveux mouillés de transpiration.

– Nous allons à Fevarone, me dit Siri. Bertol était ivre. Les séparatistes sont des gens dangereux, mais minoritaires. Il n'y aura pas de représailles contre toi. Tu resteras chez moi jusqu'à ce que le Conseil ouvre une enquête.

– Non, lui dis-je d'une voix ferme en désignant un promontoire non loin de la ville. Tu vas te poser là.

Elle protesta, mais finit par obéir. Je jetai un coup d'œil au rocher pour être sûr que le sac à dos était bien là, puis je descendis du glisseur. Siri se pencha sur le siège et attira mon visage contre le sien.

– Mon amour... Merin.

Ses lèvres étaient chaudes et ouvertes, mais je ne ressentis rien. Tout mon corps était comme anesthésié. Je m'arrachai à son étreinte et lui fis signe de décoller. Elle repoussa ses cheveux en arrière. Ses yeux verts étaient pleins de larmes. Le glisseur décolla, s'inclina pour virer puis s'éloigna vers le sud dans la lumière naissante du matin.

Une seconde, avais-je envie de crier. Je m'assis au bord d'un rocher et m'entourai les genoux de mes deux bras en laissant échapper un chapelet de sanglots. Puis je me relevai et lançai le laser au loin dans la mer qui grondait au pied du promontoire. Je retournai le sac à dos pour en vider le contenu sur le sol.

Le tapis hawking avait disparu.

Je m'assis de nouveau, trop vidé pour pleurer ou rire ou m'éloigner. Le soleil se leva pendant que je me morfondais dans la même position. Je n'avais toujours pas bougé, trois heures plus tard, lorsque le gros glisseur tout noir de la police du *Los Angeles* se posa silencieusement à proximité du promontoire.

– Papa ! Il commence à se faire tard, papa !

Je me retourne pour voir Donel, mon fils, debout derrière moi. Il porte la robe bleu et or du Conseil de l'Hégémonie. Son crâne chauve est congestionné et baigné de transpiration. Donel n'a que quarante-trois ans, mais j'ai toujours l'impression qu'il est beaucoup plus âgé que ça.

– Je t'en prie, papa, me dit-il.

Je hoche la tête et je me relève, en secouant les brindilles et la terre de mes vêtements. Nous marchons ensemble vers le tombeau. La foule s'est maintenant rapprochée. Le gravier crisse sous les semelles des spectateurs impatients.

– Veux-tu que j'entre avec toi, papa ? me demande Donel.

Je me tourne vers cet étranger grisonnant qui est mon fils. Il n'a presque rien de Siri ni de moi dans son aspect physique. Son visage est avenant, congestionné, rempli d'excitation par cette journée peu commune. Je sens en lui la sincérité pleine de candeur qui tient souvent lieu d'intelligence chez certaines personnes. Je ne peux pas m'empêcher de faire la comparaison entre ce petit homme au crâne dégarni et Alón aux boucles noires, Alón le taciturne au sourire sardonique. Mais Alón est mort depuis trente-trois ans, fauché par une mort stupide dans un combat qui n'avait rien à voir avec lui.

– Inutile, lui dis-je. J'irai tout seul. Merci, Donel.

Il hoche la tête et fait un pas en arrière. Les oriflammes claquent au-dessus de la foule tendue. Je reporte mon attention sur le tombeau.

L'entrée est verrouillée par une serrure palmaire. Je n'ai qu'à y poser la main.

Depuis quelques minutes, j'entretiens dans ma tête une fiction destinée à me préserver à la fois de la tristesse qui grandit intérieurement en moi et de la série d'événements extérieurs dont j'ai provoqué le déclenchement. Siri n'est pas morte. Dans la dernière phase de sa maladie, elle a convoqué les médecins et les quelques techniciens qui sont restés dans la colonie pour leur ordonner de reconstituer l'une des anciennes chambres d'hibernation utilisées deux siècles plus tôt à bord du vaisseau d'ensemencement. Siri est seulement endormie. Qui plus est, son long sommeil lui a redonné sa jeunesse. Lorsque je la réveillerai, elle sera la Siri de nos premières rencontres. Nous nous promènerons ensemble au soleil et, lorsque la porte distrans fonctionnera, nous serons les premiers à la franchir.

– Papa ?

– Oui.

Je fais un pas en avant et je pose la main sur la porte de la crypte. On entend un bourdonnement de moteur électrique tandis que la lourde dalle de pierre blanche recule. Je baisse la tête et j'entre dans le tombeau de Siri.

– Attention, Merin ! Frappe-moi ce foutu cordage avant qu'il ne te fasse passer par-dessus bord ! dépêche-toi !

J'obéis à toute vitesse. Le cordage mouillé était difficile à plier, et encore plus à attacher. Siri secoua la tête d'un air écœuré et se pencha en avant pour faire un nœud de bouline d'une seule main.

C'était notre sixième réunion. J'étais arrivé trois mois trop tard pour fêter son anniversaire, mais plus de cinq mille personnes avaient participé aux célébrations. Le Président de la Pangermie lui avait fait ses vœux dans un discours de quarante minutes. Un poète était venu lire les meilleurs sonnets de son *Cycle de l'Amour*. L'ambassadeur de l'Hégémonie lui avait offert un manuscrit ancien et un nouveau navire, un submersible de poche propulsé par les premières cellules à fusion autorisées sur la planète Alliance-Maui.

Siri possédait dix-huit autres navires, mais nous nous trouvions actuellement à bord d'un bateau de pêche, le *Ginnie Paul*. Nous venions de passer huit jours sur les hauts-fonds équatoriaux, rien que nous deux, à mouiller et à relever des filets, à patauger jusqu'aux genoux au milieu des poissons puants et des trilobites qui craquaient sous nos pieds, à nous coucher sur chaque vague, à mouiller et à relever encore des filets, à prendre le quart et à dormir comme des enfants exténués chaque fois que nous avions une brève période de répit. Je n'avais pas encore tout à fait vingt-trois ans. Je croyais être habitué à trimer sur le *Los Angeles*, et j'avais pour habitude de faire une heure d'exercice toutes les deux factions dans le caisson à 1,3 *g*, mais j'avais maintenant mal au dos et aux bras, et des ampoules plein les doigts entre les callosités de mes mains. Siri, elle, venait d'atteindre ses soixante-dix ans.

– Merin! Va à l'avant carguer la misaine. Fais la même chose avec le foc. Ensuite, tu descendras t'occuper des sandwiches. Beaucoup de moutarde pour moi.

Je hochai la tête et gagnai maladroitement l'avant. Cela faisait un jour et demi que nous jouions à cache-cache avec la tempête. Nous filions devant elle quand nous le pouvions, nous l'affrontions quand nous ne pouvions pas faire autrement. Au début, c'était un jeu assez excitant, qui nous changeait de la manœuvre des filets et de leur ravaudage. Mais au bout de quelques heures, la montée d'adrénaline avait fait place à une nausée constante et à un terrible épuisement. Les flots ne semblaient jamais vouloir se calmer. Les lames avaient dix mètres de haut. Le *Ginnie Paul* se couchait comme une matrone de bordel au gros cul, ce qu'il était exactement. Tout était trempé. Malgré mon ciré et trois couches de vêtements étanches, ma peau était trempée elle aussi. Mais pour Siri, c'étaient des vacances longtemps attendues.

– Et encore, ce n'est rien, m'avait-elle dit au plus noir de la nuit, tandis que les lames déferlaient sur le pont et s'écrasaient contre le plastique meurtri du cockpit. Tu devrais venir pendant la saison du simoun!

Les nuages étaient encore bas et se mêlaient aux vagues grises de l'horizon, mais la tempête avait faibli et il ne subsistait plus qu'un clapot d'un mètre cinquante. J'étalai de la moutarde sur les sandwiches au rosbif et versai du café fumant dans les épais gobelets blancs. Il aurait été plus facile de transporter le café sous gravité zéro sans en renverser une goutte que d'affronter l'échelle qui menait sur le pont. Siri prit son gobelet à moitié vidé sans faire de commentaire. Nous restâmes quelques minutes assis en silence, savourant nos sandwiches et le liquide brûlant. Je pris la barre pendant qu'elle descendait chercher encore un peu de café. Le crépuscule était en train de se transformer graduellement en nuit.

– Merin, me dit-elle après m'avoir tendu mon gobelet et s'être adossée solidement contre le banc capitonné qui faisait le tour du cockpit, que va-t-il se passer quand la porte distrans commencera à fonctionner?

Je fus surpris par la question. Nous n'avions presque jamais parlé de l'époque où Alliance-Maui entrerait dans l'Hégémonie. Je jetai un coup d'œil à Siri, et fus frappé de la voir tout à coup très vieille. Son visage était une mosaïque de rides et de plis. Ses beaux yeux verts s'étaient enfoncés dans des puits sombres, et ses pommettes étaient des lames de couteau sur du parchemin cassant. Ses cheveux gris étaient maintenant coupés court et collaient comme des piquants sur son front. Son cou et ses poignets étaient des cordes hérissées de tendons qui sortaient d'un sweater informe.

– Que veux-tu dire au juste? lui demandai-je.

– Que va-t-il se passer quand ils ouvriront la porte distrans?

– Tu sais bien ce qu'a dit le Conseil, Siri! lui criai-je, car elle avait du mal à entendre d'une oreille. Une ère nouvelle s'ouvrira pour le commerce et la technologie d'Alliance-Maui. Vous ne serez plus confinés sur une seule planète. Lorsque vous deviendrez citoyens de l'Hégémonie, tout le monde aura le droit d'utiliser les portes distrans.

– Je sais déjà tout cela, me dit-elle d'une voix qui me parut accablée. Mais ce que je te demande, c'est ce qui se passera réellement. Qui viendra ici en premier?

Je haussai les épaules.
– Des diplomates, sans doute. Des spécialistes des relations culturelles. Des anthropologues. Des ethnologues. Des experts en biologie marine.
– Et ensuite?
Je restai silencieux. La nuit était maintenant tombée. La houle s'était presque calmée. Nos feux de route trouaient l'obscurité de leur éclat vert et rouge. Je ressentais la même angoisse que l'avant-veille, lorsque le mur de la tempête avait fait son apparition à l'horizon.
– Ensuite, murmurai-je, viendront les missionnaires. Puis les géologues du pétrole. Les aquaculteurs. Les promoteurs.
Elle but une gorgée de café.
– J'aurais cru que l'Hégémonie aurait largement dépassé le stade économique du pétrole.
Je me mis à rire.
– On ne dépasse jamais le stade du pétrole. Pas tant qu'il y en a encore dans le sous-sol. Nous ne le brûlons pas, si c'est ce à quoi tu penses, mais il demeure essentiel pour la production des plastiques, des matières synthétiques, des bases alimentaires et des kéroïdes. Deux cents milliards de gens, cela consomme beaucoup de plastique.
– Et Alliance-Maui a beaucoup de pétrole?
– Beaucoup, répondis-je, sans rire du tout, à présent. Il y a des réserves équivalant à des milliards de barils rien que sous les hauts-fonds équatoriaux.
– Et comment feront-ils pour l'extraire, Merin? Avec des plates-formes?
– Oui. Des plates-formes, mais aussi des submersibles, des colonies sous-marines peuplées de travailleurs génétiquement adaptés, qu'ils feront venir de Mare Infinitus.
– Et les îles mobiles? demanda Siri. Elles doivent revenir chaque année sur les hauts-fonds pour se nourrir du varech bleu qui ne pousse qu'à cet endroit et pour s'y reproduire. Qu'adviendra-t-il des îles?
Je haussai de nouveau les épaules. J'avais bu trop de café, et cela me laissait un arrière-goût amer à la bouche.
– Je ne sais pas, murmurai-je. L'équipage n'est pas tellement tenu au courant. Mais à notre premier voyage, Mike a entendu dire qu'ils comptaient mettre le plus grand nombre possible de ces îles en valeur, de sorte qu'ils ont sûrement l'intention de les protéger.
– Les mettre en valeur? fit Siri, manifestant de l'éton-

nement pour la première fois. Comment pourraient-ils mettre les îles en valeur? Même les Premières Familles comme la mienne doivent demander la permission du Peuple de la Mer avant d'y construire leur maison-arbre.

Je souris de nouveau en entendant Siri utiliser l'expression locale qui désignait les dauphins. Les colons d'Alliance-Maui étaient de véritables enfants pour tout ce qui touchait à leurs foutus mammifères marins.

– Le programme est déjà établi, lui dis-je. Il y a cent vingt-huit mille cinq cent soixante-treize îles mobiles assez grandes pour être aménagées. Les concessions ont été distribuées depuis longtemps. Les îles les plus petites seront dispersées, je suppose. Celles de l'intérieur seront utilisées à des fins récréatives.

– Des fins récréatives, répéta songeusement Siri. Et combien d'Hégémoniens utiliseront la porte distrans pour venir ici... à des fins récréatives?

– Tu veux dire au début? Quelques milliers à peine la première année. Tant que la seule porte se trouvera sur l'île 241 – le Comptoir Commercial –, les mouvements seront limités. Cinquante mille la deuxième année, peut-être, quand le Site n° 1 aura sa propre porte. Ce sera du tourisme de luxe. C'est toujours le cas, au début, lorsqu'une colonie d'ensemencement fait son entrée dans le Retz.

– Et ensuite?

– Après la période probatoire de cinq ans? Il y aura des milliers de portes, naturellement. On peut imaginer que vingt ou trente millions de nouveaux résidents arriveront ici pendant la première année de pleine citoyenneté.

– Vingt ou trente millions... répéta Siri.

La lumière du support de compas illuminait par le bas les rides de son visage, qui avait toujours une certaine beauté. Contrairement à mon attente, cependant, il n'y avait ni colère ni indignation dans son expression.

– En contrepartie, poursuivis-je, vous serez tous des citoyens à part entière, à ce moment-là. Ce qui signifie que vous pourrez vous rendre librement dans n'importe quelle région du Retz, qui comprendra alors seize planètes de plus, peut-être davantage.

– Oui, murmura Siri en posant son gobelet vide à côté d'elle.

L'écran radar rudimentaire, dans son cadre ciselé à la main, montrait la mer vide après la tempête.

– Est-il vrai, Merin, demanda-t-elle, que les citoyens de l'Hégémonie habitent des maisons qui sont dans plusieurs mondes à la fois? Avec des fenêtres qui donnent sur une douzaine de cieux différents?

– C'est vrai pour une minorité de gens, répondis-je en souriant. Ce n'est pas tout le monde qui peut s'offrir une résidence multiplanétaire.

Elle sourit à son tour et posa sur mon genou une main où ressortaient les taches brunes et les veines bleues.

– Tu es très riche, n'est-ce pas, Navigant?

Je détournai les yeux.

– Pas encore.

– Bientôt, alors, Merin. Combien de temps, mon amour? Moins de quinze jours de travail, et tu pourras rentrer chez toi dans l'Hégémonie. Ensuite, cinq de tes mois seulement passeront avant que vous ne reveniez chargés des derniers composants. Quelques semaines de plus pour finir le travail, et seuls quelques pas te sépareront de ta planète et de la fortune. Quelques pas... Des pas de deux cents années-lumière. C'est difficile à imaginer... Mais où en étais-je? Oui, en tout, ça fait moins d'une année standard.

– Dix mois, murmurai-je. Trois cent six jours standard. Trois cent quatorze des tiens. Neuf mille dix-huit vacations.

– Et ton exil prendra fin.

– Oui.

– Je suis fatiguée, Merin. Je voudrais aller me coucher.

Je préparai la barre automatique, activai le système d'alarme anticollision et descendis avec elle. Le vent s'était de nouveau levé, et le vieux bateau était ballotté de creux en crête avec chaque mouvement de houle. Nous nous déshabillâmes à la lueur vacillante de la lanterne. Je fus le premier sous les couvertures de la couchette. C'était la première fois que Siri et moi partagions une période de sommeil. Je me souvenais de notre dernière réunion, dans sa villa, où elle s'était montrée si pudique, et je m'attendais à ce qu'elle éteigne la lumière. Mais elle demeura nue une bonne minute dans l'air glacé de la cabine, les bras pendant calmement le long des hanches.

Le temps avait exercé son office sur Siri, mais ne l'avait pas délabrée. La gravité avait fait son œuvre, inévitablement, sur sa poitrine et sur ses fesses, et elle était beaucoup plus maigre qu'auparavant. Je regardai les marques de ses côtes et de son sternum en saillie, et me souvins de la fille de seize ans aux plis de bébé et à la peau de velours. À la lumière froide de la lanterne qui se balançait au plafond, je contemplai les replis de chair flasque de Siri et me souvins du clair de lune brillant sur sa poitrine naissante. Et malgré tout cela, inexplicablement, c'était la même Siri qui se tenait devant moi.

– Pousse-toi un peu, Merin, me dit-elle en se glissant sous les draps à côté de moi. Ils étaient froids contre notre peau nue, et la couverture rêche n'était pas de trop. J'éteignis la lumière. Le bateau tanguait au rythme régulier de la respiration de l'océan, ponctuée par le craquement des mâts et du gréement. Demain, il y aurait encore des manœuvres de filet et du raccommodage à faire, mais c'était maintenant le moment de dormir. Je commençai à m'assoupir au son des vagues qui se brisaient contre le bois de la coque.

– Merin?

– Oui?

– Qu'arrivera-t-il si les séparatistes s'en prennent aux touristes ou aux nouveaux résidents?

– Je croyais qu'ils avaient tous été envoyés dans les îles périphériques.

– C'est exact. Mais qu'arrivera-t-il s'ils résistent?

– L'Hégémonie enverra la Force, et les séparatistes seront mis au pas.

– Mais s'ils attaquaient la porte distrans, pour la détruire avant qu'elle ne soit opérationnelle, par exemple?

– Impossible.

– Je sais, mais supposons que cela arrive quand même.

– Dans ce cas, le *Los Angeles* reviendrait, neuf mois plus tard, avec des troupes qui écraseraient les séparatistes... et tous ceux qui se mettraient en travers de leur chemin sur Alliance-Maui.

– Neuf mois de temps de transit... Onze ans pour nous.

– Ça ne changerait rien quand même, murmurai-je. Tu ne veux pas qu'on parle d'autre chose?

– D'accord, accepta Siri.

Mais nous restâmes un long moment sans rien dire. J'écoutai les soupirs et les gémissements du bateau. Siri avait blotti sa tête au creux de mon bras. Elle respirait doucement contre mon épaule, et je crus qu'elle s'était endormie. J'étais sur le point de sombrer moi aussi dans le sommeil quand je sentis sa main chaude remonter le long de ma cuisse et m'entourer doucement. Je fus surpris tandis que mon membre commençait à se raidir. Elle murmura à mon oreille, en réponse à ma question muette :

– Non, Merin. On n'est jamais trop vieux pour ça. Tout au moins pour le contact et la chaleur humaine. À toi de décider, mon amour. Je serai contente de toute manière.

Je décidai. Nous ne nous endormîmes qu'un peu avant l'aube.

Le tombeau est vide.

– Donel! Viens ici!

Il me rejoint en hâte, dans un froissement de robes qui trouble le silence caverneux. Le tombeau est entièrement vide. Il n'y a ni chambre d'hibernation – je ne m'attendais pas vraiment à en trouver une –, ni sarcophage, ni cercueil. Une ampoule nue illumine l'intérieur de sa lumière crue.

– Qu'est-ce que ça signifie, Donel? Je croyais que c'était le tombeau de Siri!

– C'est son tombeau, papa.

– Où est la sépulture? Pas sous les dalles, bon Dieu!

Il essuie la sueur de son front. Je me souviens que c'est de sa mère que je suis en train de parler. Je me souviens aussi qu'il a eu près de deux ans pour s'habituer à l'idée de sa mort.

– Personne ne t'a rien dit? me demande-t-il.

– Personne ne m'a dit quoi?

La fureur et la perplexité me gagnent en même temps.

– On m'a juste fait venir ici dès que j'ai débarqué, en me disant que je devais visiter son tombeau avant l'inauguration de la porte. Qu'est-ce qu'il aurait fallu qu'on me dise, Donel?

– Ma mère a été incinérée, conformément à ses instructions. Ses cendres ont été disséminées dans la Grande Mer du Sud, depuis la plus haute plate-forme de l'île familiale.

– Mais alors, pourquoi cette... crypte?

Il faut que je fasse attention à ce que je dis. Donel est un être sensible. Il s'essuie de nouveau le front et regarde en direction de l'entrée. La foule ne peut pas nous voir, mais nous avons beaucoup de retard sur l'horaire. Déjà, les autres membres du Conseil ont été obligés de redescendre en hâte pour rejoindre les dignitaires sur le podium. Mon chagrin d'aujourd'hui n'a pas seulement dégénéré en contretemps officiel, il s'est transformé également en mélodrame.

– Ma mère a laissé des instructions précises, m'explique Donel. Elles ont été respectées à la lettre.

Il effleure une dalle de la paroi intérieure, et elle pivote pour dévoiler une niche dans laquelle se trouve un coffret de métal avec mon nom dessus.

– Qu'est-ce que c'est?

– Des objets personnels qu'elle a laissés à ton intention, murmure mon fils en secouant la tête. Seule la vieille Magritte en savait plus, mais elle est morte l'hiver dernier sans rien confier à personne.

– Très bien. Je te remercie. Je vous rejoins dans un moment.

Il consulte sa montre.

– La cérémonie commence dans huit minutes. La porte distrans sera activée dans vingt minutes.

– Je sais. Je ne vous demande qu'un petit moment.

Il hésite, puis sort. Je referme la porte derrière lui en plaquant la paume de ma main sur la serrure. Je soulève le coffret. Il est étonnamment lourd pour sa petite taille. Je le pose sur les dalles de pierre et m'accroupis devant lui. Une serrure palmaire miniature me permet de l'ouvrir dans un déclic. Je me penche pour en regarder le contenu.

– Merde alors!

L'exclamation à voix basse m'a échappé. Je ne sais pas à quoi je m'attendais, en fait. Peut-être des souvenirs nostalgiques des cent trois jours que nous avons passés ensemble au total. Peut-être une fleur séchée offerte et oubliée depuis longtemps, ou l'un des coquillages que nous allions chercher ensemble sur les fonds sous-marins au large de Fevarone. Mais ce n'est pas du tout cela.

Le coffret contient un petit laser Steiner-Ginn, l'une des armes rayonnantes les plus puissantes fabriquées à ce jour. Son accumulateur est relié par un fil à une petite cellule de fusion que Siri a dû prélever sur son submersible personnel. Également relié à la cellule d'alimentation, il y a un antique persoc à circuits imprimés et à affichage à cristaux liquides. L'indicateur de charge est au vert.

Il y a deux autres objets dans le coffret. Le médaillon traducteur que nous avons utilisé pour parler aux dauphins il n'y a pas si longtemps pour moi, et une chose qui me laisse littéralement bouche bée de stupeur.

– Petite coquine...

Les choses se mettent en place dans mon esprit. Je ne peux pas m'empêcher de sourire. Je murmure de nouveau :

– Chère petite coquine...

Roulé avec soin selon les règles de l'art, son fil d'alimentation correctement branché, le tapis hawking que Mike Osho a payé trente marks sur la place du marché de Carvnel est prêt à s'envoler. Je le laisse au fond du coffret, je défais la connexion d'alimentation du persoc et je m'assois en tailleur sur le sol pour activer le disque. La lumière de la crypte pâlit, et Siri se dresse soudain devant moi.

Ils ne m'ont pas chassé du vaisseau lorsque Mike est mort. Ils auraient pu, mais ils ne l'ont pas fait. Ils auraient pu me laisser aux mains de la justice locale d'Alliance-Maui. Ils ont préféré éviter cela. Deux jours durant, la Sécurité du vaisseau m'a questionné. Une fois, même, c'est le Maître-Navigant Singh en personne qui est venu m'interroger. Puis ils m'ont laissé reprendre mon poste. Pendant les quatre longs mois qu'a duré le voyage de retour, le souvenir de Mike et de son assassinat n'ont pas cessé de me torturer l'esprit. Je savais, confusément, que j'étais en partie responsable de ce crime. Je continuais de prendre mes quarts, de me réveiller au milieu de la nuit couvert de transpiration et de me demander s'ils allaient annuler mon contrat à notre arrivée dans le Retz. Ils auraient pu me le dire tout de suite, mais ils préférèrent ne pas le faire.

Mon contrat ne fut pas révoqué. On me laissa mes permissions dans le Retz, mais je n'eus plus le droit de passer mes périodes de repos sur Alliance-Maui tant que nous étions dans le système. De plus, je reçus un blâme officiel et fus l'objet d'une rétrogradation temporaire. Voilà ce qu'il restait de Mike. Un blâme et une rétrogradation.

Je pris mes trois semaines de permission en même temps que le reste de l'équipage. Mais, contrairement aux autres, je n'avais pas l'intention de retourner à bord. Je me distransportai sur Espérance et commis l'erreur classique des Navigants en essayant de rendre visite à ma famille. Deux jours dans l'atmosphère surpeuplée du dôme résidentiel me suffirent. Je me rendis sur Lusus, où je fréquentai pendant trois jours les putains de la rue des Chattes. Lorsque j'en eus assez, je me distransportai sur Fuji, où je dépensai la plupart de mes marks disponibles en paris sur les combats sanglants de samouraïs qui sont la spécialité locale.

En fin de compte, je décidai d'aller sur la station du Système Central, d'où je pris la navette des pèlerins qui me conduisit en deux jours au Bassin de Hellas. C'était la première fois que je visitais le Système Central et que je mettais les pieds sur Mars. Je n'ai d'ailleurs pas la moindre intention d'y retourner jamais. Mais les dix jours que j'y ai passés, tout seul, à errer dans les corridors poussiéreux et hantés du monastère, ont servi à me faire regagner le vaisseau. Et Siri.

Régulièrement, je quittais le dédale de pierre rouge du mégalithe et, vêtu de la combinaison et du masque, je grimpais sur l'un des innombrables observatoires de pierre pour y contempler longuement le ciel et l'astre gris pâle qui fut jadis la Terre. Quelquefois, je pensais aux vaillants et stupides idéalistes qui s'étaient lancés dans les immensités ténébreuses à bord de leurs précaires et lents vaisseaux chargés d'embryons et d'idéologies qu'ils transportaient avec un soin qui n'avait que leur foi d'égale. La plupart du temps, cependant, je n'essayais pas de penser à quoi que ce soit. Je restais immobile dans la nuit aux reflets pourpres, et je laissais Siri venir à moi. Du haut de la Roche Maîtresse, où tant de pèlerins beaucoup plus dignes que moi avaient cherché en vain le satori, j'atteignis cet état grâce au souvenir d'une femme-enfant qui n'avait pas encore seize ans, étendue nue à mes côtés tandis que la lune diffusait sa pâle clarté sur son corps à travers les ailes déployées d'un pervier.

Lorsque le *Los Angeles* accomplit son nouveau saut quantique, j'étais encore à son bord. Quatre mois plus tard, j'accomplis mon travail avec l'équipe de construction et j'occupai mes périodes de repos à dormir ou à me brancher sur mes stimsims préférées. Puis, un jour, Singh vint me dire :

– Vous pouvez descendre.

Je ne compris pas.

– Durant les onze ans qui se sont écoulés depuis votre lamentable histoire avec Osho, m'expliqua-t-il, les rampants ont transformé votre escapade en une foutue légende. Ils ont bâti un véritable mythe culturel autour de votre partie de jambes en l'air avec cette petite coloniale.

– Siri... murmurai-je.

– Préparez vos affaires, me dit Singh. Vous allez passer vos trois semaines à terre. Les spécialistes de l'ambassade disent que vous ferez plus de bien à l'Hégémonie en allant là-bas qu'en restant à bord de ce vaisseau. Nous verrons bien s'ils ont raison.

La planète entière m'attendait. Les foules hurlaient. Siri faisait de grands signes. Nous quittâmes le port à bord d'un catamaran jaune pour mettre le cap au sud-sud-ouest, vers l'archipel Équatorial et l'île familiale de Siri.

– Salut, Merin.

Siri flotte dans les semi-ténèbres de son tombeau. L'enregistrement holo n'est pas parfait, il y a une zone de flou sur les bords. Mais c'est bien Siri qui est devant moi, Siri telle que je l'ai vue pour la dernière fois avec ses cheveux gris presque ras, la tête droite, le visage rendu anguleux par les ombres.

– Salut, Merin, mon amour.

– Salut, Siri, lui dis-je.

La porte du tombeau est fermée.

– Je suis désolée de ne pouvoir participer avec toi à notre septième réunion, Merin. J'attendais tellement ce moment.

Elle marque un temps d'arrêt et regarde ses mains. L'image vacille légèrement tandis que la poussière danse à travers elle.

– J'avais soigneusement préparé ce que je voulais te dire, reprend-elle, et la manière de te le faire savoir, ainsi que les arguments à faire valoir et les instructions à donner. Mais je sais maintenant que cela ne servirait pas à grand-chose. Ou bien j'ai déjà dit ce que j'avais à te dire, et tu l'as entendu, ou bien il n'y a plus rien à dire, et le silence est la meilleure des choses en cette circonstance.

La voix de Siri est devenue encore plus belle avec l'âge. Elle est d'une plénitude et d'un calme que seule la douleur peut impartir. Elle écarte les mains, jusqu'à ce qu'elles disparaissent sur les bords de la projection.

– Merin, mon amour, comme nos jours, ensemble ou séparés, ont été étranges! Comme le mythe qui nous unit est à la fois beau et absurde! Mes jours, pour toi, n'ont été que des battements de cœur. Il m'est arrivé de te haïr pour cela. Tu étais un miroir qui ne ment pas. Si tu avais vu ta tête au début de chacune de nos réunions! Tu aurais pu au moins essayer de cacher le choc que cela te faisait. Tu aurais pu faire au moins ça pour moi...

» Mais dans ta naïveté maladroite, il y a toujours eu... je ne sais pas... quelque chose, Merin. Quelque chose qui compense l'égoïsme et la dureté qui vont si bien avec toi. Un sentiment, peut-être. Ou bien au moins le respect d'un sentiment.

» Ce journal contient des centaines, des milliers de lignes, Merin. Je le tiens depuis l'âge de treize ans. Mais lorsque tu l'auras entre les mains, j'aurai tout effacé à l'exception de ce qui suit. Adieu, mon amour. Adieu...

J'éteins le persoc et je demeure assis quelques minutes dans un profond silence. Les bruits de la foule à l'extérieur sont presque entièrement étouffés par les murs épais du tombeau. Je prends une longue inspiration, et j'appuie de nouveau sur le disque.

Siri apparaît. Elle a presque cinquante ans. Je reconnais immédiatement l'endroit et le jour où elle a fait cet enregistrement. Je me souviens de son manteau et de la pierre d'anguille qu'elle porte en pendentif autour du cou. Je me souviens même de la mèche de cheveux qui a échappé à sa barrette et qui tombe, en ce moment même, sur sa joue. Je n'ai rien oublié de cette journée-là, qui était la dernière de notre troisième réunion. Nous nous trouvions en compagnie de quelques amis sur les hauteurs de Tern. Donel avait alors dix ans. Nous nous efforcions de le convaincre de se laisser glisser sur la neige avec nous. Il pleurait. Siri s'est retournée brusquement, avant même que le glisseur se pose. Lorsque Magritte est descendue, nous avons tous compris, en voyant la tête que faisait Siri, qu'il était arrivé quelque chose.

Ce sont les mêmes visages qui me regardent en ce moment. Siri écarte machinalement la mèche rebelle. Ses yeux sont rougis par les larmes, mais elle maîtrise sa voix.

– Merin, ils ont tué notre fils aujourd'hui. Alón avait vingt et un ans et ils l'ont tué. Tu étais si bouleversé aujourd'hui, Merin. « Comment une telle erreur a-t-elle pu se produire? » ne cessais-tu de répéter. Tu ne connaissais pas vraiment Alón, mais j'ai lu la douleur sur ton visage lorsque nous avons appris la nouvelle. Ce n'était pas un accident, Merin. Si rien d'autre ne survit, si aucun témoignage ne reste, si tu ne comprends pas un jour pourquoi j'ai laissé un mythe sentimental gouverner toute mon existence, que cela se sache bien : ce n'est pas par accident que notre fils est mort. Il se trouvait avec les séparatistes lorsque la police du Conseil est arrivée. Même alors, il aurait pu se sauver. Nous avions préparé un alibi ensemble. La police aurait cru son histoire. Mais il a fait le choix de rester.

» Aujourd'hui, Merin, j'ai vu que tu étais impressionné par ce que j'ai dit à la foule en colère devant l'ambassade. Sache une chose, Navigant. Lorsque je leur ai dit : « Le moment n'est pas arrivé de montrer votre colère et votre haine », c'était exactement cela que j'avais dans la tête. Ni plus ni moins. Le moment n'est pas arrivé. Mais il viendra un jour. Il viendra certainement. L'alliance n'était prise par personne à la légère à l'époque des derniers jours, Merin. Elle n'est pas prise non plus à la légère aujourd'hui. Ceux qui l'ont oubliée vont avoir des surprises lorsque le moment viendra. Et il viendra à coup sûr.

L'image disparaît pour faire place à une autre. Dans l'intervalle d'une fraction de seconde, le visage d'une Siri âgée de vingt-six ans se forme en surimpression sur les traits de la vieille femme.

– Je suis enceinte, Merin. Cela me rend si heureuse. Il y a seulement cinq semaines que tu es parti, et tu me manques terriblement. Dire que tu vas rester absent dix ans ! Plus que ça, sans doute. Pourquoi n'as-tu pas songé à me demander de partir avec toi, Merin ? Je n'aurais pas pu le faire, mais j'aurais été si heureuse que tu me le demandes ! J'attends un enfant, mon amour. Les médecins disent que ce sera un garçon. Je lui parlerai de toi. Un jour, peut-être, il naviguera avec toi dans l'archipel et écoutera le chant du Peuple de la Mer comme nous l'avons fait tous les deux ces dernières semaines. Tu les comprendras peut-être alors, Merin. Tu me manques trop. Dépêche-toi de revenir, je t'en supplie.

L'image holo devient floue et se transforme encore. La jeune fille de seize ans au visage congestionné a de longs cheveux qui retombent sur ses épaules nues et sur sa chemise de nuit blanche. Elle parle rapidement, d'une voix entrecoupée de sanglots.

– Navigant Merin Aspic, je suis vraiment navrée pour

ton ami, je t'assure. Mais tu es parti sans même dire au revoir. J'avais tant de projets pour toi et moi... tant d'espoir que tu nous aides... Tu n'as même pas dit un mot d'adieu. De toute manière, je me fiche pas mal de ce qui peut t'arriver. Je souhaite que tu retournes moisir dans tes ruchers puants de l'Hégémonie. Tu peux y crever, ça m'est complètement égal. En fait, Merin Aspic, je ne veux plus jamais te revoir, même si on me paye pour ça. Adieu...

Elle tourne le dos avant même que la projection ne prenne fin. Il fait maintenant nuit à l'intérieur du tombeau, mais le son subsiste quelques secondes. J'entends un petit gloussement étouffé, et la voix de Siri – je ne peux pas dire quel âge elle a – qui murmure une dernière fois :

– Adieu, Merin... Adieu...

Je murmure à mon tour, en éteignant le disque :

– Adieu, Siri.

La foule s'écarte pour me laisser passer lorsque je sors du tombeau en clignant des yeux. Je leur ai saboté le bon déroulement de leur programme officiel, et le pâle sourire qui flotte maintenant sur mon visage suscite des chuchotements d'indignation. Les haut-parleurs apportent les déclarations fleuries de la cérémonie jusqu'au sommet même de cette colline. J'entends l'écho des riches accents de la voix de l'ambassadeur :

– ... le commencement d'une nouvelle ère de coopération...

Je dépose le coffret sur la pelouse et je sors le tapis hawking. La foule se rapproche pour regarder tandis que je le déroule. Les couleurs sont passées, mais les fils de commande brillent comme du cuivre poli. Je m'assois au centre du tapis et fais glisser le lourd coffret derrière moi.

– ... seront suivies de beaucoup d'autres, jusqu'à ce que le temps et l'espace ne soient plus un obstacle...

La foule recule lorsque j'active les commandes de vol. Le tapis s'élève de quatre mètres. Je vois maintenant ce qu'il y a derrière le tombeau. Les îles sont de retour pour former l'archipel Équatorial. J'en vois des centaines, venant du sud, poussées par la brise.

– ... C'est donc avec le plus grand plaisir que j'inaugure ce circuit en souhaitant la bienvenue à la colonie d'Alliance-Maui au sein de la grande communauté de l'Hégémonie humaine.

Le fil ténu du laser com de la cérémonie grimpe au zénith. On entend un crépitement d'applaudissements, puis l'orchestre commence à jouer. Je plisse les yeux vers le ciel juste à temps pour assister à la naissance d'une nouvelle étoile. Une partie de moi-même savait, à la microseconde près, ce qui allait se passer.

L'espace d'une fraction de seconde, la porte distrans a fonctionné. Durant quelques millièmes de seconde, le temps et l'espace ont bien cessé d'être un obstacle. Puis la force d'aspiration massive de la singularité artificielle a fait exploser la charge thermique que j'avais placée sur la sphère de confinement extérieure. Cette petite explosion n'a pas été visible, mais une seconde plus tard son rayon de Schwarzschild en expansion dévore cette enceinte, engouffrant trente-six mille tonnes de dodécaèdre fragile, continuant de grossir rapidement pour avaler des milliers de kilomètres cubes d'espace alentour. Et cela, c'est visible. Magnifiquement visible, sous la forme d'une nova miniature qui brille d'un éclat blanc dans le ciel bleu sans nuages.

L'orchestre cesse de jouer. Les gens courent se mettre à l'abri en hurlant. Ils n'ont pourtant aucune raison de s'affoler. Il y a une émission de rayons X qui vient du modulateur distrans tandis que celui-ci continue de s'affaisser sur lui-même, mais ce n'est pas suffisant pour présenter un danger. L'atmosphère dense d'Alliance-Maui protège la planète. Une seconde traînée de plasma devient visible lorsque le *Los Angeles* met un peu plus de distance entre lui et le trou noir miniature qui se résorbe rapidement. Le vent se lève et la mer devient houleuse. Il y aura d'étranges courants de marée cette nuit.

Je voudrais dire quelque chose de profond, mais les mots ne viennent pas. De plus, la foule n'est pas d'humeur à m'écouter. J'essaie de me persuader que j'entends quelques acclamations mêlées aux cris de panique.

Je pose la main sur les commandes, et le tapis hawking file en direction de la falaise et du port. Un pervier qui se laisse paresseusement porter par les courants thermiques bat des ailes, désespérément, à mon approche. Je lui crie :

– Qu'ils viennent ! Qu'ils viennent donc ! J'aurai trente-cinq ans, et je ne serai pas tout seul pour les recevoir ! Qu'ils viennent un peu, s'ils en ont le courage !

Je laisse retomber mon poing serré, et je ris. Le vent fait voler mes cheveux et sèche la sueur glacée sur mon torse et sur mes bras.

Il commence à faire plus froid. Je fais le point et mets le cap sur l'île la plus lointaine. Je suis impatient de retrouver les autres. Et j'ai encore plus hâte de parler au Peuple de la Mer, pour lui dire que le moment est enfin venu, que le Requin peut maintenant nager dans les océans d'Alliance-Maui.

Plus tard, quand les batailles seront gagnées et que la planète leur appartiendra, je leur parlerai d'elle. Je leur chanterai la chanson de Siri.

Les cascades de lumière du lointain combat spatial n'avaient pas cessé. On n'entendait aucun bruit à l'exception du vent sifflant sur les escarpements. Le groupe demeurait immobile, penché en avant, regardant l'antique persoc comme s'il allait en sortir encore quelque chose.

Mais il n'y eut plus rien. Le consul retira la microdisquette et la mit dans sa poche.

Sol Weintraub caressa le dos de son bébé endormi en disant :

– Vous n'êtes tout de même pas Merin Aspic !

– Non, répondit le consul. Merin Aspic a trouvé la mort pendant la rébellion. La rébellion de Siri.

– Comment cet enregistrement a-t-il pu parvenir jusqu'à vous ? demanda le père Hoyt. Cet extraordinaire document...

À travers son masque de douleur, le prêtre était visiblement très ému.

– C'est lui qui me l'a remis, déclara le consul. Quelques semaines avant d'être tué dans la bataille de l'Archipel.

Il regarda les visages, autour de lui, où se lisait l'incompréhension.

– Je suis leur petit-fils, expliqua-t-il. Le petit-fils de Siri et de Merin. Mon père – le Donel dont il est question dans cet enregistrement – a été le premier dirigeant du Conseil intérieur lorsque la planète Alliance-Maui a été admise au sein du Protectorat. Plus tard, il a été élu sénateur et a rempli ces fonctions jusqu'à sa mort. J'avais neuf ans, ce jour-là, sur la colline, devant le tombeau de Siri. J'en avais vingt, prêt à me joindre aux rebelles pour me battre, la nuit où Aspic est descendu sur notre île pour me parler seul à seul et m'interdire de faire une chose pareille.

– Vous auriez combattu l'Hégémonie? demanda Brawne Lamia.

– J'aurais lutté jusqu'à la mort. J'aurais connu le sort d'un tiers de tous les hommes et d'un cinquième de toutes les femmes de la planète. Le sort des dauphins, des îles elles-mêmes, bien que l'Hégémonie eût pris soin de les ménager le plus possible.

– C'est un document bouleversant, murmura Sol Weintraub. Mais je ne comprends pas ce que vous faites ici. Quel rapport avec ce pèlerinage gritchtèque?

– Je n'ai pas encore terminé, déclara le consul. Écoutez la suite.

Mon père était aussi faible que ma grand-mère avait été forte. L'Hégémonie n'attendit pas onze années locales pour revenir. Les vaisseaux-torches de la Force étaient en orbite avant la fin de la cinquième année. Mon père assista passivement à la débâcle des vaisseaux trop hâtivement construits par les rebelles. Il continuait de prendre le parti de l'Hégémonie tandis que notre monde était assiégé. J'avais quinze ans lorsque j'ai assisté de loin, avec toute ma famille, du haut du pont supérieur de notre île ancestrale, à l'incendie d'une douzaine d'autres îles sur la mer. Les glisseurs de l'Hégémonie embrasaient les flots de leurs bombes. Au matin, la mer était grise de cadavres de dauphins.

Ma sœur aînée Lira partit se battre aux côtés des rebelles dans les jours de désespoir qui suivirent la bataille de l'Archipel. Des témoins oculaires ont rapporté sa mort, mais son corps n'a jamais été retrouvé. Mon père, après cela, n'a plus jamais mentionné son nom.

Trois ans après le cessez-le-feu et l'entrée dans le Protectorat, nous constituions, nous autres les colons des origines, une minorité sur notre propre monde. Les îles étaient apprivoisées et vendues aux touristes, exactement comme l'avait prédit Merin. Le site nº 1 est aujourd'hui une agglomération de onze millions d'âmes. Les ensembles résidentiels, les spires et les cités EM s'étendent sur toute la côte. Le port est un étrange souk où les descendants des Premières Familles vendent des œuvres d'art et des produits d'artisanat local à des prix exorbitants.

Nous avons vécu quelque temps sur Tau Ceti Central

lorsque mon père a été élu sénateur. C'est sur cette planète que j'ai achevé mes études. J'étais un fils modèle, qui chantait les louanges de la vie dans le sein du Retz, étudiait l'histoire glorieuse de l'Hégémonie humaine et se préparait à la carrière diplomatique.

Mais pendant tout ce temps, j'attendais mon heure.

Je retournai quelque temps sur Alliance-Maui après mon diplôme. Je trouvai du travail sur l'île de l'Administration Centrale. Une partie de mes fonctions consistait à faire la tournée des centaines de plates-formes de forage qui œuvraient sur les hauts-fonds, et à faire des rapports sur les complexes sous-marins alors en développement rapide. Je faisais également office d'agent de liaison avec les sociétés d'aménagement urbain venues de TC^2 *ou de Sol Draconi Septem. Ce travail ne me plaisait guère, mais j'étais efficace et je souriais. Tout en attendant mon heure.*

Je courtisai et épousai une descendante de l'une des Premières Familles, de la lignée de Bertol, le cousin de Siri. Après avoir brillamment passé l'examen du corps diplomatique, je demandai un poste à l'extérieur du Retz.

Ce fut, pour Gresha et moi, le début d'une longue diaspora. Je fus un fonctionnaire très efficace. La diplomatie était innée chez moi. En moins de cinq années standard, je devins vice-consul. Trois ans après, j'étais consul à part entière. Tant que je resterais dans les Confins, je ne pourrais pas m'élever plus haut.

C'était cependant le choix que j'avais fait. Je travaillais pour l'Hégémonie, et j'attendais mon heure.

Au début, mon rôle consistait à fournir aux colons l'aide technologique du Retz pour faire ce qu'ils excellent généralement à accomplir, c'est-à-dire détruire la vie autochtone. Ce n'est pas un hasard si, en six cents ans d'expansion interstellaire, l'Hégémonie n'a rencontré aucune espèce considérée comme intelligente au regard de l'indice Drake-Turing-Chen. Sur l'Ancienne Terre, il était depuis longtemps acquis que toute espèce ayant l'outrecuidance de mettre l'homme dans sa chaîne alimentaire était condamnée à l'extinction à brève échéance. À mesure que le Retz s'étendait, chaque fois qu'une espèce menaçait de rivaliser sérieusement avec l'intelligence humaine, cette espèce disparaissait avant même l'entrée en fonction des premiers modulateurs distrans.

Sur la planète Whirl, nous avons traqué les insaisissables zeplins jusque dans leurs tours de nuées. Il se peut qu'ils n'aient pas été intelligents selon les critères de la Centralité ou du genre humain, mais ils étaient d'une beauté à vous couper le souffle. Quand ils sont morts, émettant des vibrations de toutes les couleurs de l'arc-en-ciel, leurs messages visuels incompris, isolés de leurs congénères en fuite, la beauté de leur agonie était indescriptible. Nous avons vendu leurs peaux photoréceptrices à des firmes spécialisées du Retz, leur chair à des mondes comme Heaven's Gate, et nous avons réduit leurs os en poudre pour en faire des aphrodisiaques à l'usage des impuissants et des superstitieux d'une douzaine d'autres mondes-colonies.

Sur Garden, je servais de conseiller technique aux ingénieurs des arcologies qui drainaient le Grand Marécage, mettant ainsi un terme à l'existence des centaures des marais, dont le règne éphémère avait eu le tort de gêner les projets d'aménagement de l'Hégémonie. Ils essayèrent bien d'émigrer, vers la fin, mais les Marches du Nord étaient beaucoup trop sèches pour eux. Lorsque je visitai de nouveau la région, quelques dizaines d'années plus tard, à l'époque de l'entrée de Garden dans le Retz, les ossements blanchis des centaures gisaient encore dans certaines parties des Marches comme des pétales décolorés de fleurs exotiques appartenant à une ère révolue.

Sur Hébron, j'arrivai juste au moment où les colons juifs mettaient un terme à leur longue lutte avec les Aluites seneshiens, ces créatures aussi fragiles que l'écologie sans eau de leur planète. Les Aluites étaient des empathes, et c'est notre cupidité et notre peur qui les a exterminés au même titre que notre incontournable exotisme. Mais sur Hébron, ce n'est pas l'extinction des Aluites qui m'a pétrifié le cœur. C'est le rôle que j'ai joué dans les événements qui ont causé la perte des colons eux-mêmes.

Sur l'Ancienne Terre, ils possédaient un mot pour décrire ce que j'étais. Un collabo. Même si Hébron n'était pas ma planète natale, les colons qui s'y étaient réfugiés avaient été poussés par des raisons aussi évidentes que celles de mes ancêtres, ceux qui signèrent l'Alliance de Vie sur l'île de Maui, sur l'Ancienne Terre. Mais j'estimais que mon heure n'était pas encore venue. J'attendais.

Et durant cette attente, j'ai joué le jeu. Avec toutes ses conséquences.

Ces gens me faisaient confiance. Ils finirent par croire ce que je leur racontais sur la gloire qu'il peut y avoir à faire partie de la communauté humaine... c'est-à-dire à entrer dans le Retz. Ils insistèrent pour qu'une seule ville soit ouverte aux étrangers. J'acceptai avec un sourire. Aujourd'hui, la Nouvelle-Jérusalem abrite soixante millions de personnes alors que le continent tout entier n'est peuplé que de dix millions de colons juifs autochtones, qui dépendent de la cité retzienne pour la majeure partie de leurs fournitures. Et cela durera une décennie au plus. Sans doute bien moins.

J'ai un peu craqué lorsque Hébron est entrée dans le Retz. J'ai découvert l'alcool, l'antithèse bénie du flashback et du câblage mental. Gresha est restée avec moi à la clinique pendant toute la durée de ma cure. Curieusement pour un monde judaïque, il s'agissait d'une institution catholique. Je me souviens du froissement des robes dans les corridors, la nuit.

Ma dépression s'est faite discrètement et loin de tout. Ma carrière n'en a pas souffert. C'est en tant que consul à part entière que j'ai pris mon poste sur Bressia avec ma femme et mon fils.

Quel rôle délicat était le nôtre sur cette planète ! Nous faisions continuellement de la corde raide. Depuis des décennies, vous le savez, colonel Kassad, les forces du TechnoCentre harcelaient les essaims extros partout où ils trouvaient refuge. Les autorités constituées du Sénat et de l'Assemblée consultative des IA avaient décidé qu'il fallait tester, d'une manière ou d'une autre, les capacités militaires des Extros dans les Confins. C'est Bressia qui fut choisie. J'admets que les Bressians se comportaient en dignes représentants de l'Hégémonie avant mon arrivée. Leur société archaïque et caricaturale était de type prussien, militariste à souhait. Ils étaient particulièrement arrogants dans leurs prétentions économiques, et poussaient la xénophobie au point de s'engager gaillardement dans l'armée afin de « balayer la menace extro ». Ils allèrent même, au début, jusqu'à affréter des vaisseaux-torches pour attaquer les essaims. Avec des engins au plasma, des sondes à impact et des virus modifiés.

C'est à la suite d'une légère erreur de calcul que je me

trouvais encore sur Bressia lorsque les hordes extros sont arrivées. Cela se joua à quelques mois près. Normalement, c'est une équipe d'analystes militaro-politiques qui aurait dû se trouver à ma place.

C'était sans importance pour l'Hégémonie, dont les desseins étaient servis quand même. La résolution et les capacités de déploiement rapide de la Force purent être testés comme il se devait sans que les intérêts de l'Hégémonie en souffrent. C'est à ce moment-là que Gresha a trouvé la mort, naturellement. Lors du tout premier bombardement. Quant à mon fils alors âgé de dix ans, Alón, il se trouvait avec moi, et il a survécu à la guerre... pour mourir bêtement quand un crétin de la Force a placé un engin piégé ou une charge de démolition trop près des baraquements des réfugiés à Buckminster, la capitale.

Je n'étais pas à ses côtés quand il est mort.

Après Bressia, j'ai été promu. On m'a confié la mission la plus délicate et la plus passionnante que l'on pouvait donner à quelqu'un qui avait un simple rang de consul. Je devins l'agent diplomatique chargé de négocier directement avec les Extros.

Au début, je me distransportai fréquemment sur Tau Ceti Central pour avoir de longs entretiens avec le comité du sénateur Gladstone et un certain nombre de conseillers IA. Je rencontrai Meina Gladstone en personne. Leurs intentions étaient assez compliquées. En gros, il fallait provoquer les Extros afin qu'ils nous attaquent, et la clé de cette provocation était le monde d'Hypérion.

Les Extros observaient Hypérion depuis bien avant la bataille de Bressia. Nos services de renseignement disaient qu'ils étaient obsédés par les Tombeaux du Temps et par le gritche. Leur attaque contre le vaisseau-hôpital de l'Hégémonie qui transportait, entre autres, le colonel Kassad était le résultat d'une méprise. Le commandant du vaisseau extro avait pris le bâtiment pour un vaisseau de spin militaire. Plus grave encore, du point de vue extro, était le fait qu'en donnant l'ordre à ses vaisseaux de descente de se poser à proximité des Tombeaux du Temps, ce même commandant nous avait révélé ses capacités à défier les marées du temps. Après le massacre de ses commandos par le gritche, le commandant du vaisseau-torche a été exécuté dès son retour aux essaims.

Nos services de renseignement estimaient que la méprise

des extros ne s'était pas soldée par un désastre total. Des informations capitales sur le gritche avaient été obtenues. Et les Extros étaient de plus en plus obsédés par Hypérion.

Gladstone m'expliqua longuement comment l'Hégémonie comptait tirer parti de cette obsession. Elle me fit comprendre que l'affrontement qu'elle voulait provoquer était une affaire concernant davantage la politique intérieure du Retz que les Extros eux-mêmes. Des éléments du TechnoCentre s'opposaient depuis des siècles à l'entrée d'Hypérion dans l'Hégémonie. Ils ne faisaient plus cela, disait-elle, dans l'intérêt de l'humanité, et l'annexion en force de cette planète, sous couvert de défendre le Retz, donnerait l'occasion à des coalitions d'IA plus progressistes de renforcer leur pouvoir au sein du TechnoCentre. Ces modifications de l'équilibre politique du Centre seraient profitables au Sénat et au Retz d'une manière qui ne me fut pas expliquée pleinement. La menace potentielle représentée par les Extros serait définitivement balayée, et une nouvelle ère de gloire s'ouvrirait pour l'Hégémonie.

Gladstone insista sur le fait que je n'étais pas obligé de me porter volontaire pour cette mission, qui mettrait ma vie et ma carrière en péril. Mais j'acceptai tout de même.

L'Hégémonie me fournit un vaisseau particulier. Je ne demandai qu'une seule modification dans son agencement : l'installation d'un vieux piano Steinway.

Des mois durant, je voyageai en solitaire avec mes réacteurs Hawking. Je traversai pendant quatre mois des régions de l'espace où les essaims extros migraient régulièrement. Finalement, mon vaisseau fut détecté et capturé. Ils acceptèrent de me considérer comme un messager, tout en sachant que j'étais là pour les espionner. Ils envisagèrent de m'exécuter, mais ne le firent pas. Ils envisagèrent aussi de négocier avec moi, et décidèrent finalement de le faire.

Je n'essaierai pas de décrire la beauté de la vie à l'intérieur d'un essaim, ni leurs cités-globes à gravité zéro, ni leurs agricomètes, ni leurs amas de propulsion, ni leurs forêts micro-orbitales, ni leurs rivières migratrices, ni les dix mille couleurs et textures de la vie durant leur Semaine de la Jonction. Qu'il me suffise de vous dire ma conviction que les Extros ont accompli ce que l'humanité n'a pas su faire depuis des millénaires : évoluer. Pendant que nous continuons de vivre dans nos cultures dérivées, pâles reflets de la vie sur l'Ancienne Terre, les Extros explorent de nouvelles dimensions esthétiques, artistiques, éthiques ou bioscientifiques, tout ce qui change et qui est susceptible de refléter l'âme humaine.

Nous les traitons de barbares alors que c'est nous qui nous accrochons, timorés, à notre Retz, comme des Wisigoths tapis parmi les ruines de la splendeur fanée de Rome, et c'est nous qui nous proclamons « civilisés ».

En moins de dix mois standard, je leur avais avoué mon plus grand secret et ils m'avaient appris les leurs. Je leur expliquai avec autant de détails que possible comment leur extinction avait été planifiée par l'entourage de Gladstone. Je leur révélai le peu que les scientifiques du Retz comprenaient sur les anomalies présentées par les Tombeaux du Temps, et je leur fis part des craintes inexplicables entretenues par le TechnoCentre à propos d'Hypérion. Je leur décrivis le piège mis en place, avec Hypérion pour appât, et les terribles conséquences qui en découleraient pour eux s'ils s'avisaient de vouloir occuper ce monde. Toutes les unités de la Force fondraient alors sur le système d'Hypérion pour les écraser.

Ces révélations faites, je m'attendais, une fois de plus, à être mis à mort. Mais au lieu de m'exécuter, ils m'apprirent quelque chose. Ils me montrèrent des messages mégatrans interceptés, des enregistrements sur faisceau étroit ainsi que leurs propres archives de l'époque où ils avaient eux-mêmes fui le système de l'Ancienne Terre, quatre cent cinquante ans plus tôt. Les faits étaient d'une terrible simplicité.

La Grande Erreur de 38 n'était pas un accident. La mort de l'Ancienne Terre avait été délibérément provoquée, soigneusement préparée par des éléments du TechnoCentre et par leurs homologues humains dans le gouvernement naissant de l'Hégémonie. L'hégire avait été prévue en détail des dizaines d'années avant que le trou noir erratique ne plonge « accidentellement » dans le cœur de l'Ancienne Terre.

Le Retz, la Pangermie, l'Hégémonie humaine, tout cela avait été bâti sur le plus horrible des parricides. Et l'édifice se maintenait grâce à une politique tranquille et soutenue de fratricide, impliquant l'assassinat de toute espèce susceptible à un degré quelconque de devenir concurrente. Les Extros, représentant la seule autre tribu humaine libre d'errer entre les étoiles et le seul groupe en dehors de la domination du TechnoCentre, étaient la prochaine cible sur la liste de l'extinction.

Je retournai dans le Retz. Plus de trente-cinq années en temps local avaient passé. Meina Gladstone était devenue Présidente. La Révolte de Siri n'était plus qu'une légende romantique, une parenthèse dans l'histoire de l'Hégémonie.

Je rencontrai Meina Gladstone. Je lui fis part d'un grand nombre – mais pas de la totalité – des révélations que les Extros m'avaient faites. Je lui dis qu'ils savaient que tout combat mené pour conquérir Hypérion ne pourrait être qu'un piège, mais qu'ils viendraient quand même, et qu'ils souhaitaient que je sois nommé consul sur cette planète, afin que je puisse jouer le rôle d'agent double lorsque la guerre éclaterait.

Ce que je ne lui dis pas, c'était qu'ils avaient promis de me donner un appareil avec lequel je pourrais ouvrir les Tombeaux du Temps et laisser le champ libre au gritche.

La Présidente eut de longues conversations avec moi. Les agents du renseignement de la Force me questionnèrent longuement, pendant des mois. Des drogues et des moyens technologiques furent utilisés pour vérifier si je disais bien la vérité et si je ne leur cachais rien. Mais les Extros étaient également très forts dans ce domaine. Je ne disais que la vérité, mais pas toute la vérité.

Finalement, je fus nommé sur Hypérion. Gladstone proposa de donner à ce monde le statut de protectorat et de me nommer ambassadeur, mais je déclinai les deux offres. La seule faveur que je demandai fut de conserver mon vaisseau particulier. Je fis le voyage à bord d'un vaisseau de spin régulier, et mon appareil arriva plusieurs mois après dans le ventre d'un vaisseau-torche de passage. Il demeura sur une orbite d'attente, étant bien entendu que je pouvais le faire descendre et m'en aller avec à n'importe quel moment.

Seul sur Hypérion, j'attendis. Des années passèrent. Je laissais mon adjoint gouverner cette planète des Confins pendant que j'allais boire chez Cicéron et que j'attendais patiemment.

Les Extros finirent par me contacter sur leur mégatrans privé. Je pris un congé de trois semaines, fis descendre mon vaisseau dans un endroit désert à proximité de la mer des Hautes Herbes, gagnai un lieu de rendez-

vous situé dans la région du nuage d'Oört, embarquai leur agent – une femme nommée Andil – et un trio de techniciens, et redescendis me poser au nord de la chaîne Bridée, à quelques kilomètres des Tombeaux du Temps.

Les Extros ne possédaient pas de distrans. Leur existence se passait dans les vastes régions intermédiaires de l'espace interstellaire où ils voyaient passer la vie du Retz à toute allure, comme un film holo en accéléré. Le temps les obsédait. Le TechnoCentre avait donné le modulateur distrans à l'Hégémonie, et c'était lui qui entretenait le réseau. Aucune équipe humaine, aucun spécialiste n'en comprenait exactement la théorie. Les Extros avaient essayé d'élucider ce mystère, mais sans succès. Cependant, leurs recherches leur avaient permis de faire quelques percées dans la compréhension et dans la manipulation de l'espace-temps.

Ils comprenaient, par exemple, le phénomène des marées du temps et des champs anentropiques qui entouraient les Tombeaux. Ils n'étaient pas capables de reproduire ces champs, mais ils savaient se protéger d'eux et – théoriquement – provoquer leur effondrement. Les Tombeaux du Temps et leur éventuel contenu cesseraient alors de vieillir à l'envers. Les Tombeaux « s'ouvriraient ». Le gritche romprait sa longe, il ne serait plus confiné au voisinage des Tombeaux. Ce qu'il y avait d'autre à l'intérieur serait libéré.

Les Extros étaient convaincus que les Tombeaux du Temps étaient des artefacts issus de leur propre futur, et que le gritche était une arme de rédemption attendant pour la saisir la main adéquate. Le culte gritchtèque voyait dans le monstre un ange vengeur tandis que les Extros y voyaient un outil issu de l'imagination humaine et venu du futur pour délivrer l'humanité du TechnoCentre. Andil et ses techniciens étaient là pour étalonner et mettre au point leurs appareils d'expérience.

– Vous n'allez pas vous en servir maintenant? demandai-je.

Nous étions assis à l'ombre de la structure appelée le Sphinx.

– Pas tout de suite, me répondit Andil. Seulement lorsque l'invasion sera imminente.

– Mais vous disiez qu'il faudrait des mois pour que ça marche et que les Tombeaux commencent à s'ouvrir.

Andil acquiesça. Elle avait les yeux d'un vert très

foncé, elle était extrêmement grande, et je distinguais les raies discrètes de son exosquelette motorisé à travers son collant.

– Un an, ou même davantage, dit-elle. Ce dispositif détruira les champs anentropiques de manière graduelle. Cependant, une fois amorcé, le processus est irrévocable. C'est pourquoi nous attendrons, pour l'activer, que les Dix Conseils aient décidé l'invasion définitive du Retz.

– Il y a encore des doutes?

– Quelques débats d'éthique.

À quelques mètres de nous, les trois techniciens étaient en train de recouvrir les machines d'une toile caméléon et d'un champ de confinement codé.

– Une guerre interstellaire causera la mort de millions, et peut-être de milliards de personnes, reprit Andil. Lâcher le gritche dans le Retz est un acte qui peut être lourd de conséquences imprévues. Quel que soit notre désir de frapper le TechnoCentre, il y a des controverses sur la meilleure manière d'atteindre nos objectifs.

Je hochai lentement la tête tout en contemplant les techniciens au travail et la vallée des Tombeaux qui s'étendait derrière eux.

– Quand vous aurez activé le dispositif, murmurai-je, vous ne pourrez plus retourner en arrière. Le gritche sera libéré, et il vous faudra gagner la guerre pour le maîtriser, c'est bien cela?

Andil eut un léger sourire.

– C'est bien cela, dit-elle.

Je la tuai alors, avec ses trois techniciens. Puis je lançai le laser Steiner-Ginn de grand-mère Siri le plus loin possible dans les dunes, je m'assis sur un emballage vide en mousse lovée et je sanglotai durant quelques minutes. Je m'avançai alors vers le cadavre d'un technicien, lui pris son persoc, l'utilisai pour pénétrer dans le champ de confinement, dégageai les machines de leur toile caméléon et activai le dispositif.

Il n'y eut pas de modification visible. L'atmosphère avait la même limpidité de fin d'hiver. Le Tombeau de Jade brillait doucement tandis que le Sphinx continuait de regarder le néant. Les seuls bruits qui parvenaient à mes oreilles étaient les crépitements du sable projeté par le vent contre les caisses et les cadavres. Seul un témoin lumineux sur une machine extro indiquait que le dispositif fonctionnait... et avait déjà fait son œuvre.

Je retournai lentement au vaisseau. Je m'attendais presque à voir surgir le gritche. J'espérais à moitié qu'il allait apparaître soudain devant moi. Je demeurai assis sur le balcon de mon vaisseau durant plus d'une heure, à contempler les ombres qui emplissaient la vallée et le sable qui recouvrait peu à peu les corps. Mais le gritche ne vint pas. Et je ne vis pas le moindre arbre à épines. Au bout de quelque temps, je me mis devant mon Steinway et jouai un Prélude *de Bach. Puis je bouclai le vaisseau et pris l'espace.*

Je contactai les Extros pour leur dire qu'un accident s'était produit. Le dispositif s'était déclenché prématurément, et le gritche avait massacré les autres. Malgré la confusion et la panique que cette nouvelle provoqua chez eux, les Extros proposèrent de m'abriter chez eux. Je déclinai leur offre. Puis je regagnai le Retz. Les Extros ne me poursuivirent pas.

J'utilisai mon mégatrans pour contacter Gladstone et lui dire que les agents extros avaient été éliminés par mes soins. Je lui annonçai que l'invasion était extrêmement probable et que le piège fonctionnait comme prévu. Mais je ne lui parlai pas de la machine extro. Gladstone me félicita et m'invita chez elle. Je déclinai son invitation en expliquant que j'avais besoin de silence et de solitude. Puis je dirigeai mon vaisseau vers le monde des Confins le plus proche du système d'Hypérion, sachant que le voyage en soi consumerait le temps nécessaire au commencement de l'acte suivant.

Plus tard, lorsque l'appel au pèlerinage fut lancé par Gladstone en personne sur mégatrans, je compris le rôle que les Extros m'avaient réservé sur la fin. Les Extros ou bien le TechnoCentre, ou encore Gladstone et ses machinations. Peu importe, désormais, qui se considère le maître des événements. Les événements n'obéissent plus à aucun maître.

Le monde que nous connaissons est en train de prendre fin, mes amis, quoi qu'il puisse nous arriver. En ce qui me concerne, je n'ai aucune requête à présenter au gritche, aucune déclaration finale à lui soumettre ni à soumettre à l'univers. Je suis revenu parce qu'il le fallait, parce que c'était mon destin. Depuis ma plus tendre enfance, j'ai toujours su ce que je ferais un jour. Je savais que je retournerais, seul, me recueillir devant le tombeau de Siri, pour jurer qu'elle serait vengée de l'Hégémonie. Je savais également quel serait pour moi le prix à payer, aussi bien au regard de ma vie que de l'histoire.

Mais lorsque viendra le moment de juger, de comprendre une trahison qui se propagera comme un incendie à travers le Retz et qui causera la mort de planètes entières, je vous demande de ne pas penser à moi, car mon nom n'était même pas écrit dans l'eau, comme celui de votre poète disparu, mais de penser à l'Ancienne Terre, qui est morte sans raison, et aux dauphins, dont les carcasses grises ont pourri au soleil, et aussi aux îles mobiles, que j'ai vues errer sans but, leurs eaux nourricières saccagées, leurs hauts-fonds Équatoriaux criblés de plates-formes de forage, elles-mêmes surchargées de touristes braillards exhalant des odeurs de lotion solaire et de cannabis.

Mieux encore, ne pensez à rien de tout cela. Restez comme je l'ai fait après avoir appuyé sur le bouton, assassin, traître, mais fier tout de même, campé sur le sol d'Hypérion, la tête droite, le poing levé vers le ciel, criant comme Mercutio : « Maudites soient vos deux maisons ! »

Car, voyez-vous, je n'ai pas oublié le rêve de ma grand-mère. Je n'ai pas oublié comment les choses auraient pu être.

Je me souviens de Siri.

– C'est donc vous l'espion? fit le père Hoyt. L'espion extro?

Le consul se frotta les joues sans rien dire. Il semblait épuisé, complètement à bout de forces.

– Ouais, grogna Martin Silenus. La Présidente m'avait averti, lorsqu'elle m'a désigné pour faire ce pèlerinage. Elle m'a prévenu qu'il y aurait un espion parmi nous.

– Elle a dit cela à tout le monde, fit sèchement Brawne Lamia.

Elle regarda le consul. Il semblait y avoir une certaine tristesse dans ses yeux.

– Notre ami est donc un espion, murmura Sol Weintraub. Mais ce n'est pas seulement un agent des Extros, ajouta-t-il en prenant dans ses bras le bébé qui venait de se réveiller et qui pleurait. C'est ce que l'on appelle dans les séries d'espionnage un agent double, et même triple, dans le cas présent. Un agent de la régression totale. En réalité, un agent exterminateur.

Le consul leva les yeux vers le vieil érudit.

– C'est quand même un espion, déclara Silenus. Et les espions, on les exécute, pas vrai?

Le colonel Kassad avait son bâton de la mort à la main. Mais il n'était braqué sur personne en particulier.

– Êtes-vous en contact avec votre vaisseau? demanda-t-il au consul.

– Oui.

– De quelle manière?

– Le persoc de Siri... Il a été... modifié.

Kassad hocha légèrement la tête.

– Et vous êtes resté en contact avec les Extros par l'intermédiaire du mégatrans de bord?

– Oui.

– Pour les tenir au courant du pèlerinage comme ils vous l'avaient demandé?

– Oui.

– Vous ont-ils répondu?

– Non.

– Comment croire à ce qu'il raconte? s'écria le poète. C'est un putain d'espion!

– Taisez-vous! ordonna Kassad d'une voix impérative, sans quitter le consul des yeux un seul instant. Est-ce vous qui avez attaqué Het Masteen?

– Non, répondit le consul. Mais lorsque l'*Yggdrasill* a brûlé, j'ai tout de suite compris que quelque chose n'allait pas.

– Que voulez-vous dire? demanda Kassad.

Le consul s'éclaircit la voix.

– J'ai eu l'occasion de fréquenter plusieurs Voix de l'Arbre des Templiers. Leur relation à leur vaisseau-arbre est quasi télépathique. La réaction de Masteen a été beaucoup trop faible. Ou bien il n'était pas ce qu'il prétendait être, ou bien il *savait* que le vaisseau allait être détruit, et il avait coupé tout contact avec lui. Pendant mon tour de garde, je suis descendu dans l'intention de lui poser quelques questions. Il n'était plus là. Sa cabine était dans l'état où nous l'avons trouvée, à part le fait que le cube de Möbius était à l'état neutre. L'erg aurait pu s'échapper. J'ai remis la sécurité et je suis remonté.

– Vous n'avez rien fait à Het Masteen? demanda de nouveau Kassad.

– Non.
– Encore une fois, pourquoi devrions-nous le croire? demanda Silenus.
Le poète tenait à la main sa dernière bouteille de scotch, déjà bien entamée. Le consul y posa les yeux tout en répliquant :
– Vous n'avez aucune raison de me croire, en effet. Et cela n'a pas la moindre importance.
Les longs doigts effilés du colonel Kassad pianotèrent sur le manche de son bâton de la mort.
– Qu'allez-vous faire, maintenant, avec le mégatrans? demanda-t-il.
Le consul prit une longue inspiration lasse avant de répondre :
– Je dois leur indiquer à quel moment précis les Tombeaux du Temps s'ouvriront. Si toutefois je suis encore en vie à ce moment-là.
Brawne Lamia désigna l'antique persoc.
– Nous pourrions le détruire, dit-elle.
Le consul haussa les épaules.
– Il pourrait nous être utile, fit le colonel, en nous donnant accès aux conversations civiles et militaires transmises en clair. D'autre part, nous pourrions faire venir ici le vaisseau du consul, en cas de besoin.
– Non! s'écria le consul. Nous ne pouvons pas retourner en arrière, maintenant.
C'était le premier signe d'émotion qu'il manifestait depuis plusieurs minutes.
– Personne ici, je pense, n'a l'intention de retourner en arrière, déclara Kassad.
Il fit du regard le tour des visages las qui l'entouraient. Personne ne parla pendant un bon moment.
– Il faut que nous prenions une décision, murmura enfin Sol Weintraub en hochant le menton vers le consul tout en continuant de bercer son bébé.
Martin Silenus avait le front posé contre le goulot de sa bouteille à présent vide. Il releva la tête en disant :
– La trahison est punie de mort. De toute manière (il glousssa), nous allons tous mourir dans quelques heures. Pourquoi notre dernier acte ne serait-il pas une exécution?
Le père Hoyt fit une grimace, visiblement sous le coup d'un spasme de douleur. Il porta un doigt tremblant à ses lèvres gercées.

– Nous ne sommes pas une cour de justice.

– C'est faux, lui dit Kassad. Nous en sommes une.

Le consul se pencha en avant, les jambes repliées sous lui, et posa les avant-bras sur ses cuisses, les doigts noués.

– Vous n'avez qu'à décider, dit-il d'une voix qui ne laissait transparaître aucune émotion.

Brawne Lamia avait sorti l'automatique de son père. Elle le posa par terre, près de l'endroit où elle était assise. Ses yeux allaient sans cesse du consul à Kassad.

– Qui peut parler de trahison ici? demanda-t-elle. Trahison envers quoi? Aucun de nous, à l'exception, peut-être, du colonel, ne peut être considéré comme un citoyen exemplaire. Nous sommes tous les jouets de forces qui nous dépassent.

Sol Weintraub s'adressa alors directement au consul.

– Ce que vous ignoriez, mon cher ami, c'est que Meina Gladstone et certains éléments du TechnoCentre, lorsqu'ils vous ont choisi comme émissaire auprès des Extros, savaient parfaitement de quelle manière vous alliez réagir. Peut-être ne pouvaient-ils pas deviner que les Extros connaissaient le moyen d'ouvrir les Tombeaux du Temps – bien que, avec les IA du TechnoCentre, on ne puisse jamais savoir – mais ils avaient certainement prévu que vous vous retourneriez contre les deux civilisations à la fois, les deux camps qui ont fait du mal à votre famille. Tout cela fait partie de je ne sais quel plan bizarre. Il est évident que vous n'aviez pas plus de libre arbitre en la matière que... (il souleva son bébé) cet enfant.

Le consul parut désorienté. Il voulut dire quelque chose, mais se ravisa et demeura muet, se contentant de hocher la tête.

– Il se peut qu'il ait raison, admit le colonel Kassad. Néanmoins, même si nous ne sommes tous que des pions sur un échiquier, nous nous devons d'être responsables du choix de nos actions.

Il leva les yeux vers le mur, où des pulsations de lumière venues de la lointaine bataille spatiale peignaient sur le plâtre blanc des motifs rouge sang.

– À cause de cette guerre, reprit-il, des milliers, peut-être des millions de gens vont mourir. Et si les Extros ou le gritche ont accès au système distrans du Retz, des milliards de vies, sur des centaines de mondes, seront menacées.

Le consul le regarda tranquillement tandis qu'il levait vers lui son bâton de la mort.

– Ce serait la solution la plus rapide pour tout le monde, reprit Kassad. Le gritche, lui, ne connaît pas la pitié.

Personne ne disait rien. Le regard du consul semblait fixé sur un point extrêmement éloigné.

Kassad remit la sûreté et glissa le bâton à sa ceinture.

– Nous sommes arrivés jusqu'ici ensemble, dit-il. Nous ferons le reste du chemin ensemble.

Brawne Lamia rangea le pistolet de son père, se leva, traversa l'espace qui la séparait du consul, s'agenouilla devant lui et lui passa les bras autour du cou. Pris au dépourvu, il leva un bras pour l'arrêter tandis que la lumière dansait sur le mur derrière eux.

Un instant plus tard, Sol Weintraub les rejoignit et les serra tous les deux contre lui en entourant leurs épaules d'un seul bras. Dans l'autre bras, Rachel gazouilla de plaisir au contact de toute cette chaleur humaine. Le consul perçut l'odeur de talc et de nouveau-né qui se dégageait d'elle.

– J'ai eu tort, murmura-t-il. J'ai une requête, moi aussi, à formuler devant le gritche. Une requête en *sa* faveur.

Il caressa doucement la nuque chaude du bébé. Martin Silenus émit un rire qui se termina en une sorte de sanglot.

– Nos dernières volontés, dit-il. Je ne sais pas si les muses accordent aussi des faveurs, mais je ne demande rien d'autre qu'une fin pour mon poème.

Le père Hoyt se tourna vers lui.

– Est-ce si important, qu'il ait une fin?

– Oh oui, oui, oui! grogna Silenus.

Il laissa tomber la bouteille vide, plongea la main dans son sac et en sortit une poignée de pelures qu'il brandit vers le groupe comme une offrande.

– Voulez-vous les lire? Voulez-vous que je vous en donne lecture moi-même? Je sens que cela me revient. Relisez le début. Relisez les *Chants* que j'ai écrits il y a trois siècles et qui n'ont jamais été publiés. Tout est là. Absolument tout. Nous sommes tous dedans. Vous, moi, ce voyage. Ne comprenez-vous pas que je ne crée pas seulement un poème, mais l'avenir tout entier?

Il lâcha les pelures, ramassa la bouteille vide, fronça les sourcils et la leva comme un calice.

– Je crée l'avenir, répéta-t-il sans redresser la tête. Mais c'est le passé qui a besoin d'être changé. Rien qu'un instant. Rien qu'une décision.

Martin Silenus releva alors le front. Il avait les yeux rouges.

– Cette chose qui va nous tuer demain... Ma muse, notre donneur et notre repreneur de vie... Elle est venue vers nous à reculons à travers le temps. Mais elle ne me fait pas peur. Qu'elle me prenne, moi, cette fois-ci, et qu'elle laisse Billy tranquille. Qu'elle me prenne, et que le poème en reste là, inachevé pour l'éternité.

Il leva la bouteille encore plus haut, ferma les yeux et la lança violemment contre le mur opposé. Les éclats de verre réfléchirent la lumière orangée venue des explosions lointaines et silencieuses.

Le colonel Kassad s'approcha du poète et posa une main aux longs doigts effilés sur son épaule.

L'espace de quelques secondes, la pièce sembla rayonner de chaleur humaine. Puis le père Hoyt s'écarta du mur où il était adossé, leva la main droite, le pouce et le petit doigt unis, les trois autres doigts serrés, dans un geste qui semblait l'inclure au groupe qui se tenait devant lui, et prononça à voix basse :

– *Ego te absolvo.*

Le vent crépitait contre les murs extérieurs et sifflait sur les gargouilles et les terrasses. La lueur d'une bataille qui se déroulait à cent millions de kilomètres de là donnait au groupe des colorations rouge sang.

Le colonel Kassad se dirigea vers la porte. Les autres se séparèrent.

– Essayons de dormir un peu, suggéra Brawne Lamia.

Plus tard, dans la solitude de son rouleau de couchage, écoutant les plaintes et les hurlements du vent, le consul posa la joue contre son paquetage et remonta la couverture rêche sur sa tête. Cela faisait des années qu'il n'avait essayé de s'endormir paisiblement.

Il pressa son poing crispé contre son autre joue, ferma les yeux et sombra presque aussitôt dans le sommeil.

Épilogue

Le consul se réveilla au son d'une balalaïka si discrète qu'il crut un instant que cela faisait partie de son rêve. Il se leva, frissonnant dans l'air glacé du matin, drapa la couverture autour de lui et sortit sur la terrasse. L'aube n'était pas encore là. Le ciel était toujours embrasé par les lointains combats.

– Désolé, fit Lénar Hoyt, emmitouflé dans sa cape et relevant la tête derrière son instrument.

– Ce n'est pas grave, lui dit le consul. J'étais sur le point de me réveiller, de toute manière.

C'était la vérité. Jamais il ne s'était senti aussi dispos.

– Continuez, je vous prie, ajouta-t-il.

Les notes s'élevèrent de nouveau, limpides et cristallines, mais à peine audibles en raison du vent. On eût dit que le père Hoyt jouait en duo avec la brise glacée descendue des sommets environnants, et le consul trouvait ces sonorités de cristal presque insupportables.

Brawne Lamia et le colonel Kassad sortirent à leur tour sur la terrasse. Une minute ou deux plus tard, Sol Weintraub vint les rejoindre. Rachel gigotait dans ses bras, ses deux petites mains potelées tendues vers le ciel nocturne comme pour attraper les fleurs éclatantes qui ne cessaient d'y éclore.

Hoyt continuait de jouer. Le vent devenait plus fort à l'approche de l'aube, et les gargouilles et les escarpements jouaient le rôle de pipeaux pour accompagner le basson froid de la forteresse.

Martin Silenus apparut à son tour, se tenant la tête à deux mains.

– Aucun respect pour une putain de gueule de bois, dit-il en se penchant sur la balustrade. Si je dégobille de cette hauteur, il faudra une demi-heure au moins pour que mon vomi arrive en bas.

Le père Hoyt ne leva pas la tête. Ses doigts continuaient de courir sur les cordes du minuscule instrument. Les rafales du nord-ouest soufflèrent avec un peu plus de froideur et d'intensité, et la balalaïka accentua la chaleur et la vie de son contre-chant. Le consul et les autres serrèrent sur eux leurs couvertures et leurs capes tandis que la brise devenait un torrent dont la musique sans nom suivait le rythme accru. C'était la plus étrange et la plus belle symphonie que le consul eût jamais entendue.

Le vent hurla, résonna lugubrement et mourut. La musique s'éteignit en même temps que lui. Brawne Lamia regarda le ciel.

– L'aube va bientôt se lever, dit-elle.

– Il nous reste encore une heure, fit le colonel Kassad.

Lamia haussa les épaules.

– Pourquoi attendre?

– C'est vrai, pourquoi attendre? répéta Sol Weintraub. Il se tourna vers l'est, où le seul signe de l'aube était la lumière pâlissante des constellations.

– On dirait qu'il va faire beau, murmura-t-il.

– Préparons-nous, proposa le père Hoyt. Avons-nous besoin d'emporter nos affaires?

Les autres s'entre-regardèrent.

– Je ne pense pas que cela soit utile, déclara le consul. Le colonel voudra sans doute prendre avec lui le persoc et le mégatrans. Les autres emporteront uniquement ce qui est nécessaire à leur entrevue avec le gritche. Nous laisserons le reste des affaires ici.

– Très bien, dit Brawne Lamia en tournant le dos à la terrasse et en faisant signe aux autres de la suivre. Inutile d'attendre plus longtemps.

Il y avait six cent soixante et une marches à descendre du portail nord-est de la forteresse aux terres marécageuses en contrebas. Aucun garde-fou ne les bordait. Le groupe descendit prudemment, en faisant attention à chaque pas dans la lumière incertaine.

Arrivés en vue de la vallée, ils se retournèrent pour contempler le massif rocheux qui semblait faire une seule pièce avec la forteresse de Chronos, dont les terrasses et les escaliers extérieurs formaient de simples encoches dans la montagne. De temps à autre, une explosion un peu plus forte que les autres illuminait une fenêtre ou projetait l'ombre d'une gargouille mais, malgré cela, Chronos semblait fondue dans la roche.

Ils franchirent les contreforts, en prenant soin de ne pas quitter les étendues d'herbe et en évitant les buissons épineux qui tendaient vers eux leurs griffes. Dix minutes plus tard, ils arrivèrent aux dunes de sable qui marquaient le début de la vallée.

Brawne Lamia avait pris la tête du groupe. Elle portait sa plus belle cape sur un tailleur de soie rouge à lisière noire. Son persoc brillait à son poignet. Le colonel Kassad la suivait. Il avait revêtu son armure de guerre au grand complet, mais le polymère de camouflage n'était pas encore activé, de sorte que la tenue était d'un noir mat et absorbait même la lumière qui descendait du ciel. Il était armé d'un fusil d'assaut standard de la Force, et sa visière brillait comme un miroir noir.

Le père Hoyt portait sa cape noire sur un costume noir à col romain. Il tenait la balalaïka dans ses bras comme un enfant. Il continuait de poser précautionneusement les pieds l'un devant l'autre comme si chaque pas était pour lui une souffrance.

Venait ensuite le consul, vêtu de ses plus beaux atours diplomatiques, avec plastron amidonné, pantalon noir sans pli, vareuse noire mi-longue, cape de velours et tricorne doré qu'il portait le premier jour à son arrivée sur le vaisseau-arbre. Il était obligé de tenir sa coiffure pour qu'elle ne s'envole pas avec le vent, qui s'était de nouveau levé, lui projetant des grains de sable à la figure et glissant au sommet des dunes comme un serpent.

Martin Silenus les suivait de près, emmitouflé dans son manteau à la fourrure ridée par les violentes rafales.

Sol Weintraub formait l'arrière-garde, avec Rachel dans son porte-bébé, bien protégée par la cape de son père. Elle se serrait contre la poitrine de celui-ci tandis qu'il lui chantait doucement une chanson dont les notes s'envolaient avec le vent.

Quarante minutes plus tard, ils se trouvaient tous à l'entrée de la cité morte. Marbres et granits jetaient des éclats sous la lumière crue. Derrière eux luisaient les pics montagneux parmi lesquels la forteresse de Chronos était devenue indiscernable. Le groupe traversa un vallon sablonneux, escalada une dune basse et aperçut soudain pour la première fois l'entrée de la vallée des Tombeaux du Temps. Le consul distingua l'orientation des ailes du Sphinx ainsi que la lueur du jade.

Un grondement et un choc sourds, loin derrière eux, lui firent tourner la tête. Son cœur battait très vite.

– Cela a commencé? demanda Lamia. Les bombardements?

– Non. Regardez, fit Kassad.

Il désigna un point, au-dessus des pics montagneux, où l'obscurité occultait les étoiles. Des éclairs explosaient le long de ce faux horizon, illuminant des champs de neige et des glaciers.

– Ce n'est qu'un orage, ajouta-t-il.

Ils reprirent leur marche à travers les sables vermillon. Le consul se surprit à plisser les yeux pour essayer de distinguer une vague silhouette obscure près des Tombeaux ou à l'entrée de la vallée. Il était plus que persuadé que quelque chose les attendait là-bas...

– Regardez! s'écria soudain Brawne Lamia, dont la voix se perdit presque totalement dans le vent.

Les Tombeaux du Temps émettaient une pâle lueur. Le consul avait d'abord cru qu'il s'agissait de la lumière du ciel, mais ce n'était pas le cas. Chaque tombe avait une couleur différente, et chacune était maintenant devenue clairement visible. La lueur était de plus en plus forte. Les Tombeaux du Temps semblaient reculer dans les ténèbres de la vallée. Il flottait dans l'air une odeur d'ozone.

– Est-ce que ce phénomène est normal? demanda le père Hoyt d'une voix ténue.

Le consul secoua la tête.

– Je n'en ai jamais entendu parler, en tout cas.

– On n'en a pas parlé non plus à l'époque où Rachel étudiait les Tombeaux, fit Sol Weintraub.

Il se mit à fredonner doucement un air tandis que le groupe reprenait son avance en soulevant le sable sur son passage.

Ils s'arrêtèrent à l'entrée de la vallée. Les dunes basses avaient laissé place à une dépression rocheuse où régnait une obscurité dense. Les Tombeaux continuaient d'émettre leur pâle phosphorescence. Personne ne continua plus avant. Personne ne prononça un mot. Le consul sentait son cœur battre à tout rompre dans sa poitrine. Plus terrible encore que la peur ou que le fait de savoir ce qui les attendait là-bas était la noirceur dont le vent semblait lui avoir envahi l'esprit. Une noirceur qui le glaçait et lui donnait envie de se mettre à courir, hurlant, vers les collines d'où ils étaient venus.

Il se tourna vers Sol Weintraub pour lui demander :

– Quel est cet air que vous fredonniez à Rachel?

L'érudit se frotta la barbe avec un petit sourire.

– Cela vient d'un ancien film bidim, murmura-t-il. D'avant l'hégire. D'avant n'importe quoi, en fait.

– Faites-nous entendre ça, demanda Brawne Lamia, très pâle, qui pensait comprendre ce que le consul cherchait à faire.

Weintraub se mit à chanter, d'une voix à peine audible, au début. Mais la mélodie était étrangement envoûtante. Le père Hoyt sortit alors sa balalaïka et l'accompagna. Les notes devinrent de plus en plus assurées.

Brawne Lamia se mit à rire. Martin Silenus murmura gravement :

– Mon Dieu! C'est vraiment ancien! Je chantais cela quand j'étais enfant.

– Mais qui est ce sorcier dont parle la chanson? demanda le colonel Kassad, dont la voix amplifiée, à travers le casque, résonnait d'une manière étrangement comique dans ce contexte.

– Et qu'est-ce que c'est que le pays d'Oz? voulut savoir Lamia.

– Ce que j'aimerais, moi, c'est en savoir plus sur ces gens qui partent à la recherche du sorcier, dit le consul, qui sentait la noire panique diminuer très légèrement en lui.

Sol Weintraub essaya de répondre à toutes leurs questions. Il commença à leur raconter l'intrigue d'un film bidim tombé en poussière depuis des siècles.

– Laissez, lui dit Brawne Lamia au bout de quelques secondes. Vous nous raconterez la suite plus tard. Chantez encore.

Derrière eux, les ténèbres avaient englouti les montagnes tandis que l'orage balayait la plaine en se rapprochant d'eux. Le ciel continuait d'émettre sa lueur sanglante, mais l'horizon avait à présent légèrement pâli à l'est. La cité morte brillait à leur gauche comme des dents de pierre.

Brawne Lamia reprit la tête du groupe. Sol Weintraub se mit à chanter plus fort. Rachel se tortillait de joie. Lénar Hoyt rejeta sa cape en arrière pour mieux jouer de la balalaïka. Martin Silenus jeta au loin dans les sables sa bouteille vide et chanta lui aussi, d'une voix étonnamment ferme et agréable, couvrant le mugissement du vent.

Fedmahn Kassad remonta sa visière, mit son arme à l'épaule et se joignit au chœur. Le consul l'imita, prit conscience de l'absurdité des paroles, éclata bruyamment de rire puis recommença à chanter.

Juste à l'endroit où les ténèbres s'épaississaient, le chemin devenait plus large. Le consul s'écarta vers la droite. Kassad marcha à côté de lui. Sol Weintraub se glissa dans l'intervalle. Au lieu de progresser en file indienne, les six adultes avançaient maintenant de front. Brawne Lamia prit la main de Silenus d'un côté, et celle de Sol Weintraub de l'autre.

Sans cesser de chanter très fort, sans se retourner une seule fois, accordant leurs pas, ils s'enfoncèrent lentement dans la vallée.

NOTE DU TRADUCTEUR

La traduction de la citation de Chaucer *(Canterbury Tales)* est de Juliette de Caluwé-Dor, Éditions scientifiques E. Story-Scientia, Gand, Belgique (1977).

Les nombreuses citations de Keats sont en grande partie empruntées, pour la traduction française, lorsqu'elle existe, aux *Poèmes choisis de John Keats*, traduits par Albert Laffay (édition Aubier-Flammarion), et aux *Poésies de John Keats*, traduites par E. de Clermont-Tonnerre (éditions Émile-Paul frères, 1923).

La traduction du passage de Yeats *(A Prayer for my Daughter, Prière pour ma fille)* est celle de René Fréchet (éditions Aubier).

Le lecteur sera peut-être heureux d'apprendre qu'il existe une traduction récente et complète du poème de John Keats *Hypérion*, due à Paul de Roux (éditions La Dogana, Genève, 1989).

NOTE DU TRADUCTEUR

La traduction de la citation de Chaucer (*Canterbury Tales*) est de Juliette de Caluwé-Dor, Éditions scientifiques E. Story-Scientia, Gand, Belgique (1977).

Les nombreuses citations de Keats sont en grande partie empruntées, pour la traduction française, lorsqu'elle existe, aux *Poèmes choisis de John Keats*, traduits par Albert Laffay (éditions Aubier-Flammarion) et aux *Lettres de John Keats*, traduites par L. de Clermont-Tonnerre (éditions Émile-Paul Frères, 1923).

La traduction du passage de Yeats (*A Prayer for my Daughter*, *Prière pour ma fille*) est celle de René Fréchet (éditions Aubier).

Le lecteur sera peut-être heureux d'apprendre qu'il existe une traduction récente et complète du poème de John Keats *Hyperion* due à Paul de Roux (éditions La Dogana, Genève, 1989).

OUVRAGES DE LA COLLECTION « SCIENCE-FICTION »

ALDISS Brian
Cryptozoïque
Frankenstein délivré

ANDERSON Poul
Barde du futur (le) (Le grand temple de la S.-F.)
Tempête d'une nuit d'été
Trois cœurs, trois lions

ANTHONY Piers
Les livres magiques de Xanth
1 — Lunes pour Caméléon
2 — la source de magie
3 — Château-Roogna
4 — l'(A)ile du Centaure
5 — Amours, délices et ogres
6 — Cavales dans la nuit
7 — Dragon sur piédestal
8 — la Tapisserie des Gobelins
Total Recall

ANTHONY Piers/LACKEY Mercedes
Cher démon

ASIMOV Isaac
Asimov présente
1 — Futurs sans escale
2 — Futurs en délire
3 — Futurs à gogos
4 — Futurs pas possibles
5 — Futurs tous azimuts
6 — Futurs sens dessus dessous
7 — Futurs qui craignent
8 — Futurs mode d'emploi
10 — Futurs bien frappés
11 — Futurs moulés à la louche
Avenir commence demain (l')
Azazel
Courants de l'espace (les)
Destination cerveau
Fils de Fondation (les)
Némésis
Prélude à l'éternité (Le grand temple de la S.-F.)
Prélude à Fondation

ASIMOV Isaac/SILVERBERG Robert
Enfant du temps (l')
Retour des ténèbres (le)

BALLARD J. G.
Crash !
Sécheresse
Statues chantantes (les) (Le grand temple de la S.-F.)
Vent de nulle part (le)
Vermilion Sands

BARJAVEL René
Dames à la licorne (les)
Grand secret (le)
Nuit des temps (la)
Une rose au paradis

BLISH James
Les apprentis sorciers
1 — Faust Aleph Zéro
2 — Le lendemain du jugement dernier

BLOCH Robert
Boîte à maléfices (la)
Embarquement pour Arkham (l')
Retour à Arkham

BOULLE Pierre
Baleine des Malouines (la)
Contes de l'absurde
Energie du désespoir (l')
Planète des singes (la)

BRACKETT Leigh
Le livre de Mars
1 — L'Epée de Rhiannon
2 — le Secret de Sinharat
3 — le Peuple du Talisman
4 — les Terriens arrivent

BRADLEY Marion Zimmer
Amazones libres (les)
Unité
Chasse sur la lune rouge
La romance de Ténébreuse
1 — la Planète aux vents de folie
2 — Reine des orages !
3 — la Belle Fauconnière
4 — le Loup des Kilghard
5 — les Héritiers d'Hammerfell
6 — Redécouverte

7 — la Chaîne brisée
8 — la Maison des Amazones
9 — la Cité Mirage
10 — l'Epée enchantée
11 — la Tour interdite
12 — l'Etoile du danger
13 — Soleil sanglant
14 — la Captive aux cheveux de feu
15 — l'Héritage d'Hastur
16 — l'Exil de Sharra
17 — Projet Jason
18 — les Casseurs de mondes
Voix de l'espace (les) (Le grand temple de la S.-F.)

Bradley Marion Zimmer/
Norton André & May Julian
Trois Amazones (les)

Brin David
Terre
1 — la Chose au cœur du monde
2 — Message de l'univers

Brown Fredric
Paradoxe perdu

Brunner John
Jeu de la possession (le)
Noire est la couleur

Clarke Arthur
Et la lumière tue (Le grand temple de la S.-F.)
Vent venu du soleil (le)

Crichton Michael
Mangeurs de morts (les)

Delany Samuel
La chute des tours
3 — la Cité des mille soleils
Triton

Dick Philip K.
Bal des schizos (le)
Dédales démesurés (les)
Glissement de temps sur Mars
Guérisseur de cathédrales (le)
Joueurs de Titan (les)
Planète impossible (la) (Le grand temple de la S.-F.)
Simulacres

Donaldson Stephen
Le cycle des Seuils
1 — l'Histoire véritable
2 — le Savoir interdit
3 — L'Eveil du Dieu noir
L'appel de Mordant
1 — le Feu de ses passions
2 — le Miroir de ses rêves
3 — Un cavalier passe

Duveau Marc
Fantasy (Le grand temple de la S.-F.)
High Fantasy 1 — le Manoir des roses
Heroic Fantasy 2 — la Citadelle écarlate
New fantasy 3 — le Monde des chimères
Science Fantasy 4 — la Cathédrale de sang

Duvic Patrice
Naissez, nous ferons le reste

Eddings David
La Belgariade
1 — le Pion blanc des présages
2 — la Reine des sortilèges
3 — le Gambit du magicien
4 — la Tour des maléfices
5 — la Fin de partie de l'enchanteur
La Mallorée
1 — les Gardiens du Ponant
2 — le Roi des Murgos
3 — le Démon majeur de Karanda
4 — la Sorcière de Darshiva
5 — la Sibylle de Kell
La Trilogie des joyaux
1 — le Trône de diamant
2 — le Chevalier de rubis

Farmer Philip José
Jeu de la création (le) (le Grand temple de la S.-F.)
Masque vide (le)
Les Mémoires intimes de Lord Grandrith
1 — la Jungle nue
2 — le Seigneur des arbres
Odyssée Verte (l')
La saga des hommes-dieux
1 — le Faiseur d'univers
2 — les Portes de la création

3 — Cosmos privé
4 — les Murs de la Terre
5 — le Monde Lavalite
6 — Plus fort que le feu
7 — la Rage d'Orc le Rouge
Un exorcisme
1 — Comme une bête
2 — Gare à la bête
3 — l'Homme qui trahit la vie

GLUT Donald
Starwars
Empire contre-attaque (l')
(voir Kahn J. et Lucas G.)

HAMBLY Barbara
Fendragon

HEINLEIN Robert
Age des étoiles (l')
Citoyen de la Galaxie
Enfant tombé des étoiles (l')
Histoire du futur
1 — L'homme qui vendit la Lune
2 — les Vertes Collines de la Terre
4 — les Enfants de Mathusalem
Longue vie (Le grand temple de la S.-F.)
Révolte sur la lune
Route de la gloire
Vagabond de l'espace (le)

HERBERT Frank
Barrière Santaroga (la)
Le bureau des sabotages
1 — l'Etoile et le fouet
2 — Dosadi
Champ mental
Cycle de Dune
1 — Dune tome 1
2 — Dune tome 2
3 — le Messie de Dune
4 — les Enfants de Dune
5 — l'Empereur-dieu de Dune
6 — les Hérétiques de Dune
7 — la Maison des mères
Dragon sous la mer (le)
Et l'homme créa un dieu
Fabricants d'Eden (les)
Preneur d'âmes (le)
Prêtres du psi (les)
le programme conscience
1 — Destination vide
2 — l'Incident Jésus
Prophète des sables (le) (Le grand temple de la S.-F.)
Yeux d'Heisenberg (les)

HUBBARD L. Ron
Au bout du cauchemar
Mission Terre
1 — le Plan des envahisseurs
2 — la Forteresse du mal
3 — l'Ennemi intérieur
4 — Une affaire très étrange
5 — l'Empire de la peur
6 — Objectif mort
7 — Destination vengeance
8 — Catastrophe
9 — Noire victoire
10 — Requiem pour une planète
Final blackout
Terre champ de bataille
1 — les Derniers hommes
2 — la Reconquête
3 — le Secret des Psychlos

HUXLEY Aldous
Ile
Jouvence
Meilleur des mondes (le)
Retour au meilleur des mondes
Temps futurs

KAHN James
Starwars
Retour du Jedi (le)
(voir Glut D. et Lucas G.)

KNIGHT Damon
Pavé de l'enfer (le)

KOONTZ Dean R.
Monstre et l'enfant (le)

KURTZ Katherine
Les Derynis
1 — la Chasse aux magiciens
2 — le Réveil des magiciens
3 — le Triomphe des magiciens
4 — Roi de folie

Kuttner Henry & Moore Catherine
Ne vous retournez pas (le grand temple de la S.-F.)

Lackey Mercedes
L'Honneur et la gloire
1 — Sœurs de sang
2 — Les Parjures

Lafferty R. A.
Tous à Estrevin !

Lee Tanith
Le bain des Limbes
1 — Ne mords pas le soleil !
2 — le Vin saphir
Le dit de la Terre plate
1 — le Maître des ténèbres
2 — le Maître de la mort
3 — le Maître des illusions
4 — la Maîtresse des délires
5 — les Sortilèges de la nuit

Le guin Ursula
Autre côté du rêve (l')
La ligue de tous les mondes
1 — les Dépossédés
2 — le Nom du monde est Forêt
3 — la Main gauche de la nuit
4 — le Monde de Rocannon
5 — Planète d'exil
6 — la Cité des illusions
Terremer
1 — le Sorcier de Terremer
2 — les Tombeaux d'Atuan
3 — l'Ultime rivage
4 — Tehanu

Leiber Fritz
Le cycle des épées
1 — Epées et démons
2 — Epées et mort
3 — Epées et brumes
4 — Epées et sorciers
5 — le Royaume de Lankhmar
6 — la Magie des glaces
7 — le crépuscule des épées
Demain les loups
Lubies lunatiques (les)
Vaisseau lève l'ancre à minuit (le) (Le grand temple de la S.-F.)

Lem Stanislas
Mémoires trouvés dans une baignoire
Masque (le)
Congrès de Futurologie (le)
Mémoires d'Ijon Tichy

Lovecraft H. P.
Les papiers du Lovecraft club
1 — le Rôdeur devant le seuil
2 — l'Horreur dans le musée
3 — l'Horreur dans le cimetière
4 — l'Ombre venue de l'espace
5 — le Masque de Cthulhu
6 — la Trace de Cthulhu
Légendes du mythe de Cthulhu
1 — l'Appel de Cthulhu
2 — la chose des Ténèbres

Lovecraft J. P./Campbell Ramsey
Nouvelles légendes du mythe de Cthulhu
3 — le Livre noir

Lovecraft H. P. (psaumes pour)
R. Weinberg & M. Greenberg présentent :
L'ombre du maître

Lucas George
Starwars
Guerre des étoiles (la)
(voir Glut D. et Kahn J.)

McCaffrey Anne
La Ballade de Pern
1 — le Vol du dragon
2 — la Quête du dragon
3 — le Chant du dragon
4 — la Chanteuse-dragon de Pern
5 — les Tambours de Pern
6 — le Dragon blanc
7 — la Dame aux dragons
8 — l'Aube des dragons
9 — Histoire de Nerilka
10 — les Renégats de Pern
11 — Tous les Weyrs de Pern
Chroniques de Pern
1 — la Chute des fils
Dame de la haute tour (la) (Le grand temple de la S.-F.)
Forces majeures (les)

La transe du crystal
1 — la Chanteuse crystal
2 — Killashandra
3 — la Mémoire du crystal
Le vol de Pégase
1 — le Galop d'essai
2 — le Bond vers l'infini
3 — la Rowane
4 — Damia

McKillip Patricia
Magicienne de la forêt d'Eld (la)

McKinley Robin
Belle

Matheson Richard
Journal d'un monstre (Le grand temple de la S.-F.)
Miasmes de mort

Moorcock Michael
Cavalier Chaos (le) (Le grand temple de la S.-F.)
Navire des glaces (le)
Le cycle d'Elric
1 — Elric des dragons
2 — la Forteresse de la perle
3 — le Navigateur sur les mers du destin
4 — Elric le nécromancien
5 — la Sorcière dormante
6 — la Revanche de la Rose
7 — l'Epée noire
8 — Stormbringer
9 — Elric à la fin des temps
La Légende de Hawkmoon
1 — le Joyau noir
2 — le Dieu fou
3 — l'Epée de l'aurore
4 — le Secret des runes
5 — le comte Airain
6 — le Champion de Garathorm
7 — la Quête de Tanelorn
Les livres de Corum
1 — le Chevalier des épées
2 — la Reine des épées
3 — le Roi des épées
4 — la Lance et le taureau
5 — le Chêne et le bélier
6 — le Glaive et l'étalon
La quête d'Erekosë
1 — le Champion éternel
2 — les Guerriers d'argent
3 — le Dragon de l'épée

Moore Catherine
Magies et merveilles

Moore Catherine & Kuttner Henry
Ne vous retournez pas (Le grand temple de la S.-F.)

Pelot Pierre
Nuit du sagittaire (la)

Pohl Frederik
Promenade de l'ivrogne (la)

Pohl F. et Kornbluth C. M.
Ere des gladiateurs (l')
Tribu des loups (la)

Priest Christopher
Monde inverti (le)

Remy Yves et Ada
Maison du cygne (la)
Soldats de la mer (les)

Russ Joanna
Autre moitié de l'homme (l')

Russell Eric Frank
Guêpe
Plus X

Scarborough Elizabeth
Un air de sorcellerie

Sheckley Robert
Eternité société anonyme
Omega
Tu brûles (Le grand temple de la S.-F.)

Silverberg Robert
Fils de l'homme (le)
Livre des crânes (le)
Porte des mondes (la)
Résurrections
Revivre encore

Trips
Voir l'invisible (Le grand temple de la S.-F.)

Simmons Dan
Hypérion 1
Hypérion 2
Chute d'Hypérion 1 (la)
Chute d'Hypérion 2 (la)

Smith Cordwainer
Les seigneurs de l'instrumentalité
1 — Tu seras un autre
2 — le Rêveur aux étoiles
3 — les Puissances de l'espace
4 — l'Homme qui acheta la Terre
5 — le Sous-peuple
6 — la Quête des trois mondes

Spinrad Norman
Avaleurs de vide (les)
Chaos final (le)
Grande guerre des bleus et des roses (la)
Miroirs de l'esprit (les)
Pionniers du chaos (les)
Rêve de fer

Springer Nancy
Cerf pâle (le)

Sturgeon Theodore
Songes superbes (les)
Un soupçon d'étrange (Le grand temple de la S.-F.)
Symboles secrets

Tolkien J.R.R.
Contes et légendes inachevés
1 — le Premier âge
2 — le Deuxième âge
3 — le Troisième âge
Le Seigneur des anneaux
1 — la Communauté de l'anneau
2 — les Deux tours
3 — le Retour du roi
Silmarillion (le)

Tolkien J.R.R. (chansons pour)
M. Greenberg présente :
1 — l'Adieu au roi
2 — Sur les berges du temps
3 — l'Eveil des Belles au bois

Tucker Wilson
Année du soleil calme (l')

Van Asten Gail
Chevalier aveugle (le)

Van Vogt A. E.
A l'assaut de l'invisible
Au-delà du néant
Bête (la)
Enfants de demain (les)
Futur parfait (Le grand temple de la S.-F.)
Maison éternelle (la)
Mission stellaire
Quête sans fin

Vance Jack
Les aventuriers de la planète géante
1 — la Planète géante
2 — les Baladins de la planète géante
Châteaux en espace
Les chroniques de Cadwal
1 — la Station d'Araminta
2 — Araminta 2
3 — Bonne vieille Terre
4 — Throy
Chroniques de Durdane
1 — l'Homme sans visage
2 — les Paladins de la liberté
3 — Asutra
Cinq rubans d'or (les)
Crimes et enchantements
Docteur Bizarre
Domaines de Koryphon (les)
Emphyrio
La geste des princes-démons
1 — le Prince des étoiles
2 — la Machine à tuer
3 — le Palais de l'amour
4 — le Visage du démon
5 — le Livre des rêves
Lyonesse
1 — le Jardin de Suldrun
2 — la Perle verte
3 — Madouc
Maisons d'Iszm (les)
Maîtres des dragons (les)
Mondes de Magnus Ridolph (les)
Pagaille au loin
Papillon de lune (le Grand temple de la S.-F.)

Space Opera
Un monde d'azur
Un tour en Thaéry

Vonnegut Kurt
Pianiste déchaîné (le)

Watson Ian
Mort en cage (la)
Visiteurs du miracle (les)

Weis Margaret/Hickman Tracy
Les portes de la mort
1 — l'Aile du dragon
2 — l'Etoile des elfes
3 — la Mer de feu
4 — le Serpent mage
5 — la Main du Chaos
6 — Voyage au fond du labyrinthe
La rose du prophète
1 — le Désir du Dieu errant
2 — le Paladin de la nuit
3 — le Prophète d'Akhran

Williamson Jack
Plus noir que vous ne pensez

Wul Stefan
Mort vivante (la)
Piège sur Zarkass
Temple du passé (le)

Zahn Timothy
Starwars
Héritier de l'empire (l')

Zelazny Roger
L'enfant de nulle part
1 — l'Enfant tombé de nulle part
2 — Franc-sorcier
Maître des ombres (le)
Maître des rêves (le)
Un pont de cendres

COLLECTION « TERREUR » CHEZ POCKET

Iain Banks
Le seigneur des guêpes

Clive Barker
Secret Show
Le royaume des devins

William P. Blatty
L'Exorciste : la suite

Robert Bloch
L'écharpe
Lori
Psychose
Psychose 2
Psychose 13
Contes de terreur

J. R. Bonansinga
Black Mariah

Randall Boyll
Froid devant
Monssstre
Territoires du crépuscule

Marion Zimner Bradley
Sara

Ramsey Campbell
Envoûtement
La secte sans nom
Soleil de minuit

Cathy Cash Spellman
Dans les griffes du diable

Matthew J. Costello
Cauchemars d'une nuit d'été
La chose des profondeurs
Né de l'ombre

Martin Cruz-Smith
Le vol noir

Thomas Disch
Le caducée maléfique

Katherine Dunn
Un amour de monstres

Jeanne Faivre d'Arcier
Rouge flamenco

John Farris
L'ange des ténèbres
Le fils de la nuit éternelle

Raymond Feist
Faërie

Chris Fowler
Le diable aux trousses

Ray Garton
Crucifax
Extase sanglante

Christopher Golden
Des saints et des ombres

Anthologie
L'année de la terreur

Linda C. Gray
Médium

William Hallahan
Les renaissances de Joseph Tully

Barbara Hambly
Le sang d'immortalité

Thomas Harris
Dragon rouge
Le silence des agneaux

James Herbert
Dis-moi qui tu hantes
Fluke
Fog
La lance
Les rats
Le repaire des rats
L'empire des rats
Le survivant
Sanctuaire
Sépulcre

Shirley Jackson
Maison hantée
La loterie
Le cadran solaire

Graham Joyce
L'enfer du rêve

Stephen King
La part des ténèbres
Salem

Andrew Klavan
Il y aura toujours quelqu'un derrière vous
L'heure des fauves

Dean R. Koontz
Le masque de l'oubli
Miroirs de sang
La mort à la traîne
La nuit des cafards
La nuit du forain
La peste grise
Une porte sur l'hiver
La voix des ténèbres
Les yeux des ténèbres
La maison interdite
Fièvre de glace
Lune froide

Steven Laws
Train fantôme

Tanith Lee
La danse des ombres
Le festin des ténèbres

Charles de Lint
Mulengro
Symphonie macabre
Les murmures de la nuit

Bentley Little
Le postier

Charles McLean
Le guetteur

Robert Marasco
Votre vénérée chérie

Graham Masterton
Démences
Le démon des morts
Le djinn
Le jour « J » du jugement
Manitou
Le miroir de Satan
La nuit des salamandres
Le portrait du mal
Les puits de l'enfer
Rituels de chair
Transe de mort
La vengeance de Manitou
Le trône de Satan
Apparition
La maison de chair
Les guerriers de la nuit

Robert McCammon
L'heure du loup
La malédiction de Bethany
Scorpion
Le mystère du lac

Michael McDowell
Les brumes de Babylone
Cauchemars de sable

Andrew Neiderman
L'avocat du diable

Garfield Reeves-Stevens
Contrat sur un vampire
La danse du scalpel

Anne Rice
Chronique des vampires
1. Entretien avec un vampire
2. Lestat le vampire
3. La reine des damnés
4. Le voleur de corps

La momie
Le lien maléfique

Anne Rivers Siddons
La maison d'à côté

Fred Saberhagen
Un vieil ami de la famille
Le dossier Holmes-Dracula
Dracula tapes

John Saul
Cassie
Hantises
Créature

Peter Straub
Ghost Story
Julia
Koko
Mystery
Sans portes, ni fenêtres

Michael Talbot
La tourbière du diable

Bernard Taylor
Le jeu du jugement

Sheri S. Tepper
Ossements

Thomas Tessier
L'antre du cauchemar

Thomas Tryon
L'autre
La fête du maïs

Jack Vance
Méchant garçon

Lawrence Watt-Evans
La horde du cauchemar

Chet Williamson
La forêt maudite

Paul F. Wilson
La forteresse noire
Liens de sang
Mort clinique

Bari Wood
Amy girl

Bari Wood/Jack Geasland
Faux-semblants

T. M. Wright
L'antichambre
Manhattan Ghost Story
L'autre pays

XXX
Michèle Slung présente :
22 histoires de sexe et d'horreur

Douglas E. Winter présente :
13 histoires diaboliques

Achevé d'imprimer en décembre 1996
sur les presses de l'Imprimerie Bussière
à Saint-Amand (Cher)

POCKET - 12, avenue d'Italie - 75627 Paris Cedex 13
Tél. : 01-44-16-05-00

— N° d'imp. 2316. —
Dépôt légal : juin 1995.

Imprimé en France